DER KÜSTENKÖNIG

AF185556

Arnd Rüskamp ist am südlichen Rand des Ruhrgebietes am Baldeneysee geboren. Er hat Publizistik studiert, war Reporter und Moderator, Soldat und Biker, Autor und Verleger. Heute verdient er sein Geld noch immer in den Medien, hat aber erkannt, dass sein berufliches Glück zwischen zwei Buchdeckeln liegt. Er lebt im Ruhrgebiet und in seiner Wahlheimat zwischen Schlei und Ostsee.

ARND RÜSKAMP

DER KÜSTENKÖNIG

Kriminalroman

emons:

Bibliografische Information der Deutschen Nationalbibliothek
Die Deutsche Nationalbibliothek verzeichnet diese Publikation
in der Deutschen Nationalbibliografie; detaillierte bibliografische
Daten sind im Internet über http://dnb.d-nb.de abrufbar.

© Emons Verlag GmbH
Cäcilienstraße 48, 50667 Köln
info@emons-verlag.de
Alle Rechte vorbehalten
Umschlagmotiv: Pixabay/Luisa Kittner; Joe
Umschlaggestaltung: Nina Schäfer, nach einem Konzept
von Leonardo Magrelli und Nina Schäfer
Umsetzung: Tobias Doetsch
Gestaltung Innenteil: DÜDE Satz und Grafik, Odenthal
Lektorat: Hilla Czinczoll
Druck und Bindung: sourc-e GmbH
Printed in Europe 2025
ISBN 978-3-7408-2102-9
Originalausgabe

Unser Newsletter informiert Sie
regelmäßig über Neues von emons:
Kostenlos bestellen unter
www.emons-verlag.de

Für die Mütter und Väter des Grundgesetzes,
dessen fünfundsiebzigsten Geburtstag ich sehr gern
mitgefeiert habe (23. Mai 2024)

In der größten Misere ist das Leichte das Schwere.

Arnd Rüskamp

Vorwort

Das Ernste sitzt auf seinem Platz. Es sitzt neben dem Lustigen. Gleich geben sie wieder das Konzert des Lebens.

Diese Geschichte ist eine Collage von Leben, wie sie stattfinden könnten. Wir begleiten Menschen zu Menschen, schauen sie an, gehen ein Stück mit ihnen, verlassen sie wieder, um ihnen später vielleicht in anderer Verfasstheit erneut zu begegnen. Auf dem Weg geschehen Dinge, die manchmal das Denken und Handeln verändern. Manchmal auch nicht. Und dann gibt es den Schlussakkord, der nicht selten weckt, was friedlich schlief.

Marie schloss die Wohnungstür. Sie hielt inne, schaute zurück und las neben dem schmuddeligen Klingelknopf: »Rike Huijsman und Karl Geisler«.

Zu Hause in Schleswig hing neben der Haustür ein getöpfertes Namensschild, auf dem »Hier wohnen Marie, Andreas und Karl« stand. Das war vertraut. Seit achtzehn Jahren. Nun stimmte das Bild nicht mehr, in Schleswig. Hier in Hamburg stimmte es. Fremd war es dennoch. Rike Huijsman und Karl Geisler.

Langsam ging Marie die Treppen hinunter. Karl war in der Küche stehen geblieben. Sie winkten doch immer, wenn jemand für längere Zeit das Haus, die Familie verließ. Auf dem vorletzten Absatz hörte Marie Musik von oben. Karls Musik. Als Kind war er nie durch besondere Musikalität in Erscheinung getreten. Seitdem er in der Klimabewegung aktiv war, machte er Musik, hatte Gitarre spielen gelernt und schrieb eigene Lieder im Stil von »Bella ciao«, das zur Hymne der italienischen Partisanen gegen den Faschismus geworden war.

»Marie«, hatte er gesagt, gegrinst und neu angesetzt, »Mama, Meinung braucht eine Stimme, und die Stimme braucht eine Melodie. Ich werde Musik studieren.«

»Musik«, hatte Marie geantwortet, und die Betonung des Wortes hatte Karl veranlasst, »und Mathematik« zu ergänzen. »Ich werde Lehrer. Ein guter, versteht sich. Und morgen stelle ich euch Rike vor.«

Das war kurz vor Weihnachten gewesen. Karl hatte die Zeit nach dem Abi mit Sondierungen verbracht, wie er es nannte. Er war mit der Bahn und dem Fahrrad via Kopenhagen, Stockholm, Helsinki, Berlin, Warschau, Budapest, Wien, Rom und Paris nach Leeuwarden in den Niederlanden gereist. Dort hatte er Rike kennengelernt. Seitdem war nicht alles anders geworden, aber vieles. Marie hatte geweint. Vor Schmerz und vor lauter

Glück. Zu sehen, wie Rike und Karl einander anschauten, wie sie das Leben bei den Hörnern fassten, machte sie selig.

Heiligabend war Rike in den Niederlanden und Karl in Schleswig gewesen. Am ersten Weihnachtsfeiertag war er zu Rike und ihrer Familie gefahren, am zweiten Feiertag waren sie am Nachmittag an die Schlei gekommen. Rike hatte sie aus ihren Nordseeaugen angeguckt und mitten auf den Mund geküsst. »Ich bin jetzt in eurem Leben«, hatte sie mit diesem liebenswerten holländischen Akzent gesagt und Marie einen Tetrapak Vla in die Hand gedrückt. »Ich kann uns gleich Saté machen.«

»Karl isst kein Fleisch mehr.«

»*Welk geluk*. Bleibt mehr für uns.« Rike hatte Marie, Andreas, dessen Eltern Rita und Uwe und sogar Maries Vater, der wegen des Fußballs gewisse Vorbehalte gegenüber Holländern hatte, im Sturm erobert. Sie hatte in Hamburg einen Studienplatz für Medizin ergattert und klare Vorstellungen vom Berufsleben. Sie wollte später Notärztin sein. In der Luft oder auf dem Meer.

Karl nannte Rike »*de gekke*«, was wohl so viel bedeutete wie »die Irre«. Mila und Huub, die Eltern der Irren, hatten sich für das übernächste Wochenende angekündigt. Sie würden mit ihrem Wohnwagen zu Sanne auf den Campingplatz nach Missunde kommen, um Karls Familie mit »Bausch und Bogen« kennenzulernen, wie Mila gesagt hatte. Mila hatte ein paar Jahre Deutsch in der Schule gehabt und warf mit deutschen Redewendungen nur so um sich. Nicht immer treffend, was Marie bestens amüsierte und Rike sichtlich nervte.

Marie hatte sich in ihrem Betrieb eine Woche freigenommen für die Schwiegereltern aus Friesland und hatte richtige Lust auf die Familienzusammenführung. Mila hatte sich schon nach dem ersten Treffen ein bisschen wie eine Freundin angefühlt. Davor stand das Bulli-Festival auf dem Cateringprogramm. Ein paar Tage Fehmarn mit Bulli und Bier gehörten schon seit einigen Jahren zu den gesetzten Terminen. Inzwischen war der Cateringbetrieb von Frauke und Marie so gewachsen, dass sie auch solche Großevents bedienen konnten. Marie war gespannt, ob sie die Stimmung so würde genießen können, wenn sie nun aus beruflichen Gründen am Start wäre.

Vor dem Haus wurde Marie vom Strom der Menschen verschluckt. Die Große Bergstraße war in Hamburg, was in Schleswig der Stadtweg war. Marie kicherte und stolperte. So sehr hinkte der Vergleich. Sie schwamm mit dem Strom. Der Friday-Rush, wie sie das Phänomen der Massenbewegung nannte. Wäre sie besser in Mathematik, sie würde ein Konzept zur Entzerrung der Ströme entwickeln, die sich vorhersehbar zu bestimmten Uhrzeiten, an bestimmten Wochentagen und selbstverständlich an Brückentagen und rund um die Schulferien Bahn brachen. War sie aber nicht, also gut in Mathematik.

Sie trieb vorbei an jenen in Blau-Gelb, deren Frage sie bisher unbeantwortet gelassen hatte. Dass sich wohnen und leben nicht ausschließen müssen, war den Strategen des schwedischen Möbelhauses wohl entgangen. Minuten später erreichte sie das zugige Gebäude eines anderen Unternehmens, deren Werber behauptet hatten, es komme. Wann, hatten sie nicht gesagt. Marie stieg in den Regionalexpress nach Kiel. Kaum hatte sie sich gesetzt und die Zeitung aufgeschlagen, ruckte der RE70 an, und ein Raunen ging durchs Abteil.

»Sorry, kann ich mal?« Ein Mann Mitte dreißig. Durchtrainiert. Augenscheinlich hatte er den Zug nach einem Sprint erwischt. Schweiß tropfte ihm von Stirn und Kinn. Schweiß, der dunkle Flecken auf Maries weißen Sneakern hinterließ. »Das hier ist der Platz für Fahrräder.«

Darum also hatte sie gleich einen Sitzplatz gefunden.

Der Mann schob das Rennrad zwischen Marie, die in einer fließenden Bewegung die Zeitung zusammengelegt, den Rucksack zu sich herangezogen hatte und aufgestanden war, und den Klappsitzen an einen Platz, den es eigentlich nicht gab. Von vorn kommend quetschte die Mutter dreier Kinder zwischen zwei und fünf Jahren eine Kombination aus Kinderwagen und Expeditionsfahrzeug zwischen den Sitzreihen hindurch. Bonbons fielen zu Boden. Das kleine Mädchen im Multifunktionsvehikel beklagte diesen Umstand lautstark. Die ältere Dame mit einer Art Hund auf dem Schoß schaute missbilligend, ein Teenager bückte sich, hob die Bonbons auf, reichte sie dem Mädchen und erntete einen Blick der Mutter, der voller Dankbarkeit war und auch Marie das Herz weitete. Inzwischen standen die Menschen ineinander. Sicher war es nicht mehr weit bis Elmshorn.

Marie kramte die drahtlosen Kopfhörer aus der linken Hosentasche. Karl hatte deren Verwendung augenrollend erklärt. Erster Titel der Playlist, die Karl für sie erstellt und »Alte-Leute-Mucke« getauft hatte, war »Passenger« von Iggy Pop. Fassaden, Büsche, Bäume, Brücken. Sie wischten in Maries Blickfeld hinein, wie früher die Dias von einem Projektor auf die alte Leinwand ihres Opas geworfen worden waren, und noch bevor der Moment des Erkennens hätte kommen können, verschwanden sie nach rechts Richtung Toilette.

Marie wippte mit Kopf und Oberkörper. Szenen aus Clubs in Essen, Hamburg und Kiel flogen an ihr vorbei, und dann kam ihr der schwitzende Mann noch näher. Seine Augen strahlten, als er Iggy Pops Refrain mitsang: »La, lala, lalala, la …« Party im Regionalexpress, wer hätte gedacht, dass so was geht.

Der nächste Titel war »Anything Goes« von AC/DC. Marie nahm sich vor, das Auto öfter mal stehen zu lassen. Der Blick des Mannes. Wie guckte der denn? In der Luft, ein Hauch von gestern. Der nächste Titel: »Gonna Make You Sweat«. Als ob das noch nötig gewesen wäre. Der Mann guckte, wie Andreas sie angeschaut hatte. Damals im K7, »der« Disco in Eckernförde. Gestern roch nach Holz und Schweiß.

Jetzt, da Karl in Hamburg wohnte, könnte sie sich eine Monatskarte kaufen oder ein Deutschlandticket, das es endlich wieder gab, nachdem es eine ganze Zeit aufs politische Abstellgleis geschoben worden war. Regionalexpressfahren machte, dass sie sich lebendig fühlte.

Es vibrierte. Das Handy. Marie ignorierte die Ablenkung. Der Zug bremste, der Anrufer gab auf, das Vibrieren hielt an. Elmshorn. Der Mann nickte. Ein verschwörerisches Lächeln. Mit der Rechten griff er nach dem Lenker seines Fahrrades und dirigierte es sicher durch den Parcours der Leiber. Die Türen schlossen sich. Noch einmal traf sein Blick Marie dort, wo es summte, dann sang Adriano Celentano. Marie fühlte sich von Karl veralbert und lauschte dem Refrain von »Azzurro«. Das Lied gefiel ihr. Italienische Momente gab es auch zwischen Wrist und Brokstedt.

Es war Andreas, der versucht hatte, sie zu erreichen. Sie schrieb ihm eine Textnachricht: »Bin im Zug. Lernte eben einen Herzensbrecher kennen. Niemand kann mit ihm konkurrieren. Außer dir. Ich melde mich, sobald ich bei Frauke bin. Kuss. Nein, mehr als das.«

Nenn mich Sniper

»Das ist ein McMillan TAC-50, Kaliber zwölf Komma sieben mal neunundneunzig Millimeter. Standardmunition der NATO. Ich gebe dir fünf Patronen dazu. Auf tausend Meter schießt du deinem Target ein fettes Ohrloch. Bei sehr guten Bedingungen reicht das gute Stück aber auch über drei Kilometer weit. Es gibt eine bestätigte Tötung aus dem Jahr 2017. Da hat ein kanadischer Soldat einem IS-Kämpfer den Stecker aus dreitausendvierhundertfünfzig Metern gezogen. Über zehn Sekunden war der Gruß aus der Büchse unterwegs.«

Er nahm das Gewehr aus dem Koffer. »Du brauchst natürlich auch ein gutes Zielfernrohr. Ich empfehle immer ein Sechzehnfach-Leupold-Rohr. Kommt aus den Staaten, aber ist irgendwie deutsche Wertarbeit. Der Unternehmensgründer war Deutscher.« Der Mann grinste. »Mit diesem Gewehr kannst du deinem originellen Decknamen leicht gerecht werden – Sniper.«

Sniper ignorierte den abschätzigen Unterton und griff nach der Waffe. »Ich nehme zwanzig Patronen. Muss das Gewehr ja einschießen. Gehört das Zweibein dazu?«

Er nickte. »Okay, Sniper. War angenehm, mit dir Geschäfte zu machen. Solltest du mal wieder was brauchen: Du weißt, wie du mich erreichen kannst.« Er stand auf.

Die beiden Transporter standen direkt nebeneinander. Der Mann öffnete die Schiebetür, schloss sie, und nur wenige Sekunden später sprang ein Motor an. Ein Diesel. Die gab es ja kaum noch. Es blieb ein penetranter Geruch zurück, der am ehesten eine Kombination aus süßlichem Rasierwasser und kaltem Zigarettenrauch war. Sniper schob den Koffer in den doppelten Himmel seines Wagens, stieg aus und atmete durch. Nun würde das Problem gelöst werden können.

Noch ein paar Schritte durch den Park des Friedens.

Görlitz hatte Sniper schon vor der Wende kennengelernt, weil auf polnischer Seite eine große Spedition mit ihnen kooperierte. Das waren wilde Zeiten damals. Alles schien möglich, und doch war das Versprechen eine Lüge geblieben. Die Unfreiheit des alten Systems hatten sie gegen die Unfreiheit des neuen Systems eingetauscht. Anders, aber unterm Strich blieb Unfreiheit. Freiheit gab es nur in der Kunst. Falsch. Freiheit gab es auch in der Natur. Jedenfalls solange sich der Mensch raushielt. Menschen machten Probleme. Dagegen musste man was tun. Jeder an seinem Platz.

Die frische Luft tat gut. Langsam wich die Anspannung. Mit einem Waffenhändler hatte Sniper bisher noch nie zu tun gehabt. Nach ein paar Schritten nur tauchte das Denkmal Jacob Böhmes auf. Viele Schriften des ersten deutschen Philosophen, wie Hegel ihn genannt hatte, waren für Sniper zu einem Halt in einem haltlosen Leben geworden. Die Natur verstand der Mann einfacher Herkunft als Lehrmeister, formulierte bisweilen wenig prägnant und fabulierte mystisch. Sniper hatte das immer gefallen, und er wusste, dass Böhme Novalis beeinflusst hatte.

Böhme war für Sniper, ebenfalls ohne jeden akademischen Hintergrund, zu einem Vorbild geworden. Er war ein Schuhmacher gewesen und hatte bewiesen, dass man sich auch als Mensch ohne höhere Bildung Gedanken über die großen Dinge machen konnte. Was Mystik war und mit der eigenen Existenz anstellte, hatte Sniper über die Jahre hinweg in kleinen Dosen verstanden. Es war das Licht, das über dem Horizont erschienen war, das das Göttliche verkörperte. Es war offenbar, dass niemand die große Stille stören durfte. Ein zufriedenes Lächeln erschien auf Snipers Gesicht. Die große Stille. Bald würde sie wieder zu ihrem Recht kommen.

Auf der Bank zur Seite des Denkmals ließ sich eine Taube nieder. Sie drehte den Kopf, schaute Sniper an, und Gewissheit wuchs. Dass das Präzisionsgewehr hier am Park des Friedens den Besitzer gewechselt hatte, adelte die Mission. Sniper erhob sich, schaute der Taube hinterher, die aufgeflogen war, dachte an Picasso, dachte an Friedenstauben und verbeugte sich vor Jacob Böhmes Denkmal. Die rechte Hand auf der Brust, hält die linke ein Buch beeindruckenden Umfangs, den Blick hat der Philosoph ins Unbestimmte gerichtet.

Moralisch gestärkt schritt Sniper über den feinen Kies hinüber zum Transporter. Fünfhundertneunzig Kilometer genau trennten Sniper vom Ansitz. Zuvor jedoch brauchte es noch ein bisschen Übung.

Hilfe!

Mit pfeifenden Bremsen erreichte der Zug Maries Ziel. Karls Playlist bot mit »Child in Time« ihre Lieblingsnummer von Deep Purple. Sie überquerte die Gleise, passierte das Restaurant L.O.K.S., in dem sie ab und zu sehr gutes Wok-Gemüse aß, und freute sich auf den Abend mit Andreas.

Bis zur Villa, die Frauke mit Fröbe bewohnte, waren es nur ein paar Schritte. Das FRIMO 2, einen der elektrischen Transporter der Geschmacksverstärker:innen, hatte sie in der Auffahrt abgestellt. FRIMO war die Abkürzung für Frischemobil und erinnerte sie immer an ihr gutes altes Ermittlungsmobil, das sie vor einer halben Ewigkeit auf EMO getauft hatte.

Dass Frauke sich ausgerechnet in einen Polizisten verknallt hatte! Mit Fröbe tauschte Marie gern wissende Blicke, wenn es um Mord und Totschlag ging. Frauke fand das wohl eher so mittel, glaubte sie.

Sie klingelte. Die Tür machte keinen Mucks. Marie umrundete den dreigeschossigen Prachtbau. Frauke lag nackt auf der Veranda. »Bist du scharf auf Hautkrebs?«, fragte Marie.

»Schnauze, ich bin von uns beiden die Ärztin, und ich liege hier erst seit fünf Minuten.«

Wenige Menschen durften so mit Marie sprechen. »Wo ist Fröbe?«

»Spätdienst. Polizisten arbeiten auch, wenn es dunkel ist. Schon vergessen?«

Marie legte ihre Umhängetasche neben eine der Liegen und wandte sich dem Haus zu. »Auch Durst?«

»Immer.«

In der Küche öffnete Marie den Kühlschrank in der Hoffnung auf eine Karaffe Kaltgetränk. In der Regel rührte Frauke aus Minzblättern, Ingwer, Honig und Wasser mehr oder weniger gesunde Flüssigkeiten zusammen. Mittelgroß die Überraschung, dass sich außer Bier nichts Trinkbares fand.

Es war nach siebzehn Uhr, und Marie wollte sich mit Frauke ein Astra Arschkalt genehmigen. In Wärmezeiten wie diesen hatten auch Wörter, die Abkühlung suggerierten, Konjunktur. Die Deutsche Gesellschaft für Sprache hatte herausgefunden, dass die durchschnittliche Temperaturzunahme im betrachteten Fünfjahreszeitraum mit der schriftsprachlichen Verwendung solcher Wörter korrelierte, die etymologisch mit Begriffen wie kalt, Eis, Kühle, Schnee und so fort assoziiert wurden. Bisweilen waren Gedanken wie drei Korn auf ex.

Vom Tisch nahm Marie noch Sonnenschutzcreme Faktor fünfzig mit raus, die immerhin achtundneunzig Prozent der UVB-Strahlung blockierte. Als sie einmal eine Creme mit Lichtschutzfaktor hundert nach Hause mitgebracht hatte, war sie von Andreas als Werbeopfer verspottet worden. Er hatte ihr erklärt, dass es unmöglich sei, hundert Prozent der gefährlichen Strahlung abzuhalten.

Frauke bewies Vernunft, zog sich ein weißes T-Shirt über und wechselte in den Schatten der alten Linde. »Ich bin genervt, weil Fröbe genervt ist. Nein, genervt ist falsch, er ist aufgeregt, unruhig, fahrig, zornig.«

Neben Frauke war noch ein Platz auf der schmalen Bank frei. So saßen sie nebeneinander und sagten eine Weile nichts, schauten einem Eichhörnchen zu, wie es nach Nüssen grub. »Und warum ist er so in Wallung, dein Fröbe?«

Ein kleiner Rülpser entwich Fraukes leicht geöffnetem Mund.

»Niemand rülpst so damenhaft wie du«, versuchte Marie ein Kompliment.

»Er ist in Wallung, weil er den Betreiber dieses Eros-Centers kannte. Mehr weiß ich nicht. Er schweigt.«

»Guter Bulle.«

»Apropos. Wir müssen noch entscheiden, wer die Burgerpattys für Fehmarn macht. Wir können da nicht nur Veggie anbieten.«

Frauke zauberte ihr Tablet aus einer Tasche hervor, die über der Armlehne hing. Sie scrollte durch die Liste der Fleischlieferanten, rief aktuelle Preise auf, stöhnte, trank noch einen Schluck

Bier. Marie merkte, wie sie wegdöste. Die Schatten von Blättern und Ästen auf dem Rasen, der Gesang eines Vogels, den sie als den einer Amsel identifizierte, die Aufregung des Besuches bei Rike und Karl, die Wärme.

»Marie, du schnarchst. Ich glaube es nicht. Hier, Benno, der ist unser Mann. Auf Fehmarn. Kurze Wege. Der liefert direkt, wir sparen uns den Umweg übers Lager. Büschen teuer, aber wir haben's ja. Wehe, du schläfst noch mal ein. Nehmen wir den?«

»Unbedingt. Auf dem Ferienhof seiner Eltern haben Andreas, Karl und ich mal übernachtet, als der Bulli von Rita und Uwe schlappgemacht hat. Das habe ich bis heute nicht erzählt. Die sind immer noch so was von pingelig mit ihrem Augenstern. Noch ein Bier, die Dame?«

Frauke reichte Marie die leere Flasche und schrieb Benno eine Nachricht. Als Marie mit Bier und einem Glas Wasser zurückkam, war das Thema erledigt. Fraukes Blick auf das Wasser beantwortete Marie mit einem Fingerzeig in Richtung FRIMO 2.

So saßen sie im Garten der Villa am Einfelder See und fühlten, dass sie es gut getroffen hatten. Mitarbeiter meldeten sich online und bestätigten den Einsatz beim Bulli-Festival, der Check notwendiger Genehmigungen fiel positiv aus.

»Dass sich unser Laden so entwickeln würde, hätte ich damals nicht gedacht. Wir haben echt Schwein gehabt«, sprach Frauke aus, was Marie empfand.

»Karl sagt übrigens seit Kurzem: ›Da haben wir ja wieder mal Tofu gehabt‹.«

»Von wem hat der Junge nur diesen feinen Humor?«, frotzelte Frauke.

Marie schlug nach ihr, verfehlte sie aber knapp.

»Zurück in den Polizeidienst kannst du mit deinen Nahkampf-Skills aber nicht, alte Frau.«

»Lass mich. Ich muss arbeiten.« Marie ging ans Telefon. »Frau Kriminalrätin, was verschafft mir die Ehre?«

Am anderen Ende seufzte Astrid, Maries alte Kollegin beim LKA in Kiel. »Ich schaff das morgen früh nicht. Hier ist gut zu tun, und der Nachfolger an deinem alten Schreibtisch ist auf Fortbildung beim BKA in Wiesbaden.«

»Bernd beim BKA. Soso. Da war ich auch mal. Die Geschichte mit Mayr. Das waren wilde Zeiten.«

»Hast du schon mal erzählt, Marie. Vielleicht auch vier Mal. Können wir uns am Nachmittag treffen?«

»Können wir. Ich habe frei bis zum Bulli-Festival.«

»Frei. Davon kann ich nur träumen. Egal. Fünfzehn Uhr bei mir im Büro?«

»Jo.« Marie legte auf. »Überall fehlen Leute. Seitdem die Boomer in Rente gehen, ist es noch schlimmer geworden.«

»Was du nicht sagst. Ich verstehe nur nicht, dass die Verbrecher so gut nachwachsen. In deren Branche müsste es doch auch Fachkräftemangel geben.«

»Gibt es auch. Aber eben nur bei bestimmten, körperbetonten Gewerken wie Einbruch. Zugenommen hat der gesamte Cyberbereich. Apropos Zukunft. Ich bin schwer gespannt, wie genau diese Katenschinkenstraße funktioniert. So witzig der Name auch ist, den Ballermann mal eben so nach Fehmarn zu exportieren ist ja doch ein ziemlich gewagtes Unterfangen.«

»Finde ich nicht«, war Frauke sich sicher. »Das Konzept funktioniert seit Jahrzehnten. Und wenn es am Mittelmeer funktioniert, dann vermutlich auch an der Ostsee. Ist halt übel heiß auf Malle. Ich hoffe nur, dass die uns nicht zu viele Besucher beim Bulli-Festival abspenstig machen.«

Vom See kamen laute Hilferufe. Marie und Frauke zuckten gleichzeitig, drehten die Köpfe in Richtung Wasser, sprangen auf und liefen los. Das Gartentor war abgeschlossen, Marie fluchte. Die Hecke war dicht und dornig. Wieder rief ein Mensch um Hilfe. Marie tastete ihre Taschen ab. Früher hatte sie meist ein Pickingbesteck bei sich gehabt.

»Hier rum!« Frauke flankte über den seitlichen Begrenzungszaun in den Garten der Nachbarn, Marie folgte. Sie umrundeten einen Fischteich, erreichten das Törchen, das offen stand. Vor ihnen lief der Nachbar, ein Mann jenseits der achtzig. Marie und Frauke überholten ihn, Frauke hob grüßend die Hand, und dann sahen sie über den schmalen Strand hinweg, dass sich zwischen den beiden Landzungen, gute zweihundertfünfzig Meter vom Ufer entfernt, ein Mädchen an ein aufblasbares Einhorn klammerte. Immer wieder versuchte das Kind, ins Innere des Spielzeugs zu gelangen. Beinahe gleichzeitig sprangen Marie und Frauke ins Wasser. Beide waren gute Schwimmerinnen.

Nur wenig später verstummten die Hilferufe. Marie reckte den Kopf so hoch aus dem Wasser, wie sie konnte, sah aber nur die Spitze des Einhorns. Sie wusste, wie schnell Menschen ertranken. Nur drei bis fünf Minuten wäre Zeit, dann stürben die ersten Gehirnzellen. Beim letzten Training im Polizeisportverein hatte Marie für hundert Meter eine Minute vierundzwanzig gebraucht. Gut, dass Frauke da war, sie würde das Kind professionell reanimieren können, falls es gelänge, die Kleine zu finden.

Das Wasser war trüb. Sie wusste, dass der See an manchen Stellen über acht Meter tief war. Wo das war, wusste sie nicht. Das Wasser war warm. Gar nicht gut. Marie hatte mal von ihrem Schwiegervater Uwe gehört, dass der Sauerstoffbedarf mit jedem Grad weniger um sechs Prozent sank. Uwe wusste das. Er verbrachte jede freie Minute bei der DGzRS in Maasholm.

»Hier rüber«, keuchte Frauke, sie hatten die Richtung verloren, waren zu weit nach rechts geschwommen.

Sie würden es nicht rechtzeitig schaffen, dachte Marie, als sie das Brummen eines Außenbordmotors hörte. Die Wellen des Bootes erreichten sie, Marie schluckte Wasser. Als sie wenig später die Stelle erreichten, an der das Angelboot und das aufblasbare Einhorn lagen, hatte Herr Schnabel, Fraukes Nachbar, das Mädchen mit einem Bootshaken am Badeanzug erwischt und an die Wasseroberfläche gezogen. Marie erreichte das Boot vor Frauke, stabilisierte den Körper des Mädchens, dessen Kopf auf der Brust lag.

»Ins Boot?«, keuchte Marie.

Frauke nickte.

Herr Schnabel klemmte den Bootshaken unter einer Klampe fest. Marie griff mit einer Hand nach dem Dollbord, Herr Schnabel wechselte auf die Backbordseite, sodass das Boot nicht kentern konnte. Jetzt kam es auf das richtige Timing an. Marie, Frauke und Herr Schnabel tauschten wissende Blicke. So als hätten sie es geübt, reichte Herr Schnabel Frauke eine Hand, Marie schob, und Frauke rollte sich über die Bordwand. Nur Sekunden später hatten Frauke und Marie das Mädchen ins Boot bugsiert. Was dort auf dem Boden passierte, konnte Marie nicht mehr sehen.

»Puls, keine Atmung. Wir fahren bitte an den Strand. Marie, kommst du klar?«

Marie bestätigte und stieß sich sanft vom verblassten roten Anstrich des Bootes ab, Herr Schnabel wendete über Steuerbord, sodass Marie nicht durch den Propeller gefährdet wurde. Das Boot entfernte sich, Marie legte sich auf den Rücken und versuchte, ruhig zu atmen. Links neben ihr tauchte ein Surfbrett auf, darauf eine Frau mit Lederhaut und Goldkettchen an den Fesseln. Sie reichte Marie einen Tampen. »Festhalten. Ich hab Strom.«

So unsportlich die ältere Dame wirkte, so souverän tauchte sie das Paddel ins Wasser, und zügiger als erwartet strebte das Gespann dem Strand entgegen. Die Schläge wirkten außerordentlich kraftvoll. »E-Finne«, erklärte die Frau, und Marie wusste nicht, wovon sie sprach.

Blaulicht zuckte über das Wasser. Ein Notarztwagen erreichte Frauke und das Mädchen. Marie bedankte sich bei der hilfsbereiten Dame, als sie Grund spürte, kam auf die Beine und ging zügig zur kleinen Gruppe, die sich um das Mädchen gebildet hatte.

»Sicherheitshalber sollte sie dennoch ins Krankenhaus«, hörte sie Frauke sagen. Der Notarzt nickte. »Gut, dass Sie vor Ort waren. Das hätte auch schiefgehen können. Wie kann man nur?«

Frauke legte ihre Hand beruhigend auf die Schulter der Mutter, deren Schuldbewusstsein offensichtlich war. »In einer Viertelstunde ist sie im Friedrich-Ebert. Alles wird gut.«

Jetzt kam auch Herr Schnabel dazu, der das Boot festgemacht hatte.

»Danke«, wandte sich Marie an ihn. »Sie kennen sich aus.«

»Jo«, antwortete Fraukes Nachbar.

Marie schaute fragend.

»Marine. Kann ich noch was tun?«

Keine Reaktion von Frauke, der Notarzt brummte: »Nö.«

Herr Schnabel drehte sich um und ging. Marie mochte sie, diese wortkargen Anpacker.

»Du pustest ganz schön«, stellte Frauke fest. »So wird das nichts mit Stammelf und so. Soll ich dir mal einen Plan machen? Kardiotraining.«

Marie setzte sich auf den Rasen, dann legte sie sich auf den Rücken, betrachtete eine Wolke, die aussah wie der Schnurrbart von Dalí. Sie schloss die Augen und sagte: »Ein Eis wäre jetzt nicht schlecht. Aber ihr habt ja nix, hier in der Provinz.«

Sie spürte, wie Frauke ihre linke Hand umschloss. Sie hatte sich neben sie ins Gras gelegt. »Ich könnte dir eine Portion Grünkohl warm machen.«

Sie lachten und dachten beide an das Mädchen. Aber das wussten sie nicht, weil Gedankenlesen nur funktioniert, wenn die Sterne sehr günstig stehen. Strandtaggeräusche, als wäre nichts geschehen, Minigolfschläger trafen auf Minigolfbälle. Jenseits der Einfelder Schanze fuhr der aus Kiel kommende RE70 ein.

Frauke richtete sich auf. »Wusstest du eigentlich, dass vier von fünf Menschen, die ertrinken, Männer sind? Was immer das heißt.«

Marie schaute Frauke an, die sich um einen unschuldig ironischen Gesichtsausdruck bemühte. »So hat Rike heute auch geguckt. Ist das so ein Medizinerdings? Eine Mischung aus Überheblichkeit, Unwissenheit und als professionelle Distanz getarntem Desinteresse?«

Frauke lachte künstlich. »Das wüsstet ihr wohl gern, ihr Kassenpatienten.«

»Klassenkampf, Klassenkampf …« Marie ballte die Fäuste. Johlend rollte sie sich auf Frauke und kitzelte, was die Kräfte hergaben. Frauke schlug mit der flachen Hand auf den Boden,

Marie rollte zurück. »Ob wir das in zehn Jahren auch noch machen?«

»An mir soll's nicht liegen. Ich bin sehr froh, dass sich unsere Wege gekreuzt haben, Marie.« Frauke klang beinahe gerührt. »Dein Liebster und ich sehen immer wieder, wie fragil unser Leben ist. Ja, klingt nach Phrase. Aber es ist verdammt wahr. Lass uns jeden Tag genießen.«

Dass Andreas und Frauke einen mobilen Palliativdienst aufgebaut hatten, war ein Segen für Menschen, die ihre letzten Wochen im gewohnten Zuhause verbringen wollten. Menschen dann nahe zu sein, wenn Situationen ultimativ waren, gehörte zu den Errungenschaften humanistischen Denkens. Marie erinnerte sich daran, wie sie einem Geiselnehmer die Hand gehalten hatte, der von Schüssen getroffen vor ihren Augen verblutete. Er war ein Verbrecher, er war verantwortlich für das Leid anderer gewesen, und doch war er in diesem letzten Moment ein Mensch, der sich nach nichts mehr sehnte als nach Maries Zuwendung.

»Was ist los, Frau Geisler? Du guckst so traurig.«

»Eher nachdenklich. Dankbar und demütig. Wer weiß, wie lange mein Vater noch lebt?« Sie rieb sich mit beiden Händen das Gesicht. »Schluss jetzt. Wird Zeit, dass ich mal wieder eine anständige Blutgrätsche ansetze. Weinerliches Getue hier. Übernächstes Wochenende haben wir ein Auswärtsspiel in Meldorf. Das wird schwer.«

Frauke richtete sich auf. »Vorher haben wir noch ein Auswärtsspiel auf Fehmarn. So viele hungrige Mäuler hatten wir noch nie zu stopfen, und ich frage mich, ob die uns mit unserem regionalen Biokram nicht vom Hof jagen, die Bulli-Jünger.«

»Haben wir alles lang und breit besprochen. Nur weil wir uns ins Höschen machen, bedeutet das nicht, dass wir mit unserem Konzept falschliegen. Wer Junkfood will, fährt dann einfach rauf zur Katenschinkenstraße und gut.«

»So einfach ist das auch nicht. Die haben auch umgestellt. Die Dänen kriegen da zwar ihre Labberwurst im Labberbrot. Ja, ich weiß, dass dir dieses Zeug schmeckt. Aber die Schweine hatten auf dem Weg hin zur Transformation in einen heißen Hund genügend Auslauf, und deren Futter ist inzwischen auch okay. Es ist ja nicht so, als habe sich gar nichts zum Besseren verändert. Das Prinzip ist Substitution. Der Hunger auf irgendeine Kombination aus Fett und Zucker oder Fett und Salz bleibt. Aber das lässt sich ja intelligent ersetzen. Der Wunsch nach schnellem Fahren bleibt, aber das geht eben auch, wenn du mit dem Fahrrad eine Skisprungschanze runterfährst.«

»Es gibt Leute, die mit dem Fahrrad eine Skisprung–«

»Nur so ein Beispiel. Aber es gibt alles. Das muss ich dir doch nicht sagen. Ein Vorzug des Polizistinnenlebens ist es doch, dass man oft dahin kommt, wo es sehr hell oder sehr dunkel wird.«

Fraukes Handy klingelte. Sie meldete sich. Sie wirkte überrascht. Sie lächelte, wiegte den Kopf, dann sagte sie: »Ich bin in dreißig Minuten fertig.«

Sie knuffte Marie in die Seite. »Mein alter Oberarzt. Er war in Dänemark und ist auf dem Rückweg. Er hat gefragt, ob ich Bock auf ein Wochenende in Köln hätte. Marie, ich muss los. Sollte was Wichtiges sein, ruf mich bloß nicht an.« Sie grinste, wuschelte Marie durch die Haare. Das hatte sie sich von Karl abgeguckt. Dann verschwand sie über die Terrasse im Haus.

»Weg isse«, konstatierte Marie und raffte sich auf. Bis sie in Eckernförde war, würde es erfahrungsgemäß noch eine Dreiviertelstunde dauern. Sie würde Andreas in dessen Praxis abholen, weil der R4 schon wieder kaputt war. Irgendwas mit der Zylinderkopfdichtung. Andreas war besorgt, und Marie wusste, dass sie seine Besorgnis ernst nehmen musste. Er hing an dem alten Franzosen.

Freitagabend also. Dass Karl nun nicht mehr regelmäßig zu Hause schliefe – komisch war das. Karls Zuhause war jetzt in Altona.

Marie stieg ins Frischemobil. Über die Jahre hatte sie sich an das Fahren mit Elektroantrieb gewöhnt. In Schleswig hatten sie im Carport eine Wallbox installiert, die sich aus einem Speicher speiste, der an einer PV-Anlage auf dem Dach hing. Das war schon praktisch. Aber immer noch fehlten Ladepunkte in dicht besiedelten Quartieren.

Als sie losfuhr, begrüßte sie wackelnd der »Bedenkenträger«, ein Kastanienmännchen, das sie vor langer Zeit auf das Armaturenbrett geklebt hatten. Es hatte zwischenzeitlich die Arme verloren, war aber immer wieder von Marie geflickt worden. Es war schnell zu einer Art kritischem Alter Ego geworden, das ihre Gefühle und Gedanken kannte, aber meist schonungslos dekonstruierte.

Peter, Paul and Mary are planning a bank robbery

Am Lornsenplatz in Eckernförde – Marie hatte es geschafft, über eine halbe Stunde an nichts zu denken – fiel ihr ein, dass sie kein Bargeld mehr hatte. Zwar zahlte kaum noch jemand mit echtem Geld, wie es ihr Vater meist nannte, aber Sonntag wollten sie rüber nach Pellworm, und der alte Besitzer im Imbiss Hooger Fähre akzeptierte kein Plastikgeld und keine Handymoneten. So stand es seit Jahr und Tag auf einer Tafel neben dem Eingang zum ochsenblutrot gemalerten Holzhäuschen, das nicht nur über eine windgeschützte Terrasse, sondern auch über eine Eins-a-Lage am Fuß der Treppe rauf auf die Deichkrone verfügte. Vom Backfisch und der köstlichen Remoulade mal ganz abgesehen.

Marie bog hinter der Stadthalle rechts in den Jungfernstieg ein, parkte direkt vor dem Museum Alte Fischräucherei in der Gudewerdtstraße und betrat kurz darauf die Räume der Eckernförder Bank in der Fußgängerzone. Kurz vor Feierabend. Sie hatte es gerade noch so geschafft. Zwar gäbe es das Geld am Automaten, aber sie kannte die stellvertretende Filialleiterin und freute sich auf einen kurzen Schnack. In der Schalterhalle herrschte die erfrischende Kühle, die es an manchen Tagen noch draußen auf dem Wasser gab, wenn sie mit dem Folkeboot ein paar Schläge segelte.

Sie fragte nach Sünje, erfuhr, dass die »hinten« sei. Marie trat also vor einen der Geldautomaten, die mit ihren Knöpfen an alte Zeiten erinnerten. Die Knöpfe waren inzwischen meist von Touchscreens abgelöst worden. Die Touchscreens hatten Kameras zur Seite gestellt bekommen, die Gesten interpretieren konnten und die Netzhaut des Users scannten, Mikrofone erkannten das Individuelle einer Stimme, und hier an diesen Terminals gab es noch gute alte Knöpfe. Marie gefiel das.

Altmodisch mutete auch der Typ an, der in dem Moment die Bank betrat, als Marie hundertdreiundzwanzig als gewünschten Auszahlungsbetrag eintippte. Der etwa eins fünfundachtzig große Mann hatte eine durchschnittliche Figur, war durchschnittlich mit einer grauen Jogginghose und einem schwarzen, langärmeligen T-Shirt bekleidet. Die Sneaker waren solche eines Sportartikelherstellers aus Herzogenaurach. So weit, so gewöhnlich. Dass er aber eine schwarze Skimaske über Kopf und Gesicht gezogen hatte, wirkte doch sehr achtziger, bestenfalls neunziger. Wer überfiel denn heute noch Banken, bei all den Sicherheitssystemen? Das fragte sich Marie und erhielt postwendend eine Antwort.

»Ich bin Paul von Peter, Paul und Mary, und das hier ist meine Pistole. Also, alle auf den Boden und raus mit der Kohle, aber zackig.«

Marie brach den Auszahlungsvorgang ab. »Kohle? Junger Mann, das haben wir doch nun wirklich hinter uns. Fossile Energien sind out, seitdem es kein lineares Fernsehen mehr gibt.«

Der Mann drehte sich zu Marie um. »Ich bin kein junger Mann. Ich heiße Paul.«

»Angenehm, Marie«, stellte sich Marie vor. »Also ganz urdeutsch ausgesprochen, nicht ›Mary‹ wie in ›Peter, Paul and Mary‹. Das ist von Otto, wusstest du das?«

»Wusste ich. Mein Opa hatte eine CD von Otto.«

»Davor, also vor den CDs, gab es Schallplatten aus Vinyl.«

»Das, um deiner Frage vorzubeugen, wusste ich auch. Wusstest du denn, dass es in Nortorf das Deutsche Schallplattenmuseum gibt?«

»Aber ja. Wusstest du, dass im Nortorfer Skulpturenpark ein Werk von Dieter Stolte zu sehen ist, das ›Annäherung‹ heißt?«

»Nö.«

»Dachte ich mir, komm mal näher. Ich kann dir das auf dem Handy zeigen. Bestimmt gibt es da ein Foto bei Google.«

Der Typ mit der schwarzen Skimaske sagte: »Ach«, und ging auf Marie zu.

Marie hielt ihm das Display ihres Handys mit der linken Hand hin. Mit der rechten Hand entwand sie Paul die Pistole, drehte ihm den Arm auf den Rücken und sagte: »Paul, kein Mensch überfällt heute noch Banken.«

»Das wusste ich nicht«, sagte Paul. »Du hast mich reingelegt. Nicht die feine Art. Das werde ich mir merken.«

In diesem Moment betraten fünf oder sechs Mitglieder des mobilen Einsatzkommandos die Bank durch rückwärtige Zugänge und regelten den Rest.

»Marie, bist du das?« Eine der martialisch ausgestatteten Polizistinnen stand grinsend vor Marie. »Du hattest doch gekündigt, oder?«

»Moin, Moni«, grüßte Marie. »Ja, ich bin Zivilistin, und seitdem ich das bin, gerate ich ständig in Situationen wie diese. Immerhin hat das den Vorteil, dass ihr die Schreibarbeit habt und nicht ich.«

Moni zeigte auf den Typen, der abgeführt wurde. »Der war bewaffnet.«

»Der war harmlos.«

Moni zog die Stirn kraus. »Du wirst eine Zeugenaussage machen müssen.«

»Bin morgen um fünfzehn Uhr im LKA. Vielleicht passt das ja. So, ich muss. Mein Mann wartet. Warum wart ihr eigentlich so schnell hier?«

»Übung am Strand mit den Kampfschwimmern der Marine. Anlanden, sichern, überwinden.«

Kurzes Händeschütteln. Abgang Moni.

Von hinten kam Sünje. »Was zum Geier war denn hier los? Kaum bin ich mal auf dem Klo …«

»Och, ein verwirrter Verirrter. Alles wieder gut. Sünje, ich hätte Lust auf einen Schnack gehabt, aber –«

»Dein Mann wartet. Habe ich gehört. Ich war heute Morgen bei ihm zum Blutabnehmen.«

»Der nimmt selbst Blut ab?«

»Nein, aber er hat gewinkt. Oder heißt es ›gewunken‹?«

Marie hatte keine Ahnung und antwortete: »Geht bestimmt beides. Tschüss.«

Der Ungläubige

Andreas wartete vor der alten Landratsvilla in Eckernförde und hielt den Daumen hoch. Er lächelte sein »Hello-Baby-Lächeln«.

Marie konnte es nicht leiden, dass er dort stand. Wenn sie auf der Straße oder halb auf dem Bürgersteig hielt, behinderte sie andere Verkehrsteilnehmer. Zumindest potenziell. Ob man an dieser Stelle überhaupt halten durfte, wusste sie nicht. Seit Jahren nahm sie sich vor, mal auf die Schilder zu achten. So fuhr sie an Andreas vorbei und bog hinter der Villa rechts ab, umrundete über den Parkplatz das Gebäude und kam mit der Fahrzeugfront zur Straße hin kurz hinter dem Eingang zum Stehen.

Wie erwartet war Andreas blöd hinter ihr hergelaufen, anstatt ihr clever entgegenzukommen. Sie sah ihn im Rückspiegel kopfschüttelnd kommen. Kurz bevor er die Beifahrertür erreicht hatte und nach dem Türgriff angelte, fuhr Marie leicht an. Jetzt lächelte er wieder, öffnete die Tür, ließ sich auf den Beifahrersitz fallen, küsste sie schmatzend und fragte: »Wie war dein Tag, Witzbold?«

»Wie er so ist, ein Superheldinnentag.«

Andreas schnallte sich an. »Du konntest das mit der Kaution für Rikes und Karls Wohnung also geschmeidig regeln?« Das war der eigentliche Zweck für Maries Besuch in Hamburg gewesen. Ein Gespräch mit dem skeptischen Hausverwalter, weil Rike und Karl so jung waren, weil sie keinen festen Job hatten, weil Rike Holländerin war.

»Ja, ich bin jetzt Bürgin. Als dieser schmierlappige Immobilienfuzzi erfuhr, dass du Arzt bist, bot er mir einen Kaffee an. Ich habe angenommen.«

»Zähneknirschend, wie ich vermute. Du bist wirklich eine Superheldin. Selbstverleugnung war ja schon immer deine Superkraft. Wo fährst du eigentlich hin? Wollen wir nicht nach Hause?«

Marie war nach rechts auf die B 203 Richtung Kappeln abgebogen. »Der Grill.«

Andreas drehte den Kopf zur Seite. »Och nee, hatte ich vergessen.«

Marie hatte einen gebrauchten Gasgrill gekauft. Von Rike wusste sie, wie gern ihre Eltern grillten. Bei Geislers gab es schon lange keinen Grill mehr. Karl aß kein Fleisch, und Andreas hasste den Geruch, der beim Grillen entstand.

»Hoffentlich sind die wenigstens nett. Wie heißen die noch mal?«

»Mila und Huub. Ich denke immer an Huub Stevens, den Ex-Trainer von Schalke.«

»Kein gutes Omen«, mutmaßte Andreas, der wusste, dass Marie kein Fan der Knappenmannschaft aus Gelsenkirchen war.

»Doch, doch. Huub Stevens fand ich immer gut. Als Spieler und als Trainer.«

»Den Grill holen wir noch mal wo ab?«

»In Rieseby an der Mühle Anna.«

»Das ist Norby.«

»Meinetwegen. Die sind nett da, die Leute vom Museumsverein.«

»Auch Superhelden, diese ganzen Ehrenamtlichen. Hast du denn außer Karl und Rike noch jemanden gerettet heute?«

Marie steuerte das FRIMO 2 am Gebäude der Freiwilligen Feuerwehr in Barkelsby vorbei. »Ja, Frauke, deren Nachbar Herr Schnabel und ich haben einem ertrinkenden Mädchen das Leben gerettet, und in der Bank vorhin in Eckernförde habe ich einen Bankräuber entwaffnet.«

»Okay, ich dachte schon, es sei irgendwas Besonderes vorgefallen.«

Der Grill stand neben dem Eingang zum Göpelschuppen. Rechts neben dem Eingang stand Rebekka, die sich im Museumsverein auch um Lesungen kümmerte. Marie war unlängst zu Gast gewesen, als ein älterer Autor aus seinem aktuellen Krimi gelesen hatte. In der Pause war sie mit ihm ins Gespräch gekommen. Sie teilten die Leidenschaft für den VfL Bochum, Currywurst und das Bügeleisenhaus in Hattingen. Nachdem Marie eine behütete

Kindheit an der Schlei erlebt hatte, war ihr Vater Trainer beim VfL Bochum geworden. Die wilde Pubertät hatte sie im nicht minder wilden Ruhrgebiet verbracht. So wohnten bis heute zwei Seelen in ihr, die sich blendend verstanden. Das rotzige Pottmädchen und die spröde Norddeutsche ergänzten sich bestens.

Marie parkte so, dass die Verladung des Monstrums durch die rechte Schiebetür erfolgen konnte.

»Mein Mann Andreas, Rebekka«, stellte Marie die beiden einander vor.

Andreas umrundete das Gerät aus glänzendem Metall und allerlei Armaturen. »Warum verkauft ihr diesen, diesen … wie soll ich sagen – diesen Riesen?«

»Zu klein.«

»Zu was?«

»Zu klein, unsere Veranstaltungen sind beliebt. Was wir zubereiten, kommt aus der Fleischerei Holst, Gemüse von umliegenden Landwirten. Qualität erzeugt Nachfrage.« Rebekka lächelte.

»Und wie sollen wir diesen Riesen ins Auto kriegen?«

»Schiefe Ebene«, antwortete Rebekka, deutete auf eine Rampe und die Rollen des Riesen.

»Du bist vorbereitet.« Andreas klang anerkennend.

»Du nicht?«

»Doch, doch. Ihr seid ja da.«

Keine fünf Minuten später war der Riese im Auto, mit Spanngurten gesichert, und Andreas fragte Marie, was ein Göpelschuppen sei.

»Ein Schuppen, der ein Göpelwerk beheimatet.«

»Ach so.«

»Eine durch Wind-, Wasser- oder Muskelkraft angetriebene, senkrecht stehende Welle treibt Maschinen, zum Beispiel eine Dreschmaschine, an. Das Prinzip kannte man schon im 3. Jahrhundert vor Christus.«

»Woher weißt du das?«

»Göpelschacht Moses im Muttental. Das ist in Witten. Wiege des Bergbaus im Ruhrgebiet. Schulausflug. Können wir uns mal angucken, wenn wir zu Mama auf den Friedhof fahren. Nicht weit vom Rührtalradweg.«

Marie bremste, um rechts auf die schmale Straße oberhalb des Ornumer Noors abzubiegen.

»Wo fährst du denn jetzt schon wieder hin?«

»Ach, komm. Das ist eine meiner absoluten Lieblingsstellen, und wir können mit der Fähre rüber.«

Sie genossen den weiten Blick über das Noor, die sanfte Hügellandschaft, und als sie an der Schlei ankamen, winkte Rüdiger sie als Erste auf die gute alte »Missunde II«, die nach Irrungen und Wirrungen um ihre solarbetriebene Nachfolgerin noch immer zuverlässig zwischen Angeln und Schwansen pendelte.

Kaum hatten sie zu Hause in Schleswig den Grill ausgeladen, klingelte Maries Handy. Es war auf laut gestellt, weil sie sich die Hände wusch. Es war ihre Ex-Kollegin.

»Marie, hier ist Sonja. Weil der Bankräuber in der Telefonliste eines Mannes auftaucht, gegen den wir in einem Fall organisierter Kriminalität ermitteln, ist deine Heldentat bei uns gelandet. Kannst du morgen deine Aussage zu diesem Slapstick-Überfall machen? Du bist ja sowieso hier im LKA, wie ich von Astrid weiß.«

»Jo. Fünfzehn Uhr dreißig.«

»Perfekt. Schönen Abend.«

Andreas war im Türrahmen der Gästetoilette aufgetaucht. »Das stimmt, mit dem Banküberfall?«

»Klar.«

»Ihr verarscht mich doch.«

»Nö.«

Marie berichtete. Andreas staunte. Dann schliefen sie ein.

Unter Brüdern

Friedrich Sauerland hatte vor ein paar Tagen seinen zweiund-
siebzigsten Geburtstag gefeiert. Aber er war fit, wie es mancher
Mittfünfziger nicht war. Martial Arts hatten ihn schon als jungen
Mann fasziniert. Der Angriff der Kiezgröße Joschi amüsierte
ihn. Es war der Angriff eines primitiven Schlägers, den er ohne
viel Aufwand abwehren konnte. Zuhälter Joschi lag nun vor der
Theke und blutete stark aus der Nase.

Friedrich Sauerland drehte sich von ihm weg und schaute die
Wirtin an. »Biggi, lass den Lappen bitte liegen. Joschi soll die
Sauerei gefälligst selbst wegmachen.«

»Das war nicht nötig, Herr Sauerland.« Biggi warf Joschi
einen Lappen zu.

»Hast du gehört, was dieser Bauernlümmel gesagt hat? Er
hat mich Malle-Muschi genannt. Wer hat die Schinkenstraße
denn groß gemacht? Respekt. Ich erwarte Respekt. Muss er noch
lernen, der kleine Joschi.«

Biggi schob ihm ein Schnapsglas über die Theke. »Der Wort-
laut war: ›Du Malle-Muschi hast dich ficken lassen.‹ Dann hat er
gelacht. Und so leid es mir für Sie tut: Er hat ja recht, der kleine
Joschi.«

Friedrich Sauerland war nicht nur ein gefährlicher Gegner im
Kampf Mann gegen Mann. Er hatte auch Millionen bewegt auf
der Insel der Deutschen. Nur wenige der Top-Immobilien rund
um Balneario 6 hatten nicht dem Selfmademan aus Hamburg-
Wilhelmsburg gehört. Über vierzig Jahre lang hatten Schlager-
sternchen, Bankmitarbeiter und Touristiker vor ihm stramm-
gestanden. Das letzte Wort hatte stets er gehabt.

Bei Biggi aber, da war er vorsichtig. Die Wirtin war promo-
vierte Philosophin, und sie war zwei Mal deutsche Boxmeisterin
im Federgewicht gewesen. Er hatte ihr den Dreisatz erklärt,
als sie damals in der Tristesse der Hochhaussiedlung von einer
besseren Zukunft geträumt hatten. Sie, das Mädchen ohne Vater,

ohne Geld und ohne Freundinnen. Er, der Schulabbrecher, der gestürzte Überflieger, der seine Freundin und den gemeinsamen kleinen Sohn mit Wohnungseinbrüchen durchgebracht hatte. Ein ungleiches Paar mit einem Altersunterschied von genau dreißig Jahren. Biggi und Friedrich Sauerland hatten beide am 15. Oktober Geburtstag. Sie hatte dank der privaten Förderung durch einen Hamburger Reeder das Gymnasium besuchen können, das beste Abi ihres Jahrgangs gemacht und sich für Philosophie eingeschrieben, weil René Descartes' ontologischer Dualismus sie faszinierte. Er war nach Malle geflogen, hatte einen exklusiven Liefervertrag mit einer norddeutschen Bierbrauerei ausgehandelt, war reich geworden und hatte Freundin, Sohn und Wilhelmsburg vergessen. Jetzt war er wieder da.

Als sich Joschi nun an der Theke hochzog, zeigte sich, dass Joschi gar nicht klein war. Er maß einen Meter fünfundneunzig. Friedrich Sauerland war einunddreißig Jahre älter, aber drei Zentimeter größer und schneller. Er schlug nicht schneller, aber entschied schneller, dass ein Schlag die nächste Antwort ersetzen würde. Joschi trollte sich. In der Tür drehte er sich um, zeigte auf Friedrich Sauerland und sagte: »Ab jetzt musst du immer mit mir rechnen. Hinter jeder Scheiß-Hausecke.«

Friedrich Sauerland raffte sich auf. Biggi schloss ab. Das Wasser im Veringkanal roch. Es roch nicht nach Wasser. Auf der Straße lief »Heat of the Night« von Bryan Adams.

Friedrich Sauerland hatte sich hingelegt. Schlafen konnte er nicht. Es war kurz vor drei Uhr. Er hatte Hunger. Was er jetzt brauchte, war ein Mettbrötchen, und er wusste, wo es die besten gab. In »Odo's Kaffeeklappe«. Fünf Minuten mit dem Fahrrad.

Als er die Veddelkanalbrücke erreichte, stand ihm der Schweiß auf der Stirn. Mitten in der Nacht zeigte seine KI-Armbanduhr dreiundzwanzig Grad. Auf die Uhr war er stolz. Er war damals einer der Ersten gewesen, die das Meisterwerk künstlicher Intelligenz gekauft hatten. Stolze zwei Riesen hatte er per Bezahl-App überwiesen. Zu seinem Leidwesen war Bargeld zu einem Auslaufmodell geworden. Wobei: Nach zwei Privatinsolvenzen hatte er ja inzwischen sowieso kein »Plattmoos« mehr, mit dem er so lange so gut am Finanzamt vorbeigefahren war.

Er hielt an, lehnte das Rad an den Pfosten des Parkverbotsschildes und stützte sich schnaufend mit beiden Armen auf dem rostigen Geländer ab. Dass er so außer Atem war, wunderte ihn. In den letzten fünfzig Jahren hatte es in seinem Leben nur wenige Tage ohne Sport gegeben. Er begann jeden Morgen mit Yoga, er achtete streng auf den Anteil von Muskeln und Fettgewebe, und er lief noch immer zwanzig Kilometer pro Woche. Ob er sich was eingefangen hatte? Vielleicht in diesem Eros-Center, das früher mal ein Saunaclub gewesen war, in dem er nicht nur geschwitzt, sondern auch Geld gewaschen hatte. Plattmoos, das gezähnelte Schiefbüchsenmoos, das auf den wohlklingenden botanischen Namen Plagiothecium denticulatum hörte.

Friedrich Sauerland hatte dereinst Biologielehrer werden wollen. Dann war Giulia in sein Leben gerauscht, und der Rausch, der Rausch in all seinen Schattierungen, war zur Melodie seiner jungen Jahre geworden. Er verdrängte die Erinnerung an die Schönheit aus Palermo und Exzesse auf Mallorca. Dieser Drecksladen war schuld, dass er nach Luft schnappen musste.

Schwitzen konnte man heute auch zu Hause. Saunaclubs hatten keine Konjunktur mehr. Aber mit der Lust ließ sich noch immer Geld verdienen. Schade nur, dass der Laden so runtergewirtschaftet war, dass es dort aussah und roch wie … Ihm fiel kein passender Vergleich ein, so ekelhaft war alles gewesen, was er bei seinem Besuch vor einer Woche angefasst hatte, und er hatte alles angefasst, was ihm unter die Finger gekommen war. Atemnot konnte mit allerlei ansteckenden Krankheiten assoziiert sein. Er würde am Abend zum Medi-Bus gehen, der zweimal im Monat überall dort hielt, wo Menschen nicht krankenversichert waren.

Der Mond spiegelte sich in der nur leicht gekräuselten Oberfläche des Wassers im Klütjenfelder Hafen. Regelmäßig fuhr er von hier aus mit der Fähre rüber auf die andere Seite der Elbe. Die Fähren der Linie 73 verbanden, was nicht zueinanderpasste. Das schicke Hamburg jenseits der Landungsbrücken und seine

Heimat Wilhelmsburg, in der er es als Kind schwer gehabt hatte, die er für viele Jahre gegen ein Jetset-Leben eingetauscht hatte und in die er nun als gebrochener Mann zurückgekehrt war.

Friedrich Sauerland richtete sich auf, drückte den Rücken durch. Wer einmal hier rausgekommen war, der konnte es auch ein zweites Mal schaffen. Er hatte Millionen und Abermillionen investiert, gewonnen und letztlich verloren. Er kannte sie noch immer, die Ritter der Lokalrunde, wie sich die Gesellschaft derer genannt hatte, die nicht nur rund um die Schinkenstraße, aber hauptsächlich dort auf den Balearen Kohle gescheffelt hatten, dass es für eine halbe Stadt gereicht hätte. Er musste nur einen Geldgeber finden, der sich für seine Casinopläne begeisterte. Dann würde er sein Casino »Alter Leuchtturm« an der nordöstlichen Spitze Fehmarns errichten und Manfred Meier-Masch, diesen Emporkömmling aus der Bankenmetropole am Main, in die Geldhölle schicken. Mit Geld bekam man alles. Wer wüsste das besser als er?

Ein Schluck aus der Pulle, die er auf den Gepäckträger geklemmt hatte. Lauwarm. Weiter. Er konnte das Mettbrötchen förmlich riechen. Jetzt links über die Argentinienbrücke. Er mochte die Ecke. Elphi querab, den Michel konnte er sehen, die Köhlbrandbrücke. Ein Konzert in der Elphi. Gar nicht so lange her, dass er dort Till Brönner gehört und gesehen hatte. Jazz, das war sein Ding. Komplexe Musik. Komplexes Denken. Die Ampel war rot. Er ignorierte sie. Niemand machte ihm Vorschriften.

Steinwerder Damm. Vor ihm jetzt endlich das Ziel. »Odo's Kaffeeklappe«. Er brauchte Geld. Sehr viel Geld. Für zwei Mettbrötchen würde reichen, was er unter den Sattel geklemmt hatte, seinen Reservezehner.

Friedrich Sauerland betrat die doppeltcontainergroße Speisequelle für jene, die fern der eigenen Küche mitten im Hamburger Hafen der Hunger überfiel. Der folgende Dialog bestand wesentlich aus den Kommunikationssplittern »Moin«, »Jo« und »Mett«. Dann drehte sich der Chef um und erkannte seinen frühen Kunden.

»Schon gehört, jemand hat das ›Curto Relação‹ abgefackelt.«
Friedrich Sauerland schüttelte den Kopf. Das Curto Relação war der Drecksladen, in dem er seine sexuellen Bedürfnisse befriedigte, sofern er flüssig war, der Laden, in dem er sich mutmaßlich was eingefangen hatte. Fragte sich, wo er demnächst vorstellig würde. Vielleicht in einem der Wohnmobile, da war Abwechslung garantiert, wie er gehört hatte.

»Es hat Loddar erwischt und zwei seiner Mädels. Kaffee?«
Friedrich Sauerland schüttelte erneut den Kopf. Kaffee war im Budget nicht vorgesehen.

Er kaute, lauschte den Gerüchten, die schneller die Runde machten, als das Glasfaserkabel dumm Tüch verbreitete. Ein Mitbewerber wurde verdächtigt, Loddars Goldgrube angezündet zu haben, ein korrupter Bulle der Anstiftung bezichtigt.

»Mit Loddar verlieren wir einen Bruder.«
Friedrich Sauerland kommentierte das nicht. Mit Loddars Tod gewannen im besten Fall wenige Menschen ein Stück ihrer Freiheit zurück. Zumindest so lange, bis ein anderes Stück Skrupellosigkeit übernahm. Es war keinesfalls so, dass Friedrich Sauerland humanistisches Gedankengut fremd war. Nur machte er es sich nicht zu eigen. Das konnte er sich nicht leisten.

Kein Trinkgeld. Er ging. Er fuhr. Es wurde wieder hell. Benzodiazepin. Ein Segen. Wenn Gras nicht half, half eine Pille. Kurz bevor es still und dunkel wurde, erhielt Friedrich Sauerland noch eine schlechte Nachricht. Er hatte guten Grund, wütend zu sein, sich aufzuregen. Aber das schaffte er nicht mehr.

Hoch hinaus

Es war ein Rätsel. Das blaue T-Shirt mit dem Logo des VfL Bochum musste doch irgendwo sein. Irgendwo hier zwischen diesen Hoodies mit Aufdrucken, für die man sich je nach Aufenthaltsort schämen konnte. Marie stocherte in den Tiefen des obersten Faches im Kleiderschrankmonstrum und stieß auf etwas Hartes. Hart und glatt, sie öffnete die Hand, umfasste, was sich mit sanfter Rundung anschmiegte, zog das Ding zwischen dem textilen Durcheinander ans Licht, und ein Lächeln des Wiedersehens nach langer Zeit breitete sich auf ihrem Gesicht aus. Sie hatte es versteckt, lange nicht mehr daran gedacht, und jetzt freute sie sich auf all die Fotos, die im alten Album mit den drei goldenen Buchstaben LKA auf dem Umschlag steckten.

Unterm Strich waren das gute Jahre gewesen, in denen sie mit Astrid, Gregor, Elmar, Sonja und, Marie schluckte, dem verstorbenen Kriminalrat Dr. Holm Verbrecher gejagt hatte. Dann die Schießerei im Schleswiger Wikingturm, der tote Kollege, ihre Schuldgefühle, der Abschied aus dem Polizeidienst. Schmerzhafter war in ihrem Leben bisher nur der Tod ihrer Mutter gewesen.

Sie hockte sich auf die Bettkante und spürte, dass die Wehmut einer Erinnerung gewichen war, in der sie Dankbarkeit und Freude fühlte. Die Glocken des St.-Petri-Doms schlugen. Schon so spät? Egal. Marie schlug das Fotoalbum auf, das ihr die Kolleginnen und Kollegen einige Monate nach ihrem Ausscheiden geschenkt hatten. Es war gewissermaßen ihr Preis gewesen, als sie beim alljährlichen Bouleturnier in Sehestedt gute Vierte hinter der Altbürgermeisterin geworden war. Noch immer war das Bouleturnier fester Bestandteil der Jahresplanung, und noch immer nahm ein Team des Landeskriminalamtes teil, nachdem es vor einigen Jahren eine Rolle bei einem spektakulären Zugriff auf dem Nord-Ostsee-Kanal gespielt hatte. Noch immer war Marie stolz darauf, dass sie den Waffenschmugglern damals das Handwerk gelegt hatten.

Gleich auf der ersten Seite ein Porträt von Kriminalrat Dr. Holm, der Marie als Chef und Mensch beeindruckt hatte. Nach seinem Tod hatte Marie ein Päckchen erreicht, und wie angekündigt hatte sie darin das »Buch der tausend Sünden« gefunden, wie Kriminalrat Dr. Holm es genannt hatte. Eine blaue Kladde hatte er ihr anvertraut. Aufzeichnungen, die die Sünden der Dealer, die Fehltritte der Richter und die wunden Punkte der Politiker offenbarten. Marie erinnerte jedes Wort, das ihr ehemaliger Chef auf einen Zettel geschrieben hatte:

»Sehr geehrte Frau Geisler, es war mir eine Freude. Ich denke heute an Ihre Antwort auf meine Frage. Unlängst in dieser Imbissstube, Sie wissen schon. Ihre Antwort lautete: Vertrauen. Eine gute Antwort. Ich bin jetzt in guten Händen, und ich vertraue darauf, dass die Kladde auch in guten Händen ist. Es sind ja die Ihren. Sie wissen, wo Sie mich finden. Hochachtungsvoll, Dr. Holm.«

Im letzten Jahr war Marie nicht zu Besuch an Dr. Holms Baum im Eckernförder Begräbniswald gewesen. Es wurde mal wieder Zeit. Das »Buch der tausend Sünden« hatte Marie nie geöffnet. Es wäre wie die Büchse der Pandora, davon war sie fest überzeugt. Niemand außer ihr kannte das Versteck. Ob sie Astrid einweihen sollte? Astrid, die Holm als Abteilungsleiterin gefolgt war, die Marie zur Freundin und Vertrauten geworden war. Sollte sie den Staffelstab weiterreichen, nachdem sie keine Polizistin mehr war, sollte sie Astrid belasten?

Marie blätterte um und sah ein Gruppenfoto der alten Truppe beim Bouletraining am Jungmannufer in Borby. Elmar simulierte Rückenschmerzen, um seine indiskutable Leistung zu kaschieren. Marie konnte sich gut an den Tag erinnern. Das Summen des Handys riss sie aus ihren Erinnerungen.

»Moin, Wiemers. Ich rufe wegen Ihres Standkorbes an. Ist der noch da?«

Marie bejahte. Sie hatte schweren Herzens ihren blau-weiß gestreiften Liebling zum Verkauf angeboten, weil sie nicht mehr auf dem Balkon saß. Es war meistens einfach zu warm draußen. Der Interessent und Marie einigten sich auf den Preis und verabredeten sich für den morgigen Spätnachmittag. Herr Wiemers käme aus Emmelsbüll-Horsbüll an der Westküste angereist. Dort war es wegen der Nordseebrise meist noch etwas kühler.

Andreas hatte das Haus bereits verlassen. Marie hatte vergessen, warum genau er in Maasholm mit seinem Vater verabredet war. Es hatte zu langweilig geklungen, als dass sie es mühelos hätte behalten können. Sicher was mit Steuern oder so – schon spannend, wie selektiv das Gehirn ohne Nachfrage bei seinem Eigentümer speicherte, was ihm wichtig erschien. Die Schnittstelle von Psychologie und Hirnforschung war ein Wissensgebiet, dem sich Marie gern nähern würde. Ob sie das dachte, weil sie heute, weil sie jetzt gleich vor einer Aufgabe stünde, die ihr Angst machte?

Gut, dass zuvor noch Einkaufen auf ihrer inneren Liste stand. Zu essen gab es eigentlich stets genug, zumindest ging eine eiserne Reserve in der Speisekammer nie aus. Vorgestern aber hatte sie festgestellt, dass es kein Spüli mehr gab, kein Waschpulver, und um den Rest in der Zahnpastatube hatte es am Morgen ein kleines Gerangel gegeben. Der Hygienestatus war in Gefahr. Seit Karl den Haushalt verlassen hatte, gab es eine leichte Tendenz zu allgemeiner Verwahrlosung.

Marie entschied sich für das Rad als Fortbewegungsmittel. Es waren keine vierhundert Meter zum Supermarkt am Gallberg, aber sie lief und fuhr gerne Runden. Vor dem Einkauf würde sie im Uhrzeigersinn am Noor, an der Fischersiedlung Holm, bei den beiden Katrins von der »Burgermeisterin« und am Dom vorbeifahren. Vielleicht ein kurzer Stopp beim Runden Eck, ihrem Lieblingsgeschenkeladen. Ein Mitbringsel für Astrid wäre schön.

Entspannt ließ sie das Rad Richtung Schlei runterrollen, bog am Bogensport-Laden links ab und erfreute sich bei der Fahrt durch die schmale Norderholmstaße an den Rosen vor jedem Haus. An einer Fassade las sie die Jahreszahl 1664. Es fühlte sich gut an, in Geschichte geborgen zu sein.

Dann erreichte sie den zentral gelegenen Friedhof der Holmer Beliebung. »Zärtlicher kann man den Tod nicht in die Mitte nehmen und nirgendwo ist man weniger tot, wenn man gestorben ist«, hatte Marlies Jensen-Leier in einem Buch über diesen besonderen Ort und seine Regeln geschrieben. Die Familiengräber lagen den umstehenden Häusern jeweils gegenüber, sodass man seine Lieben stets im Blick hatte.

Marie dachte an den Kollegen, der vor ein paar Jahren infolge der Schießerei gestorben war. Ihr letzter Fall war das gewesen. Den Kollegen hatte sie bisher nie auf dem Friedhof besucht. Lange hatte sie sich wie eine Komplizin des Todesschützen gefühlt. Vielleicht hätte sie mit zeitlichem Abstand nun den Mut gefunden, sich der alten Geschichte zu stellen.

»Konfrontationstherapie«, hatte Peter gesagt. Peter war einer ihrer ältesten Freunde. Er war Psychiater von Beruf und hielt sich für gewöhnlich mit guten Ratschlägen zurück, sofern sie psychologischer Natur waren. Mit Ratschlägen rund um das Thema Auto geizte er nicht. Nach eigenen Worten war er ein *amante dell'auto* und fuhr mit Vorliebe alte Alfas. Für Andreas' R4 hatte er stets nur Spott übriggehabt. Konfrontationstherapie also. Marie sollte sich dem Trauma stellen. Er würde sie begleiten, hatte er angeboten. So weit käme es nicht, hatte Marie gedacht und auch gesagt.

Zwischen Rathaus und Dom fuhr sie die Lange Straße entlang, hörte auf zu treten, als sie links »Rundes Eck« las. Sie stellte das Fahrrad gleich neben die Tür und hoffte, dass die Fahrraddiebe kein Interesse an rostigen Hollandrädern mit Drei-Gang-Nabenschaltung hatten. Trotz der recht frühen Stunde hielten neben Marie weitere Frauen Ausschau nach Erquicklichem. Kein Mann weit und breit. Rasch wurde sie fündig und erstand einen Teebecher, den man mit Fug und Recht kitschig nennen konnte. Indes entsprach die Bemalung mit zarten Blättern und einem Herzen im Zentrum des Grüns dem Gefühl, das Marie für Astrid hegte. Höchste Zeit, dass sie sich mal wieder mit der alten Kollegin und ihrem Gregor traf, den sie vor langer Zeit kennengelernt hatte, als er noch auf der Wache in Busdorf Dienst getan hatte. Es war der bizarre Fall rund um Bauer Böse gewesen, in den sie Gregor Sachse eingebunden hatte. Wenig später war er zum LKA gekommen, und nach einer ebenso unwahrscheinlichen wie romantischen Lovestory mit Astrid war er heute deren Ehemann. Der Mann aus einfachen Verhältnissen und die kulturbeflissene Astrid aus gutem Hause waren ein Herz und eine Seele. Und ein bisschen sah sich Marie als Anbahnerin des Glücks.

Der Einkauf fehlender Reinigungsmittel war rasch erledigt. Marie kochte eine Suppe, deren Hauptbestandteile Kürbis und Süßkartoffeln waren. Sie machte an der Sprossenwand im Keller ein bisschen was für ihre Restmuskulatur, der Trainer hatte gedroht, sie nicht aufzustellen, und dann war es vorbei mit Prokrastination. Sie zog das T-Shirt an, das ihre Freundin Ele ihr geschenkt hatte, und fuhr los. Ein Katzensprung. Im FRIMO 2 hörte sie nach längerer Abstinenz mal wieder ein Streichquartett. Kaum war es zu Ende, parkte sie am Schleswiger Wikingeck.

Wenige Schritte nur. Links die Boote, dahinter die Schlei. Schließlich stand sie vor dem Turm, und ihr schlotterten im Wortsinne die Knie. Der Turm warf einen mächtigen Schatten. Marie betrat die Eingangshalle. Hier, genau hier war es passiert.

Sie schaute hinüber zu den Türen der Fahrstühle, als sie Kinderstimmen hörte. Fröhliche, lachende Kinder, und dann liefen sie auch schon von links kommend an ihr vorbei, eroberten den Raum, füllten ihn mit Leben. Füllten Marie mit Kraft. Es war, als hätten sie einen Schalter umgelegt. Plötzlich war ihr klar, was zu tun war. Sie würde das Grab des Kollegen besuchen und alles mit ihm besprechen. Es wurde Zeit, dass sie seine Sicht der Dinge einholte. Sie ging zurück zum Auto, fuhr los und ertappte sich kurz vor der Levensauer Brücke dabei, dass sie eine ganze Weile nichts gedacht hatte.

Wehmut und so

Es dauerte nur noch zehn Minuten, bis Marie in Kiel von der Eckernförder- auf die Eichhofstraße abbog. Hatte sie bislang vermieden. Mit der Scheu vor der Annäherung ans Landeskriminalamt verhielt es sich womöglich ähnlich wie mit Maries Vermeidungsstrategie, was den Wikingturm betraf. Könnte es sein, dass sie heute gleich zweimal über den eigenen Schatten sprang?

Mühlenweg. Die Schranke, die Wache, ein Mann, den sie nicht kannte. Marie legte ihren Personalausweis auf den niedrigen Tresen. Der Mann telefonierte, stellte einen Besucherausweis aus, belehrte sie kurz über das erwartete Verhalten. Marie fühlte, dass sie frech werden wollte. Was dachte der nur, der Milchbubi?

Es war schwer. Schwerer als gedacht jedenfalls. Das hier war ein bisschen ihr Zuhause gewesen. Hoffentlich fühlte sich Karl nicht so unwohl, wenn er ganz bald zum ersten Mal wieder in sein Zuhause zurückkam. Marie lenkte FRIMO 2 nach links auf den Besucherparkplatz und schüttelte den Oberkörper, bevor sie ausstieg. Sie wollte keine Gluckenmutter werden. Wäre ja auch zu spät, nachdem das Küken ausgezogen war. Ihr Sohn war ein selbstständiger junger Mann, der jetzt mit einer klugen, herzenswarmen Frau an seiner Seite …

»Marie, wieder an Bord?«

Ohne dass sie es bemerkt hatte, war sie einem Mann beinahe in die Arme gelaufen, mit dem sie jahrelang Büro an Büro gesessen hatte.

»Bernd, du hier und nicht beim BKA? Wenn ich jemandem die große Karriere zugetraut habe, dann doch dir.«

Das mit dem BKA und der Karriere war ein Insider gewesen, als Bernd beim Sport ein T-Shirt mit BKA-Schriftzug getragen hatte. Wie es in seinen Besitz gekommen war – bis heute ein Geheimnis, das er hütete. Gerüchte legten nahe, es habe eine

Beziehung zu einer Kollegin aus Wiesbaden gegeben. Dafür sprach, dass das T-Shirt schon sehr knapp gesessen hatte.

Bernd legte vertraulich einen Arm über Maries linke Schulter. »Astrid ist auch nicht mehr die Jüngste. Vielleicht schiele ich ja auf den Chefinnenposten.«

»Das ist Altersdiskriminierung. Ich werde das melden.«

»Petzen, das könnt ihr ja, ihr Mädchen.«

»›Mädchen‹ gefällt mir. Mehr, du großer, starker Mann.«

Neben ihnen parkte ein Fahrzeug der KTU. Elmar, die Kriminaltechnikerlegende, stieg aus. »Lass die Frau los, Bernd. Ich habe ältere Rechte. Außerdem hat Marie einen Bankräuber unschädlich gemacht, während du hier Käsekästchen gespielt hast.«

Marie machte sich von Bernds Arm frei und schaute dabei auf die Dienstwaffe, die er in einem Holster an der rechten Körperseite trug. Sie hatte ihre Dienstwaffe zuletzt immer am Hosengürtel getragen. Dort hatte sie gedrückt, die Rückenschmerzen verstärkt, und darum hatte sie die Pistole damals im Auto gelassen. Konnte es wirklich so banal sein? Lebte der Kollege noch, hätte sie die Waffe rückenschonender getragen?

Eigentlich hatte sie gedacht, sie sei über diese wiederkehrenden Selbstvorwürfe weg. Nach dem Bulli-Festival auf Fehmarn würde sie sich nach psychotherapeutischer Hilfe umsehen. Andreas hatte von Sara erzählt, die ihre Praxis hier in Kiel in der Wrangelstraße hatte. Würde Marie nicht vergessen, weil ihre erste Jeans eine Wrangler gewesen war.

»Marie, träumst du wieder? Kommst du mit mir? Dann bist du auch Bernd los?« Elmar machte eine einladende Bewegung.

Marie und Bernd lächelten einander an. Es war, als wäre sie nie weg gewesen.

Die Wege von Elmar und Marie trennten sich im Flur. Marie nahm den Aufzug. Aus Neugier. Und sie wurde belohnt. Auf dem Bedienfeld in der Kabine tobte noch immer der Kampf der Handballfans um die Aufkleberhoheit. Der THW Kiel führte knapp. Allerdings hatten die Anhänger der SG Flensburg-Handewitt insofern einen Coup gelandet, als sie die Abdeckung der Deckenlampe entfernt und einen Aufkleber von innen angebracht hatten. Wenn das die Brandschutzbeauftragte sah, würde es mächtig Ärger geben.

Das Geräusch der sich öffnenden Tür, der Geruch auf dem Gang, das Gemurmel aus der Teeküche. Jetzt nur keine Rührseligkeit, ermahnte sich Marie und klopfte an die Tür der Chefin. Es war üblich, das »Herein« nicht abzuwarten, und so betrat sie den Raum nach kurzer Höflichkeitspause. Astrid hob den Kopf, strahlte, legte die Brille auf den Schreibtisch und kam Marie mit geöffneten Armen entgegen. Ein Drücken, Knuffen, Lachen, kaum verständliche Wortfetzen.

Marie schüttelte Astrid ab. »Wermut? Ich hasse Wermut.«

»Wehmut, Marie, ich sagte Wehmut! Bitter-sweet. Oscar Wilde trank Absinth. Hauptbestandteil ist Wermut.«

»Du redest wirres Zeug. Wie wäre es mit einem Tee?« Marie strebte der Tee-Ecke zu, die aus einem gemütlichen Sofa und zwei niedrigen Tischen bestand. Aus ihrer Tasche holte sie den Teebecher, stellte ihn auf den Tisch und sagte: »Für dich. Schön, oder?«

Astrid nahm den Becher hoch, drehte ihn und sagte: »So kitschig, dass er schon wieder schön ist.«

»Du musst das wissen, so als Museumsdirektorinnen-Tochter. Aber ja, schön hier. Schön, hier zu sein.«

»Zweifel?« Astrid schaute sie so an, dass Marie eine Mischung aus Unsicherheit und Hoffnung im Blick der Ex-Kollegin zu erkennen glaubte.

»Wer ohne Zweifel ist, lege den letzten Stein.«

»Den Stein, den es nicht geben kann im Spiel des Lebens?« Marie nickte.

Astrid drehte sich zur Seite: »Warte, ich hole Kaffee. Tee können wir immer noch trinken.«

Marie trank und verbrannte sich die Unterlippe. »Neue Kaffeemaschine?«

»Ja, dein Nachfolger scheint's zu haben. War sein Einstand. Der Rolls-Royce unter den Vollautomaten.«

»Blender.« Marie blies auf die Oberfläche des Heißgetränkes, die sich kräuselte wie das Wasser der Schlei bei böigem Wind.

»Eifersüchtig?«

»Ist heute der Tag der einsilbigen Fragen?«, fragte Marie zurück.

»Der Tag der Wahrheit.« Astrid lehnte sich zurück, verschränkte die Arme hinter dem Kopf. Etwas knackte. »Also. Zweifel?«

»Mein zweiter Vorname, und du weißt das. Ja, ich war gerne Polizistin. Aber jetzt lass gut sein. Ich habe mich entschieden. Aus einem guten Grund.«

»Tüdelkroom. Die Untersuchung hat ergeben, dass du den Tod des Kollegen nicht hättest verhindern können. Die Säule zwischen dir und dem Schützen bot kein freies Schussfeld. Du hättest aus der Deckung gemusst, was gegen die Vorschriften und den gesunden Menschenverstand gewesen wäre. Jeder weiß das. Du auch. Ich akzeptiere deine Entscheidung, aber es gibt nicht den einen – wie hast du gerade gesagt – guten Grund.« Astrid war laut geworden.

»Bitte verzeih.« Sie stand auf, setzte sich neben Marie und reichte ihr die Hand. »Ich vermisse dich. Wir vermissen dich. Als Kollegin, vor allem aber als Menschen.«

Dass sich die Stirn kräuselte, spürte Marie, auch, wie sich die Nackenmuskulatur verspannte. Hörte der Druck denn nie auf, den ihr schlechtes Gewissen, ihr ewig schlechtes Gewissen aufbaute?

Astrid griff nach dem Teebecher. »Ich danke dir. Wird mir sicher über trübsinnige Stunden hinweghelfen.«

»Trübsinnig? Du hast Sonja und Elmar und Bernd, und vor allem hast du Gregor. Also bitte!«

Astrid setzte sich auf die kurze Seite des Sofas mit dem Rücken zum Fenster, durch das man die blauen Krane im Hafen sehen konnte, nun jedoch wegen des Gegenlichts kaum noch ihr Gesicht. Aber Marie bemerkte, wie sich Astrids Stimme zum Ende ihres leisen »Ja« senkte.

Astrid registrierte Maries fragenden Blick, ein Zucken rund um die Mundpartie, das die Bedeutung der verräterischen Betonung überspielen sollte.

»Ach, Astrid. Du weißt, dass ich Menschen lesen kann. Raus damit. Gregor?«

Der Versuch einer wegwerfenden Handbewegung, ein feuchter Schimmer in Astrids Augen, den Marie sah, weil sie sich anders gesetzt hatte, dem verschleiernden Gegenlicht ausgewichen war.

Tiefes Durchatmen bei Astrid. »Er vergisst Sachen. Namen, Termine, kurz zurückliegende Ereignisse. Ich bin seine Frau.« Kurze Pause. »Und ich bin seine Chefin. Ich weiß nicht weiter. Er geht nicht zum Arzt.«

Marie nickte. »Gregor braucht eine neutrale Person. Jemanden, den er schätzt und dem er vertraut. Jemanden, der nicht über ihn richtet. Du hast zu viel Macht.«

Astrid kniff die Augen zusammen, zwei Tränen kullerten. »Wir kennen niemanden. Wir haben keine Freunde. Wir haben Arbeitskollegen, und wir haben uns.«

Es klopfte. Sonja trat ein, und noch bevor sie das Elend sah, sagte sie: »Wir haben eine Leiche.« Doch es verging keine Sekunde, bis sie die Situation erkannte. »Ich kümmere mich.«

Die Tür wurde geschlossen, und Marie dachte, dass sie ein Team verlassen hatte, das voller Wärme war, wenn es darauf ankam. Erneut klopfte es an der Tür. Marie rief: »Jetzt nicht.«

Ein Mann trat ein. Der Neue. Marie hatte ihn auf Fotos gesehen. Sie hatte ihn gegoogelt. »Wir haben eine Leiche.«

»Sonja kümmert sich«, antworteten Astrid und Marie wie aus einem Munde. Der Neue ging, Astrid kicherte, Astrid heulte.

»Ich weiß jemanden für Gregor. Meinen Schwiegervater. Auch ein Sturkopf wie aus dem Bilderbuch. Er hatte Krebs, drückte sich, wie sie sich so drücken. Aber er hat die Kurve gekriegt. Gregor hat doch jetzt dieses kleine Boot in Maasholm zu liegen. Uwe verbringt sein halbes Leben im Hafen. Er ist bei der Deutschen Gesellschaft zur Rettung Schiffbrüchiger. Ich spreche mit ihm. Einverstanden?«

Astrid war einverstanden.

»Ich gehe runter und mache die Aussage zum Banküberfall, du schaust nach der Leiche. Wir telefonieren, sobald ich was von

Uwe weiß und sobald das Bulli-Festival vorbei ist. Frauke und ich werden da ganz gut zu tun haben.« Marie stand auf, warf Astrid einen Luftkuss zu, verließ den Raum.

Auf dem Flur standen Sonja und der Neue zusammen. »Der Neue«, sagte Sonja.

»Marie«, sagte Marie und reichte dem Neuen die Hand.

»Ich weiß. Du hast große Schuhe hinterlassen. Ich bin Steffen.«

»Ich weiß, dein Ruf ist gut. Viel Erfolg.« Marie zeigte auf die noch geöffnete Tür zu Astrids Büro, ging zum Fahrstuhl und dachte an Gregor.

Vor der Tür, die in die frisch renovierten Räume des Kriminaldauerdienstes führten, saß eine ganz in Schwarz gekleidete Frau mit auffällig pinkfarbenen Dreadlocks. Die Tür öffnete sich, eine Marie nicht bekannte Beamtin bat die Frau herein, und die Tür schloss sich wieder, bevor Marie auf sich aufmerksam machen konnte. Sie klingelte. Neuerdings gab es neben der Tür eine Kamera und eine Gegensprechanlage.

Es knackte, jemand sagte: »Oh, Marie Geisler höchstpersönlich.« Der Türöffner summte, und Marie trat ein. Vom Inhaber der Stimme nichts zu sehen. Es klopfte. Hinter einem Tresen war ein Einwegspiegel verbaut, so wie Marie sie aus Vernehmungsräumen kannte. Der Spiegel vibrierte kaum sichtbar. Wohl wegen des Klopfens. »Komm rein«, hörte sie leise eine weibliche Stimme rufen.

Marie umrundete den Tresen und betrat den hinter dem Spiegel liegenden Raum. Offensichtlich ein Multifunktionsraum, der neben zwei sich gegenüberstehenden Schreibtischen und einem Pult diesseits des Spiegels auch eine kleine Küchenzeile beherbergte. An dieser kämpfte, mit dem Rücken zu Marie stehend, eine uniformierte Frau mit einem Spiegelei, dessen Zerstörung unmittelbar bevorstand, so ungeschickt, wie sie sich anstellte.

»Moin, Marie, ich krieg das nicht hin. Die Pfanne ist Mist und der Pfannenwender auch. Ich hasse Spiegeleier.«

»Klara! Klara Mortensen. Was machst du denn hier?«

»Spiegeleier braten.«

»Soso. Und wo liegen deine wahren Talente doch gleich?«
Marie kannte sie schon lange. Klara hatte in ihrer ehemaligen
Abteilung ein Praktikum absolviert, dann hatten sich ihre Wege
beim Fall des verschwundenen Frankie Flügge in Büdelsdorf
gekreuzt, weil Klara in der dortigen Polizeistation Dienst getan
hatte.

»Ich habe dir doch gesagt, dass ich noch Karriere mache.«

»Und warum hat das nicht geklappt?«

»*What?*« Klara zeigte auf ihre Schulterklappen.

»Polizeihauptkommissarin. Dolle Sache.«

»Ich bin inzwischen Dozentin an der Fachhochschule in Altenholz, aber heute ist mein Kurs im LKA zu Gast, und ich hatte
schlicht und ergreifend Hunger.«

»Und hier ist niemand, oder was?«

»Doch, aber es gibt wohl Ärger mit einer jungen Frau. Keine
Ahnung.«

Marie trat neben Klara. »Rührei. Ich empfehle Rührei. Lass
uns mal 'nen Kaffee trinken, bevor du verhungert bist. Ab und
zu ein Gespräch mit euch jungen Leuten, das hält mich bestimmt
beweglich. Tschüss.«

Marie verließ den Raum, in dem es angebrannt roch. Draußen
Geschrei. Sie folgte dem akustischen Indiz für Streit und traf
im hinteren Bereich auf vier Polizistinnen und Polizisten, von
denen drei die Frau fixierten, die Marie vor der Tür gesehen
hatte. Die pinkfarbenen Dreadlocks flogen nur so um den Kopf
herum und trafen immer wieder das Gesicht einer Beamtin.

»Ihr Drecksbullen habt meinen Brudi eingelocht. Der hat nix
gemacht. Der ist nur in die Bank rein, um ein klein bisschen
Geld für uns zu besorgen. Wir haben nämlich nix. Nichts. Nada.
Ihr elenden Schweine. Ihr gönnt uns nichts. Ihr elenden
Schweine. Ich hol meinen Brudi da raus. Da könnt ihr Gift drauf
nehmen.«

Marie klopfte an die Tür des Diensthabenden und betrat das
Büro, ohne die Aufforderung dazu abgewartet zu haben. Hinter
dem Schreibtisch saß ein männlicher Beamter, der sie neutral-
freundlich ansah. Marie stellte sich vor, nahm Platz, machte ihre

Aussage zur Entwaffnung des Mannes in der Bank und stand wieder auf. »Ist das da draußen tatsächlich die Schwester?«

Der Diensthabende bestätigte durch Nicken. Er war der Prototyp eines wortkargen Norddeutschen, der sich immerhin ein »Tschüss« abringen konnte.

Der Tumult hatte sich inzwischen zu einem Tumültchen entwickelt. Widerständig war die Frau in Schwarz aber noch immer. »Rache ist Blutwurst, ihr Spacken!« war das Letzte, was Marie hörte, bevor sie wieder auf den Flur hinaustrat. In Situationen wie dieser vermisste sie ihre Arbeit. Man traf auf Typen, die man sonst nie traf.

Sniper hatte sich spontan entschieden. Auf der A 113 kurz vor der Abfahrt Schönefeld-Nord dachte Sniper an den Großen Müggelsee. Blinker rechts und runter von der Bahn. In der achten Klasse hatte die Banknachbarin Rosemarie damit angegeben, dass ihr Opa dabei war, als das seinerzeit größte Flugschiff der Welt, die DO X, auf dem See landete. Alle hatten an Rosemaries Lippen gehangen. Die ganze Geschichte war auswendig gelernt und hundertprozentig erstunken und erlogen, aber Rosemarie war zur Klassensprecherin gewählt worden. Ungerecht! Der Große Müggelsee kam also als Übungsort in Frage.

Es verging eine gute Stunde. Für manchen sicher auch eine weniger gute Stunde. Dann lag Sniper auf einem Steg, dessen verwitterte Bretter den Bauch wärmten. Die Sonne hatte geknallt, die Sonne knallte, die Sonne würde weiter knallen. Das jedenfalls war, was der Wetterbericht seit langer Zeit vorhersagte. Kunststück. Sniper dachte, Meteorologie war in diesen Zeiten auch keine Geheimwissenschaft.

Auf dem See herrschte reges Treiben. Wassersportler allüberall in Booten, auf Brettern, mit Segeln, ohne Segel. Das waren keine geeigneten Ziele für den Anfang. Schließlich, ein bisschen im Schilf versteckt, das offene Boot eines Anglers, der sich darauf beschränkte, seine Ruten zu beobachten. Nicht die Entfernung, aus der alsbald der befreiende Schuss abgegeben werden sollte, aber man durfte ja nicht allzu wählerisch sein.

Vom Typus her ein ungepflegter Mann Mitte sechzig. Die gerötete Haut auf der Halbglatze und den nackten Schultern waren Vorboten von schwarzem Hautkrebs. Ihm würde manches erspart bleiben. Schwarzer Hautkrebs bildete viele Metastasen und streute gern in die Haut, die Lymphknoten und nach einiger Zeit dann in innere Organe und das Gehirn. Schön war das nicht. Er würde gegebenenfalls eine Frau hinterlassen, die sich am Grab das Grinsen würde verkneifen müssen. Er war sicher ein Trinker gewesen, ein grölender Fußballrowdy ohne Geschmack. Ganz sicher war er ein Mann, der wehrlose Tiere tötete. Fische mit Ködern anzulocken, ihnen eine schmackhafte Mahlzeit vorzugaukeln, das war infam. Aber damit wäre es nun vorbei.

Ein bisschen zitterte der Finger. Jetzt war der ruchlose Angler genau da, wo Sniper ihn haben wollte, im Fadenkreuz. Etwas aber kitzelte in der Nase. Birkenpollen. Diese vermaledeite Allergie. Den Niesreiz zu unterdrücken war unmöglich. Der Niesprozess riss Sniper den Kopf nach hinten, der Mund öffnete, die Augen schlossen sich, explosionsartig entlud sich Luft, der rechte Zeigefinger krümmte sich, und keine drei Sekunden später traf das Projektil die Halsschlagader des Petrijüngers. Dessen überraschter Gesichtsausdruck amüsierte Sniper. Mit der rechten Hand griff sich der Mann an den Hals, betrachtete das Blut. Aber nur kurz. Dann kippte er zur rechten Seite ins Boot, das ein wenig ins Schaukeln geriet.

Sniper war unzufrieden. Der Treffer war ein Glückstreffer gewesen. Das Niesen hatte das mögliche, das durchaus wahrscheinliche Erfolgserlebnis zunichtegemacht. Schade. Nun bräuchte es also möglichst rasch eine weitere Übungseinheit. Und Sniper hatte auch schon eine Idee. Auf dem Weg zurück kam Sniper durch Hamburg. Dort gab es Ziele in Hülle und Fülle.

König der Löwinnen

Der Anruf von Astrid hatte Fröbe überrascht. Der Anruf hatte ihn zudem auf dem falschen Fuß erwischt. Es war das freie Wochenende vor diesem Megaevent auf Fehmarn, von dem Frauke ihm jetzt seit einem halben Jahr erzählte, täglich erzählte. Sie hatten sich vorgenommen, jetzt achtundvierzig Stunden Zweisamkeit zu genießen. Mit allem, was das für sie ausmachte. Fröbe lag nackt auf dem Bett. Frauke stand unter der verglasten Dusche. Sie hatten sich auf den Höhepunkt des Abends vorbereitet und gefreut. Kein Geringerer als Helge Schneider würde gleich in der Elphi sein Abschiedskonzert geben. Darum also eine Art Interruptus.

Der Anruf hatte ihn aber auch gefreut. Er hatte noch eine Rechnung offen. Mit dem Opfer, von dem Astrid berichtet hatte. Vor allem aber mit dem Umstand, dass sie den Fall nicht hatten lösen können, bei dem das vermeintliche Opfer sehr wahrscheinlich der Täter gewesen war. Nie zuvor war er in seiner Polizistenehre so gekränkt gewesen.

Der Fall war so groß gewesen, dass die Polizeibehörden von Schleswig-Holstein, Niedersachsen und Hamburg sehr eng kooperiert hatten. Er hatte die Ermittlungen geleitet, und Astrid wusste das selbstverständlich. Jetzt war das Curto Relação abgebrannt und Loddar dabei zu Tode gekommen. Loddar, der seine dreckigen Finger in jedes Geschäft gesteckt hatte, das Gewinn versprach. Loddar, der nicht nur nach Fröbes Meinung keinerlei Anstand im Leib gehabt hatte.

Dennoch bedauerte er dessen Tod. Kaum etwas hatte er sich mehr gewünscht, als Loddar im Vernehmungsraum gegenüberzusitzen, mit wasserdichten Beweisen, die ihn all seiner Schandtaten überführten. Niemandem hatte er mehr zeigen wollen, dass am guten Ende der demokratische Rechtsstaat von moralischen Grundsätzen geleitet war, dem sich jede und jeder zu beugen hatte. Auch Loddar.

»Ich weiß, wo das ist. Das war schon sein Unterschlupf, als er noch auf dem Süllberg residierte. Außen hui, innen pfui. Ich fahr da gleich hin und halte euch auf dem Laufenden. Tschüss, Astrid.«

»Astrid? Welche Astrid? Ich kenne nur Maries Astrid.« Frauke stand mit noch feuchten Haaren am Fußende des Bettes. »Hoch mit dir. Wir wollen doch nichts verpassen.« Fröbe drehte sich auf den Rücken, Frauke legte den Kopf schräg. »Wir können ja schnell machen.« Sie kicherte.

»Ich muss weg. Dienstlich.«

Frauke warf mit dem Handtuch nach ihm. »Nicht dein fucking Ernst!«

»Leider doch.« Fröbe stand auf, nahm sie in den Arm.

»Ausgerechnet. Ich habe mich so auf dieses Wochenende gefreut.« Frauke machte sich los, ging zum Fenster und schlug mit der flachen Hand gegen das Glas, das von der Decke bis zum Boden reichte. Links der Michel, die Speicherstadt, die Elbe. »Guck dir das an. Weißt du, was dieses Zimmer kostet?«

»Ich verschaffe mir einen ersten Überblick und bin wieder bei dir, wenn Helge den Schlussapplaus entgegennimmt. Ich verspreche es!«

Frauke drehte sich um. Sie strich sich mit der Hand übers Gesicht und quetschte Luft aus der Lunge. »Entschuldige. Ich bin so traurig darüber. Aber ich weiß natürlich: Dienst ist Dienst, Schnaps ist Schnaps. Tut mir leid, dass ich so heftig geworden bin.«

Frauke hatte lange als Oberärztin in einer Notaufnahme gearbeitet und kannte die Unwägbarkeiten, die Berufe wie diese mit sich brachten. Darum hatte sie hingeschmissen und wünschte sich insgeheim, Fröbe würde das auch tun. Aber Fröbe war anders. Fröbe zog durch. Immer.

»Kein Ding. Mir geht es doch nicht anders.« Er näherte sich und schloss sie in die Arme. »Übrigens: Schön, dass du so schön bist. Komisch, dass du dich für mich entschieden hast. Ich *heiße* ja nicht nur Fröbe.«

Beide lachten.

»Ich sehe halt nicht mehr ganz so gut und dachte, ein Beamter in der Familie kann nicht schaden.«

»Familie? War das ein Antrag?«

»Träum weiter. Du willst ja nur meinen Nachnamen«, unterstellte ihm Frauke Frisch und ging zum Kleiderschrank.

Fröbe haderte mit den eingeschränkten Möglichkeiten seiner Garderobe. Alles einen Hauch zu schick für das, was ihn erwartete. Er entschied sich für ein weißes Hemd und eine graue Leinenhose. Da könne er nicht viel falsch machen, hatte die kundige Verkäuferin in der Eckernförder Fußgängerzone gesagt. Er kaufte Klamotten eigentlich immer in Eckernförde. Dort verband er den unumgänglichen Einkauf in der Regel mit Essen, das Angebot war groß, einem Spaziergang über die Promenade, die Bucht war ein Augenschmaus, und mit einer Partie Minigolf. Die Anlage in Eckernförde gefiel ihm deutlich besser als die am Einfelder See.

Frauke dagegen bevorzugte die Bahn am Einfelder See, war sie doch eine Beton gewordene Reminiszenz an die sechziger Jahre. Die Bilanz – sie führten eine Strichliste über ihre Duelle – fiel in der laufenden Saison zu seinen Gunsten aus. Knapp, aber er lag vorn, und das war durchaus von Bedeutung. Der Gewinner durfte am Ende der Spielzeit das Städtereiseziel für den Herbst aussuchen. Als er Marie einmal von diesem Ritual berichtet hatte, hatte sie den Kopf geschüttelt und gesagt: »Kinderlose Paare.« Das hatte ihn gekränkt, aber er hatte es nicht gesagt. Irgendwann würde er das nachholen. Er hätte gern Kinder gehabt.

Frauke zog Laufschuhe an. »Ich drehe mal 'ne Runde durch die Hafen-City.«

»Nicht zu warm?«

»Doch. Aber was soll ich machen?« Sie küsste ihn schmatzend und verließ das Zimmer. Typisch für Frauke, dachte Fröbe. Ungute Gefühle machte sie gern mit sich allein aus.

Fröbe schlenderte am Kaiserkai entlang. Er liebte ziemlich unkritisch alles, was Hamburg rund um die Speicherstadt zu bieten hatte. Klar gab es hier städtebaulich dies und das anzumerken. Nur wenige konnten sich eine Wohnung im näheren

Umfeld leisten. Er fand's trotzdem super. Und so schräg das war: Die andere Seite fand er auch super. Wilhelmsburg. Welch ein Gegensatz nur zwei Kilometer jenseits der Elbe. Eine andere Welt.

Er mietete ein Auto. Sie waren mit dem Zug gekommen, und er hätte mit den Öffentlichen fahren können. Aber im Dienst wollte er flexibel bleiben. Wenig später überquerte er den Fluss über die Neue Elbbrücke und spürte, wie er einer alten Gewohnheit nur schwer widerstehen konnte. Er war nur noch selten hier in und um Wilhelmsburg. Aber wenn er in der Nähe war, ließ er sich einen Besuch im Energiebunker für gewöhnlich nicht nehmen. Auf dem Dach des ehemaligen Flakbunkers ließ er sich meist den selbst gebackenen Apfelkuchen mit Sahne schmecken. Ihm gefiel die Transformation von einem Bauwerk mit militärischem Zweck hin zu einem Mahnmal, dessen Besuch wegen der tollen Aussicht und des Cafés auch jenen leichtfiel, die sich nur widerwillig mit der eigenen Geschichte auseinandersetzten.

Am Bunker vorbei, Zweite rechts, nur ein paar hundert Meter, dann bog er auf den Parkplatz des Polizeikommissariates 44 ab. Hier hatte eine Ermittlungsgruppe die Arbeit aufgenommen, um den mutmaßlichen Brandanschlag auf das Curto Relação aufzuklären. Er war dazugebeten worden, weil er das einzige Opfer, den Lotter-Luden Loddar, besonders gut kennengelernt hatte. Wegen Nötigung und Vergewaltigung hatte er drei Jahre lang gegen ihn ermittelt, ohne ihn am Ende dingfest machen zu können.

Die Kollegin, die den Hut aufhatte, war mit dem Studium von Akten beschäftigt. Um ehrlich zu sein, war sie mit dem Studium von Aktenbergen beschäftigt. »Hier ist ja keiner mehr«, klagte sie. »Vor zehn, fünfzehn Jahren hätten wir Fachkräfte ausbilden sollen. Alle wussten es, alle sprachen darüber. Ach, ich schmeiß hier auch bald hin. Eine funktionierende Klimaanlage wäre auch nett. Immerhin haben wir eine. Ist ja kein Altbau hier. Meine Schwester arbeitet an einer Grundschule. Ginge es da mit rechten Dingen zu, hätten die nur noch hitzefrei.« Die Kollegin war genervt, frustriert und pragmatisch. »Fahr du da mal alleine hin in diesen Drecksladen. Wir scheißen auf bürokratische Klimmzüge und halten uns gegenseitig auf dem Laufenden. Kriegst du das hin, Bro?«

Sie hatte ihn tatsächlich Bro genannt.

Das Curto Relação lag ein bisschen versteckt zwischen Kleingartenanlage, Altersheim und Aßmannkanal. Fröbe fragte sich, ob Loddar auf den verdammt gut passenden Namen gekommen war. Traute er ihm eigentlich nicht zu. Curto Relação, wörtlich übersetzt hieße das wohl »kurze Beziehung«. So eine Art One-Night-Stand ohne genauere Angabe der Tageszeit.

Die äußerlich sichtbaren Brandschäden hielten sich an dem schmucklosen Flachbau in Grenzen. Allerdings war ein Fenster geborsten. Ein weißer Bus der KTU stand vor dem Eingang. Fröbe begrüßte die Kollegen und betrat das, was sein Opa früher als Etablissement bezeichnet hatte. Einrichtung, Wände und Decken waren rauchgeschwärzt. Es stank bestialisch. Fröbe ging wieder raus. »Habt ihr eine FFP2-Maske? Ich bin Nichtraucher.«

Die Kollegin zerrte eine Maske aus einer Klappkiste im Sprinter. »Willst du eine Kurzfassung der Auffindesituation und so?«

»Will ich.«

Sie setzten sich auf eine niedrige Mauer, die das Gelände von der schmalen Seitenstraße trennte.

»Klassisch, das Ganze. Rauchvergiftung. Er ist erstickt. Keine äußeren Verletzungen, keine Abwehrspuren, nichts Auffälliges in Blut, Urin und Mageninhalt. Die Feuerwehr war schnell da und hat ihn geborgen. Er lag direkt hinter der Tür. Zwei oder drei Schritte, und er hätte das überlebt.«

Fröbe machte sich Notizen. Innerlich. Er hatte wirklich alles versucht. Notizblock, Kladde, Handy, Laptop. Er hatte getippt, gezeichnet, diktiert. Was für ihn wirklich erinnerlich war, war die Situation, in der er Informationen wahrnahm. Mit allen Sinnen wahrnahm. In diesem Moment für wahr hielt. Er verknüpfte den Umstand, dass Loddar direkt hinter der Tür gelegen hatte, mit der geöffneten Seitentür des KTU-Sprinters. Würde er nicht mehr vergessen.

»Brandstiftung?«

»Dünnes Eis, solange die Fachkollegen von der Brandermittlung noch nichts gesagt haben. Aber von mir dennoch ein klares Ja. Jemand hat Gasflaschen zur Explosion gebracht.«

»Zur Explosion gebracht?«

»Ja, die Dinger standen da nicht nur so rum. Überhaupt sagt der Koch, also was man so Koch nennt, dass Loddar sogar Kerzen verboten hat. Der hatte wohl tierische Angst vor Feuer, weil sein alter Herr mal versehentlich ein Feuer gelegt hat, dem Loddars Mutter zum Opfer gefallen ist.«

»Feueropfer, das kennt man ja«, rutschte es Fröbe raus. »Im Hinduismus nennt man das Homa-Zeremonie. Verzeihung. Eine dämliche Assoziation. Wie kommst du darauf, dass die Gasflaschen manipuliert wurden?«

»Einen Absperrhahn hat es förmlich in die Holzverkleidung der Decke geschossen. Dort habe ich Reste einer Funkzündanlage gefunden. Ich kenne mich aus, weil ich privat als Feuerwerkerin arbeite.«

»Eine Fernzündung. Da muss man schon gut Bescheid wissen, oder?«

»Besser ist das.«

»Wer auch immer den Laden in die Luft gejagt hat, musste Zugang haben, oder habt ihr Einbruchspuren gefunden?«

Kopfschütteln.

»Er musste die Flaschen unauffällig abstellen können. Musste wissen, wann Loddar vor Ort ist. Stopp. Vielleicht war Loddar auch nicht das Ziel. Mutmaßung. Ich ziehe das zurück. Tja. Ein Lieferant vielleicht.«

Die Kollegin ging zum Sprinter und forderte Fröbe durch eine Handbewegung, die er von Frauke kannte, dazu auf, ihr zu folgen. Dann wurde es, wie Fröbe es nicht gern hatte im Job. Persönlich. Er spürte, dass es an der Oberlippe prickelte, ekelte sich so sehr, dass er sich fragte, ob Herpes als Dienstunfall anerkannt würde.

Auf dem T-Shirt, das er betrachtete, auf dem Kleidungsstück, das den Brand beinahe unbeschadet überstanden hatte, war Loddar zu sehen. Nackt stand er mit vorgeschobener Hüfte hinter drei vornübergebeugten Frauen. In einer der Musical-Produktion nachempfundenen Schrift war über dem Gruppen-porträt »König der Löwinnen« zu lesen.

Die Kollegin anzuschauen, die das Dokument innerer Verwahrlosung mit spitzen Fingern vor ihm ausgebreitet hatte, fiel Fröbe schwer. Sie zuckte leicht mit den Schultern, zog die Augenbrauen hoch und sagte: »Sippenhaft gibt's hier nicht. Mein Vater, mein Mann, unser Sohn und die meisten meiner Liebhaber würden sich auch schämen.«

»Ich geh noch mal rein. Danke.«

Fröbe spürte, was man in seinem Beruf nicht spüren sollte: kalte Wut. Gut, dass Loddar schon tot war. Der Tod war es, der seinem Leben erstmals einen Sinn gab.

Auf dem Weg zum Eingang verlor Fröbe einen der Überschuhe, musste noch mal zurück zum Sprinter. Auf der anderen Straßenseite näherte sich ein Mann, der, einen Einkaufswagen schiebend, in jeder Hinsicht dem weitverbreiteten Bild eines Obdachlosen entsprach. Fröbe wusste, wie breit das Spektrum derer war, die auf der Straße lebten. Er hatte vor einigen Jahren eine Art Praktikum bei einem Team vom Wärmebus der Hamburger Hochbahn gemacht und rasch festgestellt, dass Pauschalurteile auch diesen Menschen nicht gerecht wurden. Mit einem Mann hatte er am Altonaer Bahnhof auf der Straße gesessen und gebettelt. Die Kälte war schlimm, die Knochen taten weh, die Langeweile war groß. Das Schlimmste aber waren die Blicke der Passantinnen gewesen.

Er nickte dem Mann gegenüber freundlich zu, zog den blauen Überschuh an und ging zurück zum Curto Relação. Der vordere Bereich sah aus, wie es in vielen Eckkneipen aussah. Tische und Stühle an den Fenstern, gegenüber eine Theke. Der hintere Bereich war breiter. Dort war wohl früher mal ein Gastraum gewesen. Vorn trank man sein Bier, und hinten gab es Schnitzel und Co. So jedenfalls stellte Fröbe sich das vor. Dann war das Bürgerliche irgendwann verdrängt worden. Wahrscheinlich hatte Loddar mehr Miete bezahlt.

In der Mitte des Raumes eine runde Bühne von vielleicht vier Metern Durchmesser. Eine Polestange ragte rußverschmiert aus dem Boden. An den Wänden Sitzecken für jeweils vier Personen. Links führte eine doppelflügelige Tür in einen breiten Flur. Dort war vom Brand nichts zu sehen. Allein der stechende Geruch ließ keinen Zweifel daran, dass hier ein Feuer gewütet hatte. An den Wänden, wie auch im Schank- und im Gastraum, keine Bilder, keine Fotos. Nichts, was daran erinnerte, welchem Geschäft man hier nachgegangen war.

Seitlich Türen mit schmucklosen Ziffern. Insgesamt gab es acht Zimmer. Fröbe öffnete die erste Tür auf der rechten Seite und schaute in ein Zimmer, das ein Doppelzimmer in einem gewöhnlichen Zwei-Sterne-Hotel hätte sein können. So widerlich das T-Shirt war, das Loddar zeigte, sosehr es zu dessen Charakter passte, so sehr passte auch die beinahe kühle Neutralität der Zimmer zu ihm. Es waren zwei Seiten einer Medaille. Er war immer ein Blender gewesen, hatte im privaten Umfeld die bürgerliche Fassade gepflegt. Auch darum hatten sie ihn nie dingfest machen können.

»Import – Export« hatte auf seinem Briefkopf gestanden. Mit Avocados hatte er gehandelt. Sehr erfolgreich, weil er in enger Zusammenarbeit mit Drogenkartellen Bauern in Mexiko ausgebeutet hatte. Warum der Drecksladen einen portugiesischen und keinen spanischen Namen trug, erschloss sich Fröbe nicht. Vermutlich war Loddar kein wirkliches Sprachengenie gewesen.

Ein Zimmer wie das andere. Alle mit eigenem kleinem Bad. Alles dezent und zweckmäßig. Solide, würde ein Immobilienmakler sagen, und gut verkäuflich, weil Böden, Decken, Bäder, Fenster und Wände dem Durchschnittsgeschmack entsprachen. Hinter der letzten Tür zur Linken fand Fröbe keine Gästezimmer, sondern den Technikraum mit moderner Wärmepumpe, Waschmaschinen und Trocknern.

Auf dem Rückweg fühlte er sich, wie er sich seinerzeit bei den Ermittlungen rund um Loddars Geschäfte gefühlt hatte – ernüchtert, weil alles so ernüchternd war, so unauffällig.

Die Kollegin – sie hatten einander nicht vorgestellt – machte sich mit Hilfe eines Mannes in Blaumann an einem Tresor zu schaffen.

»Sag mal, der Vermieter weiß Bescheid?«, fragte Fröbe.

»Das Haus gehörte Loddar.«

Fröbe war nicht verwundert. »Danke. Ich halte Kontakt über eure Chefin. Schönen Feierabend.«

Er verließ das Gebäude und musste sich eingestehen, dass er keine Idee hatte, keinen Ansatz. Vielleicht fehlte auch die Motivation. War es nicht egal, wer Loddar das Licht ausgepustet hatte? Nein, war es nicht. Der Rechtsstaat musste immer versuchen, Verbrechen aufzuklären. Und es war auch deshalb nicht egal, weil er Loddar selbst posthum gern noch mal ans Bein gepinkelt hätte.

Er käme nicht umhin, sich am Aktenfressen zu beteiligen, es sei denn, er könnte aushandeln, dass er zunächst die Mitarbeiterinnen und Auftragnehmer von Loddar befragen würde. An die Gäste käme er nur schwer heran. Da riefe sicher niemand »Hier!«. Alles anständige Familienväter.

Auf dem Weg zum Mietwagen sah Fröbe, dass sich der Obdachlose nicht vom Fleck bewegt hatte. Er hob grüßend die Hand.

»Ich weiß, wer das war.«

Fröbe überquerte die Fahrbahn.

Der Mann öffnete den Mund zu einer Form von Lächeln. Zwei stark verfärbte Zahnstümpfe ragten in einem grotesken Winkel aus dem linken unteren Kiefer. »Du bist doch Bulle, oder?«

Fröbe nickte. »Sieht man das?«

»Ich riech das sogar. Es war Sauerland. Die beiden hatten Streit. Sauerland hatte einen fetten Deckel bei Loddar.«

»Schulden?«

»Hörst du schlecht? Sag ich doch.«

Als Fröbe nachhaken, sich nach dem vollständigen Namen des Hinweisgebers und den Hintergründen für die Schuldzuweisung erkundigen wollte, gab es hinter ihm ein dumpfes Geräusch, gefolgt von einem Schmerzensschrei. Er fuhr herum und sah, dass eine Radfahrerin in den Sprinter der KTU gefahren war. Sie lag auf dem Bürgersteig und blutete an der Stirn. Sie atmete, sie hatte Puls, bei Bewusstsein war sie nicht. Fröbe tat, was er im Erste-Hilfe-Kurs gelernt hatte, was Frauke, die Medizinerin an seiner Seite, bisweilen ungefragt auffrischte. Die Kollegin, deren Namen er noch immer nicht kannte, kam dazu, und drei Minuten später stand ein Notarzt neben dem KTU-Fahrzeug.

»Wir fuhren gerade hier längs«, erklärte der Arzt, der Fröbes Enkel hätte sein können.

Die Profis übernahmen, Fröbe kam hoch, drehte sich um, der Mann mit dem Einkaufswagen war weg. Aber was hieß schon »weg«. Er konnte ja nicht weg sein.

Nachsuche zu Fuß oder Nachsuche mit dem Auto, das war hier die Frage. Fröbe entschied sich für das Auto. Es waren keine zehn Minuten vergangen. Weit konnte er also nicht sein. Fröbe überschlug im Kopf. Mehr als drei Kilometer pro Stunde schaffte der Knabe nicht. Der Radius betrug also etwa fünfhundert Meter. Das war wenig. Das war aber auch viel, wenn man die falsche Richtung einschlug. An die Verfolgung einer Person konnte er sich nicht erinnern. In der Hundertschaft waren sie mal Hooligans hinterhergelaufen. Sollte er nun zunächst die Hauptachsen entlangfahren oder in jede Abzweigung schauen?

Fröbe hatte keinen Plan und fuhr los. Nach einer Viertelstunde hatte er die Straßen und Sträßchen erfolglos abgefahren. Er dachte an die Schrebergärten. Da hätte er auch eher drauf kommen können. Also: Fußstreife. Unterwegs traf er auf zwei uniformierte Kollegen und bat um deren Hilfe. Anderthalb Stunden später brachen sie ab.

Bis zum späten Nachmittag hockte Fröbe auf einem Bürostuhl, der bei jeder Bewegung knarzende Geräusche von sich gab. Er wühlte sich durch alte Akten, telefonierte mit Mitarbeitern im Gewerbeamt, im Ordnungsamt, im Gesundheitsamt. Dann endlich erwischte er Loddars Steuerberaterin, die sich bedauerlicherweise kurz angebunden gab.

Schließlich machte er sich auf den Weg zurück in die vornehme Welt der Kultur. Unterwegs hielt er bei den Discountern im Viertel, erkundigte sich nach dem Mann, erwähnte als besonderes Merkmal dessen Zahnstatus, erntete Schulterzucken.

Eine Mitarbeiterin riet: »Beim nächsten Mal suchen Sie besser nach einem Märchenprinzen. Der fällt hier eher auf.«

Auf der Rückfahrt dachte Fröbe an Sauerland. Da klingelte bei ihm nichts. Auch in den Datenbanken war er nicht fündig geworden. Ein Vorname wäre hilfreich gewesen. Er würde sich durchfragen müssen.

Den Mietwagen gab er zurück. Morgen früh führe er mit Frauke wieder nach Hause. Er würde im LKA besprechen, wie weiter vorzugehen wäre. Beim Blick auf die Uhr stellte er fest, dass er es wider Erwarten pünktlich zum Konzertbeginn schaffen würde.

Die Dusche im Hotelzimmer war nicht verkehrt. Etwas in der Art konnte er vielleicht auch Frauke aufschwatzen. So großartig die Villa am Einfelder See auch war – das Badezimmer war schon sehr sechziger. Die Handtücher hier waren auch nicht schlecht.

Er fuhr sich mit den Händen durch das lichter werdende Haar und ging rüber zu Frauke, die am Fenster stand und telefonierte. »Mit wem sprichst du?«, wollte er wissen.

»Mit Marie.«

»Moin, Fröbe.«

»Oh, Videocall. Ich hätte nackt sein können.«

Frauke verdrehte die Augen. »Ich wollte Marie diesen Luxusschuppen mal zeigen. Zum Zehnjährigen unseres Cateringimperiums mieten wir das hier.« Sie schritt die Fensterfront ab, um Marie die Aussicht in ihrer ganzen Pracht zu zeigen.

»Fröbe!«, rief Marie. »Was ist das, woran du gerade arbeitest?«

»Kann ich nicht sagen. Ist ja eine Zivilistin im Raum.«

»Wir lassen sie eine Verschwiegenheitsklausel unterschreiben und versenken sie bei etwaigen Verstößen im Einfelder See. Also, woran arbeitest du?«

Frauke reichte das Handy weiter, und Fröbe berichtete vom

Brand und von der Vorgeschichte, die ihn mit Lutz Mattenhöfer verband.

»Der heißt gar nicht Loddar?«, fragte Frauke.

»Nö.«

»Und warum nennen den dann alle so?«

»Na, weil der halt daher kommt.«

»Wo kommt der her?«

»Wo auch der Loddar herkommt, aus dem Frankenland.«

Marie mischte sich ein. »Fröbe, lass sie, das hat keinen Sinn. Sie kennt ihn nicht.«

Das Telefonat drehte sich um die Möglichkeiten, auf Interpol-Erkenntnisse zurückzugreifen, dann ging es zwischen Frauke und Marie um das Catering auf Fehmarn. Pünktlich um neunzehn Uhr dreißig saßen Frauke und Fröbe im architektonisch und akustisch immer wieder beeindruckenden Saal der Elbphilharmonie.

Ein Plan

Ein Plan ist mehr als der bloße Affekt. Friedrich Sauerland wusste das und hatte verkraftet, dass sein vorletzter Trumpf wertlos geworden war. In der Nacht hatte er erfahren, dass sie Karlo hopsgenommen hatten. Karlo, gegen den er richtig was in der Hand gehabt hatte, den er hatte bluten lassen wollen. Nun saß Karlo in Untersuchungshaft. Nein, sich aufzuregen brächte nichts. Von Karlo hätte er schätzungsweise eins Komma zwei Millionen Euro bekommen, aber nach der Festnahme sähe er keinen müden Cent. So viel war sicher.

Jetzt blieb nur noch der gute alte Bluff. Aber was hieß schon »nur noch«? War der Bluff nicht der große Bruder der Strategie? Manfred Meier-Masch war sein bisher stärkster Gegner. Daran gab es keinen Zweifel. Allerdings lagen die Dinge weniger kompliziert, als man meinen konnte. Die Achillesferse seines Gegners war dessen Reputation.

Friedrich Sauerland packte, was zu packen war. Viel hatte er nicht mehr. Aber was er hatte, in der kleinen Tasche, die er nie dort aufbewahrte, wo er schlief und aß und ausschied, das würde die Tür zum nächsten Lebensabschnitt weit öffnen. In dieser kleinen Tasche hatte er früher aufbewahrt, was auch Meier-Masch beeindrucken konnte. Geld, Drogen, Waffen.

Petitessen im Vergleich zu: Wissen.

Friedrich Sauerland wusste um die wenig ruhmreiche Vergangenheit des neuen Stars auf Fehmarn. Dass der Beweis ein Fake war, würde Meier-Masch nicht erfahren. Zu echt wirkte, was er so viele Jahre aufbewahrt hatte.

Viele glaubten, Straftaten zu begehen sei die Kunst, würde große Überwindung kosten, setze akribische Planung voraus. Die Erfahrung zeigte: alles machbar. Die wahre Kunst bestand darin, sich nicht erwischen zu lassen, Spuren zu verwischen, möglichst keine Mitwisser zu haben, die man nicht im Griff hatte. Friedrich Sauerland wusste, dass alle, die Dreck am Stecken hatten, von Zweifeln geplagt wurden, wenn sie nicht völlig verblödet waren. Er war sicher, dass auch Meier-Masch schlaflose Nächte verbrachte, wenn er an seine dunklen Machenschaften dachte. Nie konnte man ganz sicher sein, dass nicht doch irgendwas rauskam. Insofern war der Job des Verbrechers in der Öffentlichkeit zu Unrecht schlecht angesehen. Die einen waren Landwirte oder Ärztinnen, die anderen schmuggelten Drogen oder raubten Banken aus. Letztere gingen ein hohes Risiko ein, während jene, die im legalen Arbeitsmarkt unterwegs waren, sogar Rentenansprüche hatten.

Friedrich Sauerland schob sich eine Captagon-Tablette in den Mund. Koks konnte er sich schon eine ganze Weile nicht mehr leisten. In einer halben Stunde wäre er wach genug, um sich auf den Weg zu machen. Wer sich wie er seit Jahrzehnten im halbseidenen Milieu bewegte, hatte für jede Sauerei einen Fachmann. Sein Fachmann für Fälschungen hatte ihm ein astreines Deutschland-Ticket 2.0 gefälscht. Irgendwie digital im Internet. War auch egal. Hauptsache, er kam von A nach B.

Für den Weg zur Ernst-August-Schleuse nahm er wieder das Fahrrad. Das klaute niemand. Die Fahrraddiebe aus der Gegend wussten, dass es ihm gehörte. Für alle anderen war es zu schrottig. Die »MS Reiherstieg« hatte schon viele Jahre auf dem Buckel, aber immer noch brachte sie die Passagiere sicher über die Elbe. Friedrich Sauerland fuhr an manchen Tagen stundenlang mit den Schiffen der HADAG kreuz und quer. Da war manche Kreuzfahrt ein Scheiß dagegen. Die Elphi halbrechts, wie sie glitzerte. Die »Cap San Diego«. Nach gut zwanzig Minuten stupste die »MS Reihersteg« sanft an die Mauer der St. Pauli-Landungsbrücken. Der Kapitän verstand sein Handwerk. Am grünen Rumpf der »Rickmer Rickmers« entlang, dann mit der U3 zum Hauptbahnhof. Viel war nicht los. Ob es einen Streik gab?

Der Regionalexpress fuhr pünktlich, er hatte einen Sitzplatz in Fahrtrichtung rechts, gleich an der Ostsee. So jedenfalls fühlte sich das an. Die Ostsee war sein Lieblingsmeer. Auf Bornholm hatte er sich verliebt. Aber das war lange her. Die Fahrt über den

Fehmarnsund mochte er besonders gern. Früher war er hier mit seinem Porsche 911 Targa entlanggecruist.

Als er den Zug in Puttgarden verließ, spürte er das Fieber, das Jagdfieber. Nicht mehr lange, und er würde anknüpfen an seine besten Tage. Niemand auf Mallorca, der ihn nicht respektvoll behandelt hätte. Niemand, der nicht um seinen Einfluss gewusst hätte. Dass es so heiß geworden war, dass auch die Hartgesottenen nicht mehr bei Temperaturen über vierzig Grad feiern wollten – seine Schuld war das nicht. Er würde Meier-Masch nicht schassen, er würde ihn zu seinem Assistenten machen.

Langsam schlenderte er an den Hafenanlagen entlang. Fähren fuhren hier nur noch selten, aber es legten Kreuzfahrtschiffe an und ab. Lieferfahrzeuge waren unterwegs, die privaten Autos der Gäste waren unterirdisch geparkt. Er hatte in einer Reportage gesehen, dass man links und rechts des Fehmarnbelttunnels riesige Parkflächen unter Wasser angelegt hatte. Die Gäste fuhren in gläsernen Aufzügen ans Tageslicht, bewunderten die belebte Unterwasserwelt, deren Schutz Land und Bund leicht durch die immensen Steuereinnahmen finanzieren konnten, die durch den Betrieb der Katenschinkenstraße auf Fehmarn aufgewachsen waren. Eines musste man Meier-Masch lassen. Er hatte es sehr gut verstanden, die Kritiker, auch jene aus dem Umfeld der Naturschützer, für sich zu gewinnen. Er hatte nach Ökostandards gebaut, was gegessen und getrunken wurde, stammte aus der regionalen Wirtschaft, auch aus der Dänemarks. Der Baron von Fehmarn, wie man ihn überall in Anlehnung an den König von Mallorca nannte, hatte eine weiße Weste und war auf Landes- und Bundesebene im Gespräch, wenn es um die Besetzung höchster politischer Ämter ging. Er hatte stets abgelehnt und sich mit bescheidener Geste zu seinem Lebenswerk auf Fehmarn bekannt. Dafür liebten sie ihn. Dänisch sprach er inzwischen auch.

Für Friedrich Sauerland war all das kaum zu ertragen, hatte Meier-Masch doch schlicht und ergreifend seine Ideen geklaut. So jedenfalls sah er das, und jetzt würde er sich holen, was ihm zustand.

Früher war mehr Sangria

Auf der Toilette gleich neben dem Fähranleger zog Friedrich Sauerland die goldene Rolex aus der Tasche. Es war billig, aber äußere Zeichen von Wohlstand machten immer noch Eindruck. Das steckte ganz tief in unserem Neandertal-Gehirn.

Kurz prüfte er das Magazin der guten alten Walther PPK, zu der er ein beinahe erotisches Verhältnis pflegte. Zur Not wäre sie an seiner Seite. Das Leben war, relative psychische Gesundheit vorausgesetzt, noch immer der höchste Einsatz. Er war vorbereitet, sollte Meier-Masch sich sperren, sollte er nicht verstehen, dass ihn die böse Tat aus der Vergangenheit jetzt einholte. Allerdings war es nötig, die Waffe zwischenzulagern, denn wie er herausgefunden hatte, war der Zugang zur Katenschinkenstraße nur möglich, wenn man eine Sicherheitsschleuse passiert hatte. Meier-Masch vom Gelände zu locken wäre indes eine Aufgabe, der er sich gewachsen fühlte. Die Pistole deponierte er im Spülkasten. Ein ebenso altes wie bewährtes Versteck.

Friedrich Sauerland hatte Hunger, aber nur noch siebenundzwanzig Euro fünfzig in bar, die er sein Eigen nennen konnte. Als er die Promenade erreichte, stieß er auf Mattes Friesen, den Sicherheitschef der Katenschinkenstraße. Der breitschultrige Mann, dessen blonde Haare und blaue Augen die nordischen Gene spiegelten, war der Einzige, der Sauerland mal k. o. geschlagen hatte. Da war er noch bei der Drogenfahndung gewesen und hatte wie Sauerland in einem Keller auf St. Pauli gegen Geld geboxt.

»Hola, Herr Sauerland, Sie hier und nicht in der Sackgasse? Verzeihung, das ist so ein geflügeltes Wort hier für das, was mal die Schinkenstraße war. Was können wir denn für Sie tun?«

»Kennen wir uns?« Friedrich Sauerland schaute demonstrativ auf seine Rolex.

»Hübsch, ein Erinnerungsstück aus besseren Zeiten, oder ist die gar nicht echt?«

Friedrich Sauerland blickte sich um. »Früher war mehr Sangria. Gibt's hier nur alkoholfreies Bier, oder gibt es auch Leute, die Spaß haben?«

Mattes Friesen streckte die Hand aus. »Wollen wir unsere kleinen Dispute aus der Vergangenheit nicht vergessen?«

»Geschenkt. Ich war abgelenkt, damals. Eine atemberaubende Frau an der Theke. Ich habe die linke Gerade nicht kommen sehen.«

»Wenn ich als Letztes eine atemberaubende Frau sehe, bevor es dunkel wird, will ich mich nicht beschweren. Wollen wir einen Kaffee trinken? Nach all den Jahren, da gibt es doch sicher was zu erzählen.«

»Bist du noch Bulle?«

»Nein, bin seit zwei Jahren in Pension und jetzt der Leiter des Sicherheitsdienstes hier. Komm, wir gehen ein paar Schritte. Da vorne im »Kiek ut« gibt es guten Kaffee, vor allem aber Beates Kekse. Ich nutze jede Gelegenheit.« Er klopfte sich auf den Bauch, der flach war wie vor dreißig Jahren.

Insgeheim verglich Friedrich Sauerland die Reihe der Lokale mit denen am Balneario 6. Dort hatten ihm alle Immobilien gehört. Vom Strand über den »Bierkönig« bis hin zum Park. Was er sah, war beeindruckend. Meier-Masch hatte den Raum effektiv genutzt, ohne dass die Gebäude aufdringlich wirkten. Die Architektur war die des Nordens. Viel roter Backstein. Alles wirkte, als ginge man an der Promenade eines Fischerdorfes entlang. So wie es aussah, war kein Sand angeschüttet worden. Alles wirkte, als sei allein die Natur Baumeisterin der Idylle gewesen. Keine Plastikbecher weit und breit.

Am Spülsaum lagen Holzboote, die wie kleine Fischerboote aussahen. Ungefähr auf der Hälfte der Katenschinkenstraße eine Schwimmbühne, die alles bot, was moderne Bühnentechnik hergab. Das hatte Friedrich Sauerland im Fernsehen gesehen. Jeden Sonntag gab es eine Kombination aus Livekonzert und Spielshow, die ein Quotenhit im linearen Fernsehen und im Netz war. Meier-Masch hatte das gute alte »Spiel ohne Grenzen« reanimiert. In den sechziger und siebziger Jahren ein europäischer

Straßenfeger nicht nur in Deutschland, sondern auch in Frankreich, Italien, in den Niederlanden, der Schweiz und Belgien. Dieser Tage waren auch die skandinavischen und baltischen Staaten dabei.

»Mach es dir bequem, ich besorg uns mal ein Herrengedeck.« Mattes Friesen deutete auf einen der Strandkörbe, die inzwischen eher als Sonnen- denn als Windschutz fungierten. Sauerland nahm Platz. Friesen verschwand im »Kiek ut«, das seinen Namen verdiente. Der Blick schweifte frei über die Ostsee. Eine Oase der Erholung. Wer es nicht besser wusste, konnte meinen, dies hier sei ein Ostseebad mit langer Geschichte. Keine Partypeople weit und breit. Sauerland wusste, dass es sogenannte Escalation-Spaces hinter dem Deich gab, die man vor hier aus weder sah noch hörte – Musik ebenso wenig wie das Grölen der Massen.

»So, alter Haudegen. Kaffee und die besten Kekse zwischen Kopenhagen und Riga.« Mattes Friesen setzte sich so vertraut und dicht neben Sauerland, dass es unangenehm war. Sie hatten Körperkontakt, aber Sauerland ließ sich nichts anmerken.

Er trank einen Schluck Kaffee, biss ab, kaute und lobte: »Das hat meine dänische Ex nicht besser gemacht. Die Butter ist das Geheimnis. Sehr gut. Sag mal: Meier-Masch, wo finde ich den? Wir haben Geschäftliches zu bereden.«

»Den findest du heute gar nicht. Ist an der schottischen Küste unterwegs. Wir expandieren. Ich denke, dass er übermorgen zurück sein wird. Hast du einen Termin?«

»Brauche ich nicht. Er wird, sagen wir, dankbar sein.«

Unverrichteter Dinge verließ Friedrich Sauerland das Hauptquartier des Barons, wie ihn die Mitarbeiterin nannte, die ihm für seine Rückkehr einen Zugangscode zum Betriebsgelände aufs Smartphone gespielt hatte. Eine Übernachtung auf Fehmarn kam nicht in Frage. Konnte er sich nicht leisten. Das Deutschland-Ticket 2.0 war ein Segen. Käme er eben übermorgen wieder. Meier-Masch liefe nicht weg.

Einschießen (2)

Die lange Fahrt über die A 24 hatte Sniper ermüdet. Die Nacht auf dem Autobahnparkplatz war unerfreulich gewesen. Es waren widerstrebende Gefühle, die es zu bewerten galt. Die Weite der Landschaft war Balsam für die stressgeplagte Seele, die Eintönigkeit der Fahrt hatte indes zu einer gewissen Gereiztheit geführt. Musik im Auto zu hören kam nicht in Frage. Wo blieb da der Respekt vor Komponisten und Musikerinnen? Sich mit sich selbst zu beschäftigen war mühsam, waren es doch die immer gleichen Gedankenschleifen, die man drehte.

Als die Straßenführung in Hamburg-Waltershof Aufmerksamkeit verlangte, war das der angenehme Moment, in dem die Anforderungen der Gegenwart das Zepter übernahmen und keinen Raum für eigene Abschweifungen ließen.

Das Ziel war Sniper gut bekannt. Dort, im nahen Rüschpark, war es zum ersten Treffen mit dem Dirigenten gekommen. Der Dirigent, wie sich Snipers Bekanntschaft genannt hatte, war ein kultivierter Mensch, dessen Weltläufigkeit große Anziehungskraft ausgeübt hatte. Gemeinsam hatten sie Pläne geschmiedet, aus denen nichts geworden war. Der Dirigent hatte den Kontakt abreißen lassen. Alle Versuche, ihn ausfindig zu machen, waren gescheitert.

Lange hatte Sniper sich in krude Phantasien verstiegen, die diese Bekanntschaft in der Hand von Entführern wähnten. Schließlich, einem Zufall geschuldet, war eine Tageszeitung auf dem Küchentisch gelandet, in der über den Tod eines wohlbekannten Menschen berichtet wurde, der nach langer Krankheit verstorben war. Neben dem Bericht hatte Sniper den Dirigenten auf einem Foto erkannt und am selben Tag entschieden, mehr Zeit im Norden zu verbringen. Zwischen den Meeren schlug das Herz kräftiger.

Hier, wo unmittelbar neben der Elbe die Start- und Landebahn von Airbus für eine außergewöhnliche Annäherung von

Schiffen und Flugzeugen sorgte, fühlte sich Sniper besonders frei. Hamburg war das Tor zur Welt, die zwar eine fremde und ferne Welt war, allein die Vorstellung aber machte die Zukunft weit.

Sniper hatte aus dem ersten Versuch, den man nicht unbedingt als misslungen bezeichnen konnte, gelernt. Gut, der Treffer war Zufall gewesen, aber eben doch ein Treffer.

Auf dem Parkplatz am Yachthafen war nicht viel los. Die Hitze sorgte dafür, dass sich viele Menschen in die klimatisierten Innenräume verzogen. Umso besser. Dann würde beim Anblick des Gewehrkoffers auch niemand auf dumme Gedanken kommen können.

Nun trennten nur noch ein paar Stufen die Absicht von deren Umsetzung. Eine Treppe führte von der Deichkrone hinunter zum Fundament, auf dem der Turm aus rot lackiertem Metall im Gezeitenstrom der Elbe stand. Die Wendeltreppe mit Stufen, durch deren Gitterrost der Blick nach unten nicht jedermanns Sache war, wand sich viermal um die Säule hinauf zur kleinen Plattform. Gewehr, Zweibein, Munition und Zielfernrohr waren durchaus eine Last. Der Atem ging schneller.

Vis-à-vis Teufelsbrück. Nomen est omen, dachte Sniper, entnahm das Gewehr seiner Behausung und balancierte es auf dem Rohr des Geländers aus. Der Ort war ein guter Ort. Am schmalen Strand nördlich der Elbe hatte ein Hund nach Snipers linker Wade geschnappt. Das lag ein Vierteljahrhundert zurück. Seitdem erinnerte eine unschöne Narbe an den Vorfall. Sicher ließe sich auf der anderen Flussseite ein Gassigänger finden. Schließlich hatte man durch das Zielfernrohr allerbeste Sicht.

Sniper war nicht groß. Dennoch war es nötig, in die Knie zu gehen. Das Geländer hätte höher sein können. Auch jenseits des Fahrwassers – ein Küstenmotorschiff hatte Finkenwerder elbabwärts passiert – waren nur wenige Menschen zu sehen. Wie erhofft, fand sich jedoch rasch ein Gassigänger, der immer wieder einen Gegenstand, es war wohl ein blauer Ball, etwa so groß wie ein Tennisball, parallel zum Ufer in Richtung des sicher über hundert Meter breiten Anlegers warf. Ein Schäferhund wurde nicht müde, den Ball zu apportieren. Der Gassigeher war ein Mann, dessen Alter Sniper schlecht schätzen konnte, weil er einen großen Schlapphut trug, wohl um sich vor der Sonnenstrahlung zu schützen. Er war übergewichtig. In der linken Hand trug er eine Flasche. Schade ums Pfand, dachte Sniper und lächelte ob des krausen Gedankens.

Die Entfernung betrug sechshundertvier Meter. Etwa zwei Sekunden würde das Projektil benötigen, um dem Leben des Gassigängers ein Ende zu machen. Sniper visierte einen Punkt zwei Fingerbreit unterhalb der Schlapphutkrempe an, fühlte den Druckpunkt, atmete ein, atmete aus, hielt die Luft an und bemerkte im Bruchteil einer Sekunde, wie sich der Mann nach links drehte. Gleichzeitig zog Sniper den Abzug durch und sah, wie Sand aufspritzte, etwa zehn Meter hinter und nur wenige Zentimeter neben dem Gassigänger. Der Mann zuckte zusammen, wendete den Blick vom Flugzeug im Landeanflug ab, und Sniper sah, wie ratlos er war. Dass er dem Tod entgangen war, konnte der Gassigänger kaum ahnen. Die Ursache für das Geräusch, das es hinter ihm in der niedrigen Böschung durch den Einschlag des Projektils gegeben haben musste, bliebe ein Rätsel. Der Schäferhund brachte den blauen Ball.

Die Welt ist klein

Der erste Sonntagmorgen in Hamburg und gleich schlechte Laune. Karl stand auf dem kleinen Balkon und haderte mit der Welt. Es brannte, es brannte, wohin er auch roch. Menschen verbrannten, was Jahrzehnte gebraucht hatte, um zu wachsen. Menschen nahmen sich, was sie kriegen konnten. Sie glaubten, ein Recht darauf zu haben, sich alles nehmen zu können. Menschen saßen über Menschen und deren Tun zu Gericht und richteten. Vor allem richteten sie den Planeten zugrunde, und da war weit und breit keine höhere Instanz, bei der man hätte Klage führen können. Das war, was Karl dachte, als er vorn an der Balkonbrüstung stand. Nichts hatte geholfen. Kein Demonstrieren, kein Blockieren. Erklären half nicht, und Weinen half auch nicht.

Dann trat Rike neben ihn. Sie roch nach Schlaf. »Ich weiß, was du fühlst. Ich fühl das auch. Lass es uns gut machen. So gut wir können. Besser geht halt nicht. Wir sind in die Welt geworfen worden. Wir haben gelegen, gekniet, und dann sind wir aufgestanden. Komm, wir gehen ein bisschen *rondslenteren*.«

Rikes Duft, ihre Nähe und ihre Gedanken und dann auch noch diese Sprache. *Rondslenteren*. Ja eine Runde durch das neue Viertel war sicher eine gute Idee. Zehn Minuten später traten sie vor die Tür.

»Große Bergstraße. Du weißt, dass wir an einem kulinarisch historischen Ort leben?«, fragte Karl.

Rike schüttelte den Kopf.

»Die Wiege des Franzbrötchens stand hier. Franz'scher Bäcker Thielemann, sage ich nur. Lass uns Süßes essen.«

Hand in Hand schlenderten, nein *rondslenterten* Rike und Karl die belebte Straße mitten in Altona entlang, die sie in den nächsten Wochen und Monaten noch erkunden mussten. Dann kam eine Bäckerei in Sicht.

Vor der Bäckerei saßen Frauke und Fröbe. Karl schlich sich

von hinten an und hielt Frauke die Augen zu. Das machte man viel zu selten. Sein Opa Geisler hatte das früher oft bei ihm gemacht und bei Mama Marie auch. Frauke zuckte nicht mal.

»Warte, ich komm drauf. Ich würde ja Christiane sagen, weil du, wenn du Christiane wärest, gleich hier um die Ecke wohntest. Sind aber Männerhände. Mehmet, bist du das? Nein, du machst so was nicht. *Wait*. Ich hab's. Karl.«

Karl ließ los, trat vor Frauke. »Unglaublich. Wie kann das sein? Wir wohnen doch gerade erst hier. Wieso kommst du so schnell darauf?«

»Karl, entschuldige mal. Du kennst deine Mutter. Sie spricht seit Monaten von nichts anderem. Ihr Prinz zieht aus.«

Karl stellte die Anwesenden einander vor, und rasch war klar, dass man Kaffee und begleitendes Backwerk gemeinsam genießen würde. Nachdem sich Karl erkundigt hatte, wie die Vorbereitungen für das Megaevent auf Fehmarn liefen, berichtete er von seiner Wut auf weite Teile der Menschheit, die ignorierten, dass sie Teil und nicht Chef der belebten Erde waren.

»Ich erinnere mich, dass man vor ein paar Jahren die Klimakleber kriminalisiert hat, während Landwirte mit ihren Dieselschleudern quer durchs Land fuhren und auch noch beklatscht wurden, obwohl sie im Gegensatz zu den Klimaklebern unmittelbar eigene Ziele verfolgten. Es wurde und wird mit zweierlei Maß gemessen. Der ganze Irrsinn folgt der simplen Logik: Die Mehrheit ist doof, entscheidet aber über das Wohl und Wehe aller, weil demokratische Regeln das so vorsehen. Wir sollten Sperrklauseln für offensichtlich dämliche Entscheidungen einführen.«

»Du bist ein Heißsporn wie deine Mutter«, stellte Frauke fest.

»Ich bin kein Heißsporn, ich bin leidenschaftlich.«

»Das stimmt.« Rike legte einen Arm um Karls Schulter. Alle lachten.

Die Franzbrötchen waren ein Gedicht. Essen und Trinken waren völker- und generationenverbindende Themen. Bei Satésaus gingen die Meinungen auseinander. Karl und Frauke fanden, dass Erdnüsse nichts in Soßen zu suchen hätten. Rike und Fröbe betonten, sie würden für gute Satéspieße sterben.

»Apropos Sterben«, nahm Fröbe eine Steilkurve, »hast du nicht Lust, die Familientradition fortzusetzen und bei der Polizei anzuheuern, Karl? Dein Gerechtigkeitssinn scheint mir stark ausgeprägt zu sein. Und bevor du dein Mütchen auf der falschen Seite kühlst …«

»Ach, Gerechtigkeit. Ich bin durchaus ein Freund der Gewaltenteilung. Da hat Montesquieu vor, lass mal überlegen, vor über dreihundert Jahren klug gedacht. Aber die Polizei als Exekutive ist doch lediglich Helfershelfer von Gesetzgebung und Rechtsprechung. Wenn schon, dann würde ich an gesetzgeberischen Verfahren mitwirken wollen.«

»Ohne Verwaltung und Polizei wären Gesetze in letzter Konsequenz kaum durchsetzbar.«

»Ich würde mich immer angeleint fühlen. Gut, dass es euch gibt, aber ich brauche mehr Beinfreiheit.«

»Hat wer gefordert?«, mischte sich Frauke ein.

»Peer Steinbrück, kaum dass ihn die SPD zum Kanzlerkandidaten ausgerufen hatte«, erklärte Rike.

Die anderen drei staunten.

»Ja, müsst ihr nicht so gucken, ihr Moffen.«

»Vorsicht! Kein Rassismus«, mahnte Karl.

Rike ignorierte ihn. »Mein Opa mütterlicherseits ist Deutscher und Kommunalpolitiker in Gronau. Er sitzt für die SPD im Rat.«

»Da schau an. Heißt es nicht in eurer Nationalhymne: ›Wilhelmus von Nassau, bin ich von deutschem Blut‹?« Fröbe warf sich in die Brust.

»Ja, so ähnlich. Das weißt du wegen Fußball, oder?« Fröbe grinste.

»Dieser Nationalismus macht mich echt fertig.« Karl rückte mit dem Stuhl ein Stück zurück.

»Das ist Folklore, Karl. Niemand bei klarem Verstand zweifelt an, dass wir als Europäerinnen zusammenstehen müssen.« Frauke hatte sich zu Karl vorgebeugt.

»Europa, nee, is klar. Scheiß auf Afrika, oder wie? Ach, nicht mein Tag heute. Ich weiß, dass du das nicht so gemeint hast, Frauke. Tut mir leid.«

Alle schauten freundlich, aber die Stimmung war angespannt.

Karls Handy klingelte. »Sorry, das ist Oma Rita. Oma, was geht?« Karl wirkte ungläubig, dann überrascht, schließlich begeistert. »Echt wahr? Das ist krass. Ich komme. Bis später. Danke, dass du Bescheid gesagt hast.«

Drei fragende Gesichter.

»Das glaubt ihr nicht. Jette Ohligsen ist in Maasholm.«

»Wer?«, fragten Frauke und Fröbe wie aus einem Munde.

»Jette Ohligsen, die Philosophin. Meine Heldin. Die ist so scheiße schlau. Sie liegt mit ihrem Boot direkt neben Mama Maries Folkeboot. Ich muss dahin. Jetzt sofort. Rike, wir brauchen einen Mietwagen.«

»Mietwagen? Wir fahren mit öffentlichen Verkehrsmitteln.«

»Heute nicht. Das dauert zu lange.«

»Alles klar. So ist das mit den Überzeugungen. Wenn die Gier nur groß genug ist, fliegen die Grundsätze ganz schnell über Bord. Na gut, aber ein E-Auto.«

»Ja, sowieso. Frauke, Fröbe, war mir eine Freude. Viel Erfolg auf Fehmarn und dir bei der Verbrecherjagd. Moin.« Karl stand auf. »Ähhh, könnt ihr zahlen? Ich revanchiere mich auch.«

Frauke nickte.

Weg waren sie.

»Die jungen Leute«, kommentierten Frauke und Fröbe beinahe lippensynchron.

»Karl, renn doch nicht so. *Rustig blijven!*«

»Du hast gut reden. Ruhig bleiben, wenn die Göttin der philosophischen Neuzeit in Maasholm ist? *No way.* Ich will ein Autogramm. Ich will sie anfassen.«

»Ich fass dich gleich an, du. *Met mij wil je geen mot, maatje.*«

Karl zog Rike an der Hand die Straße entlang. »Verstehe ich nicht. Friesenslang, oder was?«

»Leg dich nicht mit mir an, Freundchen.«

»Keine Sorge. Mit dir lege ich mich lieber hin.«

»Da steckt ja doch ein kleiner Steinzeitmacho in dir, *maatje*.«

An der Carsharingstation angekommen, öffnete Karl das E-Auto mit der Mobilitäts-App, die vor einigen Jahren von der sogenannten Fortschrittskoalition 2 angestoßen worden war. Keine schlechte Sache. Mobilitätskosten wurden zentral erfasst und abgerechnet. Der Nutzer erhielt aussagekräftige Diagramme zu ökonomischen und ökologischen Kosten sowie eine Effizienzanalyse.

Kaum hatte Karl die A 7 erreicht, gab er Gas. Zwar war die Höchstgeschwindigkeit bei hundertzwanzig Kilometern pro Stunde abgeregelt. Aber die Beschleunigung war super, und ja, es steckte ein Steinzeitmacho in ihm. Heimlich besuchte er manchmal eine Kartbahn in Neumünster. Ein bisschen war es so, als substituierte er Alkohol durch Zitronensaft. Hauptsache, es schüttelte einen.

Wenig los auf der A 7, entspanntes Gleiten. Karl berichtete von Jette Ohligsen und deren philosophischen Konstrukten zum Thema Rücksichtnahme. Der Monolog dauerte an, bis sie den Tunnel in Hamburg-Schnelsen erreicht hatten.

»Bezahlt dich die Frau eigentlich?«, wollte Rike wissen.

»Noch nicht. Aber ich könnte mir vorstellen, einen YouTube-Kanal mit ihren Themen zu betreiben, auf dem ich die Theorie in der Praxis teste.«

Karl hob die Stimme und gab im Singsang eines Jahrmarktverkäufers einen Vorgeschmack auf seine Karriere im Internet: »Hallo, Leute, und willkommen zu Philo-Test mit Karl. Heute wollen wir Antworten auf eine der Kant'schen Fragen finden. Was soll ich tun, fragte der olle Immanuel, und euer Karl macht heute den Praxistest. Er trifft Jette Ohligsen und fragt sich, ob er sich ihr vor die Füße werfen soll oder ob er sie mit einer Provokation auf sich aufmerksam machen könnte. Bleibt dran, es wird spannend. Und solltet ihr Jettes Werke in gedruckter Form euer Eigen nennen wollen, schaut mal bei unserem Channel-Partner der Buchhandlung Almut Schmidt in Friedrichsort vorbei. Gut sortiert und mit dem besten Musikgeschmack zwischen Altenholz und Schreventeich. Lasst einen Like da und vergesst die Glocke nicht.«

Rike hielt sich die Hände vors Gesicht. »Lehrer willst du werden, mein Süßer? Wie soll das gehen, so ganz ohne Bühne?«

Sie schaltete das Radio ein, und sie lauschten einem Oldiekanal. Zufällig hatten sie entdeckt, dass sie beide Musik aus den Siebzigern mochten. In ihrer Blase fand man das schräg.

Ungefähr auf dem Scheitelpunkt der neuen Raader Hochbrücke fiel Rike das hier ein: »Übrigens, das mit Montesquieu und der Gewaltenteilung, ich wollte dir da vorhin nicht in die Bildungsbürgertumparade fahren, aber der olle Franzmann hat ja nur nachgezogen. Es war ungefähr hundert Jahre früher der englische Philosoph John Locke, dessen Ideen nicht zuletzt die Unabhängigkeitserklärung der Vereinigten Staaten beeinflussten. In den Niederlanden lernen wir das ja schon in der Schule.«

Im Radio lief »No Milk Today«. Rike und Karl sangen mit. »Der Sänger der Band sah übrigens aus wie Heintje«, erklärte Rike, als das Lied zu Ende war.

»Heintje, kenn ich nicht.«

»Du kennst Heintje nicht? Unglaublich. Pass auf, das passt zu euch – ›Maaaaama, du sollst doch nicht um deinen Jungen weinen …‹«

So vertrieben sie sich die Zeit, bis Karl vor dem Haus seiner Großeltern in Maasholm parkte. Fünf Minuten später saß er auf dem Steg. Aug in Aug mit Jette Ohligsen. Eine Begegnung, die er so schnell nicht wieder vergessen würde.

Als er wieder zurückkam, stand Rike mit Oma Rita in der Küche. Sie kochten Fliederbeersuppe.

»Und?«, wollte Rike wissen.

»Eine unfassbar blöde, arrogante Kuh. Ich möchte nicht mehr über sie sprechen.«

»Hast du sie denn angefasst?«

Karl drehte sich um, verließ die Küche, nur um zwei Minuten später wieder reinzukommen.

»Na, hast du es dir überlegt?«

»Nein. Marie steht mit Opa Uwe vor dem Haus. Sie haben mich weggeschickt.«

Oma Rita schaute auf und ging raus. Auch sie kam nach kurzer Zeit zurück. Rike und Karl schauten sie erwartungsvoll an.

»Irgendwas mit Krankheit. Opa kann vielleicht jemandem helfen.«

Später versammelten sich alle um den Tisch und aßen Fliederbeersuppe.

»Doch ein schöner Ausflug«, sagte Karl.

Umarmungen, die Sonne tief im Westen über Schleswig. Wieder die A 7 und wieder nur krauses Zeug in den Köpfen der jungen Leute.

»›Ende OPA-Belag‹«, las Karl die beiden Zeilen auf dem Schild jenseits der Mittelleitplanke vor. Rikes Blick verriet Ahnungslosigkeit. Karl wählte Oma Ritas Festnetznummer. »Oma, wir haben die Suppe vergessen.«

»Weiß ich doch«, antwortete seine Oma und legte auf.

Noch anderthalb Stunden bis Altona.

Rike hatte gegoogelt und sprach in Karls Richtung.

»Hä?«

Sie wiederholte.

»Rike, du musst lauter sprechen, ich verstehe dich nicht.«

Rike schüttelte den Kopf und wisperte: »Darf ich nicht, bestimmt ist hier Flüsterasphalt.«

Karl prustete, dass Prustnebel die Frontscheibe erreichte. »Mist, das ist ja ein Mietwagen, muss ich gleich mal wegputzen.«

»Du bist voll der Sohn einer Beamtin. Alter Spießer.«

»Nicht das Schlechteste, ein Leben in Eigenverantwortung.«

»Es sind nicht die Anhänger monotheistischer Religionen, die per se für den Zustand der Erde verantwortlich sind, obwohl ich an der Zurechnungsfähigkeit eines jeden zweifle, der sein Tun an Glauben orientiert. Es ist nicht die vollständig versammelte Gemeinschaft von Juden, Muslimen, Christen oder Fans von Bayern München, die den Karren gegen die Wand gefahren hat. Es sind Arschlöcher, die Kriege anzetteln, Natur ausbeuten, Profite maximieren, bis es quietscht. Es ist das Konzept der

Kakistokratie, der Herrschaft der Schlechtesten. Ganz blöde Idee.«

Rike drehte das Radio leiser, obwohl gerade eines ihrer Lieblingslieder *ever* lief. »Jolene« von Dolly Parton. Sie hatte das noch niemandem verraten. »Wenn wir das mal weiterdenken, dann sind wir als Spezies qua Geburt Angehörige dieser Herrschaftsform. Was wir tun, verbraucht Ressourcen. Wir halten es für unser gutes Recht, durch die Welt zu fliegen, Avocados zu essen, warm zu duschen, Autos mit Metalliclack zu bauen. Welche Instanz kann es denn sein, die uns das erlaubt? Die Tante vom Ordnungsamt?«

Der Baron von Ballermarn

Manfred Meier-Masch setzte einen Fuß ins Wasser. Was seine Wade plätschernd umspülte, nannte er »meine Badewanne«. Innerhalb der Zwölf-Meilen-Zone, dem seeseitigen Territorium Deutschlands, beanspruchte er stillschweigend fünfzig Meter ab einer Wassertiefe von zwei Metern. Er war schon immer Schwimmer gewesen, und so hatte er sieben Fünfzig-Meter-Bahnen abspannen lassen.

Wasser war sein Element. Er war nicht nur Wassermann, Wasser war auch sein Vorbild. Wasser fand immer seinen Weg. Es sprudelte aus dem Boden, es sickerte ins Mauerwerk, überspülte ganze Inseln. Es fror und es verdampfte. *Survival of the fittest*, par excellence. Noch immer glaubten manche, dies bedeute das Überleben der Stärksten. Weit gefehlt. Im Sinne der Darwin'schen Evolutionstheorie beschrieb der Begriff das Überleben der am besten angepassten Individuen. Anpassung war zu seinem Credo geworden. Anpassung lautete sein Erfolgsrezept.

Vor ziemlich genau vier Jahren hatte er zu sich selbst gesagt: »Fehmarn ist auch nur eine Insel«, und binnen Sekunden hatten sich die Dinge in seinem Kopf gefügt. Er hatte den Verantwortlichen auf Fehmarn ein Konzept vorgestellt, das politische Mehrheiten gewonnen hatte. Meier-Masch wusste, an welchen Hebeln er ziehen musste. Manche wurden reich, das erfuhr die Öffentlichkeit nicht. Andere, die eine Bebauung am Naturschutzgebiet ebenso strikt abgelehnt hatten wie die zu erwartenden Touristenströme, wurden überzeugt. Der Investor kaufte und renaturierte landwirtschaftlich intensiv genutzte Flächen und sorgte dafür, dass die Umwelt unterm Strich von der »Katenschinkenstraße« profitierte. Den Namen hatte er sich gleich schützen lassen. Das Merchandising allein hätte ihn reich gemacht, wäre er es nicht schon zuvor gewesen. Energetisch autark durch Photovoltaik und einen kleinen Windpark, hatte die Katenschinkenstraße unter Projektentwicklern der Touristikbranche großes Interesse geweckt.

Zur Überraschung neutraler und kritischer Beobachter war das Projekt vom Tag der Eröffnung an wirtschaftlich erfolgreich und ökologisch verträglich. Ein kleines Wunder. Es waren Arbeitsplätze geschaffen worden, die Gewerbesteuereinnahmen sprudelten. Mallorca-Touristen von nah und fern hatten ein neues Ziel. Meier-Masch ließ Veranstaltungstechniker ausbilden und Köchinnen, er schaffte Arbeitsplätze, hatte arbeitsplatznahe, bezahlbare Wohnungen gebaut. Alle waren glücklich.

Alle? Nein. Es gab Neider. Große und kleine. Solche, die ihn öffentlich verunglimpften, versuchten, ihm ans Zeug zu flicken. Für die hatte er Anwälte. Zwei hatten versucht, ihn durch physische Gewalt einzuschüchtern, jemand hatte Feuer gelegt. Für die hatte er seinen Sicherheitschef Mattes Friesen. Friesen war ein erfahrener Mann, hatte bis zu seiner Pensionierung in verschiedenen Funktionen als Polizist Dienst getan. Was Meier-Masch besonders interessiert hatte, war Friesens Erfahrung als Personenschützer.

Schon in Frankfurt hatte Meier-Masch schlechte Erfahrungen machen müssen, obwohl er als Investmentbroker weitgehend anonym geblieben war. Tatsächlich waren die Erfahrungen traumatisch gewesen. Seine Tochter war entführt worden, es sollte ein Lösegeld erpresst werden. Der Täter war ein Arbeitskollege gewesen. Meier-Maschs Ehe war an der Entführung gescheitert, weil er hart geblieben war, während seine Frau zahlen wollte. Der Kontakt zu seiner Ex-Frau war abgebrochen, die gemeinsame Tochter sah er ein- oder zweimal im Jahr.

Das Schwimmen in der Ostsee hatte ihn erfrischt, wie es ihn immer erfrischte. Ohne Meer wollte er nie wieder sein. Er hatte geduscht, war über die dicht bewachsene Brücke zu seinem Häuschen gegangen, das seine wahre Größe durch geschickte Bepflanzung und einen T-förmigen Grundriss verbarg. Zur Promenade hin sah man nicht, dass sich das Gebäude nach links und rechts hinter den Nachbarhäusern erstreckte. Es war nicht protzig bei Meier-Masch, es war komfortabel.

Mit einem Glas Wasser setzte er sich an den langen Tisch auf der Dachterrasse und bat Mattes Friesen über die interne Kommunikations-App zu sich. Die Räume der Sicherheitszentrale befanden sich gleich nebenan im ersten Obergeschoss einer Einrichtung, die Meier-Masch nach Prüfung von Markenrechten auf den Namen »Næmø and Friends« getauft hatte. Dahinter verbarg sich eine Naturkundeschule, die vom NaNo, dem Naturschutzbund-Nord, betrieben wurde. Alles wirkte leicht und spielerisch. Ein niederschwelliges Angebot für jene, denen der Fortbestand des Binnenmeeres Ostsee gleichgültig war. Zumindest vor dem Besuch. Das didaktische Konzept glich dem von Sekten, und Meier-Masch hatte schon immer gefunden, dass der Zweck die Mittel heiligte. Besonders dann, wenn die Intention gut war. Beim NaNo war er schnell vom potenziellen Gegner zum geschätzten Partner avanciert.

Mattes Friesen betrat die Dachterrasse in einem Outfit, das Meier-Masch noch nicht an ihm gesehen hatte. Der Sicherheitschef trug ein Hawaiihemd und pinkfarbene Shorts. Es gehörte zum Konzept der Katenschinkenstraße, dass alle Mitarbeiter ihre Kleidung selbst wählten, um den Eindruck von Uniformität zu vermeiden. Intern erkannten sie einander an einem unauffälligen In-Ear-Kopfhörer, der akustische Botschaften ausstrahlte, wenn sich zwei Geräte näher als vier Meter kamen.

Meier-Masch deutete auf die farbenfrohen Textilien. »Eine Reminiszenz an Kulturen der Vergangenheit?«

»Ja, tatsächlich. Meine Schwägerin ist in Honolulu geboren. Der Meeresspiegel stieg um gut siebzehn Prozent höher als im weltweiten Durchschnitt, es gab Dürre und Brände. Die Familie war bedroht, und so wurden aus Menschen, die der oberen Mittelschicht angehörten, Klimaflüchtlinge. Wir feiern, also ›feiern‹ in Anführungsstrichen, das zehnte Jahr der Familie in Deutschland.«

Manfred Meier-Masch dachte an Anpassung.

Die beiden Männer waren ein eingespieltes Team. Mattes Friesen reichte dem Baron vom Ballermarn, wie ihn ein Tourismusmanager scherzhaft getauft hatte, das Tablet, auf dem die Besucherströme farblich und mit tatsächlichen Zahlen in Echtzeit und wahlweise im zeitlichen Ablauf dargestellt waren. Dazu gab es aktuelle und kumulierte Umsatzzahlen. So konnte mit Preisanpassungen oder Impulsen wie Walking Acts, Liveauftritten bekannter Musiker oder Mitmachaktionen stets auf die Situation reagiert werden. Die KI schlug Maßnahmen vor, die je nach Einstellung freigegeben werden mussten oder nach Ablauf einer voreinstellbaren Reaktionszeit automatisch veranlasst wurden. Besucher wurden beim Betreten der Katenschinkenstraße gescannt. Die Kameras und Kameradrohnen fanden jede Besucherin in Echtzeit. Künstliche Intelligenz erkannte an Bewegungen Einzelner oder an Bewegungen von Gruppen, ob Auseinandersetzungen drohten.

Mattes Friesen war über die Lage jederzeit informiert und konnte adäquat reagieren. Die Überwachung diente der Sicherheit aller, die beim Betreten des Areals eine Einverständniserklärung unterschreiben mussten. Jenseits privater Bereiche war die Rundumüberwachung in Deutschland noch immer verboten. Dass auf der Katenschinkenstraße in den letzten beiden Jahren kein Taschendiebstahl angezeigt worden war, dass Herzinfarkte binnen einer Minute erkannt wurden, dass Ersthilfe binnen zweier Minuten geleistet wurde, stimmte allerdings auch liberale Innenpolitiker zunehmend nachdenklich.

Die Kalenderfunktion benachrichtigte sie über das anstehende Bulli-Festival.

»Ist das hinsichtlich unserer Sicherheitsstufe relevant?«, wollte Meier-Masch wissen.

Mattes Friesen lachte. »Nö. Alles friedliche Hippies, bekifft und guter Dinge. Ich bin mit der Polizei in enger Abstimmung, weil fünfzigtausend zusätzliche Besucher auf der Insel erwartet werden. Immerhin ist die Brücke jetzt achtspurig ausgebaut, aber rund um Heiligenhafen und an der Abfahrt Blieschendorf könnte es eng werden. Ich schlage vor, dass wir dort Teams mit Getränken positionieren. Die halten die Leute bei Laune und können auf unser Bulli-Programm hinweisen.«

Meier-Masch nickte zustimmend. In enger Zusammenarbeit

mit den Organisatoren des Bulli-Festivals und den lokalen Entscheidern in der Verwaltung hatten sie einige Programmpunkte in den Normalablauf integriert, die auf die VW-Bus-Fans zugeschnitten waren. Zeitlich waren sie so gelegt worden, dass der Berufsverkehr nicht beeinträchtigt werden würde. »Ist mit den Leuten vom Catering alles besprochen?«

Mattes Friesen bestätigte und fügte hinzu: »Mit Marie Geisler von den Geschmacksverstärker:innen habe ich ein paarmal zusammengearbeitet, als wir beide noch beim LKA waren. Das wird alles glattlaufen. Tolle Kollegin, also Ex-Kollegin. Apropos Ex. Sie hatten Besuch. Friedrich Sauerland war hier.«

Meier-Masch drehte abrupt den Kopf. »Sauerland, dieser Irre? Hier?«

Inzwischen hatte Mattes Friesen recherchiert und herausgefunden, dass Friedrich Sauerland alles darangesetzt hatte, die Katenschinkenstraße zu verhindern. Er hatte die Idee, eine Partymeile nach »Art Schinkenstraße« zu errichten, für sich reklamiert. In drei Instanzen war er gescheitert. Seine Versuche, Meier-Masch bei Behörden und Banken zu diskreditieren, waren samt und sonders fehlgeschlagen.

»Ja, er war hier, wollte Sie sprechen. Ich habe mich gefragt, warum Sie mir nichts von ihm erzählt haben und warum Sie nie juristisch gegen den Mann vorgegangen sind.« Den Boxkampf erwähnte Mattes Friesen nicht.

»Er verdient meine Aufmerksamkeit nicht. Wie sieht es denn mit den Vorräten aus? Uns steht insbesondere wegen des Bulli-Festivals ein besonderes Wochenende bevor. Die Teilnehmerinnen und Teilnehmer unten am Südstrand werden zwar von den Geschmacksverstärker:innen versorgt – im Übrigen wird das für unsere Gastro kaum möglich sein, da mitzuhalten, wir werden ganz bewusst auf die Alternative ›Fettige Pommes wie früher‹ setzen –, aber trotzdem werden wir höhere Besucherzahlen haben.«

Ein langer Satz, der Mattes Friesen zeigte, wie sehr das Auftauchen von Fritz Sauerland den Chef beschäftigte. Zudem war er der falsche Ansprechpartner, wenn es um Vorratshaltung ging.

Vom Wasser her der unverwechselbare Sound einer Fender-Gitarre, wie sie David Jon Gilmour gespielt hatte. Bei »Wish You Were Here« musste Meier-Masch immer weinen. Soundcheck auf der Schwimmbühne. Er stand auf, ging die paar Schritte zum Ausguck und verschränkte die Arme hinter dem Kopf. Es dauerte nicht lange, dann hatte er sich wieder gefangen.

»Herr Friesen, um Sauerland kümmere ich mich, sofern er noch einmal auftaucht. Ich muss jetzt los. Termin mit der Bürgermeisterin und zwei Dauercampern.«

Mattes Friesen stand auf und ließ Meier-Masch allein. Was Sauerland betraf, so war er nach seinem ersten Besuch nun registriert. Friesen würde die entsprechende Datei jetzt gleich um einen Watch-Hinweis ergänzen. So nannten sie es, wenn Personen auf dem Gelände kontinuierlich beobachtet werden sollten. Er erhielte einen Alarm, sobald Sauerland das Areal beträte.

Der Nörgler

Unweit der Katenschinkenstraße war vor langer Zeit ein Campingplatz entstanden und über die Jahre gewachsen. Um die Baugenehmigung für seine Anlage zu erhalten, hatte Meier-Masch Zugeständnisse machen müssen. So gab es eine Exklusivitätsvereinbarung, die besagte, dass Künstler, Handwerker und überhaupt alle bei der Katenschinken-Betriebs-GmbH Beschäftigten auf diesem und nur auf diesem Platz übernachten mussten. Die sanitären Anlagen waren auf Kosten von Meier-Masch erneuert und erweitert worden. Die Wartung der sanitären Anlagen wurde von Mitarbeitern der Katenschinken-Betriebs-GmbH, kurz KaBe, übernommen.

Der Besitzer des Platzes hatte das goldene Los gezogen. Die Anbindung durch den Fehmarnbelttunnel, verziert mit der Kirsche, hatte Meier-Masch spendiert. Dennoch gab es regelmäßig Gesprächsbedarf. Vereinbarungsgemäß wurden auch Vertreter der jeweils zuständigen politischen Ebene miteinbezogen. In der Regel war das Lene Buntschuh, die Bürgermeisterin, die Meier-Masch wohlgesinnt war. Kein Wunder, war doch ihre Kommune die neue Gewerbesteuerkönigin von Deutschland.

Meier-Masch hatte eines der Elektromobile genommen, die allen Gästen der Katenschinkenstraße kostenfrei zur Verfügung standen, weil er später noch beim Bulli-Festival vorbeischauen wollte. Kaum war er in den Strandweg eingebogen, sah er auch schon einen der Dauercamper wild gestikulierend im Gespräch mit der Bürgermeisterin. Er atmete, lächelte und stellte sich vor, wie er gleich wieder weitreichende Zugeständnisse machen würde, damit dieser Vollidiot das Maul hielt.

Gleich neben der Rezeption hatte der Nörgler seit Kindheitstagen sein zweites Zuhause gefunden. Die Eltern kamen aus gesundheitlichen Gründen nicht mehr; sie vertrugen die hohen Temperaturen nicht. Der Nörgler hielt die Stellung, nicht aber sein Maul. Lautstark, ohne dass er Meier-Masch begrüßt hatte, beklagte er den Umgang der Katenschinkenstraßen-Besucher mit seinem Liebling, dem Rauhaardackelrüden Rüdiger.

Manfred, wie ihn der Nörgler nennen durfte, führte die kleine Gruppe Demokratiebegeisterter mit freundlicher Geste zur unvermeidlichen Picknickbank. Zu gern hätte er gewusst, wer diese zumindest in Nordeuropa omnipräsente Sitz-Tisch-Kombination erfunden hatte.

»Lene, Sören, ich bedanke mich für eure Einladung.« Eine Floskel, die er sofort gehasst hatte, als sie sich im Rahmen öffentlicher Fragestunden bei Politikerinnen und Politikern etablierte. Irgendein Berater hatte wohl das Proseminar in gewaltfreier Kommunikation im zweiten Semester gewählt und seine Chance gewittert. Doch anstatt sich darüber aufzuregen, setzte Meier-Masch den Laber-Sprech, wie er diese Form der Dialogeröffnung nannte, nun selbst in einer Art ironischer Selbstermächtigung ein. »Vielleicht berichtest du, lieber Sören, was Rüdiger widerfahren ist.« Einladendes, offenes Lächeln. Check.

»Widerfahren, widerfahren. Die Spacken aus Stuttgart und Kopenhagen treten nach ihm und beschimpfen mich, wenn Rüdiger mal muss. Was soll er denn machen? Kacken die Herrschaften von außerhalb etwa nicht?«

»Sie haben nach Rüdiger getreten? Nicht dein Ernst!« Meier-Masch inszenierte Mitgefühl und Empörung. Jetzt einfach laufen lassen. Sören kotzte sich aus, das war sein gutes Recht. Irgendwann nähme das Speien dann ein Ende, er würde ihm ein Leckerchen hinhalten, und alles wäre wieder gut. Bis zum nächsten Mal.

Eine krasse Fehleinschätzung, wie Meier-Masch binnen der folgenden Minuten eingestehen musste. Sören hatte sich radikalisiert. So hatte er ihn noch nie erlebt. In ungeordneter Reihenfolge fielen zusammenhanglos Begriffe wie Widerstand, Volk, Barrikaden und wirklich drastische, die Meier-Masch daran denken ließen, dass Mattes Friesen auch mal für den Staatsschutz gearbeitet hatte.

Die Tirade hielt an, Sören schlug mit der flachen Hand, der Faust und einer Dose Dosenbier auf die Holzlatten der Picknickbank, dass es krachte. Dann schloss er: »Und eines sag ich dir: Ich mach dich kalt, wenn auch nur noch ein einziges Mal nach Rüdiger getreten wird.«

Meier-Masch schluckte und schickte sich zu gehen an, als von links das enervierende Geräusch eines zu rasch bewegten Reißverschlusses an sein Ohr drang. Kevin Gutbratson trat aus dem Vorzelt des Nörglers hervor. Er war freier Mitarbeiter von MHF-TV, dem Kürzel von Meine-Heimat-Fehmarn-TV, einem Produzenten von Bewegtbildern fragwürdiger Inhalte. Immer wieder sagte man den beiden Inhabern eine gewisse Nähe zu einer rechten Partei nach, die ihre Hochzeit längst hinter sich hatte. Dennoch nervten die Möchtegernreporter fortgesetzt mit Verschwörungstheorien, die sie nicht mehr nur auf die da oben, sondern nun auch auf die da in Kiel oder in Burg bezogen. Kevin Gutbratson war zudem der Schwiegersohn des Nörglers, und Meier-Masch erwartete nichts Gutes.

Die zweite Fehleinschätzung in weniger als zehn Minuten.

Kevin stellte sich an die Stirnseite der Picknickbank, wehrte mit dem rechten Bein Annäherungsversuche des Rauhaardackel-rüden Rüdiger ab und legte seinem Schwiegervater beschwich-tigend eine fleischige Hand auf die linke Schulter.

»Lene, Männer, stellt euch vor, ihr könntet eine Einigung er-zielen. Einen Verhandlungserfolg. Und stellt euch mal vor, ich brächte das exklusiv in Fehmarn-Hautnah. Hätten da alle was davon?«

Lene preschte vor. »Da hätten nicht nur alle was davon, da wären euch, lieber Sören und lieber Manfred, auch alle Bürger und Bürgerinnen zutiefst dankbar.«

Lene hatte vor ungefähr sieben Jahren zu den ersten Politi-kerinnen auf Fehmarn gehört, die gegendert hatten. Sören und seine Weggefährten hatten sie gehänselt, Reporter vom Festland hatten sie gelobt und betont, dass auch in der vermeintlichen Provinz ein aufgeklärter Wind wehte.

Meier-Masch lenkte ein. »Ich mache für den Rauhaarda-ckelrüden Rüdiger eine große Ausnahme. Ich nehme ihn auf in unsere Datei der bekannten Persönlichkeiten. Sobald er das

Gelände der Katenschinkenstraße betritt, wird er erkannt und getrackt. Sobald unsere KI feststellt, dass ihm Gewalt droht – da reicht es schon, wenn jemand die Hand hebt –, gibt es einen Vorrang-Alarm in unserer Sicherheitszentrale, und das Securityteam rückt aus. Was sagst du, Sören?«

Sören starrte ihn mit geöffnetem Mund an. Tränen traten in seine Augen. Kevin Gutbratson brachte die Kamera in Anschlag.

»Manfred, das hätte ich dir nicht zugetraut. Solche Größe. Das werde ich dir nie vergessen.« Sören stand auf und fiel Meier-Masch um den Hals. Rauhaardackelrüde Rüdiger bellte. »Aber damit eines klar ist: Ich bin dir sehr dankbar, trotzdem gilt: Wenn einer von den Stuttgartern oder Kopenhagenern nach Rüdiger tritt, mach ich dich kalt.«

»Schneid das einfach raus«, riet Lene dem Kamera-Kevin. Der nickte. Sören richtete sich auf, fuhr sich mit einer Hand durch die fettigen Haare, drückte die Brust raus und verschwand in seinem Vorzelt. Rüdiger folgte.

Im Leben eines Investors gab es Momente, die ikonisch waren. Meist hatten sie im Leben von Meier-Masch mit sehr viel Geld zu tun gehabt. Einmal hatten Diamanten im Wert von zwölf Komma fünf Millionen US-Dollar den Besitzer gewechselt. Es war in Antwerpen gewesen. Der Geschäftspartner hatte einen weißen Kaftan getragen und sich um den Gesundheitszustand seines Falken gesorgt, der von einem höchstspezialisierten Veterinärmediziner behandelt wurde. Der Falke war nicht selbst von Riad nach Belgien geflogen, hatte aber so gewirkt. Irgendwie erschöpft. Nun war ein neuer ikonischer Moment hinzugekommen. Sören hatte gedroht, ihn kaltzumachen, sollte sich jemand unerwünscht diesem stinkenden Mistvieh Rüdiger nähern. Nicht dass Meier-Masch in der Vergangenheit keine Morddrohungen erhalten hatte. Aber stets hatte es einen einigermaßen triftigen Grund gegeben.

So lächerlich all das war, er würde Sören ernst nehmen. Männern wie Sören, die ein Drittel ihres Lebens in Adiletten und nie unter eins Komma vier Promille Alkohol im verdünnten Blut verbracht hatten, war durchaus zuzutrauen, irrational zu handeln, weil ihnen der Zugang zur rationalen Welt intellektuell nicht möglich war. Von solchen Vertretern hatte Meier-Masch, der nicht nur Betriebswirtschaft, sondern auch Philosophie und Mathematik studiert hatte, mehr als einen in den Gossen des Lebens verschwinden sehen.

Kevin Gutbratson stellte die Kamera auf dem Picknicktisch ab. »Herr Meier-Masch, wo wir uns schon mal treffen. Sie kennen ja unsere Morning Show, die ich auch moderiere. Die Morning Show mit dem Besten von gestern und heute. Gibt immer einen kleinen Werbeblock, der bei unseren Usern sehr beliebt ist. Wir haben jetzt gerade Season Sale, und ich könnte Ihnen auf einen Zehnerblock Intro-Spots einen Rabatt von zwanzig Prozent anbieten. Und weil Sie es sind, würde ich das Bildmaterial kostenfrei bei Ihnen auf der Katenschinkenstraße drehen. Was sagen Sie dazu?«

»Klasse Angebot, Herr Gutbratson, sprechen Sie da doch mal mit unserer Agentur drüber. Nummer haben Sie ja. So, ich muss. Frau Bürgermeisterin, danke, dass Sie sich für unsere Gemeinde so reinhängen. Das Miteinander der Engagierten. Das macht es doch aus. Macht es gut. Ich muss noch zum Südstrand.« Meier-Masch hob die Hand zum Gruß und sah zu, dass er in sein Elektromobil und wegkam.

Schlechte Verbindung?

Marie stand neben sich. Zumindest sah es in den Spiegeln der Umkleidekabine so aus, die so angeordnet waren, dass sie die Orientierung verlor. Entweder hatte sich eine Innenarchitektin mit Humor einen lustigen Optische-Täuschung-Trick ausgedacht, oder sie hatte doch einen Hirntumor. Noch wahrscheinlicher war indes Unterzuckerung. Vor ihrem inneren Auge brachte sich ein Schokocroissant in Anbeißposition. Und sie wusste auch schon, wo sie sich ein Croissant aus Meisterhand zusammen mit einem Café au Lait gönnen würde. Seit sie das Sonntagsshopping für sich entdeckt hatte, gehörten erfolglose Aufenthalte in Umkleidekabinen und die süße Sünde zusammen, wie früher einmal der Publikumsjoker und Günther Jauch manche Stunden ihres Lebens zu einem Gesamtkunstwerk aus Halbwissen, Solidarität und Schadenfreude geformt hatten.

Nach dem erfolgreichen Gespräch mit ihrem Schwiegervater Uwe über Gregors Probleme war Marie nach Flensburg gefahren. Je weiter nördlich, desto niedriger die Temperatur. Auch wenn das schon eine Weile nur noch mit fein justierten Instrumenten messbar war, erfrischte Marie die Vorstellung.

Sie schlenderte den Holm entlang, die beliebte und auch heute belebte Fußgängerzone, vorbei an der St.-Nikolai-Kirche, die Klosterbäckerei fest im Blick, als ihr Handy klingelte.

»Manfred Meier-Masch, moin. Haben Sie einen Moment Zeit?«

Es dauerte einen Moment, bis Marie Manfred Meier-Masch einordnen konnte. »Moin, Herr Meier-Masch, was kann ich tun?«

»Ich werde bedroht. Bitte helfen Sie mir.«

Marie blieb stehen, wechselte gedanklich die ihr zugeschriebenen Rollen, entschied sich für die der Ex-Polizistin und sagte: »Bitte wählen Sie die 110.«

»Die Bedrohung ist nicht unmittelbarer Natur. Es schleicht

niemand mit einem Knüppel ums Haus. Jemand, für den der Begriff Wutbürger erfunden worden sein könnte, versprach, mich kaltzumachen, sollte seinem Hund, dem Rauhaardackelrüden Rüdiger, ein Leid geschehen.«

Marie wechselte in ihre private Rolle. »Haben Sie was getrunken oder andere Drogen zu sich genommen?«

»Nüchtern und clean wie ein Klosterschüler.«

Marie schaute zwischen den Passanten hindurch auf den Schriftzug gegenüber. Erwartungsgemäß las sie dort »Kloster-Bäckerei«. Ob sie gerade Opfer einer Verlade wurde? Wer aus ihrem persönlichen Umfeld kannte Manfred Meier-Masch? Außer Frauke und ihrem Ex-Kollegen Mattes Friesen fiel ihr niemand ein.

»Ich biete Ihnen eine Festanstellung und das Gehalt einer Polizeipräsidentin.«

Es rauschte. In der Leitung, vielleicht aber auch in den das Gehirn mit Blut versorgenden Arterien, dachte Marie, und so stand sie mitten auf dem Südermarkt und konnte nicht recht glauben, was sie gehört hatte. Verrückte, wohin man auch sah. Überall Verrückte, die glaubten, mit Geld könne man alles kaufen. Doof nur, dass diese Verrückten so oft recht behielten, und – wenn sie es sich recht überlegte – Präsidentin wollte sie doch schon immer mal werden. Präsidentin beim VfL Bochum.

»Frau Geisler, sind Sie noch dran?«

»Klar, drauf und dran. Wir machen es so: Sie schicken mir eine E-Mail, in der Sie die Bedrohungslage schildern, und dann sehen wir weiter. Vielleicht sehen wir einander im Rahmen des Bulli-Festivals, obwohl – da habe ich doch ziemlich zu tun. Eher im Anschluss. Okay, ich muss. Tschüss.«

Sie musste wirklich. Ohne Zuckerschub würde sie diesen Quatsch nicht aushalten. Rauhaardackelrüde Rüdiger. Vielleicht sollte sie dem seinerzeit überaus engagierten Polizeihauptmeister Krüger davon erzählen, der auf Fehmarn sehr gut vernetzt und zum Dienstgruppenleiter befördert worden war, wie er Marie unlängst geschrieben hatte.

»Hast du mal hundert Euro?«, fragte ein kleiner Mann, zu

dem der große Wunsch nicht so richtig passen wollte. Es dauerte einen kurzen Moment, bis Marie den Schalk in seinen Augen aufblitzen sah.

»Ich hätte Bock auf ein Schokocroissant. Wie sieht's bei dir aus?« Marie zeigte rüber zur Kloster-Bäckerei.

»Persona non grata. Habe Hausverbot da.«

»Ich könnte reingehen.«

Kurze Blicke, kleine Gesten signalisierten gegenseitiges Einverständnis. Kommunikation konnte so einfach sein. Sie hatte ungefragt einen zweiten Café au Lait mitgebracht und schüttelte den Kopf, als der kleine Mann sich bedanken wollte.

»Lass stecken. Ich hab ja locker neunzig Euro gespart.«

Schlürfen, kauen, in die Sonne blinzeln, über die Lippen lecken.

»Danke, dass du nichts gefragt hast«, sagte der kleine Mann.

»Ich bin Marie, wie heißt du?«

»Eine zulässige Frage. Giacomo.«

»Du lügst.«

»Meine Mutter ist in Parma geboren.«

»Wo genau?«

»Piazza della Pace. Kontrollfrage, oder kennst du dich aus?«

»Kontrollfrage.«

»Ist ein bisschen lustig. Wenn meine Mutter früher gefragt wurde, woher sie kommt, hat sie meist ›Parma, Schinkenstraße‹ geantwortet.«

Marie prustete.

Dann doch: peinliches Schweigen.

»Ja dann.« Marie schob den Stuhl nach hinten.

»Danke.« Giacomo schob einen aus Papier gefalteten Kranich über den Tisch.

»Hast du den gemacht?«

»Jo. Ich habe viel nichts zu tun, und Papier fliegt überall rum. Origami. Beruhigt.«

»Kriegt einen Ehrenplatz. Ich steh auf schräge Vögel.«

Er stand auf. Marie stand schon. Sie drehte sich um, ging und war berührt. Sie ließ ihn da einfach so stehen, fühlte sich aber nicht schlecht dabei. Giacomo war selbstsicher. Das machte den Abgang leichter.

Sie hatte im Hafen geparkt. Sie parkte immer im Hafen. Also meistens. Die Förde, die Schiffe, der Holzsteg durch den Museumshafen, der alte Mastkran. Auf dem Weg dachte sie an den Anruf von Meier-Masch. So skurril das gewesen war – Drohungen sollte man ernst nehmen. Aber er hatte doch Mattes Friesen, seinen Sicherheitschef. Warum rief er sie an?

Marie setzte sich auf die Bank gleich neben »Ben's Fischhütte« und wählte die Nummer des Ex-Kollegen. Ihr Verhältnis war auch früher schon vertrauensvoll gewesen, und so erfuhr sie, dass Friesen in seinen neuen Vertrag hineinverhandelt hatte, dass er für die Sicherheit der Katenschinkenstraße, ab sofort aber nicht mehr für die von Meier-Masch zuständig war.

»Er wünschte sich Begleitung auch auf Reisen. Ich habe Familie. Das geht nicht. Und ich mache das ja auch nicht, um Geld zu verdienen. Ich mache das, weil ich diese ganze Szene super finde. Als ich gerade zwanzig war, waren wir mit der Handballmannschaft am Ballermann. Das hat mich fasziniert und nie mehr losgelassen. Einfach mal die Sau rauslassen. Zu Hause ging es streng zu bei uns, in der Schule, im Verein, dann die Polizeischule. Irgendwo müssen die Hormone doch hin, und Fußball fand ich immer irgendwie prollig.«

»Vorsicht. Dünnes Eis!«

Keinen halben Meter entfernt balancierte eine blonde etwa Neunjährige ein Monstereis in einer sehr knusprig wirkenden Waffel an Marie vorbei, und sie fragte sich nicht zum ersten Mal, warum sie so spontan auf kulinarische Reize reagierte, als sie ihren Speichelfluss registrierte. Sie hatte doch gerade erst ein Schokocroissant gehabt.

»Ich habe keine Angst mehr vor dünnem Eis«, hatte Mattes Friesen zwischenzeitlich geantwortet. »Die Welt ist irre. Ich habe versucht, als Polizist einen guten Beitrag zu leisten. Meine Frau und unsere Kinder haben nicht sehr unter mir gelitten. Ich schone die Umwelt, und trotzdem verstärkt sich mein Eindruck, dass wir verkacken. Also beschränke ich mich darauf, kein Arsch zu sein, und habe ansonsten Spaß am Leben. Der von mir geschätzte Künstler Peter T. Schulz hat einmal gesagt: ›Gerne leben hilft.‹«

»Den kenn ich. So eine Art Nachbar aus Mülheim an der Ruhr. Ich empfehle einen Atelierbesuch, solltest du mal in der Gegend sein. Aber noch mal kurz zum Angebot vom Meier-Masch. Siehst auch du eine Bedrohungslage?«

»Marie, wem sage ich das? Man weiß es nicht. Nicht mal bei Politikerinnen weiß man das. Keine konkrete Bedrohungslage, würde ich sagen. Kann immer sein, dass jemand im Rausch dumme Dinge tut, dass irgendein Neider einen schlechten Tag hat. Von der Nummer mit dem Köter habe ich auch gehört. Wir haben die Töle jetzt in unsere Gesichtserkennung eingepflegt. Unfassbar. Wenn du mich fragst, hat Sören einen an der Waffel, ist aber ungefährlich. Und wenn du mich nach dem Jobangebot fragst: keine Ahnung. Ihr habt doch die Geschmacksverstärker:innen. Du kommst richtig rum, und lecker was zu essen hast du sicher auch.«

Lecker essen, da war es wieder, das Triggerwort.

»Mattes, ich danke dir. Tatsächlich habe ich nicht daran gedacht, das Angebot anzunehmen. Ich dachte nur ans Bulli-Festival, und Unruhe auf der Katenschinkenstraße übertrüge sich womöglich. Wir machen da mal 'nen Haken dran. Sehen wir uns auf 'nen Kaffee nächste Woche?«

»Bestimmt. Ich habe keinen Urlaub, werde sicher auf Fehmarn sein. Sollte das nicht klappen, du weißt, wo wir wohnen.«

Marie verabschiedete sich und steckte das Handy weg. Guter Typ, der Ex-Kollege, der nach Heiligenhafen gezogen war. Seine Frau kam dorther und bot auf dem Fischkutter der Familie Seebestattungen an. Ein Thema, über das Marie unlängst zum wiederholten Mal mit ihrem Vater gesprochen hatte. Letztlich war es dabei geblieben, dass er neben seiner Frau im Ruhrgebiet bestattet werden wollte.

Marie war in Gedanken, und erst als sie am Auto angekommen war, verstand sie das Gemeinsame der Gedanken. Die Bedrohung, die Meier-Masch empfand, empfand er als solche, weil es für ihn im Zweifel um Leben und Tod gehen könnte. Dass Andreas heute keinen freien Tag hatte, lag daran, dass er als Palliativmediziner unterwegs war, und die Gespräche mit ihrem Vater über den richtigen Ort für dessen letzte Ruhestätte drehten sich um das, was für alle Menschen galt – an einem Tag, den wir nicht kannten, würden wir sterben. »Gerne leben hilft«, murmelte Marie und fuhr los.

Opfer – für immer

Die Akte Lutz Mattenhöfer kannte Fröbe auswendig. Die Liste seiner Missetaten war ebenso lang wie die seiner Opfer. In besonderer Erinnerung war Fröbe Susi Kaminski geblieben. Sie hatte sich neben der Schule etwas dazuverdienen wollen. Loddar hatte ihr den Escortservice schmackhaft gemacht. Mit Gras und mit Geld. Susi war gerade siebzehn gewesen, als sie den ersten Mann nach dem Besuch einer Pizzeria auf dessen Hotelzimmer begleitet hatte. Die Pizza Margerita hatte sie erbrochen. Seit diesem Abend ekelte sie sich vor Pizza und vor Männern.

Fröbe hatte zuletzt vor drei Jahren mit ihr gesprochen. Sie war über und über tätowiert gewesen. Keine Symbole, keine Figuren, keine Schrift. Nur tiefblaue Flächen. Sogar im Gesicht. Er saß vor seinem Computer im LKA und überprüfte, ob Susi Kaminski umgezogen war. War sie nicht. Als Loddar von ihr abgelassen hatte, war sie volljährig gewesen. Sie war von zu Hause weggegangen. Ihren Eltern hatte sie nicht von den Schrecken erzählt, die sie jede Nacht in wiederkehrenden Alpträumen heimsuchten. Sie war im Frauenhaus Hartengrube in Lübeck untergekommen. Glück im Unglück. Sie hatte einen Job in einem Tattoostudio gefunden und war nach anderthalb Jahren in eine eigene Wohnung gezogen. Dort hatte Fröbe zuletzt mit ihr gesprochen. Er rief sie an, sie ging ran.

»Ja, selbstverständlich erinnere ich mich an Sie.«

»Darf ich im Laufe des Tages vorbeikommen? Es gibt ein paar Fragen zu dem, dessen Namen Sie und ich nicht nennen.«

»Ich hab nichts vor. Wann können Sie hier sein?«

Fröbe schaute auf die Uhr. »So gegen eins. Passt das?«

»Passt. Dann bis gleich.«

Fröbe war erstaunt, wie ruhig, klar und sicher sie geklungen hatte. Kein Schreien, kein Heulen, kein Rumdrucksen.

Im Autoradio liefen Nachrichten, als Fröbe die A 1 an der Abfahrt Lübeck-Moisling verließ. Er hatte wegen des dichten Verkehrs ein bisschen länger gebraucht als gedacht. Eigentlich war heute sein No-News-Day. Frauke und er hatten in den letzten Monaten gespürt, dass sie mit all den schlechten Nachrichten nicht mehr klarkamen. Sie hatten verabredet, sich auf die eigene Wirksamkeit zu konzentrieren und Nachrichtenpausen einzulegen. Dass das Radio lief, hatte Fröbe während der Fahrt nicht bemerkt. Er war in Gedanken bei der Geschichte gewesen, die Susi Kaminski erlebt hatte.

Der Wetterbericht drohte eine neue Hitzewelle an. Freunde planten die Auswanderung nach Norwegen. Vielleicht sollten sie sich anschließen. Dagegen sprach, dass er nicht besonders sprachbegabt war. Außerdem hätte er sich schwergetan, eine so große Distanz zwischen sich und seine Liebsten zu legen. Frauke käme mit. Da war er ziemlich sicher. Fünf Minuten später parkte er vor dem Karavellen-Hochhaus, dem mit vierhundertzwanzig Wohnungen größten Wohngebäude Schleswig-Holsteins. Das hier Anfang der 1960er Jahre entwickelte Stadtviertel sollte die extreme Wohnungsnot lindern, die zu dieser Zeit wegen all der Heimatvertriebenen in Lübeck herrschte.

Fröbe stieg aus und geriet unvermittelt in das Dribbling eines vielleicht zwölfjährigen Jungen, der fulminant abzog, nachdem er Fröbe umspielt hatte. Der Parkplatz diente offenbar auch als Bolzplatz. Ein schepperndes Geräusch legte Zeugnis von einem Volltreffer ans Garagentor ab.

Den Weg vom Parkplatz zum Hauseingang ging Fröbe ganz selbstverständlich, obwohl er nur dreimal hier gewesen war. Zwischen Haustür und Fahrstuhl kämpfte ein junges Paar mit dem blockierenden Rad eines Kinderwagens. Der Mann kniete vor dem Buggy, zog und schob, wohl ohne Erfolg. Die Frau lächelte Fröbe gequält an, das kleine Mädchen nuckelte an einer bunten Plastiktube. Das Handy der Frau klingelte, der Mann fluchte. Endlich öffnete sich die Tür des Fahrstuhls, und Fröbe entkam dem anstrengenden Alltag der kleinen Familie.

Dass er lange Single gewesen war, sich nie in der Rolle des

Ehemanns und Vaters gesehen hatte, bedrückte ihn neuerdings. Ob er allerdings sein Glück in dieser Konstellation finden könnte, bezweifelte er nach wie vor. Er drückte den Knopf mit der Zahl Zwölf. Das Kind begann zu schreien.

Ein Mückenstich auf dem linken Handrücken juckte. Fröbe kratzte nicht. Die Tür öffnete sich. Dritte Wohnungstür links. Ein schlichtes Klingelschild. Susi Kaminski öffnete, kaum dass Fröbe den Klingelknopf gedrückt hatte. »Moin, schön, dass Sie gleich Zeit hatten«, eröffnete er.

»Zeit?« Susi Kaminski lachte kurz auf. »Ich bin seit drei Monaten ohne Arbeit, habe keinen Kontakt zu meiner Familie, und zum Sport kann ich nicht, weil ich mir die rechte Wade gezerrt habe.«

Verständnisvolles Nicken gehörte zu Fröbes Standardtools. In langen Nächten auf St. Pauli hatte er als junger Polizist oft kaum etwas anderes getan. Susi Kaminski tat ihm allerdings wirklich leid. Sie sah seinen Blick, und Fröbe spürte, dass sie ihm sein Mitgefühl abnahm.

»Kaffee?«

Fröbe nickte erneut. Der Kaffee war schon fertig. Sie setzten sich auf zwei klapperige Stühle.

»Ohne Gelaber?«

Susi Kaminski grinste schräg. »Ja, bitte.«

»Wann haben Sie den, dessen Namen wir nicht nennen, zuletzt gesehen?«

Sie stellte den Becher ab. Kaffee schwappte über. Eine bräunliche, transparente Pfütze bildete sich. Sie tauchte den linken Zeigefinger ein, malte Kreise mit der Flüssigkeit, immer größere Kreise. Dann griff sie nach dem Becher und warf ihn knapp an Fröbes Kopf vorbei an die Wand. »Er hat mich gefesselt, das Schwein, gefesselt. Mit Kabelbindern an Armen und Beinen.«

Ihr Gesicht, zur Fratze verzerrt, die Haut gerötet, die Muskeln angespannt. Mit beiden Fäusten schlug sie gleichzeitig auf den Tisch. Fröbe stellte seinen Becher auf die Arbeitsplatte, die in der schmalen Küche in Reichweite war. Retraumatisierung, dachte er. Scheiß-Job, dachte er auch noch. »Er ist tot.«

Susi Kaminski erstarrte.

»Wo waren Sie letzten Mittwoch?«

»Im Krankenhaus. Kompartmentsyndrom. Gewichtheben.« Sie deutete auf ihre rechte Wade. »UKSH, Ratzeburger Allee.«

Kurze Pause.

»Tot? Schade. Ich hätte ihn gern zersägt.«

Fröbe hob den Becher auf, der nicht zerbrochen war. Eine Art Traumfänger hatte den Aufprall gemildert. »Haben Sie Unterstützung?«

»Eine Frau von damals aus dem Frauenhaus. Sie hilft mir manchmal, wenn es über mich kommt.« Sie nahm ihm den Putzlappen aus der Hand, den er aus einem Eimer geangelt hatte. »Ich komm klar.«

Er hatte seine Zweifel.

»Okay, sonst noch Fragen? Ich muss aufräumen hier.«

»Es tut mir leid.« Fröbe kniff die Lippen zusammen.

Sie schaute ihn an. Sie glaubte ihm. Die Tür hinter ihm wurde geschlossen. Zwei Mädchen auf dem Flur. Sie hielten ein Tablet und kicherten.

Im Krankenhaus bestätigte die Stationsärztin den Aufenthalt von Susi Kaminski zum Zeitpunkt des Brandanschlags. Fröbe konnte sie von seiner Liste streichen. Helfen konnte er ihr nicht.

Glück geht immer

Es war schon Mittag, als Marie zu Hause in Schleswig ankam. Die Sonne stand im Zenit, der Asphalt hatte an einer Stelle vor ihrem Haus kapituliert und Wellen geworfen. Dass ein Ausflug an die Nordsee auf dem Programm stand, ließ auf ein bisschen Abkühlung hoffen. Marie schloss FRIMO 2 an die Wallbox an. Pellworm hin und zurück, Marie tippte auf ungefähr hundertdreißig Kilometer, und etwa so viele Kilometer hatte sie heute schon zurückgelegt, da konnte es nicht schaden nachzuladen. Die Investition in Photovoltaik hatte sich gelohnt.

Kurz strich sie über das Namensschild neben der Haustür. Ob sie es ersetzen sollten? Würden sie überhaupt hier wohnen bleiben? Das Haus war zu groß, eigentlich konnten sie auch in Eckernförde über der Praxis wohnen. Andreas würde sich den Weg zur Arbeit sparen. Allerdings war die Nähe zu Patienten und Mitarbeiterinnen sicher auch eine Belastung. Marie schüttelte den Kopf. Manchmal vergaß sie, wie privilegiert sie lebten.

Andreas war nicht in der Küche. Marie gönnte sich ein Glas Wasser mit Zitrone aus dem Kühlschrank. Als Kind war sie immer scharf auf Fruchtsäfte gewesen, die es manchmal bei Freundinnen gegeben hatte. Granini, Hohes C oder Sirup von Tri Top. Über zu viel Zucker hatte damals nur ihr Vater gesprochen, der als Bundesligatrainer einen Ernährungsberater im Team gehabt hatte. Heute versuchte Marie, ihren Zuckerkonsum zu beschränken, auch wenn ihr das in Flensburg nicht so gut gelungen war. Den Rest des Tages bliebe sie stark. Ganz bestimmt.

Sie rief nach Andreas, erhielt aber keine Antwort. Oben im Arbeitszimmer war er auch nicht. Blieb der Keller, der wegen der Hanglage ein Souterrain war. Aus der Waschküche, in der sie auch bügelten, hörte sie Andreas' Stimme. Er summte irgendein Lied. Schräg, aber leidenschaftlich. Als sie den Raum betrat, sah sie ihn am Bügelbrett stehen. Die neuen In-Ears waren dafür verantwortlich, dass er auf ihr Rufen nicht reagiert hatte. Mit dem

Rücken zu ihr widmete er sich leicht vornübergebeugt seinen neuen Praxisshirts, die infolge einer Farbberatung durch Rike nun einen speziellen Blauton hatten, weil Blau blutdrucksenkend und schmerzlindernd wirkte. Hatte Rike irgendwo gelesen. Warum ihr Liebster beim Bügeln einen Arztkittel trug, erschloss sich Marie nicht.

Als habe er ihre Frage gehört, drehte er sich um und schaute sie lächelnd an.

»Du hast dich null erschrocken? Sonst zuckst du immer zusammen. Was ist los?«

Andreas tippte mit der linken Hand auf einen der In-Ears: »Individual Noise Reduction System Crystal-Clear Edition. Ich habe das Wunderdings so eingestellt, ach, was rede ich, programmiert, dass solche Frequenzen durchgelassen werden, die für meine Sicherheit relevant sein können. Autohupen zum Beispiel.«

»Ich habe nicht gehupt.«

»Schritte.«

»Ich bin geschlichen.«

»Tja. Mit künstlicher Intelligenz sollten wir uns nicht messen. Sie hört und sieht alles.«

»Apropos sehen. Niemandem steht ein Arztkittel so gut wie dir, aber du solltest alle Knöpfe schließen.«

Andreas schaute an sich herunter und sah, dass das Poloshirt einige Zentimeter nach oben gerutscht war und den Blick auf einen Rettungsring im Werden freigab. »Mist, ich werde fett. Was mache ich bloß?«

»Deine Hausärztin fragen.«

»Die wird selbst fett.«

Marie pikste Andreas in den Bauch. »Warum hast du eigentlich diesen Kittel an?«

»Damit ich nicht vergesse, ihn gleich mit raufzunehmen. Ist der letzte. Die anderen sind in der Wäsche.«

Die Waschmaschine machte Schleudergeräusche.

»Du musst noch Wäsche aufhängen?«

Andreas nickte.

»Na gut, aber dann zackig. Wir müssen ja langsam mal los. Pellworm hat auch nicht ewig Zeit.«

»Ja, traurig genug. Die jüngste Deicherhöhung war doch erst im letzten Jahr, oder?«

»Da macht man keine Späße mit.«

»War kein Spaß. Ich beeile mich.«

Marie verließ den Ort, den sie im Haus am wenigsten mochte. Waschen und Bügeln waren Aufgabenbereiche ihres Gatten. Allein der Geruch von Wäsche, wenn sie gebügelt wurde. Furchtbar. Überhaupt Bügeln, dieses Gefummel. Marie war heilfroh, dass sie für Einkaufen und Gartenkram zuständig war.

Andreas hängte Arztkittel auf, Marie checkte E-Mails. Rund um das Bulli-Festival schien es reibungslos zu laufen. Das war schon beinahe unheimlich, wie Marie fand. Bei allen Aufträgen war bisher etwas schiefgegangen. Nie so einschneidend wie der Fund der roten Skulptur auf der NordArt mit all den Verwicklungen, aber von fehlenden Speisen, erkranktem Personal, betrunkenen Gästen bis hin zum abgeschnittenen Finger, den Frauke gerettet hatte, waren doch zahlreiche Missgeschicke unterschiedlichster Folgenschwere geschehen.

Kaum hatte Marie akzeptiert, dass Fehmarn rundlaufen würde, rief Frauke an. Also doch.

»Moin, Marie. Dem Mädchen vom See geht's gut. Interessiert dich doch sicher auch.«

»Äh, ja, sollte mich interessieren. Ich hab's vergessen, irgendwie.«

»Okay, du bist hartherzig, aber wenigstens bist du ehrlich. Ich rufe an, weil mich meine Tante nach Köln eingeladen hat. Chilly Gonzales spielt im Palladium, und sie hat noch eine Karte übrig. Ich fahre nach Hamburg und von da aus mit dem Zug. Mittwoch bin ich zurück. Weißt du Bescheid.«

»Weiß ich Bescheid. Bestimmt ist meine Cousine auch da. Die steht auf Scharfes.«

»Kalauer kannst du. Ich muss.«

»Viel Spaß.«

Marie wusste, wie sehr Frauke sich freute. Ganz ohne Dom

und Kölsch konnte sie nicht leben. Marie verstand das. Ohne Zollverein und Pils hielt sie es auch nicht länger als ein halbes Jahr aus.

Sie kontrollierte den Inhalt ihrer Tasche. Dann war sie bereit. Schließlich, die Jalousien der nach Süden ausgerichteten Fenster hatten sich automatisch geschlossen, trafen die Liebenden gleichzeitig im Flur ein.

»Du schließt ab«, ordnete Marie an.

Und schon ging es los. Sie beide liebten Ausflüge. Überschaubar mussten sie sein. Nie wären sie auf die Idee gekommen, für sechs Wochen nach Indien zu reisen. Aber sechs Stunden Pellworm waren okay. Andere fuhren nach Amrum oder Sylt, aber die Geislers bevorzugten trotz der offensichtlichen Reize der reizenden Nachbarinnen Pellworms herbe Schönheit. Die Anfahrt war bereits jede Anfahrt wert, führte sie doch über die Pohnshalligkoogstraße auf Nordstrand. Man durchquerte England, um schließlich im Hafen Strucklahnungshörn auf die Fähre zu steigen. Mehr ging doch nicht.

Doch, sie gingen an Bord, setzten sich aufs Oberdeck, schlossen die Augen, und Marie sagte: »Es war der 11. Oktober 1634 ...«

»... als die Burchardiflut in kurzer Zeit zerstörte, was bis dato die Insel Strand gewesen war«, ergänzte Andreas traumwandlerisch sicher.

»Über sechstausend Menschen starben. Von Strand blieben Nordstrand und Pellworm, als sich das Wasser wieder zurückgezogen hatte.« Marie griff nach Andreas' Hand. »Dass wir diese Sätze immer wieder sagen, scherzhaft zelebrieren, erlebe ich zunehmend als unangemessen. Ich weiß noch, wie das entstanden ist, als wir uns gegenseitig vorgelesen haben und die Zeilen schnell auswendig konnten. Aber inzwischen frage ich mich, was wohl die Menschen darüber denken würden, deren Liebste zu Tode gekommen sind, deren Hab und Gut sich die Nordsee geholt hat. Wir sollten damit aufhören. Wer weiß, wann es wieder so weit ist.«

Andreas drückte Maries Hand. Damit war die Sache beschlossen. Eine halbe Stunde lauschte Marie dem Wind, dem Schiff, den Menschen. Sie spürte die Sonne, und sie dachte an Karl. Immer wieder.

Wenig später machte die Fähre fest. Dass der Damm vom Anleger bis zur Insel so lang war, dass sie zu Fuß eine halbe Stunde brauchten, bis sie »so richtig« auf Pellworm angekommen waren, mochten sie sehr. Die langsame Annäherung machte, dass sie sich einfinden konnten. Auf Inseln war ihr Lebensgefühl anders. Langsamer, intensiver. Der schnurgerade Damm führte durch das Wattenmeer, und wo manche nur Wasser und Himmel sahen, sahen Marie und Andreas Seevögel, die sich um Futter stritten, Wolken, die Wasser trugen, und sie fragten sich, wie viel. Sie sahen schließlich die Schafe auf dem Deich, und nur fünfzig Kilometer jenseits ihres Alltags fühlte sich der Moment nach Ewigkeit an.

»Ich habe kitschige Gedanken«, sagte Marie.

»Gut.«

Ihre Schritte waren synchron. Beinahe zu schnell standen sie vor dem Fahrradverleih, entschieden sich für Hollandräder und radelten gegen den Uhrzeigersinn ihrem Etappenziel entgegen.

Unterwegs stimmte Andreas, dessen Musikalität unterdurchschnittlich stark entwickelt war, »Fahrrad fahr'n« von Max Raabe an. Marie überraschte, wie textsicher er war. So sang er nicht schön, aber schön leidenschaftlich: »Manchmal läuft im Leben alles glatt, vorausgesetzt, dass man ein Fahrrad hat«, und Marie liebte, was war.

Augenblicke wie diese waren in den letzten Jahren seltener geworden. Marie war das aufgefallen, als sie vor einigen Wochen bei Holger am Imbiss in Sehestedt Nord eine Pause eingelegt hatte. Sie hatte sich an den spektakulären Zugriff auf die russischen Waffenschmuggler und den skrupellosen Zahnarzt aus Borgstedt ebenso erinnert wie an das Gefühl von Zufriedenheit und Erleichterung, das sich eingestellt hatte, als sie die schwierige Situation gemeistert hatten. Bei dem, was sie jetzt tat, gab es Herausforderungen, es gab Stress, aber nie ging es ums Ganze.

Vielleicht war es für das Empfinden von Glück wichtig, das Unglück hautnah zu erleben. Wenn Andreas eine frühzeitige Diagnose gestellt hatte, wenn eine Patientin gesund aus einer schweren OP herausgekommen war, dann sah sie das am Gesichtsausdruck, mit dem er an den Abendbrottisch kam.

Jetzt strahlte er wieder. »Na, ich kann doch singen, oder?«

Er glaubte tatsächlich, er könne singen. Marie forcierte den Tritt und fuhr ihm davon. »Lobgesänge, wenn du es schaffst, mich zu überholen«, rief sie über die Schulter und wusste, sie würde ihn abhängen können. Beim Fahrradverleiher hatte sie anderthalb Bar zusätzlich in die Reifen gepumpt. Niedriger Rollwiderstand war die halbe Miete.

Der Wind blies von vorn, als sie den Deich auf Höhe der Nordermühle in Richtung Westen unter die Räder nahm. Ein weiterer Vorteil für sie, war doch ihre Stirnfläche kleiner. Jetzt musste sie nur noch ein paar Meter mehr zwischen sich und Andreas legen, damit er auf keinen Fall von ihrem Windschatten profitieren konnte. Marie stand auf Fußball, sie liebte Handball, aber je älter sie wurde, desto mehr konnte sie sich für den Radsport erwärmen.

Obwohl sie um die unrühmliche Dopingvergangenheit mancher Spitzensportler wusste, konnte sie sich dem Faszinosum Tour de France nicht entziehen. Der Kampf Mensch gegen Berg begeisterte sie immer wieder aufs Neue. Für das nächste Frühjahr hatte sie sich vorgenommen, den Mont Ventoux mit dem Rad in Angriff zu nehmen, und zwar von Bédoin im Südwesten aus. Steiler ging es nicht. Sie würde den Wetterbericht verfolgen, sich für eine kühle, windarme Woche entscheiden und spontan in die Provence fahren. Auf dem Sofa konnte sie auch noch sitzen, wenn sie wirklich alt geworden wäre.

Ungefähr zwei Kilometer vor dem Ziel spürte sie, dass Andreas keine Chance mehr hatte, aber sie ließ nicht nach, war im Flow. Wie gut sich das anfühlte. »Achtern Diek«, den Imbiss am Fuß des Deiches bei der Anlegestelle der Fähre hinüber nach Hooge, erreichte sie mit großem Vorsprung.

Die letzten Meter runter vom Deich hatte sie rollen lassen,

beide Beine von den Pedalen genommen und nach vorn gestreckt. »Vorsicht«, hatte eine Dame gerufen, deren Blick nicht etwa ungehalten, sondern besorgt war, und kaum hatte Marie den Warnruf innerlich belächelt, war sie durch eine zerbrochene Bierflasche gefahren.

»Mensch, Mädchen«, hatte die alte Dame gesagt.

Marie hatte geflucht.

»Ach, komm mal her, mien Deern, da hast du doch noch mal Glück gehabt.«

Sie hatte ja recht. Andreas traf ein, erkannte das Problem und hatte Reifenheber und Flickzeug zur Hand, bevor Marie »Backfisch« sagen konnte.

Backfisch mit Fritten und extra Remoulade. Mit viel Zitrone für Marie, ohne Zitrone für Andreas. Dazu zwei Alster. Die Bügelverschlüsse ploppten, die Menschen schmatzten. Ein munteres Gespräch über Berufsunfähigkeitsversicherungen am Nebentisch und die Erkenntnis, dass der Grad der Behinderung fünfzig Prozent betrug, wenn man ein Bein oder den Penis verlor. Marie machte ungläubig große Augen, Andreas versuchte ein Machogrinsen. Konnte er nicht. Was er konnte, war alles an alten Autos und Fahrrädern, solange es mechanisch war. Marie durfte den Schlauch aufrauen.

»Aber sorgfältig, gleichmäßig, fett- und rückstandsfrei«, mahnte er.

Marie legte die rechte Hand an die Schläfe und antwortete: »Rückstandsfrei, jawohl.«

Der Schlauch war geflickt, der Mantel aufgezogen, das Laufrad montiert. Da wurde Marie melancholisch zumute. »Irgendwie geht ja alles mal zu Ende.«

»Ach?« Andreas wirkte aufrichtig überrascht.

»Sei gefälligst empathisch. Ich vermisse unseren Sohn.«

»Ehrenamt, du könntest irgendeinen Kurs für Frauen anbieten. Was mit Empowering, das klingt immer gut.«

»Ich helf dir gleich, Männlein. Wer sich darüber lustig macht, dass Frauen gestärkt werden müssen, der endet auch schnell mal im Schwitzkasten.«

Andreas riss schützend die Arme vors Gesicht. »Au, au, sie schlägt mich wieder.«

Silke, die sich gefühlt schon immer um die Terrasse hinter dem Kiosk gekümmert hatte, ging hinter Andreas vorbei und verpasste ihm eine Kopfnuss. Marie hob den Daumen.

»Und du, du vermisst Karl nicht?«

»Doch, aber ich kann mich besser fügen als du. Du kämpfst immer um alles und jeden. Ich akzeptiere es, wenn Dinge sich ändern, Geschichten zu Ende gehen. Wir bleiben Karls Eltern, auch wenn er mit Rike in Altona wohnt.«

Die Sonne lugte ums Eck des Bretterverhaus jenseits der Terrasse, und mit dem Licht kam die Erleuchtung. »Ja, wir bleiben Karls Eltern. Für immer. Danke, mein Liebster.«

Andreas hatte gemerkt, dass jetzt nicht die Zeit für schräge Sprüche war, stand auf, küsste Marie auf Stirn, Nase und Mund und schwieg.

Am Nebentisch drehte sich die Diskussion mittlerweile um Margit, die einen Hund aus dem Tierheim wollte. Der Mann an ihrer Seite beschied: »Bevor irgendein Köter mein Haus betritt, mach ich dir lieber noch ein Kind.« Die Welt konnte Ecken und Kanten haben.

Marie und Andreas brachen auf. Zum ritualisierten Ablauf ihrer Besuche auf Pellworm gehörten das Aufsagen der Entstehungsgeschichte durch die Burchadiflut, ein Besuch im Imbiss und ein Halt bei St. Salvator. Allein schon wegen der Schnitger-Orgel von 1711. Den alten Turm sahen sie bereits von Weitem, verließen den Damm und stellten die Räder draußen vor dem Tor ab.

Noch bevor sie die Kirche erreichten, griff Marie nach Andreas' Arm. »Ich habe eine Idee.«

»Tatsächlich, ich dachte schon, es würde endlich ein bisschen langweilig.«

»Wir schenken Karl zur Aufnahme seines Musikstudiums einen Aufenthalt hier auf Pellworm mit Vollpension und dem Besuch eines Orgelkonzerts.«

»Aber ohne uns.«

Marie schmollte, dann lächelte sie. »Wir bleiben ja seine Eltern. Kein Problem. Also nur ein Doppelzimmer. Überhaupt kein Problem!«

Eine halbe Stunde später saßen sie dort, wo der Damm des Anlegers die Abschiede versüßte, weil man sich noch ein paar hundert Meter als Teilzeitinsulaner fühlen durfte. Ein Gruß hinüber zu den Schafen auf dem Deich. Fertig.

»In zweieinhalb Stunden treffe ich die Mädels in Kiel«, stellte Marie fest.

»Okay, Hauptsache, du triffst nicht wieder einen Kerl, der dir schöne Augen macht.« Seine Eifersucht schien gespielt, war sie aber nicht. Marie gefiel das.

Finsternis beschrieb nicht hinreichend, was Marie umfing, als sie die schmale Treppe hinabstieg, die hoffentlich zur angesagtesten In-Kneipe Kiels führte, in die sie ihre A-Jugend-Mannschaft gelockt hatte. Die jungen Fußballerinnen aus Schleswig und Umgebung trainierte sie seit einem Jahr, und es war dem Team nicht nur gelungen, dem Tabellenkeller zu entfliehen, sie waren auch als Gruppe zusammengewachsen. Nun, so hatten sie angekündigt, wollten sie sich bedanken. Ausgerechnet heute. Der Tag war bisher einer jener Tage gewesen, deren Ereignisse locker für drei Tage gereicht hätten.

Auf der Website der Kneipe hatte Marie gelesen: »Cool war gestern – heute ist kühl.« Die Betreiber versprachen, man könne im »Cryo« der Hitze der Nacht entfliehen und erfrischt in den neuen Tag starten. Da war sie ja mal gespannt. Abtanzen im Eisfach. Das hatte sie auch noch nicht gehabt. Wann immer sie nach dem Handlauf griff, leuchtete dieser exakt an dieser Stelle kurz auf, nur um zu verlöschen, sobald Marie die Hand löste. Dass das Gewerbeaufsichtsamt diesen Zugang genehmigt hatte, erschien ihr wie das achte Weltwunder.

Schließlich erreichte sie eine Tür. Zumindest vermutete sie, dass sich irgendwo auf der glatten Fläche, die den Absatz am unteren Ende der Treppe abschloss, eine Klinke befand. Marie tastete die Fläche ab. Aber weder gab es einen Knauf noch eine Klinke oder Klingel. Gerade als sie mit der Faust gegen das Blech hämmern wollte, wurde sie angesprochen.

»Willkommen im Cryo, der kühlsten Kneipe zwischen Holtenau und Kieler Hörn. Schmiege dich an die Tür vor dir. Die im Inneren zirkulierende Flüssigkeit entzieht deinem Körper ein wenig seiner Hitze. Das funktioniert nach dem Prinzip des Wärmetauschers. So trägt deine Energie dazu bei, dass es dir schon sehr bald ganz kalt ums Herz werden wird. Je mehr Körperfläche du anpresst, desto schneller öffnet sich die Tür. Trau dich.«

Marie schwankte zwischen Unverständnis und Begeisterung für so viel Kreativität. Ihr junges Ich entschied sich für Begeisterung. Sie zog das T-Shirt hoch und lehnte Bauch und Brust gegen die kühle Fläche. Ein tiefer Summton erklang, der langsam höher wurde. Eine Stimme wie die von Tom Waits versprach: »Noch zehn, neun, acht …« Bei »drei« sprang die Tür auf, und Marie riss das T-Shirt nach unten, denn urplötzlich stand sie in gleißend hellem Licht, und Menschen applaudierten.

Jemand sagte: »Willkommen im Cryo. Wir freuen uns, dass du dich für die dunkle Seite der Nacht entschieden hast.«

Sekunden später waren die Mädels um sie herum, kicherten und wollten hören, wie der Weg die Treppe runter gewesen sei und wie sie das Cryo finde.

Marie sagte: »Stabil.«

Allgemeine Heiterkeit.

Geplapper, Getränke, Gedränge. Tatsächlich war das Cryo eine Bar mit Musik wie viele andere, aber es war wirklich angenehm kühl hier unten. Mit den Mädels zog sie sich in eine Sitzecke zurück, in der es trotz der lauten Musik auf der Tanzfläche möglich war, miteinander zu sprechen. Wer den Laden eingerichtet hatte, verstand etwas von Akustik und Klimatechnik.

Es war nach Mitternacht, als Marie zur Toilette ging. Dort, am Waschbecken neben ihr, schwer atmend eine andere Frau, die mit der komplexen Gestaltung von Augen und Wangenpartie befasst war. Blicke begegneten sich im Spiegel. Die ganz in Schwarz gekleidete Frau hielt inne. Marie erinnerte sich an sie. Allerdings waren die Dreadlocks nicht mehr pink, sondern golden.

»Ich kenn dich. Mein Bruder. Du hast meinen Brudi in den Knast gebracht! Warum? Warum nur? Er ist alles, was mir geblieben ist. Eltern tot, Macker abgehauen, mein Kind haben sie mir weggenommen.«

Die Frau schwitzte trotz der angenehmen Temperatur.

»Ich bin nur verscheißert worden. Immer schon. Mein Brudi

wollte ein bisschen Geld besorgen. Wir haben doch nix. Und du bringst ihn in den Knast. Miststück!«

Sie zog ein Messer aus der Tasche, die auf dem Waschtisch stand.

Marie nahm die Arme vor den Oberkörper und zog die Schultern hoch. Wer mit einem Messer angegriffen wurde, sollte weglaufen. Konnte sie nicht. Die Frau stand zwischen ihr und der Tür. Also schützte sie Herz und Hals so gut es ging. Kämpfen war keine Option, denn der Ausgang eines Messerangriffs war unkalkulierbar.

Sie dachte an den Bruder der Frau. Was einmal funktioniert hatte, würde vielleicht auch ein zweites Mal funktionieren. Sie verzog den Mund und schüttelte zweifelnd den Kopf. Die Reaktion bei der Angreiferin trat unmittelbar ein. Verunsicherung, sicht- und spürbar in Mimik und Gestik.

»Was? Was guckst du so? Wie meine Mutter früher.«

Marie gelang ein mitfühlendes Lächeln. »Na ja. So wird das nichts. Ich kenne mich ein bisschen aus.«

Die Frau schaute auf das Messer und wechselte den Griff. Jetzt zeigte die Klinge nach oben. Gefährlich, weil Stiche direkt ins Herz möglich waren.

»Stopp, stopp, stopp. So doch nicht!«

Irritierte Blicke. »Was denn, du weißt alles besser, oder was?«

»Darf ich dir das einmal zeigen?«

Die Frau nickte. »Aber wehe, du legst mich rein.«

»Nein. Keine Sorge, ich will helfen. Wir sind zwei Frauen auf dem Klo. Wir halten zusammen, oder? Übrigens ist dir der Kajalstrich am linken Auge nicht ganz so super gelungen.«

Die Frau drehte sich nach rechts zum Spiegel.

»Ja, genau da, siehst du das?«

Die Frau streckte sich ein bisschen dem Spiegel entgegen. Mit zwei Schritten war Marie hinter ihr, hatte das rechte Handgelenk umfasst, den Arm auf den Rücken gedreht, die Beine mit einem Feger weggezogen, und nun kniete sie auf dem Rücken der Frau.

»Du hast mich doch reingelegt, du Schlange!«

»Hingelegt. Ich finde, ›hingelegt‹ passt besser. Aber mal ehrlich. Andere mit dem Messer bedrohen. Das macht man nicht. So, komm hoch. Du holst dir ja noch den Tod auf dem kalten Boden.«

Marie führte die Frau zur Theke, die Polizei wurde verständigt. Die Frau schimpfte. Gepolter vor der Tür. Ein Beamter war auf der unbeleuchteten Treppe gestolpert. Handschellen, Abmarsch. Das hatte keine zehn Minuten gedauert, alles in allem.

Marie setzte sich wieder zu den Mädels und hoffte, dass die Geschwister nicht weitere Schwestern und Brüder hatten.

»Du bist doch noch bei der Polizei?«, wollte Saskia wissen, die Marie in der nächsten Saison zur hängenden Sechs machen würde. Saskia war nicht schnell, aber ihre Grätschen standen denen des jungen Mats Hummels in nichts nach.

»Nö, bei der Polizei war es mir zu aufregend. Catering ist genau richtig für mich. So 'ne Aubergine, die hat ja keine bösen Hintergedanken.«

Die Nacht blieb friedlich. Anja, die Physiotherapeutin, hatte keinen Alkohol getrunken und fuhr Marie im FRIMO 2 nach Hause. Es wurde hell, als die beiden Frauen durch die stillen Straßen Schleswigs fuhren. »Manchmal sehne ich mich danach, auch eine Heimat zu haben«, sagte Anja und parkte den Transporter vor dem Carport der Geislers.

»Hast du doch.« Marie streckte den Arm nach Norden in Richtung Brautsee aus.

»Das ist mein Zuhause. Ich meine einen Ort, an dem sich meine Existenz selbstverständlich anfühlt, einen Ort, an dem ich mir nicht fremd vorkomme. Ich denke oft, dass sich ein Bauer auf eigener Scholle mit einem Hof, den die Familie in dritter Generation führt, so verwachsen fühlen muss wie ein Baum. Ich fühle mich eher wie ein Kranich, der zu Besuch ist.«

Marie schmunzelte. »Ein bisschen so geht es mir auch mit Schleswig-Holstein und dem Ruhrgebiet. Aber ich habe entschieden, dass mehr als eine Heimat möglich ist.«

»Mehr als eine Heimat. Interessantes Konzept. Da denk ich

mal drüber nach, wenn ich gleich im Bett liege. Schlaf gut.« Anja stieg aus.

»Anja«, rief ihr Marie hinterher. »Ich glaube, dass sich manche Bauern wünschen, auch mal ein Kranich sein zu können. Guten Flug.«

Kir Royal

Die Gegend war nicht gut. Sagte man. Aber was hieß das schon? Friedrich Sauerland hatte an Orten gelebt, deren Ruf besser gewesen war als der von Hamburg-Wilhelmsburg. Die Hilfsbereitschaft der Nachbarn, damals, als seine Mutter die Familie nur mühsam durchgebracht hatte, die hatte jedoch geadelt, was andere mit abschätzigem Blick links liegen ließen, um über die Elbbrücken zu enteilen. War es wirklich immer grüner auf der anderen Seite? Hatte er so gelebt, wie er noch immer lebte, um auf die andere Seite zu gelangen? Konnte er nach über siebzig Lebensjahren einen anderen Blick versuchen?

Die Nachbarn, die einen Schrebergarten am Aßmannkanal beackert hatten, die hätte er gern noch mal gesprochen. Alle längst tot. Sie hatten kein Häuschen hinterlassen, vielleicht ein paar Euro auf dem Sparbuch. Sie hatten hinterlassen, dass er mit großer Dankbarkeit an sie dachte.

Friedrich Sauerland fuhr sich so heftig durchs Gesicht, dass der Schnitt, den er sich gestern beim Rasieren zugezogen hatte, wieder zu bluten begann. Gefühlsduselei im Alter, davor musste man sich hüten. Das riss nur alte Wunden auf. Heute führe er nach Fehmarn, um sich endlich Meier-Masch vorzuknöpfen.

Der Anzug passte noch immer. Anthrazit von Joop. Da war man immer gut angezogen. Die Haare hatte er sich mit dem Bartschneider selbst geschnitten. Sah ein bisschen verwegen aus, fast wie bei Yul Brynner. Und das Pflaster auf der linken Wange? Das würde er entfernen, bevor er Meier-Masch traf. Ein Hauch Parfum noch. Dann konnte er los. Es sollte nicht ganz so heiß werden heute. Ein Segen. Hoffentlich funktionierte die Klimaanlage im Zug.

Vor der Haustür stieß er auf Leyla, seine Nachbarin, eine alterslose Frau aus Aserbaidschan. Sie blieb stehen, musterte ihn und stieß einen anerkennenden Pfiff aus. Ihre Augen verrieten, dass sie ohne Neid war und sein Outfit wirklich schick fand. Leyla kam von der Nachtschicht. Sie putzte in einem Fleischzerlegungsbetrieb und war Veganerin. Ihr Mann, den Friedrich Sauerland nur selten sah, fuhr mit einem Lkw quer durch Europa. Welche Seite die beiden wohl erreichen wollten? Vielleicht waren sie schon angekommen. Sie hatten eine Wohnung, sie hatten Essen und Trinken, und sie hatten Freunde. Er hatte keine Freunde. »*Güle güle.*« Dann ging er. Ob man in Aserbaidschan Türkisch sprach, wusste er nicht, aber Leyla verstand ihn. Sie hatte ein schönes Lächeln.

Ein Blick noch auf die Schuhe. Handgemacht vor sieben Jahren, als er noch mehr als flüssig gewesen war. Auf einem Flohmarkt der evangelischen Kirchengemeinde drüben in Moorburg hatte er unlängst eine Laptoptasche für zwei Euro geschossen. Jetzt sah es aus, als sei er noch im Geschäft und trüge ein mobiles Büro mit sich herum. Tatsächlich beherbergte die Tasche einen Blister Betablocker, Schmerztabletten und Magenschutz. Außerdem eine flache Flasche mit Wasser, Papiertaschentücher, ein Klappmesser und die Walther PPK. Was man so brauchte als alternder Gangster. Gangster? War er das?

Aufrecht ging er auf dem Hauptdeich entlang, der zum Anleger der Linie 73 führte. Aufrecht zu gehen, das hatte er sich von Frauen in Afrika abgeschaut. Die Lage konnte noch so misslich sein. Ihren Stolz schienen diese Frauen nie zu verlieren und dokumentierten diese Haltung durch Haltung. Jedenfalls hatte er deren Art zu gehen so interpretiert.

Mittlerweile war er nicht mehr sicher, ob er als weißer Mann aus dem Westen solche Zuschreibungen treffen durfte. Überhaupt konnte er sich nicht frei machen von ständigen Zweifeln an seinem Weg, die Männerrolle zu leben. In Gesellschaft junger Leute hatte er es sich angewöhnt zu gendern. Er fand das auch völlig in Ordnung. Ungewohnt blieb es dennoch.

Der Bezirksbürgermeister kam ihm in seinem niedlichen E-Auto entgegen. Sauerland grüßte ebenso freundlich wie lässig, fühlte sich dem Lokalpolitiker in jeder Hinsicht überlegen, wusste indes, wie es wirklich aussah. Der Politiker aber sollte auch weiterhin glauben, er sei nur kurz zu Besuch in der alten Heimat. Die nostalgische Anwandlung eines älteren Herrn, der es geschafft hatte im Leben. Bei einem Empfang hatten sie einander gesprochen. Sauerland hatte einen falschen Namen genannt und eine Geschichte erzählt, die hätte wahr sein können.

Die Klimaanlage im Zug nach Puttgarden tat, was sie konnte. Die Windräder links und rechts der Strecke drehten sich, als gäbe es keinen Schwindel. Wie im Flug verging die Fahrt, und verärgert stellte Friedrich Sauerland fest, dass sich die verringernde Distanz zwischen ihm und Meier-Masch umgekehrt proportional zu seinem Blutdruck verhielt. Das jedenfalls hatte die letzte Messung in der angenehm sauberen Sanitärkabine ergeben. Das Messgerät war Bestandteil des Alleskönner-Gerätes, das er am linken Handgelenk trug. Am rechten Handgelenk machte erneut die gute alte Rolex auf sich aufmerksam. Er war aufgeregt.

Früher war er immer kalt wie ein Fisch gewesen. Vielleicht war er nur ein bisschen aus der Übung. Zur Not würde er Meier-Masch die Fresse polieren, und sollte es ganz schlimm kommen, könnte er ihn immer noch abknallen. Und sich gleich danach, dachte er und war froh, dass es die Ultima Ratio gab, ganz gleich, was passierte. Etwas Besseres als das Leben fand er im Jenseits sicher überall. Der Esel war halt ein Esel. Grimm hin, Grimm her.

Nicht nur die Katenschinkenstraße war dort, wo früher nichts gewesen war, also zwischen der Bootsrampe und der Beltbude östlich des Naturschutzgebietes Grüner Brink, wie eine seltene Blume aus dem sandigen Boden gewachsen. Auch der Bahnhof wirkte, als habe ihn Meier-Masch persönlich aus dem Dornröschenschlaf geweckt. Wer deutsche Bahnhöfe kannte, wähnte sich in einer anderen, einer besseren Welt. Bahnsteige, Fensterflächen, Rolltreppen und Sitzgelegenheiten sauber. Jede Ecke zugänglich für Rollifahrer. Die Toiletten, als sei gerade die Putzkolonne durch. Friedrich Sauerland hatte das in einer NDR-Reportage gesehen, und nun sah er zum zweiten Mal, dass stimmte, was die euphorisierte Reporterin gesagt hatte. Sie hatte gesagt: »Ein Fünf-Sterne-Bahnhof. Hier würde ich einziehen.«

Seinen Atem kontrollierend schlenderte er auf der Strandpromenade entlang, neben der auch ein Barfußweg verlief. Man konnte auf Touchscreens touchen und interaktiv durch die Flora, Fauna oder Geschichte des Ortes surfen. Werbefrei. Gerade so, als komme die Katenschinkenstraße ihrer Aufgabe als Bildungseinrichtung nach. Meier-Masch hatte vollbracht, woran umweltorientierte Parteien, werbegetriebene Fernsehsender und Schulen gescheitert waren. Er hatte Ökonomie und Ökologie versöhnt.

Die Methode war einfach. Er polarisierte nicht und tat niemandem weh. Wer sich die Kante geben wollte, konnte das tun. Die Getränke stammten nachprüfbar aus einer Herstellung, die weder Natur noch jenen schadete, die den Stoff herstellten und lieferten. Er hatte einen Leuchtturm vor die Insel gebaut. Niemand brauchte noch Leuchtfeuer – die KI navigierte und legte den Kurs für jedes noch so kleine Wasserfahrzeug fest. Im Leuchtturm aber gab es, was die Leute ausflippen ließ, einen Free-Fall-Tower. Dagegen war das Rasen auf Autobahnen oder anderswo Kindergarten.

Am Terminal Ost 1 gab Sauerland den Code ein, den er bei seinem letzten Besuch erhalten hatte. Nach wenigen Sekunden sah er das freundliche Gesicht der Mitarbeiterin von Meier-Masch.

»Moin, Herr Sauerland. Ich freue mich, dass Sie uns erneut besuchen. Herr Meier-Masch erwartet Sie im ›Kiek ut‹.«

»Das ist erfreulich, aber ich bevorzuge ein Treffen unter freiem Himmel. Bitte richten Sie ihm doch aus, dass ich am Niobe-Denkmal warte. Tschüss.«

Er trat zur Seite und gab der Mitarbeiterin keine Gelegenheit zu reagieren. Er lächelte. Mit der Pistole wäre er nicht durch die Zugangskontrollen gekommen. Jetzt stand einem Einsatz der Walther PPK nichts mehr im Wege.

Vor dem Eingang warteten Elektrokarren auf Menschen, die des Laufens müde waren. Schicke kleine Flitzer, die einen Sonnen- und Regenschutz boten. Leider keine Klimaanlage. Sie standen kostenlos auch jenen zur Verfügung, die die Katenschinkenstraße nicht besuchten. Bis zum Niobe-Denkmal waren es gute vier Kilometer. Das hatte Sauerland gecheckt. 1932 war das Segelschulschiff »Niobe« vor Fehmarn gesunken, neunundsechzig Marinesoldaten starben. Ein guter Ort, um über den Tod zu sprechen, wie Sauerland fand.

Der Elektrokarren tat, was ein Elektrokarren so tut. Weder war das Fahren besonders sportlich noch sehr komfortabel. Aber selbst für innerstädtische Strecken würden die Dinger locker ausreichen, um Menschen von A nach B zu bringen. Vernünftig wäre, andere Fahrzeuge nicht mehr für das Fahren in Städten zuzulassen. Im Gespräch war es immerhin. Friedrich Sauerland wusste um die Bedeutung von Mitwelt und Klima. Er schützte die Umwelt nicht leidenschaftlich, hatte noch nie an Demonstrationen teilgenommen, über Fridays for Future gelacht. Es war Kalkül, dass er nicht mehr flog und in seiner Zeit auf Mallorca relevantes Geld zur Aufforstung gespendet hatte. »Wenn wir hier nicht mehr leben können, dann können wir hier auch kein Geld mehr verdienen«, hatte er mal zu einem Investmentbanker gesagt, der ihm einen Immobilienfonds verkaufen wollte, der in den Vereinigten Arabischen Emiraten engagiert war. Und er hatte recht behalten. Kunststück.

Auf dem Wasser waren Kitesurfer unterwegs. Der Wind aus Nordost unterstützte die Sportlerinnen mit Stärke 4, wie er auf einem Display ablesen konnte, das am Parkplatz vor dem Denkmal stand. Eine Brise, die ihn erfrischte. Den Elektrokarren, den man wie seine Doppelgänger auf den Namen E-Mil getauft hatte, stellte er ab und prüfte den Inhalt seiner Tasche. Alles an seinem Platz.

Durstig trank er aus der Wasserflasche und hielt Ausschau nach Meier-Masch. Er schlenderte am kleinen Spielplatz entlang, der von Kiefern umgeben war, die einen überraschend vitalen Eindruck machten. Kleine Mädchen und Jungen, vertieft ins

Rutschen, Schaukeln, Rennen und Buddeln. Er war auch Vater. Vater gewesen. Heute konnte er sich noch als Erzeuger verstehen. In seiner Brieftasche verwahrte er ein Foto, das Dominik im Alter von drei Jahren zeigte. In drei Monaten würde sein Sohn vierzig werden. Wie es ihm wohl ergangen war, fragte er sich manchmal. Ob er selbst Vater geworden war, würde er gern wissen. Er wäre dann Opa.

Auf einer der Bänke saß ein Mann, der Zeitung las. Als Friedrich Sauerland näher kam, erkannte er Manfred Meier-Masch, der jetzt aufschaute.

»Da sind Sie ja. Ist ein bisschen wie bei Hase und Igel mit uns beiden. War es ja schon immer. Nehmen Sie doch Platz.« Meier-Masch legte die Zeitung zusammen. Es war die Washington Post. »Bin übers Wasser gekommen. Mein Element.« Er deutete auf ein Boot, das wenige Meter vom Strand entfernt lag. »Und Sie?«

»Wir sind per Sie? Wie altmodisch.«

Meier-Masch verzog kurz das Gesicht. »Mir scheißegal. Ich brauche auch keinen Small Talk. Was willst du?«

Friedrich Sauerland setzte sich neben den Baron. »Du erinnerst dich an den 11. November 2018? Sicher tust du das. Genau hundert Jahre nach dem Ende des Ersten Weltkrieges hast du die neunjährige Sandra Broskamp auf der Willemerstraße vor der Willemer-Grundschule totgefahren.«

Meier-Masch lachte, winkte ab. »Fritz, es gab ein Verfahren, und wie du vielleicht weißt, saß nicht ich auf der Anklagebank, sondern meine damalige Freundin.«

Friedrich Sauerland kratzte sich demonstrativ am Kopf. »Bullshit. Ihr habt die Plätze getauscht.«

Ein kurzes Zucken der Lippen bei Meier-Masch. »Sagt wer?«

»Tut nichts zur Sache. Gegenüber der Schule gab es die Kneipe, du weißt schon, die, in der du damals die Nächte durchgemacht hast. Im zweiten Obergeschoss hat jemand beobachtet, wie du das Kind totgefahren hast und ihr dann die Plätze getauscht habt.«

»Dummes Zeug. Üble Nachrede. Wärest du nicht schon pleite, würde ich dich verklagen, du Verlierer.«

»Ich habe ein Video.« Friedrich Sauerland lehnte sich zurück. Er wusste, dass stimmte, was er behauptet hatte. Er wusste allerdings auch, dass der entscheidende Moment durch versehentliches Überschreiben fehlte. »Du machst mich zum Partner, was mir zusteht, wie du verdammt genau weißt. Das Original, mein Original ist die Schinkenstraße. Deine Katenschinkenstraße gäbe es ohne mich nicht.«

»Ach, komm. Du hast doch alles versucht, juristisch. Wie viele Prozesse hast du angestrebt? Wie oft hast du versucht, Gerichte davon zu überzeugen, dass du eine Art Copyright hättest? Hast du auch nur einmal recht bekommen? Nein. Wie viele Kampagnen hast du auf Social Media gegen mich initiiert? Hat das verfangen? Nein. Du hast verloren. K. o., um sprachlich in deiner Halbwelt zu bleiben.« Meier-Masch drehte den Kopf nach links und schaute Sauerland ruhig und sicher in die Augen. »Aber ich will mal nicht so sein. Kennst du ›Kir Royal‹, kennst du Mario Adorf? ›Isch scheiß dich so wat von zu mit meinem Geld‹. Du erinnerst dich, Fritz? Du brauchst doch Geld, oder? Kannst du haben. Ich hab reichlich davon. Aber du hier als Mitentscheider?« Meier-Masch lachte und kriegte sich kaum mehr ein. »Niemals, Fritz. Niemals. Eher versenke ich dich in der Ostsee. Denk mal drüber nach.« Er stand auf und ging.

Friedrich Sauerland griff in seine Laptoptasche, tastete nach der Walther PKK.

Eine Familie mit zwei Kindern im Grundschulalter kam auf das Niobe-Denkmal zu. Die Kinder liefen kreuz und quer, versperrten ein mögliches Schussfeld. Meier-Masch erreichte das Boot. Ein E-Boot, wie konnte es anders sein? Und dann war er auch schon auf und davon.

»Verzeihung, darf ich mich zu Ihnen auf die Bank setzen?«, fragte die Mutter der Kinder, schwanger, wie Friedrich Sauerland jetzt sah. Er ließ die Waffe los, zog die Hand aus der Laptoptasche, nickte, schaute freundlich und spürte, wie sein Herz unrhythmisch schlug.

Angezählt, dachte er. Angezählt motiviert mich, dachte er und rief sich sein Motto in Erinnerung: »*I always come back!*«

»*Farvel.*« Der Junge stand direkt vor ihm, als er sich noch einmal zum Niobe-Denkmal hindrehte.

Nach Dänemark waren es achtzehn Kilometer, nach Heiligenhafen zwanzig. Grenzgebiete, Grenzerfahrungen.

Der Weg vom Denkmal über den Deich, rüber zum Parkplatz. Friedrich Sauerland schaffte es gerade bis zum Spielplatz. Dann wurde ihm schwarz vor Augen.

Männersache

Uwe war Frühaufsteher. Schon immer gewesen, und er kam nie zu spät. So saß er folgerichtig seit einer knappen Stunde auf einer Bank an der Holtenauer Reede in Kiel und schaute zu, wie ein Lotsenboot zum Auslaufen vorbereitet wurde, wie eine Gruppe von Grundschülern mit Optis erste Segelversuche unternahm, wie alte Damen mit kleinen Hunden ihre Runden drehten und ältere Männer auf Rennrädern ihre gute Form vorzeigten.

Mit Gregor war er verabredet. Marie und Astrid hatten das eingefädelt, weil Gregor vergesslich geworden war, aber nicht zum Arzt ging. Nun sollte es an ihm sein, Gregor auf den richtigen Weg zu lenken. Er hatte zugesagt, weil seine Schwiegertochter Marie eindrücklich geschildert hatte, wie hilflos Astrid war. Er konnte das nachvollziehen, hatte er die Prostata-OP doch so lange hinausgezögert, bis es fast zu spät gewesen war. Für seine Frau Rita war das eine schwere Zeit gewesen. Er würde herausfinden, warum Gregor sich gegen Beratung sperrte.

Ein paarmal hatten sie einander gesehen. Beim Bouleturnier in Sehestedt hatten sie im letzten Jahr abseits der schnatternden LKA-Leute über die Vor- und Nachteile von Wohnwagen und Wohnmobilen gesprochen. Da hatte Uwe nichts gemerkt. Gregor war ein witziger, lebenskluger und selbstsicherer Altbulle. Noch eine Viertelstunde.

Aus der Förde kommend, nahm ein Frachter mit schlecht gemalerten Aufbauten Kurs auf die Holtenauer Schleuse. An der Steuerbordseite, gleich unterhalb der Brücke, glaubte Uwe Einschusslöcher erkennen zu können. Die Angriffe der Huthi-Milizen auf Schiffe, die durch den Suezkanal fahren wollten oder diesen passiert hatten, gingen noch immer weiter. Zu unsicher die politische Lage, zu viel Hunger, zu viel Hitze und zu wenig echte Perspektiven. Uwe kannte den Sohn eines Freundes, der als Marinesoldat auf einer Fregatte am Horn von Afrika Dienst getan hatte und Zeuge eines Angriffs mit Drohnen und einem Hubschrauber auf ein Frachtschiff geworden war.

Das schrille Gebimmel einer Fahrradklingel riss ihn aus seinen Gedanken. »Pass doch auf«, ranzte ihn ein Rennradfahrer an, der sicher die siebzig überschritten hatte, aber ebenso sicher die steilsten Berge der Alpen mit großer Leichtigkeit erklimmen würde. Möge ihm eine Taube auf den Sattel kacken, dachte Uwe und wechselte mangels Bürgersteig von der Straßenmitte auf die linke Seite.

Astrid hatte vor einigen Jahren eine schicke Wohnung auf Höhe der Seebadeanstalt gekauft. Begehrte Lage, und sicher konnten sich hier nur wenige Gutverdiener eine Wohnung leisten. Aber Uwe war froh, in Maasholm zu leben. Weg vom Schuss, die Angebote der Stadt vermisste er nicht. Wobei: Er war in Kiel operiert worden, und die Tage nach der OP hatte Rita doch das ein oder andere Mal wegen der Fahrerei gestöhnt. Er klingelte, und sogleich vernahm er das Summen des Türöffners.

Gregor erwartete ihn bereits im Hausflur. »Moin, Uwe, du bist pünktlich. Da steckt ein kleiner Streber in dir, was?«

»In mir steckt ein Seemann, für den Zuverlässigkeit ein hoher Wert ist.«

»Na denn, rein mit dir, Seemann. Ich habe in der Kombüse schon was vorbereitet.«

Gregor streckte den Arm einladend aus, Uwe betrat die lichtdurchflutete Wohnküche, die er ein bisschen zu modern fand. Aber sicher war sie ob all der glatten Flächen gut sauber zu halten.

»Kaffee und Kekse?«, fragte Gregor. »Mit Keksen kenne ich mich aus. Früher mit Haschkeksen, heute mit meinem weichen Keks. Darum bist du doch hier, oder?«

Uwe setzte sich, stand aber sogleich wieder auf. Gregor hatte vergessen, die Wohnungstür zu schließen. »Ich bin hier, um dir zu berichten, wie es war, als ich krank wurde und nichts unternommen habe, um wieder gesund zu werden.«

Gregor kam mit Kaffee und Keksen. »Jo, alte Leute, die haben ja keine anderen Themen mehr.« Er stellte beide Kaffeebecher vor Uwe ab.

»Du keinen Kaffee?«

Gregor griff nach einem Becher. Sein Blick ließ nicht erkennen, ob ihm der kleine Lapsus unangenehm war. Dass Uwe die Tür geschlossen hatte, war von Gregor unbemerkt geblieben. Hätte Uwe zu urteilen, so würde er Gregor nicht als Polizist einsetzen. Polizisten trugen Verantwortung, und sie trugen Waffen. Ob er wohl polizeidienstfähig war? Ob ihn eine Vorgesetzte zu einer amtsärztlichen Untersuchung schicken würde? War Astrid diese Vorgesetzte?

»Na denn, prost.« Gregor hob den Kaffeebecher wie ein Bierglas.

»Prost, Gregor. Im Krankenhaus haben wir auf dem Zimmer immer ›Prostata‹ gesagt, wenn wir angestoßen haben.«

Uwe sah, dass Gregor nicht verstand.

»Ja, Krankenhaus. Da war ich auch mal. Lange her. Die Mandeln haben sie mir rausgenommen. Danach gab's Eis. Was hast du denn gehabt?«

»Prostatakrebs.«

»Auweia. Und jetzt?«

»Jetzt bin ich wieder gesund. Soll ich dir erzählen, wie das kam?«

Gregor setzte sich auf das Sofa, das an der Längsseite des Eichentisches stand. »Kekse, Uwe, greif zu, bevor ich sie allein esse. Dann meckert Astrid wieder.«

Uwe aß Kekse und trank Kaffee.

Gregor erzählte vom Schrebergarten, den er wohl aufgeben würde. »Die Verbrecher schlafen nicht. Da sind wir immer gefordert.«

Nach dem vierten Keks fasste sich Uwe ein Herz. »Gregor, ich vergesse manchmal Namen von Nachbarn, gestern schrieb ich einen Einkaufszettel, und mir fiel das Wort Basilikum nicht ein. Ich habe mich informiert. Das ist normal. Hast du sicher auch ab und zu. Aber mir ist aufgefallen, dass dir nicht auffällt, wenn du etwas übersiehst. Nachdem ich reingekommen war, hast du die Wohnungstür nicht geschlossen. Fallen dir andere Situationen ein, in denen dir was durchrutscht?«

Gregor stellte abrupt den Becher ab. »Dumm Tüch. Ich bin nicht … also so. So bin ich nicht. Ich lass mir nix einreden.« Gregor war laut geworden.

»Ich habe damals gespürt, dass mit mir was nicht in Ordnung ist. Ich bin fünf- oder sechsmal in der Nacht zur Toilette geschlichen. Aber ich wollte das nicht wahrhaben. Ich wollte ein Kerl sein. Auf keinen Fall wollte ich zum Arzt. Dann hat mich Rita gefragt, was ich machen würde, wenn mein Angelboot leckschlüge und zu sinken begänne. Ob ich zugucken würde, wie ich mit dem Kahn absaufe. Am nächsten Tag bin ich zum Doc. Zwei Wochen später war ich raus aus dem Krankenhaus, ab in die Reha, und heute sitze ich hier. Habe seit drei Stunden nicht gepinkelt. Lass dich untersuchen, Gregor. Das sind ja keine Idioten, die Ärzte. Die haben das gelernt und können dir helfen.«

Gregor schob den Becher hin und her. »Ich gehe in kein Heim oder so.«

»Musst du nicht.«

»Eher erschieß ich mich.«

»Das steht dir frei, Gregor.«

»Sicher?«

»Klar. Astrid, und nicht nur Astrid, würde heulen. Aber du entscheidest, so wie du jetzt entscheiden kannst, etwas zu unternehmen. Du kannst das in die Hand nehmen, bevor dich jemand an die Hand nimmt.«

Im kleinen Garten vor der geöffneten Terrassentür lachte eine Frau. Ein glockenhelles Lachen, das befreit klang.

»Ich entscheide, sagst du.«

»Genau.«

»Okay. Such mal einen raus, einen Psycho-Doc. Aber nicht in Kiel, da kennen mich zu viele Leute. Hamburg wäre gut. Machst du?«

»Mach ich.« Uwe hoffte, dass sich Gregor an den Deal erinnern würde.

Sniper hatte sich den Ernstfall vorgestellt. Eine Bekannte sagte immer, man müsse die Situation imaginieren. Sniper hatte eine ganze Zeit gedacht, das hätte irgendwas mit Kochen zu tun. Jedenfalls würde es so sein, dass das Target eine ausreichend lange Zeit an einem Ort stehen würde. Dass sich das Target plötzlich wegdrehte, wie dieser Gassigeher in Hamburg, war ob der speziellen Aufgabe des Targets eher nicht zu erwarten. Sollte es dennoch passieren, würde Sniper sofort einen zweiten Schuss versuchen.

Heute käme die Konstellation jener des Feiertages, wie Sniper den geplanten Abschuss nannte, schon recht nahe. Die Zielperson würde stehen, Sniper frontal zugewandt sein. Oft war zu beobachten gewesen, wie ein Einweiser Privatflugzeuge auf dem Flugplatz Schäferhaus in Flensburg in die Parkposition dirigiert hatte. Vom südlich gelegenen Landschaftsschutzgebiet hatte man freie Sicht. Als Ansitz kam ein Baum in Betracht, der leicht zu erklimmen war. Ein paar Schafe waren Zeugen. Friedlich fraßen sie, was ihnen vors Maul kam. Und wenn sie satt waren, dann waren sie satt. So mussten doch alle Kreaturen sein auf diesem wunderschönen Planeten. Aber Menschen bekamen den Hals nicht voll. Besonders widerten Sniper jene an, die mit Privatflugzeugen ihre Drittwohnsitze aufsuchten. Wer von Flensburg nach Westerland flog, war wohl bereits beim kleinen Einmaleins gescheitert. Vielleicht liefe Sniper statt des Einweisers auch ein Passagier oder Pilot vor die Flinte. Es traf ja immer die oder den Richtigen.

Besser wäre es allerdings, die Position des Ziels entspräche der, die sich Sniper für den Moment vorstellte, der rasch näher kam. Die Tage des Eindringlings waren gezählt. Die Schafe drängten sich inzwischen im Schatten der Bäume. Aus der Ferne ein Brummen, das vielversprechend klang, und tatsächlich näherte sich eine Maschine aus Nordwest. Sie würde noch eine Schleife fliegen, um gegen den Wind landen zu können.

Vor dem Hangar tauchte eine Person auf, um den Piloten die gewünschte Parkposition zuzuweisen. Sniper schaute durch das Zielfernrohr. Ein junger Mann, der einen weißen Overall trug. In den Händen hielt er eine rote Kelle und einen Einwinkstab. Sniper lachte kurz auf. Er hatte gehört, dass sich die Einwinker Marshaller nannten, englisch also. So wie »Sniper« auch englisch war. Fühlte sich gleich ein bisschen bedeutender an.

Das Flugzeug war Richtung Osten hinaus auf die Förde geflogen, war für eine Weile nicht mehr zu hören gewesen. Jetzt aber kündete das Motorengeräusch den Stoppelhopser an. Der Marshaller setzte sich in Bewegung und blieb wie erwartet so stehen, dass Sniper in seine Augen hätte schauen können, hätte dieser sie nicht hinter einer verspiegelten Sonnenbrille versteckt. Das Gewehr fand guten Halt in einer Astgabel. Der Marshaller war 1104 Meter entfernt. Der Augenblick der Wahrheit war gekommen. Sekunden später löste sich der Schuss.

»Mist.« Sniper schlug mit der flachen Hand auf den Gewehrkoffer. Das Schussfeld war frei gewesen, und erst nachdem Sniper den Stecher mit angehaltenem Atem sanft gezogen hatte, war diese Frau aufgetaucht. Hinter einem Container war sie hervorgekommen. Zuvor war sie nicht zu sehen gewesen. Was hatte sie dort nur zu suchen? Sie trug ein Klemmbrett. Um genau zu sein: Sie hatte ein Klemmbrett getragen. Nun lag sie am Boden. Der Marshaller kniete über ihr.

Bei dieser Distanz dauerte es halt einen Moment, bis das Projektil sein Ziel erreichen konnte. Beruhigend war, dass die Dame zum Personal gehören musste, anderenfalls hätte sie keine Zugangsberechtigung zum Flugfeld gehabt. Sniper zog die Augenbrauen hoch. Den Eindringling zu treffen, so wie es geplant war, wäre kein Problem. Es galt, sorgfältig darauf zu achten, dass sich niemand rein zufällig zum Kugelfang machte. Vor dem Schuss musste das direkte Umfeld gecheckt werden.

Wieder mal war es eine lehrreiche Exkursion gewesen. Sniper kletterte vom Baum herunter, streichelte eines der Schafe im Vorübergehen und war grundsätzlich guter Dinge.

Friedrich Sauerland schlug die Augen auf. Die Frau war schön.
Sie roch nach Maiglöckchen. Das kannte er. So war es früher
auch ab und zu gewesen. Gern hatte er Chanel N°19 verschenkt.
Aber nie hatten die Frauen ihm ein kaltes Stethoskop auf die
Brust gedrückt.

»Keine Rasselgeräusche«, informierte die Frau einen Men-
schen, den Sauerland nicht sah. Er schloss die Augen wieder.
»Kardioversion erfolgreich. Sinusrhythmus ist wiederhergestellt.
Herr Sauerland, wie fühlen Sie sich?«

»Ach, lass ihn schlafen, dann sündigt er auch nicht«, hörte
Sauerland einen Mann sagen. Schritte. Die Personen entfernten
sich.

Vorhofflimmern, dachte Sauerland. Hatte er schon öfter mal
gehabt. Gefährlich war das wohl nicht. Okay, man konnte einen
Schlaganfall erleiden. Aber er nahm Betablocker und blutver-
dünnende Medikamente. Die Hitze vielleicht, der Stress. Meier-
Masch hatte ihn eiskalt abserviert. Die Pistole, wo war seine
Pistole? Sicher hatten sie in seine Tasche geschaut. Die Polizei –
im Zweifel alarmiert und unterwegs. Hatten die denn keinen
eigenen Sicherheitsdienst?

Jetzt nichts anmerken lassen. Er hob vorsichtig den Kopf.
Ein bisschen schwindelig war ihm schon. Ein Zugang in einer
Vene auf dem rechten Handrücken. Eine Blutdruckmanschette
am linken Oberarm. Er trug sein T-Shirt, und die Unterhose
hatten sie ihm auch gelassen. Links und rechts Vorhänge. Der
Vorhang am Fußende des Betts nur halb zugezogen. Eine Mischung aus Gemurmel, weiter entferntem Rufen und Stöhnen
ganz in seiner Nähe. Überwachungsgeräte gaben Piepstöne ab.
Auch über seinem Bett ein Monitor, auf dem er das abgeleitete
EKG, den Blutdruck und seine Pulsrate ablesen konnte. Gut,
dass er noch immer keine Brille brauchte. Eine Lesebrille, aber
sonst …

Ob es Tag oder Nacht war, wusste er nicht. Ein Fenster konnte er durch den Spalt des Vorhangs nicht entdecken. Seine Rolex hatten sie ihm abgenommen, und die Uhrzeit auf dem Überwachungsmonitor war auch für seine Adleraugen zu klein. Er musste hier weg, das war mal klar. Wegen des Risikos der Entdeckung. Eine Waffenbesitzkarte hatte er nicht, einen Waffenschein, der zum Führen von Waffen in der Öffentlichkeit berechtigt hätte, erst recht nicht. Wirklich problematisch war, dass er mit der Walther PPK jemanden erschossen hatte.

Er war durstig, und sofort fragte er sich, ob man ihm einen Blasenkatheter gelegt hatte. Diesen ohne qualifizierte Hilfe zu entfernen wäre sicher kein Spaß. Er schob die linke Hand unter die Bettdecke und atmete erleichtert aus, als er feststellte, dass es nur der Schlauch auf seinem Handrücken war, der ihn noch daran hinderte, in einem unbeobachteten Moment zu verschwinden. Aber war man hier überhaupt unbeobachtet? Gab es nicht Kameras? Sicher würde ein Alarm ausgelöst, wenn er die Kontakte des EKGs entfernte. Die Lage war komplexer, als er zunächst angenommen hatte.

Jetzt näherten sich Schritte, er schloss die Augen, spürte, wie sich eine Person näherte.

»Herr Sauerland, Ihre Versichertenkarte mal bitte.«

Woher kannten sie seinen Namen? Hatte er beim Transport ins Krankenhaus einen wachen Moment gehabt? Die Frau hatte mit ihm gesprochen, als sei er ein schwerhöriger und seniler Greis. Sah sie nicht, dass er schlief? Gleichmäßig atmen jetzt. Gesichtszüge entspannt. Er hatte keine Versichertenkarte. Er war nicht gesetzlich versichert. Mit der privaten Krankenversicherung, die ihn nach seiner Rückkehr nach Deutschland wieder hatte aufnehmen müssen, gab es Probleme, weil er mit Beiträgen im Rückstand war.

»Herr Sauerland?«

Sie ging. »Britta, der pennt. Ist irgendwas in seinem Schrank?«

»Weiß ich nicht. Hat das nicht Torben kontrolliert? Wo ist der überhaupt?«

»Welche Nummer?«

»Moment. Sieben. Diese neuen Schränke, ich weiß nicht. Ich finde es besser, wenn die persönlichen Sachen am Bett sind.«

Sauerland hatte das starke Bedürfnis, sofort zu handeln, als von Gegenüber ein Alarm ertönte.

»Britta. Kommst du?«

Keine Hektik. Dann begann ein Patient zu schreien.

»Ganz ruhig, Herr Kohnlechner. Wir sind da und helfen Ihnen sofort. Britta, hol Sigrid. Frau Doktor gibt Ihnen gleich was gegen die Schmerzen.«

Herr Kohnlechner schrie.

»Keine Angst. Wir sind bei Ihnen.«

Sauerland überlegte, ob er die Situation nutzen sollte.

»Sigrid, hier, Herr Kohnlechner.« Eilige Schritte.

Sie würden ihn nicht bemerken. Die Lage war unter Kontrolle. Er müsste Schrank sieben suchen, seine Tasche finden, er müsste sich anziehen.

»Ich gebe Ihnen jetzt was gegen die Schmerzen, Herr Kohnlechner. Sie werden gleich schlafen. Machen Sie sich keine Sorgen.«

Herr Kohnlechner stöhnte, Herr Kohnlechner schwieg.

Ein weiterer Alarm. Jetzt kam richtig Bewegung in die Truppe. Sauerland stellte fest, dass der Kampf am anderen Ende der Station ausgetragen wurde. Er zog die Kanüle aus dem Handrücken, presste einen Fetzen Papiertaschentuch auf die winzige Öffnung in seinem Körper, befestigte das Papier mit dem Pflaster, das die Kanüle und den Schlauch fixiert hatte, und richtete sich auf. Schwindel. Dieser abscheuliche Schwindel.

Atmen, einen entfernten Punkt fixieren, cool bleiben. Wo auch immer sein Weg enden würde. Ganz sicher nicht in einem Krankenhaus. Die Füße berührten den Boden, der angenehm kühl war. So rasch wie möglich ging er hinüber zu den Schränken und öffnete die Tür von Nummer sieben. Der Schlüssel steckte. Jemand hatte sich die Mühe gemacht und seine Kleidung ordentlich zusammengelegt. Unter Hemd und Hose die Tasche.

Niemand war bisher auf ihn aufmerksam geworden. Zügig,

doch ohne Hast ging er rüber zum Treppenhaus. Jetzt clever sein. Nicht direkt zum Ausgang. Im Spiegel erkannte er sein fahles Gesicht und das entwürdigende Hemdchen, in das sie ihn gesteckt hatten. Er wechselte die Etage. »Innere Medizin« stand auf der Schwingtür. Toiletten für männliche Besucher gleich rechts.

An den Waschbecken stand ein Junge, nicht viel älter als zehn Jahre. Er zog ein Papierhandtuch nach dem anderen aus dem Spender und stopfte sich die Beute in seine Taschen. Sauerland betrat eine der Kabinen und zog sich an. Hemd, Hose, Sakko. Dann schaute er in die Laptoptasche. Die Walther PKK war an Ort und Stelle. Die Erleichterung zwang ein Lächeln in sein Gesicht. Auch seine Papiere steckten im Seitenfach. Warum nur hatte man die noch nicht gesucht? Er tippte auf Personalmangel.

Die Tür zum Hauptraum wurde geöffnet. »Felix, hier steckst du. Was machst du denn mit den Tüchern? Komm, wir gehen zurück.«

»Ich will da nicht wieder hin. Die haben Mama gepikst. Mama ist ganz rot im Gesicht. Ich geh da nicht mehr hin.«

Die Tür wurde geöffnet. Felix folgte dem Mann unter Protest.

Friedrich Sauerland dachte über Ausgänge und deren Überwachung nach. Die größte Aufmerksamkeit erhielte mit einer gewissen Wahrscheinlichkeit der Haupteingang. Allerdings herrschte dort auch das größte Getümmel, und in der Masse zu verschwinden war schon oft eine gute Idee gewesen. Ohne Ortskenntnisse durch die Wirtschaftsgänge im Kellergeschoss zu laufen war riskanter. Es sei denn, er würde nicht wie jemand wirken, der zu entwischen versuchte.

Aufklärung hin, Emanzipation her. Im Alltag reagierten Menschen noch immer defensiv auf autoritäre Signale. Er öffnete seine Tasche und zog ein Klemmbrett sowie ein Namensschild hervor. Auf dem Namensschild stand zu lesen: »Dr. F. Schiller, Revision, Abt. II/a«. Hatte er sich ausgedruckt, als er noch einen Drucker besessen hatte. Er schloss die Tasche, öffnete die Tür und betrachtete sich im Spiegel. Was er sah, ängstigte ihn. Die Gesichtsfarbe erinnerte noch immer an Beton. In der rechten

Innentasche des Sakkos ertastete er die Sonnenbrille, schob sie sich auf die Nase. Besser.

Zur Tür und gleich wieder retour. Er war alt, er musste trinken, das las und hörte man immer und überall. Also trank er am Wasserhahn, ekelte sich, als er an all die Hände dachte, die hier aneinandergerieben worden waren, füllte seine Wasserflasche und tat es Felix gleich. Ein paar Papierhandtücher für den Weg konnten nicht schaden.

Auf dem Gang der Inneren gab es keinen Hinweis darauf, dass er gesucht wurde. Krankenhaustypische Melange aus überarbeiteten Menschen in weißen und blauen Kasacks, orientierungslose Besucherinnen, Patienten, deren Gesichter von Hoffnung über Verzweiflung bis hin zu Resignation eine Bandbreite von Gemützzuständen zeigten, die man an keinem anderen Ort so intensiv erleben konnte. Die Fahrstühle jenseits der Türen, durch die man nur in eine Richtung gern ging. Es gab nur zwei Aufzugschächte, wohl ein kleineres Krankenhaus. Geräusche, die Aufzüge kurz vor ihrer Ankunft manchmal machten, die mattsilberne Tür schob sich zur rechten Seite hin auf. In der Kabine Felix und dessen Vater, wie Sauerland vermutete. Die Hosentaschen des Jungen noch gut gefüllt.

»Die Ärzte machen das, damit es Mama bald besser geht. Wenn du die Luft anhältst, ist das ja auch komisch, oder? Dann musst du irgendwann doch den Mund öffnen und nach Luft schnappen. Genau das kann Mama gerade nicht so gut, und darum helfen ihr die Ärzte beim Atmen. Das ist was Gutes.«

Sauerland hatte kurz genickt, den Knopf »UG1« gedrückt und auf das Poster gestarrt, das für einen Besuch auf der Katenschinkenstraße warb. Felix und sein Vater stiegen im Erdgeschoss aus. Der Aufzug setzte sich in Bewegung, stoppte gleich wieder, Sauerland fühlte erneut eine gewisse Gangunsicherheit. Gleichmäßig und ruhig atmen.

Vor der Infotafel, auf der alle Abteilungen aufgelistet waren, hielt er kurz inne und merkte sich den Namen des Geschäftsführers. Dann entschied er sich für den Gang, der nach links ins Gewirr der Versorgungsleitungen an Decken, Schaltkästen an Wänden und Symbolen auf dem Boden führte. Betten, überall standen Betten, in denen Leben zu Ende gehen würden, in denen Leid gelindert werden würde. Er hatte Menschen bluten sehen, er hatte gesehen, wie sich der Tod holte, was ihm zustand. Einen Widersacher zu erschießen fiel ihm nicht schwer. Aber die Pfleger und Ärztinnen waren über Jahrzehnte mit dem konfrontiert, was Angst machte. Dass sie das aushielten, nötigte Sauerland Respekt ab.

Nach etwa zwanzig Metern, die er sich von ungewohnt einfühlsamen Gedanken begleitet durch den Gang geschleppt hatte, sah er einen jungen Mann in grauer Latzhose. »Moin«, rief er, »einen Moment bitte. Haben Sie Herrn Schärholter gesehen? Ich hatte ihn hierhergebeten.«

Der Mann in Latzhose drehte sich um und nahm ein bisschen Haltung an. Die Erwähnung des Geschäftsführers, der Anzug, das Klemmbrett. Die Strategie funktionierte. Achselzucken. »Tut mir leid.«

»Gut, ist ja nicht Ihr Fehler. Zeigen Sie mir bitte den von hier aus nächsten Notausgang. Wir müssen die Funktion prüfen. Es gab Beschwerden. Sie kennen das ja.«

Der Mann nickte. »Hier entlang. Gleich um die Ecke. Aber ich bin da nicht zuständig.«

»Kein Problem. Ich muss nur wissen, wo die Tür ist. Der Plan hier ist veraltet.« Sauerland deutete auf sein Klemmbrett. »Schön kühl hier unten. Kein übler Arbeitsplatz.«

Der Mann nickte. »Da, die graue Stahltür mit dem Fluchtsymbol.«

»Danke. Da haben wir's schon. Keine Top-down-Beleuchtung. Das ist seit drei Jahren vorgeschrieben. Na ja. Schönen Tag für Sie.«

Der Mann drehte ab.

Sauerland öffnete die Tür und sah, dass sich der Tag neigte. Oder war das ein Sonnenaufgang? Nein, Felix, der Junge mit den Papiertüchern, wäre längst im Bett.

Die Luft war feucht und warm. Von der Tür, die sich leicht hatte öffnen lassen, führte eine Rampe hinauf auf einen Parkplatz. Einen kleinen Parkplatz. Schilder wiesen die Plätze privilegierten Nutzern zu. Vorbei am Parkplatz für den OA Schmerzzentrum strebte Sauerland dem durch eine Schranke gesicherten Ausgang zu.

Das Krankenhaus lag zu seiner Überraschung quasi im Nichts. Aber was hatte er erwartet? Das hier war nicht Hamburg. Das war Fehmarn. Wobei, wie sicher konnte er sein? Er war ohne Bewusstsein gewesen. Egal, er war jedenfalls nicht in Hamburg, wohin auch immer sie ihn gebracht hatten. Welche Optionen hatte er, um zurück nach Hause zu kommen? Mit dem Zug konnte er nicht fahren, denn sehr wahrscheinlich wurde er gesucht. Geld für ein Taxi hatte er nicht. Schräg gegenüber Funktionsgebäude, deren Zweck er nicht erkennen konnte, weil Zäune und hohe Hecken die Sicht einschränkten. Wie sollte er bloß hier wegkommen oder untertauchen? Felder, so weit das Auge reichte. Man sähe ihn schon aus großer Entfernung. Vielleicht suchte er sich einen Graben und wartete, bis es dunkel war. Aber es waren helle Sommernächte. Keine gute Idee.

Sauerland holte sein Handy hervor und schaltete den Standortdienst ein. Hätte er auch schon eher drauf kommen können. Er orientierte sich, erkannte, dass er westlich von Burg war. Also doch Fehmarn. Bis zur Landstraße waren es gute fünfhundert Meter. Ein Feldweg führte in diese Richtung. Er würde ein Auto anhalten, irgendwie. Noch ein Schluck Wasser, dann ging er los, fühlte sich schwach. Das konnte nicht sein. Er war doch gut im Training. Vielleicht hatten die Ärzte ihm was gegeben.

»I'm Walkin'« fiel ihm ein. Von Fats Domino: »*I'm walkin', yes indeed, and I'm talkin', 'bout you and me, I'm hopin' that you'll come back to me.*« Er hatte niemanden, der zu ihm zurückkehren konnte, aber der Rhythmus der Melodie half beim Gehen. Seine Mutter hatte das Lied oft gesungen, wenn sie Zeitungen ausgetragen hatte. Manchmal hatte er sie begleitet, ein bisschen geholfen, wenn es darum ging, die Zeitungen in schmale Briefkastenschlitze zu fummeln. Seine Mutter war ungeduldig gewesen, hatte rasch aufgegeben und die Zeitungen einfach vor die Haustür gelegt. Das hatte Ärger gegeben mit ihrem Chef, bei dem sie sich freitags den kargen Lohn abholte. Manche Abonnenten hatten sich beschwert. Die Zeitung wäre nass gewesen, hatten sie behauptet, obwohl es nicht geregnet hatte. Auf den kleinen Leuten rumtrampeln, das können sie, hatte seine Mutter oft gesagt.

Der Feldweg zweigte nach rechts ab. Jetzt hatte er die untergehende Sonne im Rücken. Sein Schatten war lang. Er lachte ein Lachen, das ironischer kaum sein konnte. War er je über sich hinausgewachsen? Eher nicht. Aber manchmal war es dort dunkel geworden, wo er aufgetaucht war.

Der Feldweg führte an der B 207 entlang. Die Autos konnte er hören. Früher war es lauter gewesen an viel befahrenen Straßen. Die E-Autos waren für geräuschempfindliche Menschen wie ihn ein Segen, obwohl das Abrollgeräusch bei höheren Geschwindigkeiten noch immer nervte. Über ihm kreiste ein Greifvogel. Ein Geier war es nicht. Immerhin. Bei »Geier« hatte er eine Idee. Nun wusste er, wie er sich die Mitfahrt erschwindeln könnte.

Und kein Weg zurück?

Es rauschte. Friedrich Sauerland stand am Zubringer zur Bundesstraße 207, die von Fehmarn nach Hamburg führte, allerdings unterbrochen war, weil man sie zur A 1 ausgebaut hatte. Über sechshundert Bundesstraßen gab es in Deutschland, erinnerte er sich. Manche mit interessanter Geschichte. Die 207 war in Lübeck Teil der Alten Salzstraße, die einst die wichtigste Nord-Süd-Verbindung im ganzen Land gewesen war. Friedrich Sauerland wusste, dass sich die Beschäftigung mit beinahe jedem Thema lohnte, wenn man sich ihm denn intensiv genug widmete. Seine Lieblingsbundesstraße war die Bundesprivatstraße B 999, die als Roßfeldhöhenringstraße eine Passstraße in den Berchtesgadener Alpen war. Käme das als Millionenfrage bei »Wer wird Millionär?« und er säße auf dem Stuhl – nicht auszudenken.

Günstig stand er hier nicht. Ein freundlicher Autofahrer würde verkehrswidrig halten müssen. Allerdings war die Fahrbahn breit genug. Es würde schon kein Unfall passieren. Wie lange er wohl warten musste? Geduld, sagte er sich und probte ein vertrauenserweckendes Lächeln. Kaum hatte er sich in Pose geworfen, stoppte ein VW Bulli. Ein älteres Modell, wie er jetzt erkannte, ein ziemlich altes Modell, die Seitenscheibe wurde heruntergekurbelt.

»Wohin des Weges?«, fragte eine Frau, von der er annahm, sie sei etwa in seinem Alter.

»Hamburg ist mein Ziel, aber ich wage kaum zu glauben, dass mir das Glück heute hold sein könnte.«

Die Tür öffnete sich. »Glaube versetzt Berge. Ich muss das wissen. Ich bin Pfarrerin. Warum so spät unterwegs? Siehst komisch aus. So im schnieken Anzug. Nicht dass wir einen Gauner einsammeln.«

»Nun, auch ich bin gewissermaßen im Auftrag des Herrn unterwegs. Der Herr heißt Redaktionsleiter und hat sich was ausgedacht. Wir schauen mal, ob man heutzutage noch mitgenommen wird, so als Anhalter, und wir vergleichen. Meine Kollegin versucht, aus St. Peter-Ording nach Hamburg zu trampen. Ich bin in Puttgarden an der Katenschinkenstraße gestartet. Bisher sieht es so aus, dass Frauen besser wegkommen als alte Männer.

Die Pfarrerin öffnete die Schiebetür. »Dann wollen wir die Statistik mal zugunsten der alten Männer beeinflussen. Bitte sehr.«

Friedrich Sauerland stieg ein und fühlte sich in die späten sechziger Jahre zurückversetzt. Aus den Boxen sangen die Doors: »*Come on baby, light my fire ...*«, und der Schonbezug der Rücksitzbank war gebatikt.

»Warum fahren Sie zurück?«

»Wir sagen Du, einverstanden? Ich bin Susanne, das ist Horst.« Sie zeigte auf den Vollbärtigen am Steuer des Bullis, der tatsächlich eine Latzhose trug. Wenn sie jetzt noch einen Joint kreisen ließen, waren alle Klischees erfüllt.

»Wir sind beide Pfarrer in derselben Gemeinde und müssen überraschend jemanden beerdigen. Morgen kommen wir zurück. Das Bulli-Festival auf Fehmarn haben wir noch nie verpasst. Wo sonst findet man heutzutage noch so viel Love and Peace? Und du, welche Redaktion schickt dich?«

Jetzt kam Sauerland ins Schwimmen. Er kannte sich nicht aus in der Medienlandschaft. Fernsehen und Radio kamen nicht in Frage. Er hatte ja kein Equipment dabei. Blieben Printmedien. »Hamburg am Mittag«, fiel ihm ein.

»Ui, das ist ja nur ganz knapp am Boulevard vorbei. Aber gut. Es muss ja für alle Geschmäcker was geben. Solange du nicht lügst. Wie lange hast du denn gewartet?«

»Keine fünf Minuten.«

»Und in Hamburg? Ist das im urbanen Umfeld anders als auf dem Land?«

»Das teste ich dann morgen aus. Vermutlich wird es schwieriger, weil das Netz der Öffentlichen so dicht ist. Ich würde mich auch fragen, warum jemand trampt, und vermutlich vorbeifahren.« Rasch fügte er hinzu: »Es sei denn, die- oder derjenige befände sich erkennbar in einer Notlage.« Da hatte er gerade noch mal die Kurve gekriegt. Waren ja schließlich Kirchenleute, die ihn barmherzigerweise mitnahmen. »Ich hatte Glück, dass ihr ausgerechnet nach Hamburg fahrt. Hätte ja auch Husum sein können«, versuchte er Small Talk.

Sie erreichten den Kleiderbügel, die Fehmarnsundbrücke, die sich elegant über das Wasser spannte wie eh und je. Gar nicht so lange her, dass der russische Autokrat gedroht hatte, die Brücke zu zerstören. Friedrich Sauerland war dem kleinen Mann einmal sehr nahe gewesen, als dieser 2001 die Villa Hügel in Essen besucht hatte. Er hatte als Duzfreund eines ranghohen Politikers aus NRW zu den geladenen Gästen gehört.

Unvermittelt ging ein Ruck durch den Bulli, es folgte ein dumpfer Aufprall, begleitet von Flüchen des Fahrers.

»Was ist passiert?«, rief Sauerland, der von der Sitzbank gerutscht war. Der Oldtimer hatte keinen Sicherheitsgurt.

»Ein Reh«, antwortete Horst.

»Jemandem was passiert?«, erkundigte sich Susanne erstaunlich ruhig.

»Alles gut«, war die gleichlautende Antwort von Friedrich Sauerland und Horst, der die Tür öffnete und ausstieg.

Sauerland griff nach seiner Tasche und stieg ebenfalls aus. Einige hundert Meter in Fahrtrichtung sah er die blauen Leuchttafeln einer Tankstelle.

»Da werden wir die Polizei rufen müssen«, hörte er Horst sagen.

»Und einen Jäger«, ergänzte Susanne.

Sauerland ging zur Fahrzeugfront. Äußerlich waren dem Reh auf den ersten Blick keine Verletzungen anzusehen.

»Gut, dass es tot ist«, stellte Susanne fest. »Ich hatte bisher zwei Wildunfälle, und der Jäger musste nachsuchen. Die Tiere hatten sich verletzt, noch ein ganzes Stück von der Straße entfernt. Fluchtinstinkt wahrscheinlich. Und dann mussten sie doch getötet werden.«

Friedrich Sauerland dachte an Manfred Meier-Masch und spürte in diesem Moment, dass er ihn erwischen würde.

»Ihr Lieben, so traurig das ist und so gern ich mit euch weitergefahren wäre: Seid nicht böse. Ich nutze sozusagen die Gelegenheit und versuche mein Anhalterglück da vorne an der Tankstelle.«

»Klar, kein Ding«, reagierte Susanne als Erste. »Gute Fahrt. Ach, wann erscheint die Reportage denn?«

»Kommenden Freitag«, antwortete Friedrich Sauerland, ohne nachzudenken. Im Lügen war er ein alter Hase.

Nicken, lächeln, umdrehen. Abschiede konnten so einfach sein. Auf dem Gelände der Tankstelle angekommen, sondierte er die Lage und fragte sich, ob er es noch einmal mit der gleichen Masche versuchen sollte. Vermutlich würde ihn das leichter verfolgbar machen. Er brauchte eine neue Idee.

An der Kasse der Tankstelle bat er um den Schlüssel zur Kundentoilette. Dort zog er sein Sakko aus, setzte eine Sonnenbrille auf und eine Baseballkappe, die neben dem Waschbecken lag. Den Schlüssel ließ er von außen in der Tür stecken und stellte sich außerhalb des überdachten Tankbereiches gleich an die Auffahrt. Kaum hatte er sein Smartphone zur Hand genommen, hielt ein blauer Kombi, der auch schon bessere Tage gesehen hatte. Die Scheibe an der Beifahrertür surrte nach unten.

»Tach, willse mit?« Der Fragende war ein Mann mit offenem Blick. Glatze und Plauze. »Wat denn jetzt?« Unüberhörbar, der Soziolekt der Region zwischen Duisburg und Dortmund.

Friedrich Sauerland war in vielem gut. Als Boxer war er auch gut darin, gute Gelegenheiten zu erkennen und schnell zu reagieren. Er öffnete ohne weitere Umstände die Beifahrertür, stieg ein und sagte: »Aber so wat von.«

»Aussem Pott?«

»Nö. Aber Fan von Borussia Dortmund.«

»Kannze gleich wieder aussteigen, Freundchen. Ich bin Schalker.«

»Einigen wir uns auf Stan Libuda und Steffen Freund, die sich in unser beider Herzen gekickt haben?«

»Kannz sitzen bleiben. Wohin?«

»Hamburg.«

Der Dicke fuhr los. »Anhalter hab ich schon ewig nich' mehr mitgenommen. Is' 'n bisschen ausser Mode, oder?«

»Jo, und genau darum mache ich das jetzt, bevor ich tot umfalle. Bucketlist. Kennst du, oder?«

»Ja sia, so alt bin ich ja auch widder nich'. Ich würd gern noch mal eine Lehre als Schreiner machen. Ich bin Politikwissenschaftler, aber schon in Rente. Immer nur auffem Arsch sitzen. Also, ich hab dat gern gemacht. Aber du siehs' ja nix. Und du, wie has' du deine Brötchen verdient?«

»Immobilien. Ich habe Häuser gekauft, schön gemacht und wieder verkauft. Was hat dich nach Fehmarn geführt?«

»Transfer. Ich bin auf der Durchreise. Meine Frau, meine verstorbene Frau und ich, wir haben vor dreißig Jahren ein Haus auf Møn gekauft. Dänische Insel. Da muss man ab und zu nach dem Rechten sehen. Ich überlege, ob ich es verkaufe. Das wird immer anstrengender, und die Kinder haben kein Interesse.«

Anderthalb Stunden später waren die alten Männer beinahe zu Freunden geworden. Der Kombi parkte vor Ikea in Hamburg-Moorfleet. Sie hatten Handynummern ausgetauscht. Friedrich Sauerland hatte eine erfundene Nummer auf den Zettel am Armaturenbrett geschrieben.

»Danke. Ich würde gern noch schnacken. Aber ich bin verabredet. Mach's gut.« Er stieg aus und ging zielstrebig auf den Eingang des Möbelhauses zu. Seine Blase drohte zu platzen. Auf der Toilette schaute er heute zum dritten Mal im Spiegel einem Mann ins Gesicht, der alt und krank aussah.

Der öffentliche Nahverkehr in Hamburg war einer von den guten. Aber von hier aus, rüber zum Reiherstieg, das war umständlich, weil man über Hamburg-Hauptbahnhof musste. Er brauchte eine Stunde für sieben Kilometer Luftlinie. An der Haltestelle Ernst-August-Deich stieg er aus. Jetzt waren es nur noch wenige Meter, bis er seine Wohnungstür hinter sich würde schließen können. Die Müdigkeit war so groß, dass sie ihn an eine Ohnmacht erinnerte.

Mit der linken Hand umfasste er das Geländer, überwand die Stufen, die hinunter zur Haustür führten. Müll, mit dem der

Wind spielte, eine fleckige Matratze, ein Grill qualmte, Satellitenschüsseln allüberall, Wäsche trocknete auf Balkonen. Die Tür sperrangelweit geöffnet. Er betrat den Flur, stützte sich an der Haustür ab. Aus seinem Briefkasten ragte Papier. Widerwillig zog Friedrich Sauerland die Mischung aus Werbung und Scheinjournalismus aus der zersplitterten Klappe.

Weder hatte er einen Schlüssel für den Briefkasten, noch war er hier gemeldet. Der Vermieter kassierte bar. Stets kam er in Begleitung eines Muskelmanns und eines Bullterriers. Menschen, die Verhältnisse wie diese nicht kannten, glaubten, dass es sich um Stereotype handelte, wenn sie etwas Ähnliches in schlechten Fernsehserien sahen. Weit gefehlt.

Zwischen all dem Papiermüll fiel ein Brief auf. Friedrich Sauerland konnte sich nicht erinnern, wann er zuletzt einen Brief erhalten hatte. Handschriftlich an ihn adressiert. Wer konnte wissen, dass er unter dieser Adresse zu erreichen war?

Die Wohnung Hochparterre, sieben Stufen noch. Mit zittriger Hand öffnete er den Reißverschluss der Laptoptasche, fingerte den Schlüssel aus dem Seitenfach, schloss die Wohnungstür auf und fühlte die Erleichterung, als er die Küche betrat, die eine gewisse Privatheit bot, die Schutz versprach. Mit einem Seufzer setzte er sich auf einen der beiden Stühle, die neben dem speckigen Sofa im Wohnzimmer die einzigen Sitzmöglichkeiten waren. Das Sakko hatte er im Flur auf einen Bügel gehängt. Vielleicht war der Anzug neben der Walther PKK und dem Smartphone sein wertvollster Besitz.

Er schaute auf die Rolex. Höchste Zeit, die pharmazeutischen Erzeugnisse einzuwerfen, die seinen Zustand stabilisierten. Gern hätte er erfahren, was die Ärztinnen und Ärzte in der Klinik mit ihm angestellt hatten. Er erinnerte sich, dass ihm nach dem Treffen mit Meier-Masch schwarz vor Augen geworden war. Plötzlicher Blutdruckabfall. Vielleicht war sein Herz wieder für eine etwas längere Zeit aus dem Takt geraten.

Auf dem Tisch stand noch eine Flasche Wasser. Lauwarm. Unangenehm. Aber er war zu erschöpft, um sich ein Glas Wasser aus dem Hahn zu zapfen. Der Brief, er hatte den Brief vergessen.

Kein gutes Zeichen. Er schaute auf den Absender, arg klein geschrieben. Sauerland setzte die Lesebrille auf, die er für ein paar
Euro im Drogeriemarkt gekauft hatte, und zuckte zusammen,
als er »Dominik Sauerland« als Absender entzifferte. Sein Sohn
hatte ihm geschrieben. Er hatte Dominik seit über dreißig Jahren
nicht mehr gesehen. Woher kannte er diese Adresse?

Mit fahrigen Bewegungen riss er den Umschlag auf, entfaltete
zwei eng beschriebene Blätter Papier, wunderte sich über die
akkurate Handschrift und las.

Ohne Fleiß kein Preis

Die Woche war vergangen, kaum dass sie begonnen hatte. Marie hatte die freien Tage genossen, obwohl sie mit Andreas gestritten hatte. Er hatte ihr die Sache mit der Messerstecherin nicht geglaubt. Nun hatte er an diesem Freitagmorgen schon vor ihr das Haus verlassen, in dem es still war. Nicht dass es früher nicht auch still gewesen war, wenn Andreas und Karl unterwegs gewesen waren. Aber nun schien Marie die Stille nicht mehr so erholsam, eher vielleicht mahnend, die gemeinsame Zeit gut zu nutzen.

Das Geräusch einer eintreffenden E-Mail, laut wie ein Glockenschlag. Marie griff nach dem Tablet auf dem Küchentisch und regulierte die Lautstärke runter. Der Absender der E-Mail war Manfred Meier-Masch. Er hatte sich Zeit gelassen. Der Ton war sachlich, nicht hysterisch wie beim Telefonat, das sie mit ihm geführt hatte, und er hatte sein Angebot modifiziert. Dass Marie nicht an einer Anstellung interessiert war, hatte er verstanden, vielleicht auch akzeptiert. Nun schlug er vor, sie könne ihn als Externe bedarfsorientiert beraten. Er vertraue ihrer Expertise und habe das Gefühl, sie sei integer. Lob tat ja immer gut, aber mehr als ein Schnaufen brachte Marie nicht zustande. Sie schlug ein Treffen beim Midsummer-Bulli-Festival vor und ärgerte sich sogleich, dass sie nicht konsequent geblieben war. Dass Meier-Masch Angst hatte, war nachvollziehbar, weil sich die Polizei nicht um vage Vermutungen kümmern konnte.

Bereits gestern hatte sie den VW-Bus von Rita und Uwe aus Maasholm abgeholt, nicht ohne jede der kleineren und größeren Ermahnungen durch bestätigendes Kopfnicken äußerlich zu verinnerlichen. So hatte Marie das gesellschaftlich erwünschte Verhalten von Delinquenten genannt, die zum Beispiel im Rahmen einer Geschwindigkeitskontrolle eines Fehlverhaltens überführt worden waren.

Der VW-Bus war mit allem ausgestattet, was sich das Herz

einer Teilzeitcamperin nur wünschen konnte, und so beschränkte sich Marie beim Packen ihrer Reisetasche auf Klamotten, Hygieneartikel und Medikamente, die sie vor Andreas verbarg. Eine Überprüfung ergab, dass sie zu viele T-Shirts, aber keine Strümpfe eingepackt hatte. Zwar war es sehr warm, aber in der Gastronomie, und als Teil dieser begriff sie sich während ihrer Cateringjobs, empfand sie das Tragen von Socken als angemessen.

Hinter den Socken lag ein Buch, dessen beigefarbener Leineneinband abgegriffen war. Marie zog es heraus und las: »Einmaleins des guten Tons«. Sie schlug es auf und erfuhr, dass es sich um einen praktischen Ratgeber, verfasst von Dr. Gertrud Oheim, handelte. Sie erinnerte sich, dass dieses Werk auch im Besitz ihrer Oma gewesen war. Es hatte vergleichsweise einsam im schmalen Bücherregal neben einer Ausgabe von »Vom Winde verweht« gestanden. Das Buch war reich illustriert, beriet zu Lebenslagen wie Bekanntschaften machen, Handkuss und Eisenbahn. Marie nahm sich vor, den Ratgeber zu ihrer Lektüre während des Bulli-Festivals zu machen.

Ein kontrollierender Blick, ob das Fenster geschlossen war – sie hatten es immer wieder zu schließen vergessen. Eine Einladung an solche Mitmenschen, deren täglich Brot der Einbruch war. In Karls altem Zimmer war das Fenster auf Kipp. Unten dann ein rascher Blick in den Kühlschrank. Die angebrochene Fleischwurst nahm sie mit und den Ziegenkäse auch. Mochte Andreas beides nicht. Die Haustür verschloss sie sorgfältig. Fleischwurst und Ziegenkäse verstaute sie im Kühlschrank des Bullis, und dann ging es los.

Sie wählte die Playlist, die Karl für sie zusammengestellt hatte. Wie sie diese mit dem Autoradio, das eher eine Kommandozentrale über Navigation, Kommunikation und Befindlichkeitsmeldungen des Fahrzeugs war, verbinden konnte, hatte sie am gestrigen Abend in der Bedienungsanleitung nachgelesen, die ganz altmodisch in gedruckter Form im Handschuhfach gelegen hatte.

Auf der Raader Hochbrücke stellte Marie fest, dass sie heute in Pfeif-, nicht aber in Singlaune war. Dass es das eine, dann aber nicht das andere gab, vermochte sie nicht zu erklären. So war es eben, und so pfiff sie »Hey Jude« und hielt Ausschau nach Schiffen. Sie registrierte ein Küstenmotorschiff aus Kiel kommend. Wenig los gerade auf dem Nord-Ostsee-Kanal. Viel los hingegen auf der A 7. Wäre ja auch zu schön gewesen, hätte sie freie Fahrt gehabt.

Mit Frauke hatte sie sich auf dem Pendlerparkplatz beim Autohof Bordesholm verabredet. Die B 4 war nämlich nach einem Unfall gesperrt, aber sie waren ja flexibel. Frauke fuhr neben FRIMO 1 einen sehr alten Opel Vectra, den sie bei einer Versteigerung der Bundesrepublik Deutschland erwischt hatte. Das Auto war nicht nur sehr alt, es war auch sehr hässlich, und niemand bei klarem Verstand würde es klauen. Frauke stand bereits neben dem weißen Vehikel, das einst dem Zoll gedient hatte, und winkte ausgelassen.

»Moin, Reisefieber? Oder hast du im Lotto gewonnen?«

Frauke stieg ein. »Ich freu mich so. Das ist unser größter Auftrag bisher. Dass das alles so super funktionieren würde, hatte ich nicht zu hoffen gewagt, als ich damals in der Klinik gekündigt habe. Und dann habe ich auch noch dich aufgegabelt. Besser kann es doch nicht sein. Was ist denn das für eine Art von Musik? Du bist doch keine Oma.«

»Still jetzt. Das ist Barry Manilow, ich fand den mal gut. Nur ganz kurz, aber es gehört zur Wahrheit dazu.« Barry sang »Mandy«, und Frauke verdrehte die Augen. Als Marie wieder auf die Autobahn fuhr, sang Frauke bereits im Duett mit Herrn Manilow – schräg und laut. Qualität setzte sich eben durch.

Frauke erzählte von ihrem Besuch in Köln, von Familie und alten Freunden, von der zufälligen Begegnung mit Rike und Karl in Altona. Marie berichtete vom Banküberfall und von der Messerstecherin. Frauke lachte. Auch sie glaubte ihr nicht. Alles Ignoranten. Sie erreichten Plön.

»Was hältst du von einer kurzen Besprechung unter CEOs?«, fragte Frauke.

Marie prustete los. »Du willst einen Kaffee bei der ›Seeperle‹?

Du hoffst insgeheim, dass dich der Kapitän der ›MS Stadt Plön‹ noch einmal zu einer lustigen Seefahrt einlädt! Weiß Fröbe eigentlich davon?«

»Spinnst du? Außerdem, du warst dabei. Da gibt es nichts zu erzählen.«

»Och. Wie du hinterher geschwärmt hast. Stehst du eigentlich auf Uniformen?«

Marie bog rechts ab und stoppte auf dem zentralen Parkplatz zwischen Schwanensee und Einkaufsstraße. Die Quergänge endeten hier alle auf »Twiete« und erinnerten sie an die Quergänge in Eckernförde, die dort wie hier die Innenstadt mit dem Wasser verbanden. In Eckernförde war es die Ostsee, hier war es der Plöner See, sogar der Große Plöner See.

»Wir müssen uns überlegen, ob wir bei weiteren Bulli-Treffen antreten wollen. Berlin, Rügen, Ostalb, Warstein.«

»Muss ich nicht überlegen.«

»Marie, das ist keine CEO-Besprechung. Das ist das, was ein Altkanzler früher mal unter Führung verstand. Mit ›Basta‹ kommst du allerdings bei mir nicht weiter.«

Sie hatten die Unterführung erreicht, die die Stadt mit dem Strandweg verband, als ein Zug über sie hinwegratterte.

»RE83«, rief Frauke und deutete nach oben. »Bist du da schon mal mit gefahren? Direkt am See entlang. Herrlich.«

»Nö, ich wusste nicht, dass du gern Zug fährst.«

»Kommt immer auf die Auslastung an. Früher in Köln bin ich Zug gefahren, weil es praktisch war, jetzt fahre ich manchmal, weil es schön ist. Von Eckernförde nach Flensburg fahre ich auch ab und zu. Finde ich schöner, als über die Autobahn zu rauschen. Mit der Bäderbahn fahre ich auch gern.«

Um den Betrieb der Bahnstrecke zwischen Lübeck und Neustadt hatte es viele Jahre ein politisches Tauziehen gegeben. Am Ende hatten sich die Befürworter durchsetzen können, und so war es auch heute noch möglich, mit dem Zug direkt an der Ostsee entlangzufahren.

Kaum hatten die beiden die Unterführung verlassen, blieben sie gleichzeitig stehen und schauten hinaus auf den See.

»Haben wir ein Glück mit all dem Wasser im schönsten Bundesland der Welt«, stellte Marie fest. »Mehr als Meer brauche ich eigentlich nicht.«

»See«, sagte Frauke. »Das ist ein See. Fröbe sagt immer Fluss, wenn wir an der Schlei sind. Das ist ein Fjord. Was ist so schwierig daran?«

»Schön, dass du es auch so genießen kannst«, freute sich Marie und zog Frauke nach links zur »Seeperle«. »Komm, wir setzen uns mit einem Kaffee raus auf den Steg und besprechen den Expansionskurs unserer Company. Ohne Fleiß kein Preis.«

Gesagt, getan. Die »MS Stadt Plön« legte nicht an, aber binnen zehn Minuten hatten die Frauen einen Plan geschmiedet. Sie würden nicht nach größeren Events Ausschau halten, sondern verstärkt nach solchen, die auf oder direkt am Wasser stattfanden. Es war das Element, das beide verband. Marie dachte an Ele jenseits des großen Wassers irgendwo in Südamerika. Die ehemalige Rechtsmedizinerin war Marie so nah gekommen wie nur wenige andere Menschen. Vergessen konnte sie Ele nicht. Dann rafften sie sich auf.

»Bulli-Festival ist Bombe«, sagte Frauke. »Mucke für alte Frauen und das Wasser direkt vor der Schiebetür.«

»Du bist vier Monate und sechs Tage älter als ich«, bemerkte Marie, und Frauke wunderte sich.

»Ich weiß nicht mal, wann du Geburtstag hast, sorry.«

»Kannst du ja jetzt ausrechnen.«

Nur vom Feinsten

»Lieber Papa, ich schreibe dir, weil es Neuigkeiten gibt. Du wirst Opa.«

Friedrich Sauerland hatte den Brief einmal täglich gelesen, und auch beim fünften Mal spürte er, wie sein Herz schon wieder ins Stolpern kam.

»Sicher wirst du dich fragen, wie ich dich ausfindig gemacht habe. Es war ein Päckchen, das du auf Rechnung bestellt hast. Der Versender handelt mit Bio-Ölen und hat seinen Firmensitz in Ostfriesland. Du hast von einem Computer aus bestellt, der öffentlich zugänglich in der Volkshochschule neben dem Boxclub in Harburg steht. Dem Boxen bist du also treu geblieben. Immerhin. Ich konnte so deine Adresse herausfinden, weil es mein Beruf ist, im Internet unterwegs zu sein. Ich kümmere mich um die IT eines Automobilherstellers in Stuttgart.

Meine Frau heißt Nesrin. Sie ist in Filderstadt geboren und arbeitet als Lehrerin an einer Grundschule. Ich habe ihr unsere traurige Familiengeschichte erzählt. Sie hat zugehört und gesagt, sie würde sich ein Urteil bilden, nachdem sie mit dir gesprochen hat. Eine kluge Frau.«

Der Magen von Friedrich Sauerland zog sich zusammen. Er stolperte zur Toilette und erbrach sich. Dann nahm er die erste Seite des Briefes weg und las die letzten Zeilen.

»Wir werden dich besuchen und entscheiden, ob wir in Kontakt bleiben möchten. Viele Grüße, Dominik«.

Es folgten Adresse, Telefonnummer und der geplante Besuchszeitraum.

Friedrich Sauerland kramte den Familienkalender aus der Schublade. Den hatte ihm die nette Kassiererin bei Edeka geschenkt. Agata hieß sie und kam aus der Nähe von Stettin. Agata hatte er im letzten Herbst beinahe reinen Wein eingeschenkt. Immerhin wusste sie, dass es ihm finanziell nicht so gut ging. Als er von Aktien gesprochen hatte, die sich gerade nicht nach seinen Wünschen entwickelten, hatte sie abgewunken. »Lass es«, hatte sie gesagt, »Lug und Trug wittere ich zehn Meilen gegen den Wind. Mein alter Herr hat jeden belogen, der nicht bei drei auf dem Baum war. Am Ende hat ausgerechnet er einem Quacksalber geglaubt, der den Lungenkrebs mit Rosenquarz und Pendel heilen wollte. War kein schöner Tod.«

Kurz hatte er überlegt, Agata mal zum Essen einzuladen. Selbstverständlich standesgemäß in »Odo's Kaffeeklappe«.

Nun blätterte er die Seite um und zählte. Ihm blieben dreieinhalb Wochen, bis Dominik ihn besuchen würde. Bis dahin musste er Geld aufgetrieben haben. Bis dahin musste er wissen, wo er Dominik, dessen Frau und seinen ungeborenen Enkel empfangen würde. Er musste ihnen eine Schlafstätte bieten und etwas zu essen. Er musste mit Meier-Masch sprechen. Eine andere Möglichkeit, an Geld zu kommen, gab es nicht. Einen Banküberfall traute er sich nicht zu. Zu labil war seine Gesundheit.

Hier in seiner Behausung konnte er die beiden nicht treffen. Der Ort musste ein Ort sein, an den sich Dominik und seine Frau – wie hieß sie doch gleich? Er nahm den Brief zur Hand, Nesrin, vielleicht ein türkischer Name –, an den also Nesrin und sein Sohn sich würden erinnern können. Außergewöhnlich, aber nicht protzig. Sie kannten seine Adresse. Er würde sagen, dass gerade renoviert würde. Ein Wasserrohrbruch vielleicht. Darum sei er ausgewichen auf das Boot.

Das Boot. Er dachte, wie Wolken am Horizont erschienen, sich auftürmten, abregneten, zerfielen, in Fetzen übers Land zogen. Wie kam er an ein Boot? Ihm fiel die Yacht von Alex ein. Alex hatte er den Arsch gerettet, als der Theater mit den Rockern gehabt hatte. Alex besaß eine Yacht, die im Yachthafen in Finkenwerder lag. Aber ganz ohne Geld war auch bei Alex nichts zu machen. Er müsste zumindest bluffen können.

Meier-Masch. Seine rechte Hand griff in die Laptoptasche, umfasste die Walther PKK. Meier-Masch hatte ihm Geld geboten. Ein Anfang. Er konnte nicht wissen, dass das Video vor Gericht nicht würde standhalten können. Es brauchte ein erneutes Treffen mit Meier-Masch. Er musste wieder auf die Beine kommen.

Friedrich Sauerland zog die Schublade unter dem Küchentisch auf, den er vom Sperrmüll hierhergeschleppt hatte. Koks. Er verachtete Kokser. Koks für den Notfall. Jetzt war ein Notfall. Er schob die Lade wieder zu. Sie klemmte und quietschte. Die Lade und er passten gut zueinander. Im Nebenraum stand das schmale Bett. Es zu erreichen fiel ihm schwer, aber er schaffte es, hockte sich auf die Bettkante, trank zwei, drei Schlucke aus der Wasserflasche, die Tag und Nacht neben dem Bett stand, zog im Sitzen ächzend die Hose aus, legte sie über den Stuhl, sodass sie möglichst keine Falten bekam, und sackte halb auf die Seite, halb auf den Rücken nach hinten weg. Dominik, dachte er und schlief ein.

»Ich stell mal auf laut«, sagte Frauke, und Fröbe sagte: »Moin, Marie. Ich würde gern wissen, ob du früher auch dienstlich mit Loddar, dem Lotter-Luden, zu tun hattest.«

Frauke nahm das Smartphone wieder ans Ohr. »Spinnst du? Wir sind unterwegs nach Fehmarn, und nur für den Fall, dass du das noch nicht mitbekommen hast: Marie ist nicht mehr bei der Polizei.«

»Ach, meine Süße …«

»Sag nicht Süße zu mir, sonst sag ich Dicker.«

Marie griff nach Fraukes Smartphone und legte es zwischen ihre Beine. »Fröbe, ich höre dich. Ja, ich hatte mit Loddar zu tun. Was kann ich tun?«

»Das ist eine Scheiß-Verschwörung. Haltet ihr Bullen eigentlich immer zusammen?«, maulte Frauke.

»Fröbe, sie meint das nicht so. Einfach weghören. Andernfalls könnte auf deine Süße eine Ermittlung wegen des Straftatbestandes der Beleidigung gemäß Paragraf 185 des Strafgesetzbuchs zukommen. Das wollen wir doch nicht.«

Jetzt schaute Marie Frauke scharf an, die beide Hände vors Gesicht schlug.

Dann sagte Frauke: »Bullen, Bullen, Bullen.« Sie wurde ignoriert.

»Loddar ist tot. Erstickt. Rauchgas. Jemand hat seinen Laden in Brand gesetzt. Vor der Tür sprach mich ein Mann an, der behauptete, er wüsste, wer den Brand gelegt hat. Er nannte den Namen Sauerland. Sagt dir das was?«

Marie lenkte den Bus auf ein Tankstellengelände. »Moment, ich halte mal eben an. Telefonieren und Autofahren passen nicht zusammen, finde ich.« Sie stoppte rechts unter einer Anzeigentafel, auf der weiß auf blau Literpreise angeschlagen waren, die jenen das Blut in den Adern gefrieren ließen, die noch mit Verbrennermotoren unterwegs waren. Beinahe wäre sie einem jungen Mann über die Beine gefahren, der auf dem Platz lag und zu schlafen schien. Neben ihm lagerten weitere junge Leute hinter einem weißen Bulli und rührten sich nicht.

»Die liegen quasi mitten in der Einfahrt«, empörte sich Frauke. »Da kann sonst was passieren.« Sie stieg aus und wurde gleich laut.

»Fröbe, deine Süße brüllt gerade ein paar Jugendliche zusammen. Nur damit du Bescheid weißt, falls ich mal kurz rausmuss. Also: Klar kenne ich Sauerland, sofern du den Kämpfer meinst?«

»Dazu kann ich nichts sagen.«

Von draußen drang Geschrei in den Transporter. Im rechten Außenspiegel sah Marie, wie Frauke vornübergebeugt auf die noch immer auf dem Boden herumlungernden jungen Leute einredete.

»Ich habe Sauerland kennengelernt, als er vermeintlicher Inhaber eines Boxstalls war. Er hat Kämpfe organisiert, bei denen Kämpfer aus der ganzen Welt viel Geld gewonnen und oft ihre Gesundheit verloren haben. Er nahm nur Kämpfer ohne Management. Die Kämpfe fanden an wechselnden Orten stets draußen statt. Ich stieß auf ihn, weil ich gegen eine Bande von Waffenschmugglern ermittelt habe, die ihre Leute aus dem Rockermilieu rekrutierten.«

»Boxen, das passt, nach allem, was ich gehört habe. Kennst du den Vornamen? Weißt du, wo Sauerland gewohnt hat?«

»Vornamen kenne ich nicht. Er hat nicht in Deutschland gewohnt. Meines Wissens hat er hauptsächlich auf Mallorca gelebt. Da gehörten ihm wohl zahlreiche Immobilien. Aber ich weiß, dass er in Hamburg geboren ist und in Wilhelmsburg aufwuchs. Die Eintragungen beim Standesamt waren damals unklar. Jemand hat manipuliert. Ich würde es mal über die Kirche versuchen. Er geriet damals aus dem Blick, weil wir den Fall lösen konnten und er damit nichts zu tun hatte.«

»Mist.«

»Wie bitte?«

»Ach, ich ärgere mich. Wie ein Anfänger führe ich mich auf.

An die Kirche habe ich überhaupt nicht gedacht. Boah, ist das schlechte Arbeit. Willst du meinen Job?«

»Auf keinen Fall. Allerdings habe ich vor ein paar Nächten geträumt, ich hätte in Eckernförde eine Detektei eröffnet. Mal sehen. Ermittelt habe ich ja immer gerne.«

Frauke war an die Tür getreten. »Detektei? Leg sofort auf. Fröbe tut dir nicht gut. Und dann kannst du mal hier rauskommen. Ich krieg diese Volldeppen nicht da weg.«

Marie verdrehte die Augen. »Fröbe, die Chefin ruft. Kennst du ja. Tschüss.«

Raus aus dem Bulli, rum um die Fahrzeugfront, dann schlug Marie eine Hand vor den Mund. »Oh Scheiße. Das ist nicht gut«, flüsterte sie. »Was mach ich denn jetzt? Oh Gott, ihr Armen.«

Ein junger Mann wurde aufmerksam, die anderen lagen noch völlig apathisch und ohne jede Ordnung im Weg herum.

Marie drehte sich zu Seite und kratzte sich am Hinterkopf. »Was mach ich nur?«

»Ey, was 'n los?«, meldete sich der Bursche, auf dessen T-Shirt »Marihuana-Lova« zu lesen stand. Passte zum süßlichen Duft, der über dem Lager waberte.

Marie reagierte nicht, blickte in die Ferne. Zusammengekniffene Lippen.

»Ey, was 'n los?«, wiederholte Marihuana-Lova.

Marie schaute sich um, hockte sich verschwörerisch zu ihm hin. »Okay, bleib ruhig jetzt. Was wir überhaupt nicht gebrauchen können, ist Panik, okay. Atmen, cool bleiben.«

Sie ließ ihren Blick beunruhigt über die anderen jungen Leute gleiten und beugte sich weiter vor, sodass sie ganz nah am Gesicht ihres Zuhörers war. »Es ist so …« Sie brach ab und atmete tief ein. »Versprich mir, dass du nicht ausrastest. Du bist hier der Babo und musst jetzt alles regeln. Anders geht's nicht. Also, wir haben hier, also tatsächlich exakt an dieser Stelle …«, sie fuhr mit der flachen Hand kreisend durch die Luft.

Marihuana-Lova richtete sich auf.

»Wir, das sind meine Kollegen vom Gesundheitsamt und ich, wir haben vorgestern genau hier drei Komma fünf Tonnen gekeulte Puten gefunden. Einfach so abgekippt. Eine unfassbare Sauerei. Vogelgrippe, das neue Virus HNA GP8. Übertragbar auf Menschen. Also, ich bin geimpft. Aber ihr. Ihr müsst zum Arzt. Jetzt sofort. HNA GP8 macht bei Menschen Adipositas und Impotenz.«

Marihuana-Lova sprang auf. »Leude, alle zuhören. Auf und ab in den Bus. Sofort. Wir haben uns hier vielleicht ein Scheiß-Virus eingefangen.« An Marie gewandt: »Zu welchem Arzt sollen wir denn?«

»Gib mal dein Handy«, sagte Marie und tippte die Adresse der Polizeidienststelle in Burg ins Navi. Dann schaute sie auf die Uhr. »Die machen gleich zu, aber ich ruf da für euch an, dann warten sie.«

»Oh, danke, voll nett von dir.«

»Ihr müsst jetzt trinken, viel Wasser, am besten ohne Kohlensäure, weil das Virus gern an Kohlenstoffatome andockt.«

Marihuana-Lova guckte wie Bahnhof und nickte. Die Truppe saß auf und fuhr los.

Frauke stellte sich neben Marie. »Du bist skrupellos.«

»Hilfsbereit, ich bin hilfsbereit.«

Gesundheit!

Fröbe war zuletzt in der Kirche gewesen, als seine Eltern silberne Hochzeit gefeiert hatten. Rund um seine Konfirmation war Kirche etwas Selbstverständliches in seinem Leben gewesen. Seine Freunde hatte er dort getroffen, auf Konfirmandenpartys geknutscht, dem Pfarrer das Fahrrad versteckt, und er hatte an Gott geglaubt. Einfach so. Schade, dass das vorbei war. Ob Susi Kaminski an Gott glaubte?

Er fand einen Parkplatz in der Wilhelmsburger Mannesallee, die ihrem Namen alle Ehre machte. Eine Gruppe rüstiger Rentner in kurzen Sporthosen war mit Walkingstöcken unter prächtigen Platanen unterwegs. Fröbe hätte sich nicht gewundert, würden sie ein Lied anstimmen, so gut gelaunt wirkte die Gruppe, deren Anführer ab und zu ein paar Schritte rückwärtsging, um mit seinen Gefolgsleuten zu kommunizieren. Ein gewagtes Unterfangen nicht nur für Männer siebzig plus.

Roter Backstein links und rechts, zweieinhalbgeschossige Bebauung. Fröbe schloss sich den Senioren an. Deren Tempo war an Temperatur und Leistungsvermögen der Teilnehmer angepasst. Dann erspähte er durch das grün leuchtende Laub am Ende der Allee die ebenfalls aus roten Ziegeln errichtete Emmaus-Kirche. Wie es aussah, beanspruchte die Gemeinde ein größeres Areal, zu dem moderne Flachbauten gehörten und eine Villa, die schöner kaum sein konnte.

Er umrundete den Spielplatz, der unmittelbar an das Kirchenschiff grenzte. Im Büro des Gemeindeamtes erwartete ihn bereits eine schlanke Frau mittleren Alters, die auf einem Gymnastikball am Schreibtisch saß.

Sie drückte eine Taste, der Bildschirm vor ihr wurde dunkel. »Herr Fröbe?«

Fröbe nickte.

»Ein Ausweis wäre gut.«

Er legte seinen Dienstausweis auf den Tisch, der seitlich des

Schreibtisches Heimat für einen Aktenstapel beeindruckender Höhe war. Die Dame prüfte sorgfältig. Ihr Gesicht blieb ausdruckslos, beinahe federnd erhob sie sich vom Ball. Schien ein sportliches Quartier zu sein, das Elbinselquartier.

»Dann kommen Sie mal mit, Herr Hauptkommissar. Noch haben wir den Datenbestand nicht vollständig digitalisiert. Wir müssen rüber in die Villa.«

Sie verließ das Büro und machte eine unmissverständliche Handbewegung, die Fröbe entsprechend interpretierte. Er folgte ihr durch einen Gang, an dessen Wänden Bilder hingen, die keinem Konzept folgten. Kinderzeichnungen von Jesus am Kreuz wechselten mit Fotos von Gemeindefreizeiten und Schwarz-Weiß-Porträts verstorbener Granden der Kirchengemeinde.

Schließlich erreichten sie einen Raum im Kellergeschoss, dessen Deckenhöhe Fröbe zu einem gebückten Gang zwang. Demut, dachte er, Demut schadet einem Vertreter des Staates sicher nicht, wenn er sich auf Kirchengrund bewegt, zumal sich der Europäische Gerichtshof für Menschenrechte erneut für eine laizistische Gesellschaftsform ausgesprochen hatte. Das deutsche Kooperationsmodell, auf dem die Interaktion von staatlichen Institutionen und Religionsgemeinschaften beruhte, geriet zunehmend unter Druck. Fröbe verfolgte die Diskussionen, seitdem er intensiv mit religiös motivierten Straftaten befasst gewesen war.

»Kommen Sie, Herr Hauptkommissar«, mahnte die Gemeindeamtsleiterin, indem sie den Satz nicht als Frage, sondern unmissverständlich als Aufforderung betonte.

»Ich bewege mich so langsam, weil ich ungern mit dem Kopf anstoßen möchte«, erklärte Fröbe, der keine Antwort erhielt.

Eine Biegung weiter betrat er einen Gewölbekeller, der niedrig wie die anderen Räume war, muffig roch und bis in die hinterste Ecke hell erleuchtet war. In der Mitte stand etwas in der Art eines Tisches, eher war es eine Bühne in Tischhöhe. An den Wänden ruhten in Regalen penibel beschriftet Akten, in Leinen gebundene Bücher, Kartons und Mappen in Blassblau, Blassgelb und Blassrosa. So hatte es früher im Präsidium auch ausgesehen. Auf einem der Regale las Fröbe: »Register«. Er trat an das Regal heran und fuhr mit dem Finger die Buchstaben von P bis T entlang.

»Falsch. Das ist das Copulationsregister.«

»Das bitte was?«

»Das Copulationsregister, das Heiratsbuch. Unter Copulation verstand man das Zusammenführen zweier Menschen zu Ehepartnern.«

Fröbe stutzte. »Hat das mit dem sogenannten Vollzug der Ehe zu tun?«

»Weiß ich nicht. Aber tatsächlich gehört, wie soll ich sagen, in der christlichen Tradition der erste eheliche Beischlaf nach der Trauung zur Schließung der Ehe.«

»Also keine Ehe ohne Sex?«

»Ich bin keine Theologin, fragen Sie den Herrn Pfarrer, falls Sie an Aufklärung interessiert sind.« Sie wirkte nun doch etwas schroff, die Leiterin des Gemeindeamtes.

Es fühlte sich staubig an hier unten. Fröbe nieste.

Die Gemeindeamtsleiterin sagte: »Gesundheit.« Mitfühlend klang das nicht. »Das Taufregister befindet sich hier, linker Hand.« Sie hob mahnend ihre Hand. »Ich reiche Ihnen, wonach Sie suchen. Einen kleinen Augenblick. Wenn Sie mögen, dürfen Sie Platz nehmen.«

Der Schemel, den Fröbe in Richtung des Fingerzeigs sah, hatte womöglich schon vor der Aufklärung im 17. Jahrhundert als Sitzgelegenheit gedient. Sicher haben sich hier schon viele Ärsche platt gesessen, kam es ihm in den Sinn, der sich sogleich für die stille Verbalinjurie schalt.

»SA bis ST«, sagte die Herrscherin über die Akten und legte Fröbe eine solche neben dessen rechten Unterarm. Da fragte sich der Ermittler in ihm, ob man den ordnenden Schnitt bewusst bei ST und nicht bei SS gemacht hatte.

Fröbe blätterte, doch nur kurz. Sauerland kam gleich nach Sarhage. »Auszug aus dem Taufregister«, las er. »Jahrgang 1955, Seite 3211. Täufling: Sauerland, Friedrich Wilhelm; geb. 5. Mai

1955. Eltern: Vater, Schlosser Karl Friedrich Sauerland, Mutter, Else Sauerland, geb. Heisinger.«

Es folgten die Paten, jedoch keine Adresse. Fröbe ließ den Kopf hängen.

»Kann ich helfen?«, meldete sich die Aufpasserin an seiner Seite.

»Ich benötige die Adresse, steht hier aber nicht.«

»Adressen waren nicht Teil der Taufbescheinigung. Allerdings kann ich die Adresse der Eltern im Copulationsregister einsehen. Kleinen Moment.«

Sie drehte sich zum Regal um. Es quietschte, ein schweres Buch wurde über Holz gezogen, Geräusche, die Seiten verursachten, wenn man sie mit trockenen Fingern umblätterte. »Wollen Sie notieren? Haben Sie Stift und Papier?«

Fröbe beeilte sich, sein Handy aus der Jacke zu ziehen, und tippte die Adresse ein, die ihm mitgeteilt wurde.

Ein schabendes Geräusch. »War's das?«

»Ja, danke für Ihre Hilfe.« Er stützte sich an der Kante der tischähnlichen Platte ab, rutschte mit der Sitzgelegenheit zurück, die Beine des Schemels zermalmten etwas zwischen sich und dem Bodenbelag aus abgenutzten Fliesen. Am ehesten die leere Schale einer Haselnuss, vermutete Fröbe.

»Kommen Sie, Herr Hauptkommissar.« Sie hatte sich bereits abgewandt und das Licht ausgeschaltet, kurz bevor Fröbe beinahe an den Sturz der niedrigen Kellertür gestoßen wäre.

Die Treppe, deren Stufen knarzten, die Sonne, deren Strahlen brannten. Erbarmungslos, verfügte die Sonne denn über Bewusstsein. So trat er auf den Innenhof im Lichte neuer Erkenntnis, die ihn in Gestalt einer Adresse erfüllte. Zwei Schritte hinter der Leiterin überquerte er den Vorplatz. Am Törchen zur Straße, das die Dame bereits geöffnet hatte, hielt er kurz inne, um sich zu bedanken, kam jedoch nicht dazu.

»Eines noch, Herr Hauptkommissar. Zwei Ihrer feinen Kollegen haben mich durch eine Falschaussage belastet. Sie haben behauptet, ich hätte beim Führen meines Autos mit dem Smartphone in der Hand telefoniert. Eine glatte Lüge. Seitdem weiß ich, dass nicht nur die Kirche nicht im Besitz der letzten Wahrheit ist.« Sie schloss das Törchen und entfernte sich mit auf Asche knirschenden Schritten.

Dass man nicht ahnen konnte, wer gerade welches Päckchen mit sich herumtrug, wusste Fröbe. Er war ja keine vierzehn mehr. Leider. Dass eine in seinen Augen minderwichtige Erfahrung wie die der Gemeindeamtsleiterin zu derart nachhaltigem Rochus auf Vertreter der Ordnungsmacht führen konnte, wunderte ihn nur für einen Moment, dann fühlte er sich an einem wunden Punkt erwischt. Auch ein unbedachtes Wort, eine kränkende Geste im Vorübergehen konnte unbeabsichtigte Folgen für Menschen haben, die sensibler waren als er, den Frauke kürzlich einen groben Klotz genannt hatte. Fröbe lächelte. Dass er sich an Fraukes Äußerung erinnerte, war doch zumindest ein Indiz dafür, dass der grobe Klotz von feinen Fasern zusammengehalten wurde.

Für den Rückweg wählte Fröbe eine andere Route. Er mochte es, sich einen Überblick zu verschaffen. Die Blätter der Alleebäume, die keine Platanen waren, die Linden, Buchen oder Eichen sein konnten – Fröbe interessierte sich nicht für Details –, raschelten, und es klang, als würden sie tuscheln. Dass sie Verbindungen unterhielten, hatte er mal gelesen. Ein Thema, das ihn durchaus interessierte.

Er machte einen Schritt auf die Straße und zuckte zurück. Das Blechkleid eines nahezu geräuschlos fahrenden Lieferfahrzeugs in Gelb verursachte einen Luftzug, den er deutlich spürte. Mussten E-Fahrzeuge nicht künstliche Geräusche abgeben? Mussten sie. Vielleicht war der Lautsprecher defekt. Fröbe nahm sich vor, ein aufmerksamerer Verkehrsteilnehmer zu werden. Vorsätze waren immer gut, sofern man sie nicht öffentlich äußerte.

Am Auto angekommen, suchte er auf dem Handy nach der Adresse, unter der Friedrich Wilhelm Sauerlands Eltern gemeldet gewesen waren. Er musste rüber auf die östliche Seite von Kanälen, Bahnlinie und Bundesstraße. Zehn Minuten später stoppte er neben einem Bolzplatz, der verlassen in praller Sonne lag. Jetzt im Sommer war es kaum mehr möglich, Sport unter freiem Himmel zu treiben. Meist war es schlicht zu warm.

Der Straßenname, auf den er im Copulationsregister gestoßen war, klang vielversprechend. »Zur guten Hoffnung«, las Fröbe auf dem Schild, das mit HSV-Aufklebern zum Statement für guten Fußball verschönert worden war. Fröbe fand das gut. Mit seiner Vorliebe für die Rothosen war er allerdings in seinem Freundeskreis weitgehend isoliert. Die meisten hatten sich vom bezahlten Fußball abgewendet, die wenigen, die als harte Stadiongänger verblieben waren, sympathisierten mit den Kieler Störchen, St. Pauli und manche gar mit Werder. Fröbe blieb seinem Verein treu. Sein Vater hatte mal Uwe Seeler kennengelernt. Seitdem war es entschieden gewesen.

Die Straße, die er nun entlangging, machte ihrem Namen alle Ehre. Einfamilienhäuser mit großen Gärten, alter Baumbestand, Menschen im Rentenalter, die sich um Rasen und Pflanzen kümmerten, einen Schnack über den Zaun hielten. Vorstadtidylle wie aus dem Bilderbuch. Vor dem Haus mit der Hausnummer 91 blieb er stehen. Dem Anschein nach in den Siebzigern errichtet, anderthalbgeschossig, ausgebauter Dachboden, angebaute Garage, eine Windmühle auf dem Rasen gleich neben der Teppichstange, an der eine Schaukel leicht im Wind schwang.

Aus dem Schuppen trat ein Mann auf den gepflasterten Weg, der an der Giebelwand des Hauses entlangführte. Er trug einen abgewetzten Blaumann, einen Elbsegler und weiße Turnschuhe. Fröbe tippte sein Alter auf gute siebzig. Mit der linken Hand hatte er den Griff einer Gasflasche umfasst.

»Moin, verzeihen Sie die Störung. Mein Name ist Fröbe, ich bin Polizist und suche nach einer Familie, die Ende der fünfziger Jahre hier gewohnt haben soll. Sauerland, sagt Ihnen das was?«

»Mittelgebirge in Westfalen. Am Diemelsee habe ich schon mal Urlaub gemacht. Mit der alten Vespa und einem Zelt. Lange her.« Er grinste. »Scherz beiseite, ja, die Sauerlands haben hier gewohnt. Bei meinen Großeltern, da gab es dieses Haus noch nicht. Zur Untermiete, aber nur kurz, soviel ich weiß. Schwierige familiäre Verhältnisse.« Er hielt inne. »Ich plaudere hier Sachen aus. Können Sie mir mal Ihren Ausweis zeigen?« Er kam vor zum schmiedeeisernen Gartentor.

Fröbe hielt ihm seinen Ausweis hin. Der Mann zog eine Lesebrille aus der Brusttasche und griff nach dem Ausweis. Fröbe war das meist unangenehm, weil er den Ausweis nicht aus der Hand geben, aber auch nicht unhöflich wirken wollte.

»Danke. Bisschen vorsichtig sollte man heutzutage ja sein. Sie verraten mir, warum Sie nach den Sauerlands suchen?«

»Nein, verrate ich nicht.«

»Verstehe ich, einen Versuch war es wert. Ich war Journalist, und die Neugier ist auch im Ruhestand geblieben. Also gut. Die Familie zog irgendwann aus. Mutter, Vater, ein Sohn, soweit ich das erinnere, aber ich glaube, dass die Mutter schwanger war. Der Sohn war so alt wie ich. Fritz haben wir ihn gerufen. Wir sind zusammen eingeschult worden. Grundschule Rotenhäuser Damm drüben im Elbinselquartier.«

»Wissen Sie, wo die Familie danach gewohnt hat?«

»Ja, weiß ich.«

Fröbe konnte sein Glück kaum fassen und lachte kurz auf.

»Ist was?«

»Nein, aber in all den Jahren bei der Polizei kam es noch nicht so häufig vor, dass ich die gewünschte Information gleich beim ersten Gespräch mit einem Informanten bekam. Kennen Sie tatsächlich die Adresse?«

»Fährstraße gegenüber der Alsterdorf-Stiftung in einem der Wohnblocks. Da stehen sicher sechs oder acht in Reih und Glied. Gleich das erste Haus. Unterm Dach hat die Familie gewohnt.«

»Sie wissen das warum? Sie waren ja doch noch recht klein.«

»Meine ältere Schwester hat Zeitungen ausgetragen, und ich bin fast immer mitgegangen. Die Familie hatte eine Fernsehzeitschrift abonniert, ›TV Hören und Sehen‹. Verrückt, woran man sich erinnert.«

Fröbe fragte nach Fotos, Menschen, die über den Verbleib von Friedrich Sauerland was wissen könnten. Aber der Kontakt des Mannes in Blaumann war damals auf einen kurzen Zeitraum beschränkt geblieben. Die Wege der Jungen hatten sich schon während der Grundschulzeit getrennt.

Lehrerinnen von damals lebten nicht mehr, wie Fröbe durch ein Telefonat herausfand, das er führte, nachdem er sich verabschiedet hatte. So fuhr er also wieder zurück ins Elbinselquartier, klingelte sich durch den Häuserblock, trank Kaffee an einem Kiosk, telefonierte zum dritten Mal mit einem Sozialarbeiter, der weiterhin behauptete, den Mann mit den auffälligen Zahnstümpfen nicht zu kennen, auch keinen weiteren Treffpunkt nennen konnte, an dem Fröbe sich hätte umhören können, und so erlaubte sich Fröbe Vorfreude auf den Feierabend. Er träfe sich mit Maries Andreas zum Snookerspielen, einer Spielart des Billards, das beide als junge Männer sehr gemocht hatten. Zufällig waren sie darauf zu sprechen gekommen und spielten seitdem einmal im Monat in einem Kieler Snookerclub.

Auf seiner Tagesliste standen noch ein Schuhmacher, der nach Aussage einiger Nachbarn seit Jahrzehnten am selben Ort war und »wirklich jeden« im Quartier kannte, und ein Reisebüro. Der Schuhmacher war redselig, kannte die Familie Sauerland aber nicht. Den Volltreffer hatte sich die Göttin der Ermittlungen für seinen Besuch im Reisebüro aufgehoben. Der türkischstämmige Inhaber nickte wissend, als Fröbe nach Friedrich Sauerland fragte, und bot ihm einen Tee an. Mit dem Tee setzten sie sich in den Hinterhof, der sich als grüne Oase unter schattenspendenden Bäumen präsentierte.

»Schön hier«, stellte Fröbe fest.

»Ja, aber nicht weitersagen. Wenn die Leute in Altona erfahren, dass es südlich der Elbe lebenswert ist, fallen die hier ein und machen die Preise kaputt.«

Fröbe, der schon oft in Mitte zu tun gehabt hatte, hatte sich gar nicht zum Bezirk, sondern zum Hinterhof äußern wollen, versprach aber Verschwiegenheit. Die Männer tranken.

»Sauerland, ja, das ist ein echter Typ. Ein Selfmademan, der gut nach Amerika passen würde, ein Mann, bei dem Sieg und Niederlage immer eng beieinandergelegen haben. Ich habe ihn während des Studiums kennengelernt, als er so eine Art Underground-Boxpromoter war. Er hat Don King bewundert. Kennst du Don King? Amerikaner. Der hat Ali und Tyson völlig irre Gagen verschafft, und man sagt, er ging über Leichen. Sauerland wollte raus aus den prekären Verhältnissen, in die er hineingeboren wurde. Aber was rede ich? Meine Nene kennt ihn wirklich gut. Er hat sicher zwanzig Jahre lang über sie Zimmerkontingente auf Mallorca verhökert, beide haben daran gut verdient. Allerdings ist meine Mutter gerade in der Türkei. Kleine Schönheits-OP. Ich gebe ihr Bescheid, und sie meldet sich. Ist das okay?«

Fröbe hinterließ seine Visitenkarte, fachsimpelte mit seinem Gastgeber über den HSV, trank den Tee aus und freute sich, dass sein Beruf viele unterschiedliche Erfahrungen ermöglichte.

»Du bist noch immer drauf, oder?« Frauke betrachtete ihre Fingernägel.

»Drauf? Ich und Drogen? *No way!*« Marie wich einem Urlauberpaar samt Bollerwagen aus, in dem zwei Kinder saßen, aus dem Sandspielzeug herausragte, mit dem man eine ganze Spielwarenabteilung hätte ausstatten können, dessen Räder eierten, dass die gesamte Fuhre über eine halbe Straßenbreite schlingerte.

Frauke holte eine Nagelfeile aus einem Täschchen, das Marie noch nie bei ihr gesehen hatte. »Wage es und Rita wird dich steinigen.« Sie steckte die Feile wieder weg.

»Was ist denn das für ein Täschchen? Sieht irgendwie nach Rotlicht oder alter Frau aus.«

»Einige wenige Utensilien der Beautybranche. Würde dir vielleicht auch nicht schaden.«

»Du willst draußen schlafen?«

»Okay, Baby, wir hatten keinen guten Start. Wollen wir noch mal von vorne anfangen?«

Das Ortsausgangsschild machte Hoffnung. Marie und Frauke verließen den Ortsteil »Neue Tiefe«. Es konnte nur besser werden. Durch die rechte Seitenscheibe sahen sie den Burger Binnensee und die drei Türme der Hotelanlage.

»Mit ›drauf‹ meinte ich diese Polizeiarbeit«, sagte Frauke. »Als du vorhin mit Fröbe telefoniert hast, da war so ein Leuchten in deinen müden Augen.«

Marie fühlte sich ertappt. Jetzt in Hamburg nach Friedrich Sauerland zu fahnden war womöglich eine Spur sexyer, als nachher dem Grußwort der Bürgermeisterin zu lauschen, Hände der Orgateams zu schütteln, krankheitsbedingte Ausfälle im Team der Geschmacksverstärker:innen wegzuorganisieren, Lieferanten Mondpreise auszureden.

Gegenverkehr, ein Schlagloch, dem Marie nicht mehr ausweichen konnte. Es rumpelte an Vorder- und Hinterachse.

»Upsi, Rita wird dich steinigen. Aber ich schweige wie ein Grab. Also?«

»Ach, Frauke, es ist toll, was wir hier zusammen aufgebaut haben, mit dir zu arbeiten ist ein Traum, aber es ist halt alles ein bisschen ungefährlich.«

»Ich könnte ins Lenkrad greifen«, schlug Frauke vor.

Der Verkehr wurde dichter, Menschen kamen vom Strand, gingen zum Strand, schlenderten, keine Spur von Eile. Marie fuhr Schritt.

»Dein Traum. Die Idee mit der Detektei. Finde ich gar nicht so schlecht. Catering als Tarnung. Vielleicht heuert uns ja auch irgendein Geheimdienst an.«

Albernes Gekicher. Aber das Thema war in der Welt.

Nachdem Marie und Frauke zwei Vorbesichtigungen gemacht hatten, kannten sie ihren Platz auf dem Platz. Hinter der Windschutzscheibe ein Ausweis mit dem Aufdruck »All areas«. Ein bisschen wie in der Welt der Rockstars. Was folgte, war für Marie, die eine erfahrende Camperin war, Routine.

Frauke kannte sich nicht aus, stand im Weg rum, fragte überflüssige Sachen und verschwand schließlich Richtung Container. Im letzten Jahr hatten sie einen Zwanzig-Fuß-Seecontainer ausbauen und einrichten lassen, weil die immer neue Einrichtung von vier Arbeitsplätzen vor Ort nervig und oft fehlerbehaftet gewesen war. Jetzt hatten sie ihr Büro stets dabei. Es gab sogar Solarmodule auf dem Dach und ein kleines Notstromaggregat. Das Konzept Container hatte sich auch als mobile Küche bewährt, und so rückten sie inzwischen mit einer kleinen Kolonne an, wenn die Zahl der Gäste und die Dauer des Einsatzes das erforderten.

Kaum hatte Marie die Markise ausgefahren, zwei Stühle und einen Tisch auf einem kleinen Outdoorteppich platziert, rangierte rückwärts ein auffällig orangefarbener VW Bulli LT mit Hochdach einigermaßen knapp an der Markise entlang auf den Platz neben den von Marie und Frauke. Der Moment, in dem Camper auf gute Nachbarschaft hofften. Geräusche, Gerüche und Gepflogenheiten, die nicht ins eigene Wohlfühlschema fielen, konnten einem kaum irgendwo so nahe kommen wie auf einem Campingplatz.

Das Geräusch war das eines alten Dieselmotors, der Geruch war entsprechend, und was die Gepflogenheiten betraf, so hielt es der Neuankömmling bislang nicht für nötig, einen Gruß zu entrichten. Er hatte den LT eingeparkt und sich sogleich mit einer Flasche Bier neben das Fahrzeug gesetzt. Es roch nach Gauloises-Tabak. Auf der Beifahrertür klebte ein kinderkopfgroßer Aufkleber mit der Botschaft »FCK-KS«, womit der Ton gesetzt war. »KS« stand für die Katenschinkenstraße und hatte es sogar auf die offiziellen Nummernschilder jener geschafft, die sich mit Ostholstein, mit Fehmarn, aber noch ein bisschen mehr mit dem hottesten Hotspot europäischer Touristikziele identifizierten, die es derzeit gab. Ihr neuer Nachbar war kein Fan.

Marie schaute auf die Uhr. Genug Zeit für einen kleinen Rundgang. Sie schob die Seitentür zu, machte ein paar Schritte am orangefarbenen Ungetüm entlang, näherte sich dem Fahrer seitlich von hinten und wusste, wer dort saß, bevor sie dem Mann ins Gesicht geschaut hatte. Vom Nacken aufwärts schlängelte sich ein Tattoo-Drache bis hinauf auf das haarlose Haupt von Walter Beisenstahl, der in Eckernförde kein Unbekannter war. Er war ehemaliger Marinesoldat, Besitzer eines Fischlokals, einer Tauchschule und hatte vergeblich für das Amt des Bürgermeisters kandidiert. Seine politischen Ziele waren nicht klar geworden. Im Wesentlichen hatte er gegen die Gleichberechtigung von Frau und Mann gehetzt. Sein Rollenbild entsprach in etwa dem in den fünfziger Jahren des letzten Jahrhunderts gängigen.

Marie grüßte ihn dennoch. Beisenstahl blickte auf, erkannte Marie und sagte: »Frau Doktor, moin.« Er wusste, dass Marie mit Andreas verheiratet war, und reduzierte sie genau auf diesen Umstand. »Ihr Gatte auch an Bord?«

»Nein, leider. Er verdient die Brötchen. Sie kennen das ja.« Marie hob die Hand und ging. Sie würde gleich mal beim Einweiser vorsprechen und um einen neuen Stellplatz bitten.

Eine Windböe blies ihr Staub ins Gesicht. Es hatte seit Wochen nicht geregnet, aber die Kiter würden sich über das Geblase aus Ost sicher freuen, verhieß es doch eine stabile Wetterlage. Marie rief Frauke an. »Ich gehe kurz zum Hafen. Mit ein bisschen Glück kann ich Salinge abstauben.«

»Sa-was?«

»Salinge. Braucht man beim Segeln, um den Mast zu stabilisieren. Da laufen die Wanten längs.«

»Muss ich das wissen?«

»Nein. Ich bin gleich wieder zurück am Bus. Ich habe vergessen, dir den zweiten Schlüssel zu geben. Das holen wir nach, wenn wir den Platz wechseln.«

»Was redest du da?«

»Unangenehmer Nachbar. Ich möchte da nicht stehen bleiben.«

»Gut. Ich liege am Strand. Du meldest dich.«

Der Einweiser war nicht in seinem Einweiserhäuschen. Das musste sie später erledigen. Marie wollte gerade die Straße überqueren und rüber zur Slipanlage gehen, an der sie sich lose mit dem Hafenmeister verabredet hatte, weil der in seinem Schuppen ein Salingspaar aus Holz gefunden hatte, das er Marie für kleines Geld verkaufen würde, als sie den Plan änderte. An der Kaffeebude, die Mitarbeiter der Geschmacksverstärker:innen schon aufgebaut hatten, stand Manfred Meier-Masch. Als er Marie erkannte, erschien ein Lächeln auf seinem Gesicht, das nach Vorfreude aussah. Marie spürte gleich, dass Enttäuschung in der Luft lag.

»Frau Geisler, wie schön, dass Sie schon da sind. Moin.« Er reichte ihr die Hand und deutete eine Verbeugung an, gerade recht dosiert, um weder unterwürfig noch ironisch zu wirken. Er zeigte auf die Kaffeebude. »Darf ich fragen, welchen Kaffee Sie verwenden? Für meinen Geschmack besser als der, den wir eingekauft haben. Weniger sauer.«

Marie grüßte die beiden Mitarbeiter hinter der Theke und dirigierte Meier-Masch ein paar Meter weg von möglichen Zuhörern, hinüber zu drei großen Felsbrocken, die zum Sitzen einluden, aber wohl der Abwehr von Fahrzeugen dienten, an deren Steuer Attentäter saßen. Marie hatte nach dem Anschlag auf dem Berliner Breitscheidplatz 2016 an mehreren behördenübergreifenden Konferenzen teilgenommen, in denen es um den aktiven und passiven Schutz von Veranstaltungen gegangen war. So nötig es war, vorbereitet zu sein, so sehr war Marie davon überzeugt, dass man den Anfängen wehren musste. Eine Aufgabe für jeden zu jeder Zeit. Die Weltgesellschaft brauchte möglichst gleiche Lebensbedingungen, eine Illusion, aber erstrebenswert, und sie brauchte einen Grundkonsens über das friedliche Miteinander. Marie versuchte, das bei jeder Begegnung zu berücksichtigen, und manchmal gelang es auch.

»Der Kaffee ist eine eigens für uns hergestellte Espressomischung. Arabica selbstverständlich und neuerdings beziehen wir die Robustabohnen aus Tansania. Selektiv handgepflückt, kaum Säure, leichte Süße, schönes Honigaroma, und was ich besonders liebe, ist dieser Hauch von dunkler Schokolade im Nachgeschmack.«

Meier-Masch trank noch einen Schluck, nickte und sagte: »Schön, wenn sich jemand auskennt. Deshalb wird es Sie nicht wundern, wenn ich in gebotener Vorsicht nachhake, auch für das Thema Sicherheit. Haben Sie zwischenzeitlich über mein Angebot nachgedacht?«

»Ja, das habe ich und muss Ihnen leider sagen, dass ich nicht zur Verfügung stehe.«

Die Betroffenheit in der Mimik des Mannes, den in Anspielung an den mallorquinischen Ballermann inzwischen alle den »Baron von Ballermarn« nannten und König von Fehmarn meinten, war nicht gespielt. Der Mann hatte tatsächlich Angst. Ein Gefühl, das er seiner Umgebung kaum mitteilen konnte, war er doch der große Zampano. »Ich muss das selbstverständlich akzeptieren und tue das hiermit auch. Vielleicht können Sie mir jemand anderen empfehlen, die oder der kompetent und verschwiegen ist?«

»Ich rate Ihnen, sich an Herrn Krüger zu wenden, der hier auf Fehmarn den Polizeihut aufhat und der, wenn Sie mich fragen, ein wirklich guter Polizist ist. Nicht auszuschließen, dass er auch ohne Delikt die Augen aufhält.«

Manfred Meier-Masch gelang ein kleines Lächeln. »Danke. Danke für den Hinweis auf die Kaffeesorte und für den Tipp. Ich hatte den Mann nicht auf dem Zettel. Vorurteile. Es tut mir leid. Könnten Sie Herrn Krüger vorwarnen? Erfahrungsgemäß funktionieren Dinge besser, wenn die Tür einen Spalt geöffnet ist. Empfehlungsmarketing. So funktioniert mittlerweile die Katenschinkenstraße. Unsere Besucher sind so zufrieden, dass sie Freunden berichten. Wir müssen kaum noch Werbung machen.«

Nun war es Marie, die nickte. »Ich muss. Sicher sehen wir uns im Laufe der nächsten Tage noch mal.«

»Unbedingt. Unsere Gastronomie ist gut, aber ich könnte mir auch vorstellen, dass wir mal zusammenkommen.«

Marie lächelte und ging. War schon ein Menschenfänger, dieser Mann.

Der Hafenmeister lehnte an einer Laterne. »Du musst Marie sein«, stellte er fest, als sie sich näherte.

»Bin ich, wie kommst du drauf?«

»Ich hab dich im Internetz gesucht und ein Foto gefunden. Du bist bei der letztjährigen Folkeboot-Regatta auf der Schlei Dritte geworden.«

Marie wusste nicht, dass es von der Siegerehrung öffentlich zugängliche Fotos gab, aber der Hafenmeister hatte recht. Die beiden wurden schnell handelseinig, und Marie zog zufrieden von dannen. Die Holzstreben machten einen fast neuwertigen Eindruck.

Auf dem Rückweg zum Bulli musste sie erneut die Straße überqueren. Von links näherte sich ein Streifenwagen, der die Geschwindigkeit reduzierte. Eine Geste des Fahrers erlaubte es Marie, mit ihrem Transportgut weiterzugehen.

Kaum hatte sie die andere Straßenseite erreicht, rief eine Männerstimme: »Moment mal.«

Marie drehte sich um und stellte die Salinge neben sich auf dem Boden ab. Dann erkannte sie den Fahrer. »Moin, Herr Krüger. Vielleicht erinnern Sie sich, wir haben uns vor ein paar

Jahren in der Nachbesprechung zum Tod von Frankie Flügge kennengelernt.«

Krüger schoss förmlich aus dem Fahrersitz hoch, ließ den Streifenwagen stehen, wo er stand, und lief freudestrahlend auf Marie zu. »Wie könnte ich das vergessen? Der Höhepunkt meiner bisherigen Karriere. Inzwischen war ein Fernsehproduzent da. Die wollen das verfilmen mit WD40 und mit den beiden Frankies und mit mir. Kaffee, Frau Kollegin?«

»Ich bin keine Kollegin mehr, aber gerne.«

»Wie jetzt?«

»Ich habe eine neue Aufgabe gefunden. Dazu gehört es zum Beispiel, die Besucherinnen und Besucher des Midsummer-Bulli-Festivals mit Essen und Trinken zu versorgen.«

»Oh haua, haua, haua, ha. Das sind viele.«

»Haben wir im Griff. Warum geben Sie sich die Ehre? Bulli-Fans sind anständige Leute.«

»Eins nach dem anderen oder *first things first*, wie wir weltmännischen Fehmaraner sagen.«

»Sie sind jetzt Dienstgruppenleiter, das merkt man gleich.«

»Damit hat das gar nichts zu tun. Aber seit wir die Katenschinkenstraße haben, musst du auch Ausländisch können, sonst bist du verloren. Wir können doch du sagen, auch wenn du jetzt Zivilistin bist, oder?«

»Mok wi. Und der Streifenwagen?« Marie zeigte auf den E-Flitzer im Geländewagenformat.

»Lass mal, die vom Knöllchendienst sind meine Skatschwestern und -brüder.«

»Ach, Strafvereitelung im Amt. Da werde ich wohl mal Meldung machen müssen. Komm, wir haben hier eine Kaffeebude. Ich lad dich ein. Büschen Bestechung macht den Braten auch nicht mehr fett.«

Krüger nahm Kaffee, Marie ein Wasser. Ihr Koffeinspiegel signalisierte Anschlag.

»Wirklich jetzt, Fernsehen und so. Dies Gehabe. Und die ganzen Auswärtigen auf eurer Insel. Das kannst du ab?«

»Also bidde! Bin ich ein Hinterwäldler, oder was? Ich bin

Polizist. Ob der Spacken, der mir mit fünfundachtzig Stuckis in die Radarfalle rauscht, ein diverser Coiffeur aus Kopenhagen oder ein übergewichtiger Installateur aus Husum ist, ist mir doch egal.« Er stellte den Becher ab. Kaffee schwappte über. Er sah Maries Blick. »Kein Ding, das macht doch sicher eure rumänische Putze.«

»Sag mal. Das hast du jetzt nicht gesagt!« Marie hatte auf die Theke geschlagen, dass der Restkaffee Krüger auf den Arm spritzte.

»Doch, habe ich gesagt, aber nicht so gemeint. Wir haben alle unsere Triggerpunkte. Das weißt du doch auch als wenn auch Ex-Polizistin. Ich guck nicht auf Geschlecht oder Herkunft. Kein Quatsch. Erstens, weil mir meine Eltern das so beigebracht haben, und zweitens, weil du in einer globalisierten Welt sonst verloren bist. Zu Recht. Die Leute, die auf der Kate abfeiern, das sind ja vielleicht Leute, durch deren Dorf ich beim Wanderurlaub wackel. Leute, überall nur Leute. Ich unterscheide zwischen Arschlöchern und den anderen. Die anderen sind in der Mehrheit. Meine Beinahe-Ehefrau ist Rumänin. Ich nenne sie meine rumänische Putze, und sie sagt ›Führer‹ zu mir.«

Marie spürte Kälte, die ihr in die Knochen fuhr. »Das ist nicht lustig, Krüger. Erstens: Gewöhnt euch das ab. Und zweitens: Lasst das niemanden hören, bevor ihr euch das abgewöhnt habt. Klar?«

Krüger zog die Augenbrauen hoch. »So schlimm?«

»Schlimmer!«

»Ja, LKA.«

»Du hast ein Randgruppenproblem, Krüger.«

»Nur beim Fußball, wenn die Fans von Hansa Rostock hier auftauchen, dann sag ich –«

»Schnauze!«, fuhr ihn Marie an.

Krüger bestellte sich noch einen Kaffee. »Gut, das Zeug. So was gibt's hier nicht. Nicht mal auf der Kate.«

»Das sagst du jetzt zum zweiten Mal, auf der Kate, ist das Slang für Katenschinkenstraße?«

»So ist das.«

»Die Zeit rast. Früher war St. Pauli cool, jetzt Fehmarn. Warum bist du noch mal hier?«

»Manfred Meier-Masch fühlt sich bedroht«, erklärte Krüger.

»Angst macht keine Unterschiede zwischen Arm und Reich. Und was soll ich sagen? Ich weiß. Ich habe vor einer halben Stunde mit ihm gesprochen.«

»Über die vermeintlichen Bedrohungen?«

»Auch.«

»Welch ein Schisser.«

»Er wollte mich als Sicherheitsberaterin engagieren. Ich habe ihn an dich verwiesen.«

Krüger verzog das Gesicht. »Och nö. Da bläst sich dieser Hampelmann vom Campingplatz auf, und dem größten Investor der Insel geht die Düse. Das ist doch albern. Weißt du, dass Mattes Friesen für Meier-Masch arbeitet?«

»Ja.«

»Und zwei Dutzend Security-Leute im klassischen Wach- und Wechseldienst. Zwei davon sind ehemalige Polizisten aus Neumünster. Der tut ja so, als sei er der Papst.«

»Du nimmst das also nicht ernst?«

»Nein, jedenfalls nicht, was die vermeintlichen Camping-Killer angeht. Welche Leichen Meier-Masch von früher im Keller hat, weiß ich nicht.«

Marie stellte das Glas zurück auf die Theke der Kaffeebude. »Gut, vielleicht ist er ängstlich. Hauptsache, ich muss kein schlechtes Gewissen haben, dass ich ihm einen Korb gegeben habe.«

»Marie, ich bin hier die Polizei. Warum solltest du ein schlechtes Gewissen haben? Da steckt wohl ein kleiner People-Pleaser in dir.«

»Und ich dachte, du bist so ein Bauern-Bulle. People-Pleaser … Du kennst Wörter.« Nach einer kleinen Pause, in der sich Krüger kurz in Pose warf, fügte sie hinzu: »Leider hast du nicht ganz unrecht. Und weil das so ist, mache ich mich jetzt an die Arbeit. Bestimmt haben die Bulli-Fans Hunger.«

»Das trifft sich. Ich muss auch los. Wir haben ja jetzt immer den B-Schnuppertag. Eine Idee der Bürgermeisterin, die auf dem Platz am Rathaus auf einer Picknickbank sitzt und schnackt. Beim ersten Mal kam ein Hund und schnupperte an ihr. Hat der Kollege von der Presse als Foto unter der Headline ›B-Schnuppertag‹ gebracht. Ob sie auch gelacht hat? Hat sie. Gute Frau, die Frau. Tschüss!«

Marie wandte sich den beiden Mitarbeitern in der Kaffeebude zu und erfuhr von der Mathematikstudentin, dass sie den Verbrauch der letzten Stunden hochgerechnet hatte. Der Vorrat reichte nicht bis zum Ende der Veranstaltung, bliebe die Nachfrage auf dem aktuellen Niveau. Marie beruhigte die Rechenkünstlerin und teilte ihr mit, dass es eine Reserve im Lager gab. Jedenfalls hoffte sie das und machte sich auf den Weg zum Lagercontainer, den sie an den Rand des Veranstaltungsgeländes gestellt hatten.

Frauke lag am Südstrand. Sie war geschwommen, hatte in ihrem Lieblingspodcast eine Podiumsdiskussion zum Thema Hitzetote gehört, war erneut geschwommen, und jetzt hatte sie keine Lust mehr auf Blicke und Bälle, die sie trafen. Der Bulli versprach Privatheit, und so schüttelte sie das Handtuch aus und stapfte durch den Sand in Richtung der Promenade. Sie mochte es, barfuß zu laufen, den Sand noch zwischen den Zehen zu spüren. Ein Gefühl, dessen sie nie überdrüssig wurde.

Das Gelände des Midsummer-Bulli-Festivals war inzwischen voll belegt. Dass Rekordtemperaturen vorhergesagt waren, hielt die Bulli-Fans nicht ab. Wie Frauke erfahren hatte, waren die Rettungsdienste gut vorbereitet. Auf dem Platz gab es überall Wasserentnahmestellen, in den Hotels waren eigens Räume angemietet worden, um Menschen gegebenenfalls eine kühle Umgebung bieten zu können. Die Menschen passten sich so gut an, wie es eben ging. Vielleicht würde auch die Katenschinkenstraße in einigen Jahren Geschichte sein, und man träfe sich auf den Äußeren Hebriden zum Partymachen.

Eine Gruppe älterer Festivalgäste kam ihr plaudernd entgegen. Die Damen und Herren waren sicher schon im Ren-

tenalter. Sie trugen T-Shirts mit den identischen Aufdrucken
»Schnulli-Bulli« und kauten. »Das beste Fischbrötchen, das ich
je gegessen habe!«, begeisterte sich einer der Männer.

»Und das, obwohl der Brötchenteig glutenfrei ist. Wer hätte
das gedacht!«, machte sich die Frau lustig, deren Hand er hielt.

Frauke freute sich, dass immer mehr Menschen für das Essen
offen waren, das Marie und sie anboten.

Zurück am Bulli, rümpfte sie die Nase. Es stank nach Tabak
mit irgendwelchen Zusätzen. Der Gestank kam aus Richtung des
orangefarbenen Gefährts gleich nebenan. Frauke sondierte die
Lage, sie schlich herum um den LT und machte sich ein Bild. Das
dauerte gar nicht sehr lange. Im Bus nebenan hauste ein Mann
mittleren Alters, mittlerer Größe und unterentwickelter Freundlichkeit. Auf der Fahrertür standen, wie früher bei Rallyeautos,
ein Name und neben der Landesfahne die Blutgruppe. Walter
Beisenstahl aus Deutschland, A Rhesus positiv. Sehr interessant.
Es gab also tatsächlich Gründe, warum Marie den Stellplatz
wechseln wollte.

Kaum dass Frauke sich mit dem Laptop in den Bulli gesetzt
hatte, traf auch Marie ein und berichtete in einem für sie einigermaßen typischen Redeschwall ohne erkennbare Struktur über
ihre Gespräche mit Manfred Meier-Masch und dem neuen Polizeichef der Insel. Dann steckte sie Frauke ein aktuelles Midsum-
mer-Bulli-Abzeichen aus Metall ans T-Shirt, vorsichtig, ohne sie
mit der Nadel zu verletzen.

»Sind wir jetzt endlich angekommen?«, erkundigte sich
Frauke.

Marie krümmte den Rücken igelgleich, grinste und sagte:
»Ick bün all hier, mein Hase.«

Es dämmerte, als Sniper sich auf die Matte legte. Eine Matte aus dem Campingplatzshop für Spontis, die ohne geeignetes Equipment anreisten. Sniper entnahm das McMillan TAC-50 dem Gewehrkoffer und montierte das Zweibein. Die Sonne war beinahe hinter dem Horizont verschwunden. Das Restlicht aber reichte für eine gute Zielaufnahme aus.

Das Gebäude hatte Sniper mit Bedacht gewählt. Ein Hochhaus mit Lastenaufzug. Den Schlüssel zu beschaffen war kein Problem gewesen. Mit Geld ließ sich manche Hürde ganz leichtfüßig nehmen. Die Höhe des Anschlags über Grund entsprach jener, aus der am Feiertag der erlösende Schuss abzugeben sein würde. Die Tür zum Dach war verschlossen. Nicht eines der umstehenden Häuser war höher. Keine Veranlassung also, sich in irgendeiner Weise zu tarnen.

Das Gewehr war geladen. Ein Blick durch das Zielfernrohr zeigte, was erwartbar gewesen war. Vor dem Hintereingang des Etablissements, in dem das sogenannte Eros-Center und ein Casino untergebracht waren, suchten Tauben nach Essbarem. Ansonsten war es ruhig. Ein Blick auf die Uhr. In etwa zehn Minuten würde der schwarze Range Rover vorfahren, dem dann zunächst der Bodyguard und dann Jewgeni Sokolow entsteigen würden. Sokolow war ein Schwerverbrecher in dritter Generation. Drogenhandel, Geldwäsche, Zuhälterei und Glücksspiel waren seine Tätigkeitsfelder, die er allesamt von seinem Vater geerbt hatte. Er hatte nichts weiter zu tun, als Geld auszugeben. Die Hände machte er sich schon lange nicht mehr schmutzig. Ein durch und durch verdorbenes Stück Scheiße. Sniper lächelte. Sokolow war eine richtig gute Wahl. Er sollte das Gesellenstück werden.

Eine Taube setzte sich auf die Tropfkante des Flachdaches und hielt Ausschau. Um die Beweglichkeit der Halswirbelsäule beneidete Sniper den Vogel und selbstverständlich um die Fähigkeit, unangenehmen Situationen einfach so entfliehen zu können. Etwas roch unappetitlich, Lärm strapazierte das Nervenkostüm und schwups, ein paar Flügelschläge, und schon war das Thema durch. So jedenfalls stellte sich Sniper, bar etwaiger ornithologischer Kenntnisse, das flatterhafte Leben eines Täubchens vor. Weil Sniper nicht fliegen konnte, war die Wahl auf eine andere, auf eine finale Lösung gefallen.

Der Sekundenzeiger der Armbanduhr zuckte. Runde um Runde verrann die Zeit. Tat sie das wirklich? Wer hatte denn an der Uhr gedreht? Vielleicht die Masters of the Universe. Sniper kamen Melodien in den Sinn. Über die Existenz von Zeit zu sinnieren war anstrengend. Musik brachte Erlösung. Sofern es sich um gute Musik handelte.

Nach sieben weiteren Runden des willenlosen Stücks Metall hinter Glas fuhr der Range Rover überpünktlich zwischen den von Wind und Wetter gezeichneten grau-grün marmorierten Fassaden zweier Häuser hindurch, die die seitlichen Begrenzungen der Ein- und Ausfahrt des schmuddeligen Garagenhofs bildeten. Was nun folgen würde, war in seiner Choreografie vorhersehbar von militärischer Präzision. Sniper hatte das zufällig beobachtet.

Im Haus, auf dessen Dach Sniper Position bezogen hatte, befand sich die Praxis des Psychotherapeuten, dessen Dienste Sniper seit vier Jahren in Anspruch nahm. Jeweils eine lästige Anreise, aber es lohnte sich. Das Fenster des kleinen Wartezimmers ging hinaus in den Hof, und Sniper hatte das Ritual Dutzende von Malen beobachtet. Aus Neugier hatte Sniper gleich zu Anfang ein Opernglas mitgenommen und Jewgeni Sokolow erkannt, der als Rapper beachtliche Erfolge verbuchen konnte. Unter dem Künstlernamen Zar SOKO beschwor er die Herrschaft des Zarismus, indem er die Ausschweifungen der Autokraten beschrieb. Die Existenz des Industrieproletariats, das sich während des Zarismus entwickelt hatte, verschwieg Sokolow. Wie ein Zar führte er auch seine Verbrecherfirmen.

Nach der Vorfahrt des schwarzen SUV entstiegen zunächst zwei schwarz gekleidete Bodyguards und blickten wichtigtuerisch auf dem Garagenhof umher. Sodann öffnete einer der beiden den rechten hinteren Wagenschlag, aus dem Jewgeni Sokolow ausstieg. Seine Garderobe war schrill. Oft trug er mit Goldborten besetzte Gewänder und rote Stiefel. Gern nahm er von einem der Bodyguards ein Handy entgegen und telefonierte, sodass der Bote, der sich mit einem Koffer näherte, warten musste. Der Bote übergab den Koffer an einen der Bodyguards, der ihn öffnete und Sokolow den Inhalt zeigte. Was der Koffer enthielt, hatte Sniper nie sehen können, weil der Bodyguard den Koffer verdeckte. Sniper vermutete, dass Geld übergeben wurde. Dass dies in relativer Öffentlichkeit des Hinterhofes geschah, unterstrich den Einfluss von Sokolow in seinem Quartier.

Erwartungsgemäß verlief die Übergabe auch heute wie üblich. Der Koffer wurde geschlossen, der Bodyguard trat zur Seite, Sniper visierte Sokolows Stirn an, krümmte den rechten Zeigefinger, spürte den Druckpunkt, hielt den Atem an und zog den Abzug durch. Der Abgabe des Schusses folgte der Rückschlag, den Sniper in der Schulter spürte und wie eine Befreiung empfand. Davon zu sprechen, dass sich ein Schuss gelöst hat, gefiel Sniper sehr.

Wenn es jemals gestimmt hatte, dann jetzt: »Volltreffer.«

Sniper war hocherfreut. Sokolow verlor die Haltung. Der Kopf des Verbrechers kippte nach hinten, der Körper folgte und berührte die Karosserie des SUVs. Dann glitt Jewgeni Sokolow am schwarzen Lack entlang zu Boden. Sniper erwartete für den nahen Feiertag einen vergleichbaren Ablauf. Mit einem Gefühl der Zuversicht packte Sniper seine Utensilien zusammen, verließ das Haus, fuhr zurück auf die Insel. Nur noch zwei Tage.

»Ich kann nicht schlafen«, nölte Frauke. Sie drehte sich um und pikste Marie in die Seite.

»Du bist eine verwöhnte Villenbesitzerin. Bourgeoisie konnte ich noch nie leiden.«

»Wenn ich schlecht schlafe, bekomme ich Kopfschmerzen.«

»Du bist Ärztin. Bestimmt fällt dir was ein.«

»Die Luft ist auch nicht besonders in so einer Blechkiste.«

Marie schnaubte. »Nun ist Karl ausgezogen, und ich dachte, das Erwachsenenleben könnte beginnen. Soll ich dir ein Lied singen, oder was?«

»Oh ja, das wäre schön.«

Marie sang »My Bonnie Is Over the Ocean« und dachte an Ele, als es klopfte.

Leise sagte eine Frauenstimme: »Verzeihen Sie die Störung, Frau Dr. Frisch, sind Sie hier drin?«

Marie und Frauke sahen einander an, sahen aber nichts, es war ja fast vollständig dunkel im Bulli.

Frauke richtete sich auf. »Soll ich?«, flüsterte sie.

»Was?«, fragte Marie.

»Antworten.«

»Nein, auf keinen Fall. Wir sind hier ja nicht bei Stephen King.«

Frauke kroch ins Fahrerhaus, schaltete die Zündung ein und ließ das Beifahrerfenster nach unten fahren. »Hallo? Hier bin ich. Was kann ich tun?«

Schritte und Atmen, das von Hoffnung zeugte. »Frau Dr. Frisch, habe ich also doch richtig gesehen. Ich bin Silvia Kropp. Vor sieben Jahren haben Sie mir das Leben gerettet. Schockraum, Uniklinik Köln. Ich bin die Sepsis mit einem Bein.«

Frauke erinnerte sich. Die Frau hatte ihre Beinprothese bemalt, als sei es ein Baum. Täuschend echt hatte das ausgesehen.

Eine Birke, Frauke hatte damals heimlich ein Foto gemacht.
»Frau Kropp, ja, das ist lange her.«

Frau Kropp stand vor der geschlossenen Beifahrertür. Ihr Gesicht gerade eine Unterarmlänge von Fraukes Gesicht entfernt. Das Gesicht eines Menschen, der nicht mehr lange zu leben hatte. Gesichter wie diese sahen Frauke und Andreas im Rahmen ihrer Arbeit als Palliativmediziner annähernd täglich. Der Blick war besonders. Andreas hatte gesagt, Menschen, die dem Tod nahe sind, schauen wissend.

»So unverschämt das ist, Sie hier und jetzt zu stören. Ich bitte Sie um Hilfe. Brustkrebs, Metastasen in den Knochen, Dauermedikation mit einem Verzögerungsopioid. Seit einigen Wochen habe ich zusätzlich Durchbruchschmerzen. Nun sind leider die schnell anflutenden Opioide aus. Aber ich habe eine Idee, möchte die jedoch nicht ohne kompetente Begleitung ausprobieren. Wenn Sie an meiner Seite sein könnten, müssten wir nicht nach Hause fahren. Ein weiteres Midsummer-Bulli-Festival werde ich sicher nicht erleben. Darum meine Dreistigkeit. Sie können jetzt auch einfach den Kopf schütteln, und ich gehe wieder.«

»Ich komme raus. Augenblick.« Frauke bewegte sich tastend zurück in den hinteren Bereich des Bullis. »Marie, hast du gehört?«

»Hab ich. Hilf ihr.«

Frauke streichelte Marie über die Schulter, die sich schemenhaft vor dem rückwärtigen Fenster abzeichnete. Dann schaltete Marie das Licht ein, das schmerzhaft hell war.

Frauke öffnete die Schiebetür. Im orangefarbenen Monsterbulli nebenan ging auch das Licht an. »Mädels«, rief Walter Beisenstahl, »es ist mitten in der Nacht. Gebt Ruhe jetzt.«

Frauke stieg aus, Marie schlüpfte in eine Jogginghose und stieg ebenfalls aus. Sie hielt Frauke einen Schlüssel entgegen. »Guten Abend, Frau Kropp. Ich bin Marie Geisler, Fraukes Geschäftspartnerin, und habe mitgehört. Wir betreiben hier auf dem Gelände eine Kaffeebude. Da wären Sie und Frauke ungestört.«

»Moin, Marie, ich heiße Silvia. Danke. Kann mein Mann mitkommen?«

Marie und Frauke wechselten einen Blick und waren sich sofort einig. Silvias Mann Heiner wartete auf der anderen Seite des Bullis. Gemeinsam gingen sie schweigend nach vorn zur Kaffeebude. Das Lager der Bullis lag friedlich unter einem Sternenhimmel, an dem hohe Schleierwolken wie Wesen aus einer fernen Welt majestätisch über Fehmarn hinwegzogen.

»Scheiße, verdammte.« Silvia Kropp war stehen geblieben. »Ich spüre den linken Oberschenkel nicht mehr.« Heiner Kropp schob den Rollstuhl hinter sie. Seine Frau setzte sich, versuchte, ein Ächzen zu unterdrücken.

»Wer Schmerzen hat, darf jammern«, ermutigte Frauke. »Bin schon sehr gespannt, was Sie planen.«

»Du«, sagte Silvia. »Für Höflichkeiten ist es zu spät.«

Marie schüttelte den Kopf. »Da irrst du, Silvia. Vor dem ersten Versuch einzuschlafen blätterte und las ich in einem Buch, dessen Lektüre ich weiten Teilen unserer Gesellschaft anempfehle. Die Rede ist von einem Werk, das Dr. Gertrud Oheim verfasst hat.«

»›Einmaleins des guten Tons‹«, gab Silvia Kropp bekannt. »Meine Eltern hatten eine Tanzschule, und Umgangsformen standen in den sechziger Jahren hoch im Kurs.«

Der kleine Tross hatte die Kaffeebude erreicht. Marie schloss auf. »Ich laufe rasch zum Bulli zurück und hole den erwähnten Ratgeber. Vielleicht wird die Nacht ja ein bisschen länger. Da kann ein gutes Buch nicht schaden.«

Es dauerte nur wenige Minuten, bis sie wieder an der Kaffeebude eintraf. Es waren Tränen geflossen.

Silvia wischte sich mit einer Serviette über die Wangen. »Verzeihung, es war wohl eher die Freude über nahende Hilfe als der Schmerz. Heiner, zeig her, was wir haben.«

Heiner öffnete den Reißverschluss eines Rucksacks, den er bisher auf dem Rücken getragen hatte. In ihm sah Frauke neben einer Wasserflasche verschiedene Tablettenpackungen und eine Papiertüte. Heiner öffnete die Tüte, und zum Vorschein kamen getrocknete Pilze, die Frauke vertraut waren.

»Holla, zeigen Sie mal her.« Silvia Kropps Tage waren gezählt. Sie wusste das, ihr Mann wusste das, und Frauke wusste es auch.

»Deren Wirkung würde ich gern mal testen«, sagte Silvia.

Frauke lächelte sie verschmitzt an und sagte: »Na gut, aber nur, weil du so ein Hippiemädchen bist. Das ist der Spitzkegelige Kahlkopf. Wo habt ihr die denn her? Dass Sammeln und Besitz in Deutschland verboten sind, wisst ihr schon, oder?«

Silvia schaute Frauke verständnislos an. »Sehen wir aus wie Dealer? Ich war Biologielehrerin, und Heiner ist Richter gewesen. Was es über den Stoff zu wissen gibt, weiß ich. Also aufgepasst, liebe Kinder. In biochemischen Untersuchungen konnte man Gehalte an Psilocybin von null Komma acht bis eins Komma null Prozent in der Trockenmasse messen. Daher zählt der Kahlkopf zu den potentesten halluzinogenen Arten. Bei wilden Exemplaren wurden Psilocybingehalte von bis zu 1,34 Prozent festgestellt. In der Schweiz haben die Freundchen Spitzenwerte von 2,02 Prozent. Ihr dürft ruhig mitschreiben. Das kommt in der nächsten Klausur alles dran. Zum Konsum: Rauschzustände, wenn man vorsichtig ist, Halluzinationen, wenn man es wissen will. Ich will Rausch. Wir haben hier die orangenen Pilze, das sind die mit den höchsten Gehalten an Psilocybin. Sie kommen aus dem Berner Jura direkt von einem sehr guten Freund. Nur kann der Laie schwer abschätzen, welche Dosis welche Wirkung macht. Ich habe mich nicht getraut, es alleine auszuprobieren. Aber dann sah ich dich, Frau Doktor. Du kennst dich doch bestimmt aus.«

Frauke lehnte mit dem Rücken an der Theke der Kaffeebar. »Immerhin habt ihr keine kubanischen Magic Mushrooms angeschleppt. Die sind richtig böse. Ja, ich kenne mich ein bisschen aus. Ein Ex-Kollege ist Anästhesist und experimentierfreudig. Du bist sicher, dass du die versuchen willst? Das kann heftige Nebenwirkungen machen. Veränderungen von Puls und Blutdruck, Schweißausbrüche, Gleichgewichtsstörungen, Übelkeit, Panikattacken. Auch Wahnvorstellungen sind möglich. Wie wäre es stattdessen mit ein paar Haschkeksen?«

Silvia winkte ab. »Okay, wenn du nicht willst. Ich verstehe

das. Aber den Rest habe ich durch, und LSD ist auch keine Lösung. Die Pharmazie gibt nichts mehr her, Esoterik tut es nicht. Und ob du heulst oder nicht, ist dem Tumor komplett schnuppe.«

»Ich mache dir einen Vorschlag. Du ziehst dir zehn von den Dingern rein, und in einer Stunde sehe ich nach dir.«

Silvia lächelte. »Ja, danke. Das klingt gut für mich. »Heiner, nimm mal zehn Pilze raus. Die anderen nimmt Frau Doktor mit, damit ich nicht in Versuchung komme.«

Es folgte eine Mischung aus Pilzeknabbern, einem Gespräch über Metastasen, und dann zog die kleine Gruppe wieder ab. Silvia hatte Frauke die Stellplatznummer genannt, Frauke hatte den Wecker gestellt, und Marie träumte von Urlaub in Schweden mit Andreas und Karl.

Nach unruhiger Nacht zogen Silvia und Frauke ein ernüchterndes Ergebnis. Der Konsum hatte Übelkeit und Schwindel verursacht, die Schmerzen waren geblieben. Das Ehepaar Kropp reiste ab. Kein Happy End, aber auch noch nicht das Ende, wie Silvia mit schiefem Lächeln betonte, als sie Frauke zum Abschied die Hand drückte.

Die Welle

»Gib auf!«

Marie machte einen Schritt nach vorn und ballte die Fäuste. »Niemals.«

»Aber du kannst nicht gewinnen.«

Marie hielt sich die Ohren zu und brüllte: »Niemals!« Dann riss sie die Welle mit. Es war die Welle der Begeisterung, in der Frauke längst den Boden unter den Füßen verloren hatte. Nun ergab sich auch Marie, und mit dem Hippie von gegenüber, mit den greisen Schwestern von nebenan und mit all den anderen, die Marie die Enthemmten nannte, grölte sie: »Bye, bye, Ballermann, jetzt ist Fehmarn dran ...«

Der aktuelle Gassenhauer europäischer Partypeople war nicht nur durch die Chartdecke gegangen, er hatte sich zum Synonym für die klimagetriebene Nordwanderung des Tourismus entwickelt. Menschen aus aller Herren Länder fanden den Weg ins Land zwischen den Meeren. Marie und Frauke war das babylonische Sprachengewirr zum Soundtrack beim diesjährigen Bulli-Treffen auf Fehmarn geworden. Kamen sie bei Englisch, Französisch und Spanisch noch mit, war spätestens bei Ungarisch und Finnisch die Grenze der Verständigung erreicht. Feiern aber war international.

»Katenschinken, Katenschinken, jump, jump.« Grölen war Befreiung.

Nach wenig Schlaf, viel Kaffee und der Einsicht, dass das Team der Geschmacksverstärker:innen den Tag auch ohne die Chefinnen wuppen würde, hatten sich die Frauen für einen Besuch auf der Katenschinkenstraße entschieden. Was auf und vor der Bühne passierte, war eine Mischung aus ZDF-Fernsehgarten, dem Infield in Wacken und Schützenfest. Wer hier nicht eskalierte, war selbst schuld. Früher hatte es große Partys auf Malle gegeben, die das Bedürfnis nach Feiern befriedigt hatten. Aber dann war es schnell gegangen. Temperaturen von über vierzig Grad schon zu Ostern.

Die Urlauber hatten sich gegen Mallorca entschieden, dann auch die Kampftrinker. Meier-Masch hatte die Katenschinkenstraße in Rekordzeit installiert. Ein Megaerfolg vom ersten Tag an.

»Fluch oder Segen?«, hatte die Moderatorin einer Polit-Talkshow den Ministerpräsidenten gefragt. Der hatte anfangs geschwiegen. Jetzt war ein Festzelt nach ihm benannt worden.

Auf der Bühne eine Mischung aus Avataren und echten Menschen. Was dort an Technik installiert war, übertraf alles, was Marie je gesehen hatte. Die Illusion, mittendrin zu sein, war beeindruckend. Aus Las Vegas hatte man sich eine Methode abgeschaut, selbst kleine Bereiche vor der Bühne individuell zu beschallen – und das unter freiem Himmel.

Was Marie gegen ihren Willen begeisterte, war nicht nur die perfekte Show, sondern der Eindruck, dass alle Künstlerinnen authentisch wirkten, dass sie gar eine persönliche Beziehung zum Publikum herstellten. Von Mattes Friesen hatte sie erfahren, dass den Akteurinnen Livebilder einzelner Zuschauer in ihre VAR-Brillen eingespielt wurden. So konnten sie tatsächlich eine Art Blickkontakt herstellen und auf Mimik und Gestik reagieren, was auf den riesigen Screens hinter und neben der Bühne sofort sichtbar wurde. Meier-Masch hatte verstanden, dass sich Menschen danach sehnten, wahrgenommen zu werden. Was hier an Massenmanipulation geleistet wurde, war faszinierend und beängstigend zugleich.

Die Show steuerte auf einen Höhepunkt zu. Sound, Licht und Choreografie ließen daran keinen Zweifel. Wie aus dem Nichts stand plötzlich Manfred Meier-Masch auf dem Steg, einem Bugspriet nachempfunden, der von der Bühne aus in die ersten Reihen des Publikums ragte. Er fiel in die Hookline »Katenschinken, Katenschinken, jump, jump« ein, und das Publikum erhöhte den eigenen Stimmeinsatz um weitere Dezibel. Worte und Melodie würden die Besucherinnen auch Jahre später erkennen und reproduzieren können.

Meier-Masch stellte sich nicht vor, er wurde auch nicht vorgestellt. Meier-Masch war der »Baron von Ballermarn« und genoss in Deutschland einen Bekanntheitsgrad, der nur knapp hinter dem des Matchwinners im Endspiel der letzten Fußball-EM lag. Er trug ein barock anmutendes Phantasiegewand, das auffällig und doch tragbar war, das unisex war, das im Merchandising der Katenschinkenstraße immer unter den ersten drei Artikeln rangierte.

Während das Lied langsam ausgeblendet und ruhigere, instrumentale Musik eingespielt wurde, warb Meier-Masch nicht für den Zauberort, an dem alle zusammengefunden hatten. Er berichtete freundlich von einer Begegnung, die er am Morgen mit einem älteren Herrn am Eingang zur Katenschinkenstraße gehabt hatte. Die Geschichte rührte beinahe zu Tränen, balancierte an der Grenze zum Kitsch, und das Verrückte – sie war wahr. Mattes Friesen hatte Marie erzählt, dass Meier-Masch jeden Tag so lange im Park herumlief, bis er ein Gespräch gehabt hatte, bei dem es ausreichend menschelte. Ein außerordentlich lohnendes Investment, weil es auf das Vertrauens- und Sympathiekonto einzahlte.

Die Bühne, eine Schwimmbühne. Die Zuschauer an Land und doch mit dem Wasser in Verbindung, weil die Fläche von Fleeten durchzogen war. So hatten die Architekten einen Raum geschaffen, der, wenn viele Menschen anwesend waren, wie eine zusammenhängende Fläche wirkte und doch im Sinne der dänischen Hygge eine gewisse Privatheit bot, weil die Fleete von Holzgeländern begrenzt waren. Trotz allgegenwärtiger Hightech fühlte sich der gesamte Veranstaltungsbereich beinahe organisch an.

Meier-Masch war der geborene Conférencier. Von der erlebten Geschichte leitete er fließend zur Kindheit des nächsten Gesangsstars über. Mit großer Selbstverständlichkeit bereitete er dem Mann die Bühne, der in den letzten drei Jahren vier Nummer-1-Hits in den USA gehabt hatte. Den Zuschauern erschien er wie ein Familienmitglied der Katenschinkenstraße. Marie konnte sich zum ersten Mal vorstellen, wie eine Sekte funktionierte. Mit all den anderen streckte sie die Arme in den Himmel, als Frauke sich vor sie stellte.

»Großer Mist, ich habe einen Wasserrohrbruch zu Hause. Marie, sei nicht böse, aber da muss ich jetzt sofort hin. Ich komme so schnell zurück, wie ich kann.«

»Du hast kein Auto, Schnucki.«

»Ich nehme ein Taxi. Und zurück – mal sehen.«

Marie war hin- und hergerissen, zwischen *not amused*, weil es schön war, mit Frauke abzutanzen, und Mitgefühl, weil ein Wasserrohrbruch drastische Schäden anrichten konnte. Als sie Frauke in die Arme schloss, hatte das Mitgefühl gewonnen. Frauke verschwand, Marie blieb. Kurz. Zwei Songs später fühlte sie, dass es ohne Frauke doof war, herumzuzappeln wie ein Teenie. Apropos Teenie. Sie hatte schon beinahe drei Tage nichts mehr von Karl und Rike gehört. Höchste Zeit für ein bisschen übergriffige Mama-Streife, wie Karl ihre ungeschickt getarnten Ausfrageaktionen mal genannt hatte.

Durch die Menge der erhitzten Leiber, vorbei an strahlenden Gesichtern, bahnte sich Marie den Weg hinüber zur Promenade. Sie bog rechts ab und ging parallel zur Wasserkante in Richtung »Grüner Brink«, einem Gebiet, das schon seit 1938 unter Schutz stand. Land, Insel und Meier-Masch hatten den Schutzstatus in einer gemeinsamen Erklärung als unantastbar betont, und Meier-Masch unterstützte ein jüngst gegründetes Institut der Universität Kiel, das die Wechselwirkungen zwischen Natur und Kultur an den Küsten Schleswig-Holsteins erforschte. Über die Ergebnisse erhoffte man zu konkreten Handlungsempfehlungen zu gelangen, um die komplexen Ökosysteme schützen und das Siedeln der Menschen langfristig absichern zu können.

Nach etwa fünfhundert Metern erreichte sie den Übergang von der Katenschinkenstraße zum Naturschutzgebiet. Marie setzte sich auf eine der Bänke und rief Karl an. Ihr wurde mitgeteilt, dass der Teilnehmer nicht zu erreichen sei. Sie schmollte.

Kaum hatte sie das Telefon wieder weggesteckt, klingelte es. Freudig erregt nahm sie den Anruf entgegen: »Karl, mein Sohn, zwar bin ich gerade beschäftigt, aber wenn du anrufst –«

»Marie, ich bin's«, sagte Frauke. »Lass ihn los. Dein Sohn ist schon groß.«

»Still. Du hast keine Ahnung. Was willst du?«

»Mich hat der Multipurpose-Handwerker angerufen und Entwarnung gegeben. Ist halb so wild, was den Rohrbruch angeht. Aber ich fahre trotzdem nach Hause. Wir haben nämlich die Weingummi-Bullis vergessen. Unser neuer Mitarbeiter Sascha hat eben eine Nachricht in die Gruppe gestellt. Es gibt wohl eine starke Nachfrage. In Pi mal Daumen zweieinhalb Stunden bin ich wieder bei dir. Ahoi.«

Mit Blick auf das muntere Treiben auf dem Spielplatz fragte sich Marie, welchen unverzichtbaren Beitrag sie gerade zum reibungslosen Ablauf des Festival-Caterings leisten könnte. Ihr fiel nichts ein. In ihrer Umhängetasche stieß sie auf alte Kaugummis und das Buch ihrer Eltern. Sie schlug das »Einmaleins des guten Tons« an einer zufälligen Stelle auf und las: »Die Braut wird ohne ihren Verlobten nicht allein öffentliche Tanzvergnügungen besuchen, der Bräutigam nicht mit anderen Frauen auf Campingtour gehen – hier muss das Herz sprechen und der gute Geschmack …« Ein Quell der Freude, diese Lektüre, und so lehrreich.

Zurück auf dem Festivalgelände lehnte ein Mann an ihrer Kaffeebude, der ihr bekannt vorkam.

»Na, wenn das nicht der Touristikchef aus Eck ist?«, robbte sie sich an den Lockenkopf heran. Stefan hatte sie vor einer gefühlten Ewigkeit während der Sprottentage als Pilot eines Gummibootes kennengelernt. »Du bist auch einer von den Bulli-Enthusiasten?«

»Kann man so nicht sagen. Aber in meiner Position schadet es ja nicht, wenn man auf dem Laufenden ist.«

»Und jetzt hast du endlich verstanden, wie unschlagbar unser Catering ist.« Marie deutete auf die Häppchen, die Stefan vor sich stehen hatte.

»Habe schon schlechter gegessen. Aber du weißt ja, wir gehen sehr verantwortungsbewusst mit unserem Etat um.«

»Netter Versuch.«

Stefan legte den Kopf schräg.

»Das zieht bei mir nicht. Ich schicke dir morgen ein Angebot. Eckernförde wird mit der Zunge schnalzen!«

Wie man sich keine Freunde macht

Schmunzelnd hatte Frauke das Telefonat mit Marie beendet. Ihre eigene Mutter telefonierte auch noch immer hinter ihr her und versuchte erfolglos, die Kontrollen durch laienhafte Ablenkungsmanöver zu kaschieren.

Gerade erst war sie am Einfelder See eingetroffen, hatte sich den Schaden und die nun notwendigen Reparaturen vom Installateur ihres Vertrauens erklären lassen, als es an der Haustür klingelte. Frauke öffnete. Ein Mann mittleren Alters mit dem auf den Lippen, was er für ein gewinnendes Lächeln hielt.

»Frau Frisch«, leitete er originell ein, »der Name passt, wenn ich das sagen darf. Jedenfalls zu Ihnen. Zum Haus nicht wirklich. Sascha, Sascha Krämer von der Firma Dach und Rinne, kennen Sie sicher, wir sind gerade hier in und um Neumünster unterwegs. Dach und Rinne. Nomen est omen. Ja, Französisch können wir auch.« Er lachte und kniff ein Auge zu.

Was folgte, war ein Wortschwall, der im Wesentlichen zwei Inhalte kommunizierte. Erstens: Sollte Frauke nicht umgehend Sicherungsmaßnahmen am Dach ihres Hauses in Auftrag geben, käme es unweigerlich zu einer Katastrophe biblischen Ausmaßes. Zweitens: Würde sie die zwingend notwendigen Arbeiten hier und heute bei Sascha Krämer, dem unangefochtenen Außendienst-Gigolo von Dach und Rinne in Auftrag geben, könnte sie mehr Geld sparen, als sie je besessen hatte.

Frauke nahm sich Zeit für Sascha Krämer. Viel Zeit. Sie fragte nach dem Material für die Dachrinne, den exakten Querschnitten der Fallrohre, Alternativen zum Aufbau eines Gerüstes, Möglichkeiten der Ratenzahlung. Sie berichtete, dass sie hypersensibel und sehr geräuschempfindlich sei, sodass ihr Dach und Rinne eigentlich für die Dauer der Arbeiten ein Hotelzimmer stellen müsste. Dann legte sie die Hand auf den Unterbauch. »Durchfall, ganz schlimm, leider. Herr Krämer, ich bin gleich wieder bei Ihnen.« Mit diesen Worten schloss sie die Haustür hinter sich, ging ins Gäste-WC und lauschte durch das gekippte Fenster.

Sascha Krämer blies Luft durch die aufeinandergepressten Lippen. Er stieß leise unflätige Flüche aus, er belegte Frauke mit Schimpfwörtern, die nicht zitierfähig waren. Schließlich fragte eine Männerstimme, die die von Fröbe war: »Moin, kann ich helfen?«

Ins Stottern geratend, verneinte Sascha Krämer, behauptete, alles mit der freundlichen Besitzerin des Hauses geklärt zu haben, und nun müsse er auch mal los, ein Termin, man kenne das ja.

Ein Schlüssel drehte sich im Schloss der Haustür, Fröbe trat ein. »Tatsächlich, die Besitzerin. Was machst du denn hier? Solltest du nicht auf Fehmarn sein? Und warum hast du so gerötete Wangen?«

»Fröbe, du, so eine Überraschung, hast du nicht Spätdienst?«

»Der Mann.« Fröbe zeigte mit dem Daumen über seine Schulter. »Wer ist das? Was verbindet dich mit ihm?«

»Sascha, du meinst Sascha. Ach, wir haben ein bisschen gefachsimpelt.«

»Du sprichst in Rätseln.«

Frauke schmiegte sich an Fröbe. »Ein süßes Geheimnis, vielleicht habe ich ein süßes Geheimnis. Lass uns zur Geilstelle gehen.« Frauke machte eine Kopfbewegung und ging in Richtung Wiese hinter dem Haus.

Fröbe stand auf und folgte ihr. Dass die Weingummi-Bullis das süße Geheimnis waren, nahm er mit großer Erleichterung zur Kenntnis. Dass Frauke Sascha Krämer vorgeführt hatte, hieß er nicht gut.

»Der arme Kerl macht doch auch nur seine Arbeit«, sagte er, holte die vergessenen Notizen vom Schreibtisch und fuhr wieder ins LKA nach Kiel.

Frauke Frisch fuhr flott nach Fehmarn.

»*High tea*«, kündigte Manfred Meier-Masch an und führte seinen Sicherheitschef an den Tisch am Fenster. Auf einer Etagere sah Mattes Friesen belegte Sandwiches, Hähnchen, Roastbeef, Scones.

»Sie sind ein Freund englischer Traditionen?«

»Ich bin ein Freund neuer Erfahrungen. Ich habe die Welt bereist, im globalen Süden köstliche, aber auch sehr befremdliche Dinge gegessen, aber in England war ich lediglich ein Mal, und zwar in der zehnten Klasse. Das muss sich ändern. Hier die vorbereitenden Maßnahmen. Nehmen Sie doch bitte Platz.«

»Sie wollen mich ködern.«

»Und wenn schon. Bitte sehr.«

Die Männer setzten sich einander gegenüber an den Tisch. Beinahe gleichzeitig drehten sie die Köpfe und schauten hinaus auf die Ostsee.

»Das ist magisch, oder? Kaum kommt eine weite Ausdehnung von Wasser ins Spiel, schauen Menschen gebannt eben dorthin, können den Blick kaum wenden. Ob es der flüchtige Moment ist, da wir die stete Veränderung angesichts der Weite kaum wahrnehmen, ob es die Ahnung von Ewigkeit ist, die uns verzaubert?«, fragte Meier-Masch.

Mattes Friesen legte den Kopf leicht in den Nacken. »Ewig ist der Tod und auch final. Ein größeres Faszinosum als ihn gab es nie.«

Ein kehliges Lachen aus dem Mund von Meier-Masch. »Vielleicht sollten wir hinschmeißen und Gedichte schreiben.«

»Nach dem Essen. Ich nehme alle Scones. Einverstanden?«

»Nein, wir teilen.«

Sie teilten und aßen.

Die Musik von der Bühne, die Stimmen der Menschen. Es war viel Leben auf der Katenschinkenstraße, und hier am Tisch, da war auch Angst.

»Ich war ja nicht beim SEK«, betonte Friesen, nachdem Meier-Masch zum wiederholten Mal von seinen Sorgen berichtet hatte.

»Das weiß ich, aber LKA ist ja auch nicht schlecht.« Manfred Meier-Masch deutete mit der rechten Hand einen Pistolenlauf an, in den er hineinpustete. »Hauptsache, alle bleiben gesund. *Safety first*, sag ich immer.«

»Womit wir beim Thema wären. Hier schon wieder ein Brief von der Irren.«

»Was will sie dieses Mal?«

»Sie verlangt, dass wir samstags zwischen zwölf und fünfzehn Uhr keine Musik spielen und dass es montags zwischen sechs und neun Uhr keinen Lieferverkehr geben soll.« Mattes Friesen schob den Brief von Gisèle Vallé über den Tisch. »Mich hat sie unlängst an der Einfahrt zum Campingplatz abgepasst und in Rätseln gesprochen. Sie erwähnte Don Giovanni, der den Komtur mit einem Dolch zur Strecke gebracht hat, sie schwadronierte, dass es in keiner Kunstform faszinierendere Morde gebe als in der Oper. Sie finde das anregend, hat sie gesagt, geträllert, und dann ist sie gestelzt abgegangen. Ich glaube ja, dass die Diva ein Fall für den Diwan ist.«

»Ach, unsere Künstlerin. Was machen wir nur mit der? Ich habe ihr einen Auftritt angeboten. Sie kann auf der Hauptbühne Arien schmettern. Tosca, Aida, Nabucco, mir egal. Hat sie abgelehnt. Das Publikum wüsste ihre Kunst nicht zu schätzen, hat sie gesagt. Ich frage mich ja bis heute, wer diese Gewitterziege beschäftigt. Dass Künstlerinnen schwierig sein können, geschenkt. Aber diese Frau!« Manfred Meier-Masch schüttelte den Kopf. Ratlos sah man ihn selten.

Gisèle Vallé war auf Fehmarn bekannt wie ein bunter Hund. Seit über zwanzig Jahren lebte sie monatelang in einem Wohnwagen in unmittelbarer Nähe der Katenschinkenstraße. Sie gehörte gewissermaßen zum Inventar der Insel. Oft stolzierte sie in Bühnenkostümen umher. Ein bunter Vogel, den auch Meier-Masch belustigt zur Kenntnis nehmen könnte, wären da nicht die massiver werdenden Drohungen gegen ihn.

»Ich habe Marie Geisler gefragt, ob sie als externe Beraterin in Sachen Sicherheit an Bord kommen möchte. Möchte sie nicht. Sie hat mir empfohlen, unseren Dorfsheriff zu kontaktieren.«

»Krüger?«

»Krüger.«

»Kein schlechter Mann. Unterschätzen sollten Sie den nicht. Der ist nicht doof und unfassbar gut verdrahtet.«

Meier-Masch biss in ein Sandwich. »Ich finde eine andere Lösung.«

Die Leckereien auf der Etagere putzten die Männer in Rekordzeit weg.

»Lassen Sie uns noch einen Blick auf den Status werfen«, schlug Meier-Masch vor und stand auf. Gemeinsam gingen sie hinüber in die Sicherheitszentrale. Gerade als sie kamen, gab es einen kurzen Erkennungsalarm. Auf einem der Monitore sahen sie den Rauhaardackelrüden Rüdiger, der als wichtiges Subjekt in die Datenbank eingepflegt worden war. Er schnüffelte an der Mauer, die vielen Gästen des »Kiek ut« als Sitzgelegenheit direkt an der Promenade diente. Jetzt kam Gisèle Vallé ins Bild, die Rüdiger an einer Schleppleine führte, die wegen ihrer Länge auf der Katenschinkenstraße verboten war. Weil gerade nicht viel los war, drückte der Schichtleiter ein Auge zu. Alle kannten Gisèle und Rüdiger. In letzter Zeit war sie regelmäßig mit ihm unterwegs, weil Sören, das nörgelnde Herrchen, »schlimme Füße« hatte, wie er nannte, was Fressen und Saufen aus seinem Körper gemacht hatten.

Besucher- und Umsatzkurven waren grün. Was die KI-gestützte Analyse der Besucherstrukturen ergeben hatte, lag nahe. Es war eine Gruppe von Gästen erkannt worden, die Basecaps mit VW-Logo trugen. Kunststück, das Midsummer-Bulli-Festival lief auf Hochtouren, und viele der Bulli-Enthusiasten hatten das Entdecker-Gen in sich und kamen auf einen neugierigen Sprung vorbei. Meier-Masch reagierte intuitiv und wies die Regie an, den Film »Ein toller Käfer« mit Herbie, dem Käfer, in der Hauptrolle auf Screens an den Eingängen zu den Souvenirshops abzuspielen. Erhöhte Verweildauer war Gold wert. Meier-Masch war mit dem Näschen für gute Geschäfte geboren worden.

Er schlug Mattes Friesen auf die Schulter und ließ ihn allein auf dem Technikstand, der einem Atomkraftwerk alle Ehre gemacht hätte.

Beim Blick aus dem Fenster sah der Security-Chef seinem Boss hinterher, der seine weißen Haare an den Seiten zu Rollen hatte ondulieren lassen, einen roten, annähernd knielangen Samtrock mit opulenten Ärmelaufschlägen aus Brokat trug und huldvoll zu allen Seiten grüßend hinüber zur Seebühne schritt.

Marie schreckte auf. »Hast du das auch gehört?«

»Ja, ich habe kaum geschlafen.« Frauke klang genervt.

Erneut gab es ein Geräusch an der Seitentür. Ein Schaben oder eher schon ein Kratzen.

»Igel«, tippte Frauke, »die machen einen Höllenlärm.«

»Als Höllenlärm würde ich das jetzt nicht bezeichnen.« Marie richtete sich auf. Nun kam das Geräusch von hinten.

»Igel, sag ich doch, der läuft um den Bulli herum. Wie spät ist es überhaupt?«

Marie tippte auf ihrem Handy herum, bis endlich die Uhrzeit angezeigt wurde. »Zwanzig nach sechs. Da war ich früher schon im Büro. Also manchmal.«

»Da stand ich früher schon im OP. Regelmäßig.«

»Arme Frauke. Da siehst du mal, wie gut du das jetzt hast. Vielleicht ist das ja deine Patientin Silvia, die ihre Pilze zurückhaben will.«

Jetzt richtete sich Frauke auch auf. »Haben wir die etwa noch?«

»Klar, aber du hast Drogenverbot. Heute erlaube ich am Abend eine Tüte Chips, wenn niemand guckt.«

»Du kannst nicht ohne dieses Rumkommandieren, oder? Erst der Autoritätsverlust, nachdem du keine Polizistin mehr warst, und jetzt kannst du auch Karl nicht mehr herumschubsen.«

»Ich schubs dich gleich. Dann kannst du am Strand schlafen. Merkst du das auch? Der Bulli wackelt.«

»Weil du so hin und her zappelst, Marie. Leg dich wieder hin, und wir schlafen, bis uns unsere treuen Mitarbeiter Vollzug melden.«

»Das wackelt. Ich schwör's dir.«

»Das ist eine Insel hier. Vielleicht der Wind.«

»Da ist jemand.«

»Dann guck halt nach. Doof, dass du keine Knarre mehr hast.«

Ein neues Geräusch, ein Knistern direkt an den hinteren Seitenscheiben, dort, wo Marie und Frauke mit den Köpfen lagen.

»Dein Igel kann fliegen«, gluckste Marie.

»Boah, gleich bin ich richtig wach. Ist das ein Mist.« Frauke rutschte nach vorn, zog die Seitentür auf und schrie. Sie schrie so laut, dass Fröbe ihr die Hand vor den Mund hielt.

»Pst, leise, du weckst noch alle.«

Neben Fröbe tauchte Andreas auf, der strahlend eine Brötchentüte in den Bulli reichte. »Überraschung. Moin, Mädels.« Andreas drängelte sich an Frauke vorbei, legte sich neben Marie, küsste sie innig. »Ich habe gehört, dass euer Kaffee so super sein soll.«

Marie lachte, die anderen lachten.

»Ihr seid total bekloppt«, diagnostizierte Frauke. »Ich weiß das, ich bin Ärztin.«

»Ich auch«, echote Andreas von hinten.

»Ärztin? Marie, du stehst auf Frauen?«

Maries Herz machte einen Hüpfer. Sie dachte an Ele. Heilte diese Wunde der Liebe denn nie?

Andreas umarmte sie und kicherte.

»Frauke hat recht, ihr seid bekloppt. Müsst ihr denn nicht arbeiten?«

»Ich habe Spätdienst«, erklärte Fröbe. »Ich fahre von hier aus direkt nach Hamburg und suche weiter nach Friedrich Sauerland.«

»Und ich habe Angestellte, die ich einteilen kann. Ich bin nämlich der Chef.«

Aus dem orangefarbenen Monsterbulli von nebenan brüllte jemand: »Ruhe, ihr Spacken, andere Leute wollen noch schlafen.«

Andreas und Fröbe zogen die Köpfe ein.

»Netter Nachbar, den ihr da habt«, stellte Andreas fest.

»Den kennst du, Liebster, Walter Beisenstahl.«

»Oha, das tut mir leid für euch.« An Fröbe gewandt sagte

er: »Ein verbitterter alter Mann, der als Bürgermeisterkandidat in Eckernförde an seinen vorsintflutlichen Vorstellungen vom Zusammenleben der Geschlechter gescheitert ist. Ex-Soldat, Inhaber einer früher mal florierenden Tauchschule. Aber da war seine Frau auch noch da. Dass die das Weite gesucht hat, kann ich gut verstehen. So, Kaffee, die Damen?«

Allgemeine Zustimmung. Die beiden Paare zogen los zur unternehmenseigenen Kaffeebude.

»Wer von euch hatte eigentlich die Idee, mitten in der Nacht hierher nach Fehmarn zu gondeln?«, wollte Marie wissen.

Fröbe lachte. »Andreas hat diese Frage vorhergesehen. Verraten wir nicht.« Er fuhr mit Daumen und Zeigefinger über seine Lippen.

Sie tranken Kaffee, aßen Brötchen mit Orangenmarmelade. Als die Frühschicht der Mitarbeiterinnen eintraf und überrascht war, dass die Chefinnen so früh auf den Beinen waren, verabschiedeten die sich Richtung Strand.

»Los, Frühschwimmen«, motivierte Marie.

Fröbe blieb an Land. »Einer muss ja auf die Klamotten aufpassen«, redete er sich raus und rief nach Marie, als sie gerade erst einmal untergetaucht war. Sie liebte es so sehr, unterzutauchen. »Marie, dein Telefon. Ist Karl.«

Marie beeilte sich, zurück an Land zu kommen.

»Moin, mein Sohn, schön, dass du anrufst. Was gibt's denn?«

Karl hatte spannende Neuigkeiten. Er berichtete, dass er im Rahmen seines Lehramtsstudiums ein Praktikum im Essener Aalto-Theater bei den dortigen Philharmonikern absolvieren würde. »Die haben einen Modellversuch gestartet. Profimusiker gehen in Grundschulen. Da habe ich richtig Bock drauf. Vielleicht hast du eine Idee, wo ich in der Zeit wohnen könnte.«

»Klar, bestimmt bei Inge und Jörg in Hattingen. Die haben genug Platz, und Jörg singt in seiner Freizeit im Philharmonischen Chor Bochum. Ich schick dir gleich Jörgs Kontaktdaten, oder hast du die?«

Hatte Karl nicht. Gar nicht lange her, dass er sein Abizeugnis nicht mehr finden konnte. Marie wusste, dass es auch bei ihr lange gedauert hatte, bis sie sich ein Ordnungssystem zurecht-gebastelt hatte. Bis heute half ihr das gute alte Schlei-Book, in dem sie notierte, was gerade von Bedeutung war.

Sie plauderten noch ein bisschen. Marie erzählte, dass Andreas und Fröbe sie überrascht hatten. Karl fand das eine super Idee und sagte: »Da fällt mir ein, Mila und Huub kommen schon übermorgen. Ich habe mit Sanne in Missunde telefoniert, das geht klar. Gut, Marie, grüß den Rest, hab dich lieb.« Er hatte aufgelegt, ohne dass Marie antworten konnte.

»›Mama‹, sag gefälligst ›Mama‹«, sagte sie ins Nichts und in Richtung von Andreas, der sich gerade mit seinem T-Shirt ab-trocknete: »Übermorgen kommen Karls Schwiegereltern. Sie werden auf dem Platz bei Sanne sein. Aber wir müssen uns über-legen, wie und wo wir sie treffen.«

Andreas fuhr sich mit der Hand durch die Haare und sah aus wie eine männliche Aphrodite. Zum Anbeißen. Diese Haare, dachte Marie.

Fröbe setzte sich zu den Frauen. »Angeln, ich hätte Lust zu angeln.«

Marie verzog das Gesicht. »Angeln? Och, ich esse ja lieber. Gehst du eigentlich auch auf Hisringe?«

»Wie bitte?«

»Na ja, wenn es Heringe gibt, wird es ja auch Hisringe ge-ben.«

Fröbe senkte den Kopf. »Und der diesjährige Kalauer für das Lebenswerk geht an – Marie Geisler!«

Andreas hob den linken Zeigefinger.

»Ja, Herr Dr. Geisler, bitte.«

»Ich weiß, wo wir sie treffen, Marie. Hö, hö. In Maasholm bei meinen Eltern. Da haben wir mit nichts was zu tun, sie werden bekocht, beschnackt, und wir machen auf beobachtende Teil-nahme.«

»Ich weiß, warum ihr Ärzte so stinkreich seid«, stellte Fröbe fest. »Ich komme gern dazu, also nach Maasholm. Wir könnten angeln.«

»Ei der Daus«, entfuhr es Marie. »Familienerweiterung.«

Andreas zuckte mit den Schultern und formte einen süßen Schmollmund. »Ich find das knorke.«

»Abgemacht.« Fröbe stand auf. »Ich muss jetzt Polizeisachen machen. Ich bin Beamter.«

»Staatsdiener«, ergänzte Andreas und verbeugte sich.

Umarmungen und Küsse. Andreas und Fröbe verließen den Platz. Die Frauen schauten ihnen hinterher. Kurz bevor sie an der Kreuzung auf den Hauptweg abbogen, streckte Andreas den linken und Fröbe den rechten Arm gleichzeitig in die Höhe, und beide winkten mit Papiertaschentüchern.

»Das sind alberne Kerle«, stellte Frauke fest.

»Gott sei Dank!«

Marie setzte sich in den Bulli. »Ich brauche jetzt mal eine kleine Sprechpause.«

Die Pause dauerte erwartbar nur wenige Minuten an.

»Was liest du, Frauke?«

»›Nature Medicine‹, ich schätze Fachzeitschriften, und in Sachen Molekularbiologie macht denen niemand was vor. Was ich aber gerade las, ist näher am nicht wissenschaftsaffinen Fußvolk.« Frauke schaute Marie so arrogant an, wie sie nur konnte. »Es gibt erneut mehr Hitzetote in Europa als im letzten Jahr. Den Krebs haben wir bald besiegt, aber das Klima macht keine Gefangenen.«

Kurz war Marie vor einer ironischen Replik auf Fraukes »Ich-habe-ja-promoviert«-Vorlage gewesen. Ob der Ernsthaftigkeit des Themas schluckte sie ihre Antwort runter, sagte nichts. Es gab auch nichts zu sagen. Schon lange nicht mehr. Sie hatten das Fliegen eingestellt, das Haus isoliert, aßen kaum noch Fleisch, sie hatten demonstriert, fuhren Rad. Das Klima war träge. Sicher noch träger als die Menschen.

»Frauke, sollen wir heute einfach mal fröhlich sein? Wir könnten wieder kleine Tücher über unsere Bedenkenträger legen. Was hältst du davon?«

Frauke stand auf, griff in ihre Umhängetasche und zog ein Brillenputztuch hervor. Die Bedenkenträger waren Kastanienmännchen, die einen festen Platz auf den Armaturenbrettern der beiden Diensttransporter hatten. Ursprünglich sollten sie die Bedenken tragen, die Marie und Frauke quälten. Tatsächlich hatten sich die Burschen emanzipiert und stellten nun ihrerseits rhetorische Fragen nach dem Sinn des Tuns. Bisweilen waren sie ein gutes Korrektiv, aber manchmal waren ihre Einwände einfach lästig. Nach Fehmarn hatten sie ihre ältesten Mitarbeiter jedoch mitgenommen. Nun erhielten sie eine Auszeit.

»Worauf hast du Lust?«, fragte Frauke.

»Eine Runde durch Burg latschen. Ziellos.«

»Ich würde gern weiterlesen und zufällige Erkenntnisse zulassen. Wenn wir beide telefonisch erreichbar sind, sollte nichts schiefgehen. Unsere Heldinnen der Arbeit haben das Tagesgeschäft im Griff.«

»Jo, gehe ich mit.«

Marie zog sich Schuhe an und ging. Überall standen die Elektrokarren der Katenschinkenstraße herum. Anfangs war die Nutzung den Gästen der Partymeile vorbehalten gewesen. Inzwischen gab es ein Arrangement zwischen Meier-Masch und der Gemeinde, sodass nun jeder mit den praktischen E-Mils unterwegs sein durfte.

Keine zehn Minuten dauerte es, bis Marie ihren E-Mil in Burg vor dem Ristorante Don Camillo e Peppone abstellte. Ein Betrieb mit langer Tradition auf Fehmarn. Sie setzte sich unter einen der Sonnenschirme, orderte Kleinigkeiten und beobachtete das muntere Treiben. Eine Weile dachte sie über das Wort Geschmack und dessen Bedeutungen nach. Dann, sie betrachtete das frische Gelb der vor Saft strotzenden Zitronenscheiben, trank sie einen Schluck Kaffee und verzog das Gesicht. Der Kaffee schmeckte sauer. Nicht direkt nach Zitronen, aber sauer. Ihr Gehirn hatte ihr einen Streich gespielt. Das war es, was sie begeisterte. Sie würde Frauke oder Andreas fragen, ob sie jemanden kannten, der sich mit Fehlläufern in der Wahrnehmung beschäftigte. Bisher hatte sie nur optische Täuschungen erlebt.

Sie trank noch einen Schluck, ohne die Zitronenscheiben anzuschauen, ohne an sie zu denken. Alles wieder im erwartbaren Geschmackssektor. Großartig, diese Natur. Das erfrischende Glas Wasser, der aromatische Kaffee, die wunderbaren Cantuccini, die sie so liebte – gekostet und geschluckt, nachgeschmeckt und schon zur kulinarischen Erinnerung transformiert. Zeit für eine kleine Runde durch den Ortskern.

Marie schlenderte und vergaß zu denken. Das hätte ihr gefallen, hätte sie es bemerkt. Auf dem Friedhof von St. Nikolai fand sie sich wieder, lächelnd an ihre Mutter denkend, die Friedhöfe so gemocht hatte. Schon lange lag sie auf ihrem Lieblingsfriedhof begraben und schaute doch an beinahe jedem Tag bei Marie vorbei.

Über Meisen-, Finken-, Drossel- und Rotkehlchenweg erreichte sie, dem Sommerweg in Richtung Süden folgend, das U-Boot-Museum am Burger Binnensee schräg gegenüber dem Festivalgelände. Ihr war heiß. Ob sie wohl rüberschwimmen sollte? Das Handy steckte sowieso in einer wasserdichten Hülle, den Autoschlüssel hatte Frauke, was sollte schon schiefgehen? Die Fahrrinne raus in die Ostsee verlief rechts von ihr. Auf Boote, die in den Yachthafen Burgtiefe einliefen, musste sie achten. Wie weit mochte das sein, da rüber? Vier- oder fünfhundert Meter vielleicht.

Sie zog die Schuhe aus, band sie mit den Schuhbändern hinten an die Gürtelschlaufen ihrer kurzen Jeans und kletterte auf Höhe des Seenotrettungsmuseums über die Steine ins Wasser. Die Kühle machte, dass Marie mit ruhigen Atemzügen schwamm. Kaum Welle, wenig Wind, keine Abdrift. Sie hatte die Molensichel fest im Blick, fand rasch ihren Rhythmus und nahm sich vor, bald mal wieder Fahrrad zu fahren. Auch auf dem Rad konnte es passieren, dass die Monotonie der Bewegung für tiefe Entspannung sorgte. Laufen stand auf Maries Liste sportlicher Disziplinen schon länger nicht mehr ganz oben. Zu lädiert war ihr Knie, wenngleich sie immer noch Kurzeinsätze auf dem Fußballplatz hatte und auch als Trainerin aktiv geblieben war.

Bis auf zwei Surfer kam ihr niemand in die Quere. Kurz bevor sie das südliche Ufer des Burger Binnensees erreichte, kamen ihr Delphin Delle und der Buckelwal in den Sinn, die vor ein paar Jahren in den Gewässern an der schleswig-holsteinischen Ostseeküste gesichtet worden waren. Dann spürte sie etwas am linken Fuß. Grundberührung.

»Warum bist du so nass?«, wollte Frauke wissen, als Marie vor der Tür des Bullis ankam.

»Ach, diese Hitze.«

»Das ist Schweiß? Quatsch, oder?«

Marie berichtete von ihrer wagemutigen Durchquerung des Sees, Frauke erinnerte an das Mädchen, das sie aus dem Einfelder See gerettet hatten.

»Unvernünftig ist das. Mehr muss ich dazu nicht sagen.« Sie wirkte richtig sauer.

Marie rubbelte sich trocken, nahm das Handy aus dem Cover, kontrollierte die Funktion und nahm das Smartphone hoch, um Fotos zu machen. Sie deutete auf die rechte Seitenscheibe, an der ein schwarzes, knapp vier Zentimeter langes Insekt verharrte.

»Lederlaufkäfer«, erklärte Frauke. »Von dem solltest du dich besser fernhalten.«

Marie lachte. »Sehe ich aus wie ein Mädchen, das sich vor Käfern fürchtet?«

»Nein, ich weiß einfach, dass du keine Ahnung hast. Bei Gefahr versprüht das Vieh ätzende Buttersäure.«

»Echt? Woher weißt du so was?« Marie rückte näher an die Scheibe heran und schoss weitere Fotos.

»Ich habe im Biologieunterricht aufgepasst. Bio-Brackmann war ein Öko der ersten Stunde. Der hat sich damals so was von reingehauen. Irre. Zum letzten Abitreffen hat er einen Overheadprojektor mitgebracht und das Artensterben erklärt.«

Ein Lächeln erschien auf Maries sonnengebräuntem Gesicht. Sie summte, dann sang sie: »Karl der Käfer wurde nicht gefragt, man hatte ihn einfach fortgejagt.«

»Sag nicht, dass ihr euren Sohn nach diesem furchtbaren Lied benannt habt.«

Schulterzucken. »Bewusst nicht. Ist von 1983. Die Gruppe hieß Gänsehaut. Meine Mutter hat das gehört. Immer wieder, und dann hat sie vom sauren Regen erzählt. Ich hatte echt Schiss damals.«

»Da warst du ein Kleinkind.«

»Meine Mutter hat das jahrelang gesungen. Sie hat eine Umweltgruppe im Schulkindergarten geleitet.«

»Ein bewegtes Leben, Frau Geisler. Ich schlage vor, dass wir uns jetzt da zeigen, wo wir unser Geld verdienen. Die Kolleginnen und Kollegen melden sich überhaupt nicht. Bestimmt denken die, wir seien abgereist.«

Beste Beziehungen

Sniper wusste um die Wirkung von Alkohol auf Johannes. Johannes war ein Nachbar, ein ungeübter Trinker, ein Vertrauter, und er war Maler. Er war der Maler von Puttgarden, der den Arbeitsplatz mit der besten Aussicht hatte. Johannes sorgte mit Farbeimer, Pinsel und Rolle dafür, dass der Fernmeldeturm Puttgarden stets in unschuldigem Weiß erstrahlte. Jetzt saß er auf Snipers Eckbank, deren geblümter Bezugsstoff eine Hommage an die frühen siebziger Jahre war.

»Ich habe mit Lene gesprochen.« Johannes hatte die Schultern hochgezogen, verlegen gegrinst und den Kopf dann gesenkt.

»Johannes! Gut gemacht. Endlich hast du dich getraut, und wie ich sehe, hat sie dich nicht gefressen.«

Lene Buntschuh war die Bürgermeisterin, und Johannes hatte großen Respekt vor Respektspersonen.

»Was sagt sie denn?«

»Sie überlegt sich das.« Johannes legte beide Hände an die Schläfen und strahlte über das wettergegerbte Gesicht. Er berichtete, dass Lene seine Idee beim nächsten Treffen mit dem Regionaldirektor der FUKK, so lautete die Abkürzung der Fernmeldeunion Küsten-Kommunikation, vielleicht vortragen könnte.

»*And the Oscar goes to …*« Sniper trommelte mit den Zeigefingern einen Trommelwirbel auf den Resopaltisch, »*Mister Johannes Erichsen from Germany!*« Sniper griff nach der Flasche Jägermeister. »Darauf müssen wir einen trinken, alter Freund.«

»Meinst du? Ist ja nicht mal Mittag.«

Rasch waren zwei Saftgläser gefüllt. Sniper hielt Johannes das Glas hin.

Johannes zögerte, griff dann aber doch zu, stieß mit Sniper an und kippte sich das Gesöff hinter die Binde. Er schüttelte sich und sagte: »Das tat gut.«

»Da sagst du was, alter Freund, und weißt du was? Auf einem Bein kann man nicht stehen.«

Ehe Johannes sich versah, hatte er ein zweites Glas intus. Sniper hatte den Inhalt des Glases in den Übertopf der Friedenslilie geleert, eine Pflanze, die Sniper auch wegen des Namens, vor allem aber gekauft hatte, weil sie die Luft reinigte. Saubere Luft war für Sniper unerlässlich.

Johannes' Gesichtshaut färbte sich rötlich. »Habe ich dir eigentlich schon meine neusten Entwürfe gezeigt?«

»Nein, du hattest wieder eine kreative Phase? Lass sehen.«

Johannes griff nach seiner Sammelmappe, legte sie auf den Tisch, öffnete die Verschnürung, klappte die Deckseite auf und sagte: »Tadaaa!«

Das erste Motiv, auf ein DIN-A1-Blatt gezeichnet, zeigte zwei Mädchen im Alter von ungefähr sieben Jahren. Eine hielt sich eine weiße Konservendose an den Mund, die andere hielt sich eine rote Dose ans Ohr. Die Dosen waren mit einer Kordel verbunden. Das sprechende Mädchen winkte mit einem Deutschland-Fähnchen, das Mädchen mit der roten Dose trug ein T-Shirt mit dem Dannebrog.

»Deutsch-dänische Verständigung«, erklärte Johannes. »Völkerfreundschaft über den Fehmarnbelt hinweg. Verstehst du?«

»Genial. Johannes. Du hast dich selbst übertroffen. Einen nehmen wir noch.« Sniper füllte Johannes' Glas und stimmte die dänische Nationalhymne an: »*Og ædle kvinder, skønne møer, og mænd og raske svende, bebo de danskes øer.*«

»Edle Frauen, schöne Mädchen, Männer und flinke Knaben bewohnen die Inseln der Dänen«, hieß es im Lied. Wer wollte da widersprechen.

Johannes, der bei seiner dänischen Oma in Sønderborg aufgewachsen war, fiel sofort ein und sang mit Inbrunst. Eine gute Gelegenheit, die Druckbetankung fortzusetzen. Euphorisierte Menschen sprachen dem Alkohol eher zu als jene, die emotional bei ungefähr Normalnull waren. Ein Umstand, den Veranstalter von Volksfesten schamlos ausnutzten. Auf dem Oktoberfest waren bis zu sieben Millionen Liter Wiesn-Bier verkauft worden. Dass »Oans, zwoa, drei – g'suffa!« auch auf Fehmarn funktionierte, war nicht überraschend. Sniper war nah dran am

Thema. Snipers Mutter wäre ohne Unterstützung der Anonymen Alkoholiker aus dem Strudel von Geldsorgen, gesundheitlichen Problemen und sozialem Absturz sicher nicht mehr rausgekommen, damals in Snipers erstem Leben. Die Musik war die Rettung gewesen.

Johannes' Zunge wurde schwer. Schließlich fielen ihm die Augen zu. Sniper legte ein Kissen auf die lange Seite der Eckbank, bettete Johannes' Kopf vorsichtig, hakte die Kette von der Gürtelschlaufe, fädelte den Schlüssel mit der roten Kappe aus dem Schlüsselring und machte sich auf den Weg.

Das Auto blieb auf dem Parkplatz. Aufmerksamkeit zu erregen war unklug. Ein Elektrokarren der Katenschinkenstraße kam da gerade recht. Die Sonne stand schon hoch am wolkenlosen Himmel. Ein Sommertag wie aus dem Bilderbuch. Der letzte Tag für den Mann, der für Snipers Leid verantwortlich war.

Unterwegs dachte Sniper an die Schlüsselkopiermaschine Rekord 2000. Maschinen wie diese durfte nur kaufen, wer ein Gewerbe als Schlüsseldienst angemeldet hatte und von der Handwerkskammer zugelassen war. Heinzi, der auf Snipers Kräuterlikör stand und schon oft von seiner wilden Jugend erzählt hatte, war mal in diesem Business tätig gewesen. Früher. Gleich nach der wilden Jugend. Die Rekord 2000 hatte er immer noch, und er hörte schlecht. Die Maschine stand in seinem Schuppen.

Heinzi lauschte im Radio der Übertragung des Sonntagsgottesdienstes. Die Nachbarschaft hörte notgedrungen mit. Sniper öffnete das Gartentor, ging durch den gepflegten Bauerngarten nach hinten zum Schuppen, spannte das Original und einen Rohling in die Maschine und schaltete den Strom ein. Die Gemeinde sang: »Großer Gott, wir loben dich«, die Fräsmaschine surrte, und noch bevor der Segen erteilt wurde, verließ Sniper Heinzis Reich mit einer perfekten Kopie des Schlüssels.

E-Mil schnurrte über den Niendorfer Weg nach Norden. Zurück am Ort des kleinen Saufgelages Beruhigendes: Johannes schnarchte, Sniper ließ ihn, denn wer auf der Eckbank liegt, sündigt nicht. Sniper fädelte den Originalschlüssel wieder in den Schlüsselring, stellte die Gläser mit den dunklen Schlieren des Kräuterlikörs aus Wolfenbüttel in die Spüle, ergriff die Flasche und las:

Das ist des Jägers Ehrenschild,
dass er beschützt und hegt sein Wild,
waidmännisch jagt, wie sich's gehört,
den Schöpfer im Geschöpfe ehrt.

Dieses Gedicht Oskar von Riesenthals fand der interessierte Konsument auf dem Etikett jeder Flasche Jägermeister. Sniper war nach all der Übung sicher, dass ein waidmännischer Schuss gelingen würde, denn im edlen Sinne der Jagd wollte Sniper tun, was unerlässlich schien. Die Zielperson würde den Übergang vom Leben zum Tod kaum wahrnehmen. Wie beim Weideschuss würde es sein, den manche Halter von Rindern in Schleswig-Holstein anwendeten, um dem Tier all den Stress von Fangen, Transport und industrieller Tötung zu ersparen.

Sniper legte sich draußen in einen Liegestuhl. Ein Nickerchen konnte für eine noch ruhigere Hand sorgen. Der Wecker war gestellt.

Tote Hose

Marie und Frauke hatten das Warenwirtschaftssystem gecheckt, das sie vor zwei Jahren angeschafft hatte. Ein Segen. Seitdem hatten sie Überblick in Echtzeit. Nun waren sie für das Gespräch mit denen gewappnet, die während des Festivals den Verkauf machten. Bei größeren Events hatten sie sich sukzessive zurückgezogen und ihren Mitarbeiterinnen das Feld überlassen. Die angestellten Kollegen nannten sie inzwischen »Die zweite Besetzung«. Eine Idee von Olga, die als Flötistin in großen Orchestern gespielt hatte, bis sie eine Schulterverletzung aus dem Rennen genommen hatte. Nun gab sie im Verkaufscontainer den Takt an.

Sie verließen den Bulli. »Himmlische Ruhe«, sagte Frauke. »Wo mag nur dieser Vollidiot von nebenan sein?«

»Der Vollidiot heißt Walter Beisenstahl.« Marie schloss ab. »Hauptsache, er ist weg.«

Während sie zu ihrem zentralen Container gingen, von dem aus sie die Festivalbesucher direkt an der Theke, aber auf Bestellung auch am Bulli mit kulinarischen Spezialitäten versorgten, erkundigte sich Frauke nach der Historie der Bullis. Marie war keine Fachfrau, konnte aber T1, 2, 3 und 4 voneinander unterscheiden. Danach hörte es auf. Ein Freund ihres Vaters hatte einen Samba stolz sein Eigen genannt. Ein Sondermodell mit Fenstern im Dach, mit Faltdach, mit Klapptüren an der rechten Seite, in rot-grauer Zweifarblackierung. Ein seltener Traum, für den man heute sehr viel Geld bezahlen musste, wie Marie betonte.

»So einer?«, fragte Frauke und deutete auf einen Samba-Bus direkt hinter Marie.

»Anfängerglück«, befand Marie und bestätigte, dass es sich um einen Samba-Bus handelte.

»Schön«, urteilte Frauke, »aber nix für mich. Ich hätte immer Angst, dass ich was kaputt mache.«

Am Container: tote Hose. Ein Paar mit zwei pubertierenden Beinahe-Jugendlichen, deren Gesichtsausdrücke sehr deutlich ihre Abneigung gegen die Veranstaltung und all die alten Menschen vermittelten.

»Moin, Chefinnen«, grüßte Karim, den Frauke als Head of Bowls engagiert hatte. Karim war ein Multitalent, der vier Sprachen sprach, Webseiten zusammenbasteln konnte, den Fleischwolf repariert hatte, in Kiel eine Band am Laufen hielt und so getan hatte, als ob er einen Job neben dem Studium suche. Tatsächlich, das hatte Frauke erst vor drei Wochen herausgefunden, ließ er das Studium der Klimaphysik am Geomar in Kiel ziemlich schleifen. Frauke hatte ihm die Pistole auf die Brust gesetzt und gedroht, ihn rauszuschmeißen, wenn er keine Studiennachweise auf den Tisch legen würde. Seitdem nannte er sie Mutti.

»Nix los hier, Karim, verschreckst du unsere Kundschaft?«

»Weiß auch nicht, Mutti. Als ich den älteren Herrn vorhin in ein Gespräch über Tropospheric Physics and Dynamics verwickeln wollte, ist er einfach gegangen. Gibt übrigens fünf Credits. Der Master ist nicht mehr fern.«

Olga schob Karim zur Seite. »Karim nimmt das hier nicht ernst. Vielleicht solltet ihr ihn verkaufen. Die Leute kamen heute Morgen in Scharen, aber jetzt sind fast alle nach Puttgarden gefahren zur Katenschinkenstraße. Pure Neugier, glaube ich. Gleich schwebt da dieser Baron von Ballermarn über die Bühne, und irgend so 'n Gangsta-Rapper aus Dänemark kommt wohl auch.«

»In Dänemark gibt es Gangsta-Rapper?«, wunderte sich Frauke.

Marie machte die Augen klein und schaute Frauke mit schräg gelegtem Kopf an. »Und, Achtung, du glaubst es nicht: Gestern habe ich gehört, dass Frauen jetzt auch den Autoführerschein machen dürfen. Verrückte Welt.«

Karim hatte zwischenzeitlich die Theke abgewischt und stellte nun Espressotassen auf, in die er Jasminreis mit Mango-Chutney und Rote-Bete-Chips gefüllt hatte. »Kenne ich von meinen Cousins. Die füttern die Kids vor dem Schulgelände auch mit Drogenhäppchen an. Ihr könntet mich am Umsatz beteiligen, Chefinnen.«

Frauke schnaubte. »Morgen Vormittag komme ich übrigens

mit einem Mitarbeiter vom Gesundheitsamt vorbei. Nur, dass ihr nicht glaubt, ihr könntet den Rest des Tages chillen.« Sie legte die rechte Hand an die Stirn und grüßte militärisch. »Marie, wir gehen.« Sie drehte sich um.

Marie folgte.

»In gewisser Weise ist die Katenschinkenstraße ja auch Konkurrenz. Wir sollten vielleicht mal gucken, warum hier so wenig los ist.«

Marie legte Frauke die Hand auf die Schulter. »Betriebsausflüge sind genau mein Ding. Nehmen wir einen der E-Mils?«

Sie nahmen einen der E-Mils und parkten ihn gleich hinter der Zufahrt zum Campingplatz. Dort war einer von zahlreichen Parkplätzen für die Elektrokarren eingerichtet worden. Nachdem es insbesondere in großen Städten zu reichlich Ärger wegen bisweilen unorthodoxen Parkens von E-Rollern gekommen war, hatten der Gemeinderat und Meier-Masch ein Parkkonzept erdacht, bei dem es kleine Belohnungen für regelkonformes Abstellen gab. Man scannte einen QR-Code auf dem Display des E-Mils und konnte entscheiden, ob man seine Belohnung spendete oder an einem Gewinnspiel teilnehmen wollte. Positive Anreize, die wirkten. Nur sehr selten standen die Elektrokarren im Weg herum.

Auf dem Weg zur Hauptbühne war unüberseh- und -hörbar, dass der Andrang groß war.

Kurz vor dem »Kiek ut« kam den Frauen Mattes Friesen entgegen. »Moin, viele Bulli-Fans unterwegs. Wir hatten eben eine Auslastung von dreiundneunzig Prozent. Für einen Sonntagvormittag ist das nah am Rekord. Bei euch alles im grünen Bereich?«

Marie nickte. Grüner Bereich war ja ein weites Feld.

»Die Damen, ich muss hinter die Bühne. Der Chef tritt gleich auf, und es gab erneut Drohungen, die ihn verunsichern. Im Alter wird er noch zu einem kleinen Angsthasen.«

Der Sicherheitschef winkte und tauchte unter in der Menschenmenge, die in Richtung Seebühne drängte. Marie und Frauke reihten sich ein.

Der Sonntag war noch immer ein sonniger Tag. Wolkenfrei der hohe Himmel. Sniper spürte trotz der dämpfenden Wirkung des Benzodiazepins das Kribbeln der Vorfreude. Johannes war verschwunden, als Sniper nachgeschaut hatte. Vermutlich war es ihm unangenehm gewesen, leicht duun auf Snipers Eckbank zu erwachen. Nun galt es, letzte Vorbereitungen zu treffen.

Nicht das Auto, sondern das Lastenrad käme zum Einsatz, um das Equipment zum Einsatzort zu transportieren. War unauffälliger. Die Wahl des Weges war auf den Umweg gefallen. Weniger Betrieb. So ging es zwischen Wiesen und Feldern entlang. In aller Unschuld flatterten Schmetterlinge und summten Bienen. Friedlich schien, was bei Licht betrachtet ein Hauen und Stechen war, strebte doch jede Lebensform nach Leben. Oft zum Nachteil anderer. Da machte sich Sniper nichts vor. Der schöne Schein war, was sein Name nahelegte.

Ziemlich genau fünf Kilometer zeigte der Tageskilometerzähler, als Sniper in den Rückspiegel schaute, die Fahrbahn querte, die gepflasterte Einfahrt bis zum Tor entlangfuhr, abstieg, den Schlüssel ins Schloss steckte, kurz erschrak, als sich dieser nur eine Viertelumdrehung drehen, dann aber doch geschmeidig Riegel und Falle des in die Jahre gekommenen Schlosses zurückgleiten ließ. Die Schlüsselkopiermaschine Rekord 2000 hatte ganze Arbeit geleistet.

Das Tor sowie der Zaun, der das Gelände einfriedete, waren mit Stacheldraht verstärkt. Etwa fünfzig Meter trennten Sniper vom Eingang zur Anlage, von der aus der alles entscheidende Schuss abgegeben werden würde. Kein Mensch weit und breit. Das Lastenrad parkte hinter dem Turm, für dessen makellosen Teint Johannes verantwortlich war. Eine Lebensaufgabe bei der stattlichen Größe von ungefähr hundert Metern. Sicher gab es eine Formel, mit deren Hilfe man die Fläche dieser geometrischen Figur ausrechnen konnte, einer sich nach oben verjüngenden Röhre. Sniper kicherte belustigt beim Gedanken an Mathematik. Sniper hatte einen Hang zur Kunst. Mathematik ist für Buchhalter, hatte mal ein flüchtiger Bekannter gesagt.

Ein Blick noch nach oben und erste Zweifel. Vielleicht verjüngte sich die Röhre gar nicht, und der Eindruck entstand durch die schlichte Höhe des Bauwerks. Erneut kam der Schlüssel zum Einsatz. Dieses Mal ganz ohne Hakelei.

Das Innere der Röhre wirkte wie eine militärische Anlage aus dem Kalten Krieg. Kippschalter, rot, gelb und grün beleuchtete Knöpfe in Schalttafeln eingelassen, deren Kunststoffgehäuse vielleicht vor langer Zeit einmal weiß gewesen waren. Der aktuelle Farbton changierte zwischen Rentnerbeige und Rostbraun. Sniper dachte unwillkürlich an Erich Honecker.

Anzeigeinstrumente mit analogen Zeigern und armdicke Kabel, verlegt auf dem nackten Beton des Turms. Hier gab es für Johannes offensichtlich nichts zu streichen. Dass es einen Aufzug gab, wusste Sniper aus den Erzählungen des Kalfaktors, wie Johannes von seinem Chef genannt wurde. Johannes glaubte, er arbeite als Kalfaktor nun in einer Position, die dem eines Ingenieurs ähnlich war. Sniper hatte es nicht übers Herz gebracht, ihn über die wahre Bedeutung der Bezeichnung aufzuklären.

Dem Chef könnte man bei Gelegenheit die Luft aus den Reifen lassen. War selbst in größeren Städten ein bisschen aus der Mode gekommen, diese Form zivilen Ungehorsams. Sofern die Fahrer dieser Verbrennerriesen gewarnt wurden, konnte Sniper nichts Verwerfliches an solchen Aktionen finden. Und wenn sie denn nicht hören wollten, dann mussten sie eben fühlen. So war das schon als Kind gewesen, wenn der Vater den Gürtel hatte kreisen lassen, erinnerte sich Sniper und griff nach dem Gewehrkoffer. Es war wie in der Physik. Actio gleich Reactio. Wer wollte schon gegen das dritte Newton'sche Gesetz argumentieren? Immer wieder hatte Sniper gewarnt. Leider erfolglos. Nun würde es gleich zur Reactio kommen.

Soweit sich Sniper erinnerte, fuhr der Aufzug zwei Haltepunkte an, den oberen auf Höhe der ersten Plattform und den hier unten, sozusagen im Erdgeschoss. Sniper drückte auf den

Knopf, der wie ein Anforderungsknopf aussah. Was, wenn der Aufzug stecken bliebe? Hilfe zu holen käme nicht in Frage. Nachvollziehbar und ohne Folgen zu erklären, welchem Zweck der bewaffnete Besuch diente, der streng genommen ein Einbruch war, wäre eine unlösbare Aufgabe. Ob es eine Art Handkurbel für den Notfall gab? Schließlich lag der Turm doch recht abgelegen. Ein Gefühl überkam Sniper, das man als mulmig beschreiben konnte.

Die Tür schloss sich mit knirschenden Geräuschen. An der Decke flackerten Leuchtelemente unter einer Abdeckung aus milchigem Kunststoff. Es roch nach Maschinenöl. Es gab weder einen Spiegel noch ein Bedienfeld mit Tasten und einer Anzeige. Auch eine Gegensprechanlage fehlte. Sniper drückte den Rücken durch und auf den Knopf, unter dem ein Schild Plattform 1 als Destination angab. Sniper hörte ein hohles Klacken, dann setzte sich die Kabine in Bewegung.

Das leicht schabende Fahrgeräusch wurde vom Klagen eines Elektromotors übertönt. Ob der Antrieb redundant ausgelegt war? Sniper lachte. Das Fremdwort war neu in der Sammlung. Es war das Fremdwort der Woche im Kalender, der über der Eckbank hing. Apropos Eckbank. Hoffentlich kam Johannes nicht auf die Idee, hier aufzukreuzen. Es wäre zwangsläufig eine seiner letzten Ideen. Sonntags hatte er frei, hatte er gesagt.

Ein Ruck ging durch Kabine, Mark und Bein, dann öffnete sich die Tür und gab den Blick auf einen überraschend großen Raum frei, der in genau neunundneunzigeinhalb Metern Höhe über Grund lag, wie Sniper einem Schild entnehmen konnte. Sniper betrat den Raum. Licht und weit. Dass von oben und unten, dass aus der Distanz immer alles so klein aussah.

Schaltschränke in Lichtgrau auf betongrauem Boden aus Linoleum, wie Sniper annahm. Vielleicht, weil Linoleum antistatisch war, eine Voraussetzung für technische Umgebungen, in denen Strom eine wichtige Rolle spielte. Es gab noch so viel zu lernen.

An einer Wand hatte man in stramm aufrechter Haltung ein Telefon montiert, wie Sniper es aus Omas alter Wohnung kannte. Ein richtiger Hörer mit einem Spiralkabel, das ihn mit der Halterung verband. Nahm man den Hörer ab, konnte man die darunterliegende Wählscheibe bedienen. Sniper fand das schön.

Rundum – die Plattform entsprach in ihrer Form einer riesigen Torte – Fenster, die den Blick in alle Himmelsrichtungen freigaben. Auf eine Deckenverkleidung hatte man verzichtet. Kabel verliefen dicht an dicht, frei zugänglich hin und her. Wer da den Durchblick behielt, musste Elektriker sein. Mindestens. Die Fenster ließen sich nicht öffnen, das hatte Sniper schon in Erfahrung gebracht. Eine Treppe, deren Stufen aus Gitterrosten hergestellt waren, führte hinauf zur oberen Plattform.

Der Gewehrkoffer wurde schwerer, meinte Sniper an der leichten Verkrampfung der rechten Hand zu erkennen. Aber es war ja nicht mehr weit.

Gegenüber dem Treppenabsatz verhinderte eine graue Metalltür, die Johannes wohl erst kürzlich lackiert hatte, so wie sie glänzte, den freien Zugang zum Außenbereich. Die Tür entsprach den Luken, die Sniper von Schiffen der Marine kannte. Riegel an den abgerundeten Ecken sorgten sicher für gleichmäßigen Anpressdruck. Nicht auszuschließen, dass in dieser Höhe heftige Sturmböen auch zu Wassereinbrüchen führen konnten. Ein rechts neben der Tür angebrachter zentraler Betätigungshebel bewegte die Riegel, nachdem Sniper ihn umgelegt hatte. Die Bedienung war in knappen Worten auf einem weiteren Schild erklärt. Die Tür öffnete sich, und eine frische Brise von der Ostsee vertrieb den Geruch von Maschinenöl und Elektrokabeln.

Sniper war schwindelfrei. Dass es hier kein Geländer gab, störte nicht. Der Rundumblick war phantastisch. Über den Fehmarnbelt hinweg reichte die Sicht bis nach Lolland. Am äußersten Ende des Blickfeldes lag verschwommen der rote Backsteinturm der Domkirche von Maribo. Interessanter war indes, dass die verhassten Aufbauten der Katenschinkenstraße zum Greifen nah erschienen.

Das Gewehr samt Zweibein stand rasch am Rand der Plattform. Der Blick durch das Zielfernrohr war von erhabener Klarheit.

Mitten zwischen die Augen

Marie und Frauke waren in eine Gruppe junger Frauen aus Husum geraten, auf deren T-Shirts ein Bekenntnis zu altsprachlichen Gymnasien zu lesen war: »Cogito ergo HUSUM«.

»Zum großen Latinum hat das aber nicht gereicht«, kritisierte Frauke, und dann waren sie von den Frauen irgendwie mitgerissen worden. Anders war nicht zu erklären, dass sie sich unversehens in der ersten Reihe wiederfanden.

»Ich bin doch keine siebzehn mehr«, stellte Marie wahrheitsgemäß fest. Dann hatte man sie von links und rechts untergehakt. Headliner war die dänisch-deutsche Formation Hygge-Hop, die mit einer sehr relaxten Variante des Hip-Hops die internationalen Charts gestürmt hatte.

»Das ist doch kein Gangsta-Rap«, amüsierte sich Frauke.

»Dänischer Gangsta-Rap ist eben anders«, erklärte Marie. »Hygge-Hop. Komm, wir hüpfen.«

»Aber ganz sutje.«

Sie hüpften. Die Husumerinnen hüpften mit. Es war allein der Brise vom Wasser her zu verdanken, dass Marie und Frauke auch durchhielten, als die nächste Band auf die Bühne kam.

Die Gittes mit ihrem Hit »Polser-Polka«. Eine Referenz an Gitte Hænning, deren »Ich will 'nen Cowboy als Mann« die Generation der Großeltern elektrisiert hatte.

»Hacke, Spitze, Hacke, Spitze«, schallte es von der Bühne, und sie dachte an ihren Schwiegervater Uwe, der ein großer Tänzer gewesen war und Gäste auf Familienfeiern gern zur Polka animiert hatte. Inzwischen bevorzugte er den langsamen Walzer.

Die Gittes hatten fertig. Marie auch. Der Schweiß rann in Strömen. Vorbei aber war es hier nicht. Ganz im Gegenteil. Licht und Sound ließen ahnen, dass nun der Höhepunkt bevorstand.

Die Husumerinnen brüllten rhythmisch: »Baron, komm raus, Baron, komm raus.« Und dann kam er raus. Manfred Meier-Masch im vollen Ornat. Er kam mit leicht gesenktem Kopf, schaute dann ins Publikum, das jede Veränderung seiner Mimik auf den großen Screens mitverfolgen konnte. Er hob den Kopf, lächelte ein Lächeln, das gütig wirkte, spitzte leicht den Mund, schloss die Augen, und alle wussten, dass sie es nun gut sein lassen sollten. Der Beifall verebbte, und der Baron hob an, von seiner Begegnung des Tages zu berichten, wie er es immer tat. Er erzählte, dass er am Morgen in der kleinen Apotheke der Katenschinkenstraße gewesen sei. Der Jüngste sei er ja nun auch nicht mehr. Vor ihm habe eine ältere Dame ein Rezept eingelöst.

»Als die Apothekerin die Packung nach einer kurzen Erklärung über die Theke geschoben hatte, sagte die Kundin: ›Ich bin froh, dass es Ihr Lächeln ganz ohne Rezept gibt. Danke.‹ Ein Kompliment und zack – drei Menschen glücklich.«

Beseelte Gesichter im Publikum.

Dann erklang das Typhon, erfunden vom schwedischen Helge Rydberg und als Schiffshorn auf allen Weltmeeren zu Hause, aber auch hier auf der Katenschinkenstraße. Das Typhon ertönte etwa sechs Sekunden lang, und alle wussten, was nun kommen würde. Beinahe alle wussten, was kommen würde. Marie und Frauke schauten einander fragend an. Noch bevor sie sich mit ihrer Ratlosigkeit an eine der Husumerinnen wenden konnten, begannen diese, mit all den anderen Besuchern zu singen. Sie sangen die eine ikonische Liedzeile, mit der die Katenschinkenstraße vor Jahren zufällig eröffnet worden war. Der Polier des Bautrupps hatte sie ins Mikrofon gesungen, als die Anlage gerade zum ersten Mal getestet worden war. »Bye-bye, Ballermann, jetzt ist Fehmarn dran! Bye-bye, Ballermann, jetzt ist Fehmarn dran!«

Es gab keine instrumentale Unterstützung. Die Menge sang. Nicht mehr, nicht weniger. Gänsehaut. Der Baron von Ballermarn war ganz in seinem Element. Mit einer Handbewegung stoppte er den Gesang und stimmte den nächsten Schlachtruf an. Die Masse schrie »Katenschinken, Katenschinken, jump, jump!« Und hüpfte auf der Stelle.

Der Einheizer stand ganz still und beobachtete seine Gemeinde mit Wohlgefallen. Dann fiel Manfred Meier-Masch nach hinten um, und es dauerte nur einen Moment, bis die Ersten auf der Bühne und im Publikum merkten, dass es sich ausgehüpft hatte. Wer auf einen der Bildschirme geschaut hatte, musste sehen, dass etwas die Stirn von Meier-Masch getroffen hatte.

Frauke und Marie hatten gesehen und verstanden, was passiert war. Unmittelbar hinter der Absperrung zur Bühne tauchte Mattes Friesen auf und brüllte in sein Headset: »Alle Screens aus, sofort. Und: Räumen, räumen, räumen.« Als er Marie und Frauke sah, blieb er stehen. »Helft ihr, bitte?«

Er wies einen Ordner an, die Barriere herunterzufahren. Marie und Frauke machten einen Schritt hinüber in die Sicherheitszone. Aus den Lautsprechern war eine Erklärung zu hören. Die Stimme gehörte Manfred Meier-Masch. Unheimlicher ging es kaum.

»Es ist zu einem Zwischenfall gekommen, liebe Freundinnen und Freunde. Wir tun alles, damit ihr keine weiteren Unannehmlichkeiten habt. Bitte verlasst jetzt die Katenschinkenstraße auf den gekennzeichneten Wegen. Alle Mitarbeiterinnen und Mitarbeiter unserer großen Familie werden euch helfen, falls ihr Fragen habt. Ihr erkennt unsere Mitarbeiter ab sofort an den grünen Basecaps, die übrigens auch im Dunkeln leuchten, sollte mal der Strom ausfallen.«

Meier-Masch lachte.

»Aber seid unbesorgt. Die Windräder drehen sich weiter und unsere schöne Erde sowieso. Am Ende ist immer alles halb so wild, stimmt's? Wir sehen uns nach der kleinen Unterbrechung. Schön, dass ihr da seid.«

Musik wurde eingespielt, die neutral-fröhlich war und bei der man leicht mitsummen konnte.

Marie und Frauke erreichten in Begleitung von Mattes Friesen den leblosen Körper von Manfred Meier-Masch. Zwei Männer hatten bereits einen Sichtschutz aufgestellt. Die Organisation lief auch jetzt wie am Schnürchen. Meier-Masch wäre stolz gewesen. Aus seiner Stirn lief Blut über die Schläfe auf die Bretter, die auch für ihn die Welt bedeutet hatten.

»Großes Kaliber«, urteilte Mattes Friesen.

»Hoher Blutverlust«, stellte Frauke fest, die die Vitalfunktionen überprüft hatte.

»Ihr solltet da jetzt mal weg«, empfahl Marie, die Krüger am Telefon hatte.

»Ich bin in drei Minuten bei euch«, kündigte der Polizeichef von Fehmarn an.

Keine zwei Minuten später traf er ein. »Noch was zu machen?«, fragte er Frauke, die den Kopf schüttelte.

»Ich habe aber den Notarzt alarmiert«, sagte Krüger.

»Na logisch«, bestätigte ihn Frauke.

»Habt ihr was gesehen?« Krüger zückte einen Notizblock.

Die drei berichteten, was es zu berichten gab. Das war wenig.

»So ein elender Mist. Hätte ich den Jammerlappen doch bloß ernst genommen!« Krüger warf den Notizblock auf den Boden.

Marie trat neben ihn. »So was ist nicht zu verhindern. Da hat jemand aus großer Distanz geschossen. Ein Profi wahrscheinlich. Mindestens ein Jäger. Eher keiner von den Nörglern. Ich glaube nicht, dass du dir einen Vorwurf machen musst.«

Krüger hob den Notizblock auf. »Tut mir leid. Das überfordert mich gerade. Bin wohl doch nur ein Dorfsheriff.« Dann schaute er knapp an Frauke vorbei, so als suche er nach dem Weg.

»Krüger, alles okay?«, fragte Frauke.

»Ja, klar. Du bist doch Ärztin. Todesursache?«

»Karoshi, würde ich tippen«, antwortete Frauke.

Krüger schaute ratlos.

»Tod durch Überarbeitung. Haben die Japaner erfunden.«

»Echt jetzt? Und das Projektil in seinem Kopf?«

»Nichts ist ohne Nebenwirkungen.«

Maries Blick hätte nicht strafender sein können.

»Sorry«, sagte Frauke, »das ist aber auch eine verwirrende Situation hier. Er ist erschossen worden. Das ist ja ziemlich offensichtlich, denke ich. Aber bei einem Tod wie diesem kümmern sich ja später die Rechtsmediziner, und die sagen dann, woran er gestorben ist. Ich gehe jetzt besser.« Sie drehte sich um und verließ die Bühne.

Marie wandte sich an Krüger. »Ich geh dann jetzt auch mal.

Leute, die dir ins Handwerk pfuschen, gibt es hier sehr bald in Hülle und Fülle. Ich empfehle, die Presse außen vor zu halten, die Personalien der Besucher zu beschaffen und einen Blick auf deren Handys zu haben. Außerdem müsst ihr bestimmen, aus welcher Richtung der Schuss kam.«

Krüger winkte ab. »Ach, das ist leicht. Dieses Kaliber, die Wunde. Ein Nahschuss war das nicht, so viel ist klar. Wie er gestanden hat, ist ebenfalls klar. Frontal zur Bühnenkante. Also suchen wir einen Ort, der zum Winkel passt, in dem das Projektil in den Schädel eingedrungen ist. Da brauche ich keinen Ballistiker und 3-D-Chichi. Jemand hat von dort geschossen.« Krüger zeigte über die Promenade hinweg in Richtung Süden.

»Aber da ist doch nichts«, merkte Marie an.

»Doch, der Fernmeldeturm. Und da fahre ich jetzt auch hin. Tschüss.«

Marie folgte. »Der Dorfsheriff«, murmelte sie. »Was wären wir nur ohne ihn?«

Aus dem Hintergrund betraten zwei Menschen in Zivil, mehrere Polizisten in Uniform sowie Mitarbeiterinnen der Kriminaltechnik den geräumten Bereich vor der Bühne. Am Übergang standen Frauke, Mattes Friesen und zwei Polizisten, die die Personalien der Besucher mit denen aus dem Buchungssystem verglichen. Das würde dauern. Friesen klärte den Status von Marie und Frauke. Beide verließen die Katenschinkenstraße auf dem sehr kleinen Dienstweg.

»Du kanntest ja gar niemanden«, staunte Frauke.

»Und das ist gut so!« Marie beschleunigte ihren Schritt. »Wenn ich mir vorstelle, welche Bürokratielawine jetzt die Ermittlungen begleitet, bin ich heilfroh, dass ich mit dir in Bismarckhering mache.«

Tausendvierhundertsiebzig Meter weiter südlich hatte Sniper den Finger vom Abzug genommen, gelächelt und still das Glück des Treffers genossen. Mitten zwischen die Augen, so hatte es sein sollen.

Wir gucken ja nur

Frauke und Marie fuhren mit einem E-Mil zurück zum Bulli-Festival. Bald würde sich herumgesprochen haben, was passiert war.

»Brechen wir ab?«, brach Frauke das Schweigen.

»Eine Entscheidung, die wir der Festivalleitung überlassen, oder? Vielleicht reisen sowieso viele ab. Urlaubsstimmung kommt jetzt wohl nicht mehr auf.«

Frauke fuhr, bremste, bog rechts in einen Feldweg ab. »Ich muss mal kurz durchpusten. Mir gehen so viele Fragen durch den Kopf. Hat Meier-Masch Familie, warum tötet man ihn in aller Öffentlichkeit, und, vor allem, was macht das mit den Menschen, die zu Augenzeugen wurden?«

Marie zog eine Tüte mit Bulli-Weingummis aus ihrer Tasche und hielt sie Frauke hin. Sie entschied sich für einen grünen T3. »Ich kann diese Fragen nicht beantworten, habe mir solche und ähnliche immer wieder gestellt, wenn ich zu einem Tatort gerufen wurde, und mir angewöhnt, mich auf das Naheliegende zu konzentrieren. Professionelle Distanz. Ich habe gelernt, dass mein Einfluss sehr begrenzt ist, ich habe aber auch gelernt, dass ich hier und jetzt mehr tun kann als der Präsident der Vereinigten Staaten.« Sie legte Frauke die linke Hand auf die Schulter.

Sie saßen noch eine Weile, schauten auf das Feld, dann wendete Frauke den Elektrokarren und fuhr zum Festivalgelände, auf dem mit ihnen einige Bulli-Fans eintrafen, deren Mienen finster wirkten. Der Tod eines Menschen lässt kaum jemanden kalt. Umso befremdlicher war bei der Ankunft an Ritas und Uwes Bulli die Beschallung. Nebenan lief der Triumphmarsch aus »Aida«.

»Der Typ nervt!«, sprach Frauke Selbstverständliches aus. Wenig später hielt sie Marie ihr Handy hin. »Da schau her. Der feine Herr ist ein Hater.«

Frauke hatte Walter Beisenstahl im Internet gesucht, in einem der sozialen Netzwerke war sie fündig geworden. Dort war er Admin einer Gruppe, die er FCK-KS genannt hatte. Zweihundertachtunddreißig Mitglieder zählte die Schar derer, die ihrem Ärger über die Katenschinkenstraße Luft machten. Gewohnt unflätig äußerten sie sich über Künstler, Gäste, das Essen, die Lage und Meier-Masch. Was hervorstach, war der aktuelle Post von Walter Beisenstahl. Unter einem Foto von Meier-Masch auf der Bühne stand: »Der Baron ist tot – es lebe der Graf!« Die Meinungsäußerung war siebzehn Minuten alt und hatte fünfundvierzig Likes.

»Wer ist der Graf?«, fragte Marie.

Frauke zeigte auf ein Foto. Darauf posierte Walter Beisenstahl mit einer Pappkrone auf dem Kopf und einem T-Shirt mit dem Aufdruck »Der Graf von Amrum«.

»Warte, wir gucken das auf dem Tablet an, ist ja winzig, die Schrift.«

»Du brauchst eine Brille, Frauke.«

»Quatsch.«

Frauke öffnete die Internetseite auf dem Tablet. Sie setzten sich unter der Markise neben den Bulli mit freiem Blick auf den orangenen Monster-LT von Beisenstahl. Der Triumphmarsch erreichte sein Ziel, es wurde still, doch nur für Sekunden, dann legte sich das Orchester erneut ins Zeug. Das Lied lief in Schleife.

Marie stand auf. »Der spinnt doch.« An der senkrechten Stange der Markise blieb sie stehen. »Mist. Die Pilze sind weg. Ich habe doch gesagt, wir können die nicht einfach so hier draußen hinhängen.« Sie umrundete den orangenen LT und klopfte an die von innen verhängte Scheibe der Seitentür. Keine Reaktion. Der Triumphmarsch wäre auch was für Warteschleifen, dachte Marie und linste vom Seitenfenster aus ins Innere des Bullis. Auf dem Bett lag Beisenstahl. Rücklings mit dem Kopf in Fahrtrichtung. Der Kopf baumelte über die Kante der Matratze nach unten, Beisenstahls Mund war geöffnet. Neben ihm die Tüte mit den Pilzen. »Frauke, hierher, schnell!« Marie versuchte, die Schiebetür zu öffnen. Sie war verschlossen. Sie klopfte und rief: »Herr Beisenstahl, hallo, öffnen Sie die Tür,

Polizei.« Das war ihr so rausgerutscht. Die Macht der alten Gewohnheit. Beisenstahl rührte sich nicht.

Ein Mann mit sehr kurzen Haaren und einem sehr langen Bart tauchte an der Fahrzeugfront auf. »Was kann ich tun?«

»Hilflose Person im Fahrzeug, Fahrzeug verschlossen.«

Der Mann bückte sich, hob einen Stein auf, der einen Hering sicherte, und trat an das seitliche Beifahrerfenster. »Vorsicht, bitte.« Er schlug mit dem Stein die Scheibe ein, griff ins Innere des Autos und öffnete die Beifahrertür.

»Das machen Sie nicht zum ersten Mal?«, fragte Marie.

»Freiwillige Feuerwehr Rieseby«, antwortete der Bartträger.

Marie stieg ein, schlüpfte nach hinten durch und öffnete die Schiebetür. Frauke erschien. Gemeinsam stabilisierten sie Beisenstahls Kopf. Frauke hielt ihre Wange über Beisenstahls Mund, prüfte den Puls und entspannte sich. »Keine Sorge, der hat nix.«

Der Bartträger klopfte aufs Dach. »Ich geh dann mal wieder. Das mit der Scheibe – nun ja, soll er nicht so viel saufen, der Vogel.«

»Äh, die Versicherung. Also, ich weiß nicht.« Marie klang skeptisch. Der Mann war weg.

»Lass doch, wir sagen einfach, dass wir das waren mit dem Stein.«

»Ich schätze deine pragmatische Ader, Frauke. Was hat er denn nun? Die Pilze?«

»Davon gehe ich aus. Ist ja halb leer, die Tüte.«

Walter Beisenstahl öffnete die Augen und sang: »*Lucy in the sky with diamonds ...* Lucy indrabeii.« Dann fielen die Augen wieder zu.

»Besser als der Triumphmarsch. Warum haben die eigentlich aufgehört?«, wollte Frauke wissen.

»Habe ich abgestellt, kam von seinem Handy und lief über die Musikanlage hier im Auto.« Marie tippte und wischte auf dem Handy rum.

»Darf man das? So an anderer Leute Handy rumfummeln?«

»Gefahr im Verzug. Ich schaue nur rasch nach, ob er irgendwelche Allergien hat. Nur weil die Bedenkenträger nicht in der

Nähe sind, sollten wir uns nicht über Recht und Ordnung hinwegsetzen«, mahnte Marie und legte Beisenstahls Zeigefinger auf das Display, um das Handy zu entsperren.

»Darf man das?«, fragte Frauke.

»Kommt drauf an.«

»Darf die Polizei das?«

»Die einen sagen so, die anderen so.«

»Macht Fröbe so was auch?«

»Nein, Fröbe ist ja Polizist.«

»Gut, dass wir keine Polizistinnen sind«, stellte Frauke fest und zog Handschuhe an. Dann begann sie, den Bulli von Walter Beisenstahl systematisch zu durchsuchen. Marie schaute auf das Display und beschäftigte sich mit Kalendereinträgen und Aktivitäten in den sozialen Medien.

»Da schau an. Er war Regimentsmeister.« Frauke zeigte auf eine Plakette, die am Kopfende seiner Koje an der Wand hing.

»Worin?«

»Schießen mit dem Gewehr G36.«

Kurzes Schweigen. »Denkst du, was ich denke?«, wollte Marie wissen.

»Bisschen sehr naheliegend, oder?«

»Ich guck mal weiter.«

Walter Beisenstahl schnarchte und kicherte.

»Heute Abend nehme ich auch mal was von diesen Pilzen«, kündigte Marie an, die durch die Fotogalerie scrollte. »Es wird enger für den Burschen. Ich habe hier ein Foto, auf dem er mit Meier-Masch im Eckernförder Hafen steht. In Marineuniform. Die beiden kannten einander.«

Frauke blätterte in einem Aktenordner herum. »Ich finde keine medizinischen Berichte. Was ich sonst so sehe, sehe ich unfreiwillig und zufällig. Zum Beispiel einen Brief an Meier-Masch. Er hat mit ihm über eine Kooperation verhandelt. Beisenstahl hat wohl ein Grundstück auf Amrum gekauft und dem Baron vorgeschlagen, dort eine Dependance der Katenschinkenstraße zu errichten. Voll spannend. Vielleicht werde ich doch Polizistin.«

Das Blättern von Papier, das geräuschvolle Atmen von Beisenstahl, und gleich neben Marie tickte ein Wecker aus gutem altem Blech. Groß wie ein Kohlkopf, laut wie das Knacken in Maries Knie.

»Und weiter geht's. Ich habe hier ein Schriftstück, mit dem Beisenstahl der Verlust der Rechtsstellung als Soldat mitgeteilt wird. Warum? Warte. Da steht's. ›Wegen Drogenbesitz‹. Das passt ja. Muss es nicht ›wegen Drogenbesitzes‹ heißen?«

Marie sagte nichts.

»Warum sagst du nichts? Das ist doch interessant.«

Marie sagte noch immer nichts. Sie schaute in die traurigen Augen einer Frau, die eine Fußfessel trug. Marie war erschüttert und alarmiert. Sie suchte nach Anhaltspunkten für die Identität und den Aufenthaltsort der Frau. In den Metadaten hatte sie gesehen, dass die Fotos vor vier Tagen aufgenommen worden waren. Irgendwo auf Amrum oder Föhr.

»Marie, ist was?«

»Allerdings. Guck dir das an. Ich wette, der Typ hält eine Frau gefangen.«

Frauke setzte sich rüber zu Marie. Marie grinste kurz. »Weißt du, worauf du sitzt?«

Frauke schüttelte den Kopf.

»Porta Potti.«

»Porta was?«

»Porta Potti. Tragbares Campingklo.«

Frauke verzog keine Miene. »*So what.* Ich bin Ärztin. Du glaubst nicht, was ich gesehen, gefühlt und gerochen habe.«

»Doch, ich bin mit einem Arzt verheiratet, und in schlaflosen Nächten hat er von Erbrochenem erzählt und ich von abgetrennten Köpfen. Uns hat das geholfen.«

»Okay, und was hat dich dann gerade so geschockt?«

»Der Blick dieser Frau. Die Augen, die Fenster zur Seele. Das sagt man ja nicht nur so.« Marie hielt Frauke das Handy hin.

»Sieht aus, als säße sie in einer Zelle«, stellte Frauke fest.

»Guck doch noch mal in den Briefverkehr zwischen Beisenstahl und Meier-Masch. Vielleicht findet sich da die Adresse, an der Beisenstahl die Filiale errichten wollte.«

Frauke suchte und wurde fündig. »Keine Adresse, aber ein Foto des Geländes und, hier, wenn du genau hinschaust, das Schild da am Straßenrand.«

Marie kniff die Augen zusammen, las Buchstabe für Buchstabe, hob den Kopf und sagte: »Gut gemacht, Frau Polizeianwärterin. Das ist in Norddorf auf Amrum.«

Frauke blätterte weiter. »Es kommt noch besser. Beisenstahl hat eine Imbissbude gekauft, die auf den schönen Namen ›Krabben-Kai‹ hört.«

»Ich habe so was schon mal gesehen. Ganz zu Anfang meiner Dienstzeit. Ich wette, dass der Irre die Frau festhält. Ich rufe jetzt Astrid an«, beschloss Marie.

Walter Beisenstahl grunzte und kicherte erneut.

»Der hat wohl seinen Spaß«, vermutete Frauke. »Fragt sich, wie lange er so handzahm bleibt.«

Marie wählte Astrids private Handynummer.

»Moin, Marie. Schön, von dir zu hören, eigentlich. Habe nicht viel Zeit. Leider.«

Marie berichtete kurz und knapp. »Krüger will ich nicht damit behelligen. Der hat jetzt genug zu tun.«

Astrid hatte frei und noch nichts von dem Attentat auf Manfred Meier-Masch gehört.

»Auf Amrum kenne ich niemanden«, sagte Marie. »Da dachte ich, das LKA könnte helfen.«

»Marie, ich weiß nicht, wo mir der Kopf steht. Wir haben eine tote Frau auf dem Flensburger Flughafen. Sehr mysteriös. Und sei mir nicht böse, aber Gefahr im Verzug sehe ich nicht. Zuständig sind wir auch nicht. Das kann ja auch alles ein Spielchen sein zwischen dem Typen und dieser Frau, seiner Frau womöglich. Da gibt es ja die unglaublichsten Sachen.«

Marie insistierte nicht. Sie spürte, dass Astrid heute sicher nichts unternehmen würde. »Okay, wir sprechen in der nächsten Woche mal. Wie geht es eigentlich Gregor?«

Tiefes Atmen. »Scheiße. Es ist alles scheiße!«

»War Uwe da und hat mit Gregor gesprochen?«

»Ja. Das einzig Gute. Gregor ist bereit, mit Uwe zu einer

Therapeutin zu gehen. Marie, ich kann jetzt nicht. Im Zweifel kontaktierst du die Kollegen vor Ort. Mach bitte keinen Quatsch. Tschüss.« Astrid hatte aufgelegt.

»Da brennt der Busch. Astrids Mann, meinem alten Kollegen Gregor, geht es nicht gut. Beginnende Demenz wohl.«

Frauke murmelte unverständlichen Kram, fühlte Beisenstahl den Puls.

»Frauke, ich fahr da jetzt hin, nach Amrum. Ich habe kein gutes Gefühl. Kommst du mit?«

Frauke nickte.

»Danke. Alleine mit diesem Drogenheini hätte ich Schiss gehabt. Nachher kriegt der noch einen Herzkasper. Okay, wann geht die nächste Fähre? Wir brauchen zweieinhalb Stunden bis Dagebüll.«

Marie klickte, wischte und beantwortete sich die Frage selbst: »Die um zwanzig Uhr erwischen wir. Dann sind wir um zweiundzwanzig Uhr in Wittdün und eine Viertelstunde später in Norddorf. Also ungefähr zum Sonnenuntergang. Da sehen wir noch was, falls es denn diese Hütte ist.«

Frauke setzte sich neben Beisenstahl. »Fass mal an, wir bringen ihn rüber und machen dann einen Liegendtransport aus der Nummer.«

Sie schleppten den schlaffen Körper rüber zu Ritas und Uwes Bulli. »Meine Schwiegereltern dürfen das nie, nie, wirklich nie erfahren.«

Frauke ächzte. »Der ist aber auch schwer.«

Die Frauen sorgten für ein bequemes Lager, Frauke stellte ihre Arzttasche griffbereit. Dann fuhren sie los.

»Ich gebe noch Olga und Karim Bescheid, dass wir über Nacht nicht vor Ort sind.« Frauke telefonierte, hob den Daumen. »Die beiden machen das. Gutes Team. Da haben wir richtig Glück.«

Die Fahrt verlief ruhig und ohne Zwischenfälle. Keine Staus, und Walter Beisenstahl schlief tief und fest.

Frauke kontrollierte regelmäßig seinen Blutdruck und befand: »Der ist kerngesund.«

Auf der Höhe der Abfahrt Schleswig/Jagel wurde Marie kurz nörgelig. »In zehn Minuten könnte ich zu Hause bei Andreas sein. Was machen wir hier eigentlich?«

»Marie, das fragst du mich? Ich verlasse mich lediglich auf deine Expertise als erfahrene Ermittlerin, die eine mutmaßlich entführte Frau befreien will. Bei Licht betrachtet gibt es für unser Verhalten ziemlich sicher einen ICD-Code. International Statistical Classification of Diseases and Related Health Problems. Ich liebe diese Bezeichnung. Ich tippe bei uns übrigens auf eine Variante von F60.3, emotional instabile Persönlichkeitsstörung ohne suizidale Tendenzen. Aber ich bin ja keine Psychiaterin. Vielleicht ist es auch ein Fall von Frauen-Soli.«

Das Trio erreichte den Anleger in Dagebüll rechtzeitig. Sie hatten die Scheiben verdunkelt, sodass niemand von außen in den Bulli hineinsehen konnte. Sie gingen abwechselnd zur Toilette und hofften, dass Beisenstahl wenig getrunken hatte.

Kaum hatten sie Wittdün nach einer ruhigen Überfahrt erreicht, schreckte Walter Beisenstahl hoch. »Ich muss mal.«

Marie fuhr genau vor der Kultkneipe Blaue Maus rechts ran. Gemeinsam eskortierten sie Beisenstahl hinter das gegenüberliegende Wartehäuschen.

Der erledigte sein kleines Geschäft und sagte: »Dann wollen wir mal wieder«, gerade so, als wisse er, wer mit wem in welcher Absicht wohin unterwegs war. Zurück im Bus setzte sich Beisenstahl auf die nun wieder aufgerichtete Rücksitzbank.

Frauke setzte sich neben ihn. »Herr Beisenstahl, gut, dass Sie da sind. Ich muss Sie mal kurz untersuchen.« Sie beugte sich zu ihm vor, schob Walter Beisenstahls Augenlid nach oben, leuchtete mit ihrer Taschenlampe ins Auge. Beisenstahls Pupille war annähernd lichtstarr. »Jo, der ist in einer anderen Welt.«

»In einer besseren?«, wollte Marie wissen.

»Du willst ein Drogenexperiment?«

»Zwei oder drei Pilze werden schon nicht schaden. Hauptsache, er bleibt friedlich«, antwortete Marie. »Sobald wir vor Ort sind, gibst du ihm ein Antidot, und ich befrage ihn. Flumazenil, das gibt man doch bei einer Überdosierung mit Benzodiazepinen. Da ist er dann ruckzuck wieder auf dem Damm.«

Frauke räusperte sich. »Marie, das ist sehr gefährliches Halbwissen einer Arztgattin. Ich werde mit Andreas sprechen müssen.«

Walter Beisenstahl richtete sich auf. »Andreas, ich kenn den doch, der hat mal bei Borussia Dortmund gespielt.« Es folgte eine Aufzählung der deutschen Fußballmeister von 1972 bis heute. Beisenstahl sprach, was die Sprache hergab.

»Ist nicht jeder Mörder ein Segen für die Lebewesen auf dem Planeten? Ist es nicht widersinnig, jemanden zu belangen, der den ökologischen Fußabdruck der Menschheit verkleinert? Man stelle sich vor, wie einfach alle Probleme zu lösen wären. Jeder bringt einen andern um, und im Handumdrehen entstünde ein zweites Paradies.« Zum wiederholten Mal gab Beisenstahl ein Kichern von sich, das klang, als synchronisiere er einen schlechten Zeichentrickfilm.

Kurz vor dem Ortsschild von Norddorf meldete sich der Passagier erneut zu Wort: »*One in a million.*« Walter Beisenstahls Blick – eine Mischung aus Trauer und Zynismus.

Marie parkte in der Nähe des vermuteten Zielortes, gab Frauke ein Zeichen. Beide stiegen aus. »Wie machen wir weiter? Ist dieser Mann zurechnungsfähig?«

»Ein Trip, Marie, was weiß ich, was in dessen Hirn vorgeht. Völlig unvorhersehbar, ob er hilfreiche Angaben macht. Aber was bleibt uns anderes übrig, als es zu versuchen. Eine kurze Unterbrechung könnte nicht schaden.«

»Ein Reiz?«

»Genau.«

»Gut, ich koche Tee. Tee ist immer gut, wenn man nicht weiterweiß.«

Also kochte Marie Tee für die Besatzung des Bullis. Beisenstahl schlürfte, äußerte sich zufrieden mit dem Pfefferminztee, der ein Darjeeling war, hob die rechte Hand, streckte seinen Zeigefinger in die Luft, so wie es Schülerinnen und Schüler machten.

»Sie sind also Ärztin, junge Frau. Mal ganz im Ernst. Sollte es nicht Kriterien geben, die festlegen, wem sie weiterzuleben helfen? Hat nicht ein Leben verwirkt, wer anderen Lebewesen vorsätzlich, also im vollen Besitz seiner geistigen Kräfte, schadet?«

Frauke pustete und knurrte. »Jetzt diskutieren Sie gleich die Todesstrafe und einen erweiterten Euthanasie-Begriff, und ruckzuck gibt es Applaus von den Faschos. Vielleicht sollte ich Ihnen doch was zum Schlafen geben.«

Marie rieb sich das Gesicht. »Langsam habe ich den Eindruck, dass nicht nur Beisenstahl auf einer Reise ist.«

»Du kannst Walter sagen, Mädchen. Und was ich noch sagen wollte: Unser Existenzrecht begründet sich in unserer Existenz selbst. In einer Welt aus Beziehungen von lebenden Akteuren, also auch Tieren und Pflanzen, erfüllen wir unsere Aufgabe, wenn wir schließlich zum Futter für andere lebende Akteure werden, zum Futter für Würmer oder zum Futter für Pflanzen, wenn wir verbrannt werden.« Er trank noch einen Schluck. »Also habe ich mein Recht beansprucht und den Sinn meines Lebens mit dem Tage verwirkt, an dem mein Nachwuchs geschlechtsreif und selbstständig ist, sodass die Beziehungen der lebenden Akteure durch die nächste Generation aufrechterhalten werden können.« Er verdrehte die Augen, die Tasse fiel ihm aus der Hand. Eine Pfütze auf dem Teppich.

Marie fischte ein Tuch aus der Spüle und dachte an Rita und Uwe. »Wir sind jetzt auf Amrum, Walter. Verstehst du das?«, fragte sie.

»Lirum, larum Löffelstiel.« Beisenstahl steckte sich einen Finger in den Mund und machte Plopp-Geräusche.

»Bist du alleine, wenn du hier in deinem Restaurant bist? ›Krabben-Kai‹ heißt das, oder?«

»Alleine, alleine, immer nur alleine. Mama, Papa, Mama, alle, alle, Schweine. Ich muss jetzt schlafen. Morgen hau ich den alten Manni weg.« Er kicherte und schlief ein.

»Frauke, ich mach mir echt Sorgen. Diese Pilze machen ja richtig furchtbare Dinge. Kommt der Kerl wieder zu sich? Nicht, dass wir uns der unterlassenen Hilfeleistung schuldig machen.«

»Keine Sorge, der wird wieder.«

»Ich möchte mich jetzt umschauen. Vielleicht finde ich ja Krabben-Kai. Traust du dich, mit Walter hierzubleiben?«

Frauke grinste. »Der ist noch so weit weg. Im Zweifel fixier ich ihn.« Sie öffnete ihre Arzttasche, in der Marie lange Kabelbinder sah.

»Was machst du denn damit?«

»Och.«

»Ich bleibe in Rufweite. Das Handy habe ich aber auch dabei. Bei der kleinsten Kleinigkeit –«

»… mache ich was Großes daraus«, fiel ihr Frauke ins Wort.

Marie verließ den Bulli und ging Richtung Strand. Die Sonne stand tief. Im Osten erkannte sie über das Watt hinweg die Gebäude der Kurklinik in Utersum auf Föhr. Sie ging den Feldweg entlang, umrundete einen Knick und sah einen Bungalow mit großer Terrasse, von der ein Teil überdacht war. Auf der Werbetafel neben dem Eingang las sie: »Krabben-Kai«. Dort, wo das eingezäunte Grundstück begann, ein Schild mit der Aufschrift »Privat – Zutritt verboten«.

Fröbe sucht

Hamburg gefiel Fröbe. Das Leben vor den Toren von Neumünster am Einfelder See war ein beschauliches Leben nah an der Natur. Oft waren sie am Wochenende irgendwo an der Ostsee. Aber das pulsierende Leben der Großstadt packte ihn immer wieder.

Auf dem Weg hierher hatte er eben einen alten Kollegen vom LKA Hamburg im Café Hansasteg an der Außenalster getroffen. Neben der Suche nach Sauerland und dem Brandstifter, der Loddar auf dem Gewissen hatte, arbeitete Fröbe seit fast zwei Jahren an einem Fall, der die Landeskriminalämter in Kiel, Hamburg und Hannover beschäftigte. Unappetitliche Geschäfte von Fleischfabrikanten. Während der kurzen Besprechung mit dem Kollegen hatten Menschen um sie herum Spanisch, Türkisch und Japanisch gesprochen. Allein der Klang hatte sich wie ein kleiner Urlaub angefühlt. Menschen mit Phantasie konnten viel Geld sparen.

Im Anschluss war er auf der Suche nach Friedrich Sauerland nach Wilhelmsburg gefahren. Die Besitzerin des Reisebüros war wieder am Start, wie ihm deren Sohn mitgeteilt hatte.

Fröbe parkte, stieg aus und war für einen Moment irritiert. Auf der anderen Straßenseite entdeckte er die sportlichen Rentner samt Vorturner, denen er bei seinem letzten Besuch gefolgt war. Andere Uhrzeit, andere Ecke des Viertels. Die Herren kamen rum, dachte Fröbe und spürte Wehmut. Käme er in dieses Alter, gäbe es keine Gruppe von Freunden, der er sich würde anschließen können. Seine Kontakte waren beruflicher Natur. Vielleicht sollte er sich nicht auf den Snookertermin mit Andreas beschränken. Einsamkeit im Alter war eine der häufigsten Ursachen …

»Pass doch auf, du Penner!« Ein Radfahrer hatte sich von hinten genähert, während Fröbe gedankenverloren die Straße überquerte.

Er rief eine Entschuldigung über den Asphalt und fragte sich, ob die Großstadt vielleicht doch zu groß für ihn war.

Am Reisebüro angekommen, öffnete sich gerade die Tür von innen, und ein Paar jenseits der achtzig verließ die Geschäftsräume. Beide strahlten Fröbe an. »Atacama-Wüste«, sagte der Mann. »Davon haben wir immer geträumt.«

Fröbe erwiderte: »Gute Reise«, und griff nach der Tür, die ihm der Mann aufhielt. Man kommt überallhin heutzutage und trotzdem nicht vom Fleck, dachte er und sah sich im Hamsterrad seiner Ermittlungen. Die Menschen waren nicht besser geworden über all die Jahre hinweg, in deren Verlauf er sich um deren Missetaten kümmerte. Kardamom solle stimmungsaufhellend wirken, fiel ihm ein.

Dann stand er der Inhaberin gegenüber. Nicht direkt Aug in Aug, die Dame war keine eins sechzig groß. Ihr Blick ließ indes keinen Zweifel daran, wer hier das Sagen hatte.

Fröbe stellte sich vor und trug sein Anliegen vor.

»Mein Sohn hat mich bereits unterrichtet«, sagte die Dame und klang förmlich.

»Das freut mich. Wir möchten Herrn Sauerland befragen und hoffen, dass er mithelfen kann, eine Straftat aufzuklären. Wissen Sie, wo er wohnt?«

Die Reisebürochefin grinste. »Weiß ich nicht.«

»Ich brauche doch nur eine Adresse. Im Zweifel ist Herr Sauerland sogar in Not. Nur die Adresse.« Fröbe bemühte sein unschuldigstes Lächeln.

»Sag ich nicht.«

»Was denn nun, ›weiß ich nicht‹ oder ›sag ich nicht‹?«

»Weiß ich nicht.«

»Sie wissen nicht, ob Sie es mir sagen?«

»Sag ich nicht.«

Zwischen den Regalwänden mit Prospekten öffnete sich eine Schiebetür. Der Sohn des Hauses betrat den Raum. Er schaute Fröbe an. Fröbe verstand, dass er gelauscht hatte. Es folgte ein zunächst freundlicher, dann jedoch zunehmend hitziger Dialog zwischen Mutter und Sohn, der auf Türkisch geführt wurde.

An dessen Ende schaute die Chefin Fröbe lächelnd an, sagte: »*Güle güle*«, und entschwand durch die noch halb geöffnete Schiebetür nach hinten.

Schulterzucken beim Sohn. »Sie sagt, dass sie nicht sagen kann, was sie nicht weiß, und dass wir nicht wissen können, ob sie etwas weiß. Außerdem sei ein stadtbekannter Rechtsanwalt jederzeit bereit, auf das Paradies zu verzichten, um sie aus den Klauen böser Mächte zu retten. Das hat sie wortwörtlich so gesagt. Ich kann nichts tun.«

Fröbe grunzte. »Danke, dass Sie es versucht haben. Warum ist sie so verschwiegen?«

»Loyalität und meine Mutter sind wie Geschwister.«

Die Männer verabschiedeten sich voneinander. Im Rausgehen fragte Fröbe: »Warum eigentlich fährt man in die Atacama-Wüste?«

»Weil man schon alles andere gesehen hat.«

Vor der Tür: Wüstenhitze. Vielleicht war es in der Atacama ja nicht nur trocken, sondern auch kühl.

Dass Friedrich Sauerland nicht über das Melderegister zu finden war, hatte Fröbe nicht gewundert; dass der Versuch, über die Kirche an ihn ranzukommen, gefloppt war, hatte er verdaut. Dass ihn die Reisebürochefin hatte auflaufen lassen, hinterließ ein indifferentes Gefühl. Er war verärgert, empfand jedoch auch eine gewisse Sympathie für die klare Haltung der Frau.

Dass die üblichen Verdächtigen der halbseidenen Verbrecherszene seinen Unterschlupf nicht kannten, war eine Überraschung. Die Kolleginnen des Polizeikommissariats 44 hatten sich wirklich alle Kandidaten vorgeknöpft. Polizeiarbeit mit der Betonung auf »Arbeit«, zumal die eigens eingerichtete Ermittlungsgruppe unerwartet viel Aufwand betreiben musste, um die teilweise diffusen Lebensumstände der drei Brandopfer im Curto Relação aufzuklären. Einen Trumpf aber hatte Fröbe noch im Ärmel. Er wusste um die kulinarischen Vorlieben von Friedrich Sauerland. Mett war sein Gemüse, und wo gab es im Umfeld von zehn Kilometern die geilsten Mettbrötchen? In »Odo's Kaffeeklappe«. Dort war er bei seinem letzten Besuch auf eine Mitarbeiterin getroffen, die erst seit ein paar Tagen die Zwiebeln pellte. Aber sicher hatte er heute mehr Glück.

An der Ernst-August-Schleuse vorbei überquerte Fröbe den Veddelkanal und war beim Blick auf den Hafen wieder mit der großen Stadt versöhnt. Das Tor zur Welt. Er konnte das fühlen.

»Odo's Kaffeeklappe«, im Container beheimatet, war architektonisch nicht unbedingt ein Hingucker, aber Odo und seine Mitarbeiterinnen waren im Hafen seit gut über zwanzig Jahren eine Institution. Fröbe nahm die vier Stufen hinauf in den Schnitzelhimmel, freute sich, dass außer ihm nur noch ein Kunde anwesend war, wartete, bis dieser gegangen war, dann stellte er sich vor. Der Mitarbeiterin hinter der Theke hielt er das Foto hin. Ein Porträt von Friedrich Sauerland aus besseren Tagen. Keine Reaktion.

»Schon mal gesehen?«

»Man weiß das nicht.«

Ging das schon wieder los? »Der Mann ist womöglich ein wichtiger Zeuge. Wir ermitteln in einem Fall von Brandstiftung.«

»Curto Relação?«

»Jo. Also?«

»Kann sein. Wer hier so alles reinkommt und wieder rausgeht.«

Fröbe atmete und zog ein anderes Foto aus der Mappe, die ihn aussehen ließ wie einen Verwaltungsmitarbeiter. Das jedenfalls hatte er gedacht, als er sich mit einer Mappe wie dieser mal zufällig in einem Spiegel gesehen hatte. Vielleicht hatte es auch am Pullunder gelegen. Seine Selbstwahrnehmung, die damals nah bei Thomas Magnum gelegen hatte, war mit dem Spiegelbild des vermeintlich typischen deutschen Beamten kollidiert. Den Pullunder hatte er am selben Tag an eine Kollegin verschenkt, die in Marne als Genscher verkleidet Karneval feiern wollte.

»Ach, du meinst Sauerland, den alten Blender. Klar kenn ich

den. Der macht auf große weite Welt und merkt nicht, dass er für uns ein kleines Licht unter kleinen Lichtern ist. Was übrigens nicht schlimm ist. Vor dem Hunger sind wir nämlich alle gleich. Was darf ich dir denn anbieten, Sheriff?«

»Ich nehme ein Mettbrötchen und ein stilles Wasser.«

»Stille Wasser sind tief, sagt man ja.« Sie drehte sich um, hantierte an der Fritteuse herum und fragte: »Zwiebeln? Oder knutschst du heute noch?«

»Zwiebeln. Meine Freundin arbeitet in der Gastronomie und knutscht auch mit Zwiebeln.«

»Kommt.«

Fröbe nahm das Mettbrötchen entgegen, biss ab, sagte schmatzend: »Lecker«, und legte zehn Euro auf die Theke.

»Ja sicher. Was hast du denn erwartet?« Die Mitarbeiterin griff nach dem Schein und legte das Wechselgeld auf die Theke.

»Stimmt so.«

»Ich nehme kein Geld von der Polizei.«

Fröbe aß auf. »Noch mal wegen Sauerland. Wo wohnt der denn?«

»Man weiß das nicht.«

»Wie bitte?«

»Die Meldeadresse des Kunden Sauerland ist nicht im System hinterlegt. Der Kunde Sauerland ist Selbstabholer.«

Das Mettbrötchen hatte einen Stern verdient. Fröbe wischte sich den Mund mit einer Serviette ab, trank den Rest des stillen Wassers und setzte neu an. »Wann war Sauerland denn das letzte Mal hier?«

»Wir erheben dazu keine Daten.«

»Und wenn ich sage, dass Sie meine letzte Hoffnung sind?«

»Dann äußerte ich mein Bedauern und ginge weiter meiner Arbeit nach. Ohne Scheiß, ich weiß wirklich nicht, wo der Typ wohnt. Ich komme nicht aus der Gegend und kann nicht helfen.«

Sie zuckte mit den Schultern, und die Kombination aus Gestik und Mimik sorgte dafür, dass Fröbe das Mettbrötchen lobte und sich verabschiedete. Unverrichteter Dinge, aber mit Odos privater Handynummer und einem Nachgeschmack, der Appetit auf mehr machte.

Mit Blick auf das stille Wasser des Ellerholzhafens sprach Fröbe mit Odo.

Odo sagte: »Sauerland ist vielleicht am Arsch, aber doof ist der nicht. Seinen letzten Rückzugsort behält er schön für sich.«

Die Gefangene

Hinter dem Bungalow lag ein Schuppen, und wie in einem der Western, die Marie heimlich durch die nicht ganz geschlossene Wohnzimmertür ihrer Großeltern geguckt hatte, schlug eine Holztür im Wind immer wieder gegen einen achtlos zurückgelassenen Stuhl. Marie hob eines der Bauzaunelemente aus dem Betonfuß und öffnete es nach innen. Sie betrat das Gelände, ging in leicht vorgebeugter Haltung auf den Bungalow zu und tastete nach der Dienstwaffe. Ein Griff ins Leere, der ihr ein gequältes Grinsen abnötigte.

Das flache Gebäude war in etwa so groß wie das Hafencafé in Schleswig. Marie tippte auf ungefähr zehn mal zehn Meter. Sie näherte sich von der Seite, die fensterlos war. Die Fassade mit vertikal angebrachter Holzvertäfelung war verwittert. Vorsichtig umrundete Marie die im goldenen Licht der Sonne liegende Hausecke und betrat die überdachte Veranda. Hier, wo das Licht nur spärlich beleuchtete, was einmal die Außengastronomie gewesen war, tastete sie sich zwischen gestapelten Stühlen und Tischen langsam zu einer Tür vor. Sie griff nach der Klinke, drückte sie nach unten, zog an ihr. Das durch Sonne und Wind geschrumpfte Holz gab ein kurzes Knarren von sich, aber die Tür blieb verschlossen.

An sie grenzten zwei große Fenster, die eine Schicht aus Salz, Staub und Pollen bedeckte. Die kleine Taschenlampe des Handys, das Marie an eine der Scheiben presste, warf einen mickrigen Lichtschein auf Tische und Stühle direkt an den Fenstern, und schemenhaft erschien im hinteren Bereich eine Theke.

Zwei Stufen führten von der leicht erhöhten Veranda hinter der nächsten Hausecke auf einen mit Platten belegten Weg, der an einen geschotterten Platz grenzte. Dort parkte ein älterer Volvo-Kombi mit Eckernförder Kennzeichen. Gleich gegenüber eine Tür, auf der am oberen Rand ein Schild mit der Aufschrift »Privat« angebracht war. Auch diese Tür war abgeschlossen und zusätzlich mit einem Vorhängeschloss gesichert. Drei Meter weiter eine ähnliche Tür mit der Aufschrift »Toiletten«.

Schließlich stand Marie vor der Südseite des Hauses. Dort wippte im leicht böigen Ostwind ein Wäscheständer hin und her. Auf ihm hingen zwei rote T-Shirts und ein weißes, eine kurze Jeans und vier weiße Unterhosen, die in Form und Größe auf eine weibliche Trägerin schließen ließen. Marie berührte die Wäsche, die trocken und steif war.

In einen mit Sichtschutzelementen aus rötlichem Holz abgegrenzten Bereich war ein Tor montiert. Die privat anmutende Terrasse war etwa vier Meter breit und drei Meter tief. An der Dachkante des Hauses eine halb herausgefahrene Markise. Marie zog am nachlässig schräg angeschraubten Griff des Tores, das sich öffnete. Der Boden war auch hier mit Gehwegplatten belegt. Aus den Fugen wuchs Sternmoos, das Marie auch in Schleswig zwischen die Pflastersteine im Vorgarten gepflanzt hatte. Seitdem war Schluss mit dem ewigen Fugenkratzen. Die zierlichen weißen Blüten bildeten einen dichten Teppich. Zufällig wuchsen die Pflänzchen hier nicht. Ob Walter Beisenstahl einen grünen Daumen hatte?

Ein Fenster mit Klappläden und eine weiße Kunststofftür mit Klingel. Auf das Namensschild hatte jemand »Beisenstahl« gekritzelt. Marie drückte auf den Knopf. Im Innern ein synthetischer Big-Ben-Klang. Marie betätigte die Klingel ein zweites Mal, legte das Ohr an die Tür und war sofort sicher, dass sie hörte, was sie vor vielen Jahren schon einmal gehört hatte. Auf dem ehemaligen MFG5-Gelände in Kiel hatten sie mit einem MEK eine Frau befreit, die dort gefesselt und geknebelt auf einem Bett gelegen hatte. Deren Hilfeschreie hatten sich durch den Knebel gedämpft sehr ähnlich angehört. Marie drückte gegen die Tür, die nicht nachgab. Sie rüttelte an den Fensterläden, die von innen verriegelt waren. Im Bulli lag ihre Tasche. In der Tasche das Pickingbesteck.

Marie legte die Hände trichterförmig an die Tür und rief: »Hallo, ich helfe Ihnen. Keine Sorge. Ich bin gleich bei Ihnen!«

Sie verließ die Terrasse und rannte zum Bulli. »Frauke, du

musst mitkommen. Im Haus, da bin ich sicher, wird eine Frau festgehalten. Nicht auszuschließen, dass sie medizinische Hilfe benötigt.« Marie wühlte in ihrer Tasche, fluchte, fand aber schließlich doch, wonach sie gesucht hatte. »Was ist mit unserem Freund hier?«

»Bisher hat er geschlafen, aber er kann jederzeit aufwachen.«

»Wir riskieren das«, beschloss Marie. »Das mit den Kabelbindern machen wir nicht. Freiheitsberaubung. Nein, das machen wir nicht. Lass uns den Bulli vor diesen Bauzaun fahren. Dann sind wir näher dran, falls irgendwas passiert.«

Marie schloss die Seitentür, setzte sich auf den Fahrersitz und fuhr los. Keine fünfzig Meter. Dann stellte sie den Bulli ab, zog den Schlüssel aus dem Zündschloss und stieg aus. »Beisenstahl?«

»Schläft.« Frauke griff sich ihre Arzttasche und folgte Marie. Marie kniete vor der rückwärtigen Tür des Hauses. »Licht!«

Frauke schaltete die LED-Leuchte ihres Handys und eine Taschenlampe ein, die zu ihrem medizinischen Equipment gehörte.

Das Schloss öffnete Marie binnen einer Minute. Im Inneren tiefste Dunkelheit. Frauke griff nach rechts, schaltete das Deckenlicht ein. Leuchtstoffröhren sprangen an und gaben den Blick auf eine Frau frei, die mitten im Raum auf einer Pritsche lag. Die Hände waren seitlich an den Rahmen der Liege gebunden, der Oberkörper und die Beine waren mit breiten Spanngurten an der Liege fixiert, deren Kopfteil in erhöhter Position festgestellt war. Die Frau trug einen Trainingsanzug. Der linke Ärmel war hochgekrempelt, und in der Armbeuge steckte eine Nadel, die über einen Schlauch mit einem transparenten Beutel verbunden war, der an einem Infusionsständer hing. Im Beutel eine isotonische Kochsalzlösung, wie Marie aus dem Augenwinkel erkannte.

Sie kniete sich neben die Frau, nahm ersten Blickkontakt auf. »Hallo, ich bin Marie. Keine Sorge, du bist in Sicherheit. Frauke hier neben mir ist Ärztin. Alles wird gut. Ich nehme dir jetzt den Knebel ab. Das könnte im Mund ein bisschen ziepen.«

Frauke löste die Fesseln an Armen und Beinen, Marie den

Spanngurt über der Brust. Die Frau stöhnte laut vor Schmerz, schlug die Hände vors Gesicht.

»Ruhig. Ganz ruhig. Wir helfen dir. Du bist in Sicherheit. Es kann dir nichts geschehen.«

Die Frau stöhnte, der Blick irrlichterte durch den Raum. »Ist er hier?«

»Nein, nur wie beide sind hier.«

Hier war nichts, nichts außer – Angst.

Frauke sah, dass die Frau eine Windel trug. »Ich bin wie gesagt Ärztin. Wie lange liegen Sie jetzt hier?«

»Weiß ich nicht. Drei Tage vielleicht.« Die Stimme der Frau brach, sie musste husten. Marie schaute sich um, entdeckte ein Sixpack Mineralwasser, öffnete es, reichte der Frau eine Flasche. Sie trank gierig, verschluckte sich.

Frauke zog den Zugang am linken Arm, klebte ein Pflaster auf die Einstichstelle. »Ich messe jetzt mal Ihren Blutdruck. Das lange Liegen, die Aufregung. Einfach so gut es geht, entspannt ein- und ausatmen, bitte.«

Die Frau schloss die Augen und folgte Fraukes Anweisungen.

»Gut. Ich schlage vor, dass Marie und ich Sie jetzt stützen und wir gemeinsam zur Toilette gehen. Ich habe gesehen, dass Sie eine Windel tragen.«

Die Frau nickte, richtete sich auf und streckte die Arme aus.

»Wo ist die Toilette?«, fragte Marie.

Die Frau deutete auf eine Tür an der rechten Wand des Raumes, in dem Regale mit Konserven an den Wänden standen. Unausweichlich, die Erniedrigung durch den Toilettengang, die Marie und Frauke fühlen konnten. Die Muskeln der Frau verkrampft, der Atem stockend, ihr Blick den Blicken ausweichend.

Die Erniedrigung wich der Erleichterung, als die vormals Gefangene das Haus verließ. Ungestützt trat sie unter den Himmel, atmete die inzwischen kühle Luft, sagte: »Danke, ich heiße Regina.«

Frauke stellte Medizinfragen.

Regina antwortete sanft lächelnd und präzise. »Ich hab mal

Krankenschwester gelernt. Das war, bevor ich Walter betreut habe.«

»Betreut?«

»Ich war Krankenschwester in der Psychiatrie. Dort haben wir uns kennengelernt. Er hat mich beeindruckt mit all seiner Kraft.«

»Warum hat er Sie hier eingesperrt?«, fragte Marie.

Regina brach in Tränen aus. »Weil er irre ist. Er ist wirklich irre.«

Marie rief die Polizeistation in Nebel an und setzte damit in Gang, was bei Verdacht auf Freiheitsberaubung nach Paragraf 239 StGB in Gang zu setzen war.

Regina ging zurück auf die kleine Terrasse, saß dort in der Dunkelheit auf einem Stapel verwitterter Holzpaletten und schluchzte.

Marie wandte sich an Frauke und flüsterte: »Ich schau mal nach Beisenstahl. Nicht dass der plötzlich hier auftaucht. Dem Diensthabenden habe ich unseren Standort mitgeteilt. Sie werden ihn gleich mitnehmen. Leider werden auch wir nicht umhinkommen, als Zeuginnen auszusagen. Regina wird von einem Krankenwagen abgeholt. Alles klar so weit? Ich gehe dann mal eben zum Bulli.«

Frauke nickte.

Auf dem Weg zum Bulli stieß Marie mit dem rechten kleinen Zeh gegen einen Stein, dass ihr der Schmerz kurz die Luft nahm. Der Zeh war nach einem Pressschlag im Auswärtsspiel gegen den SC Kalübbe mal gebrochen gewesen, und die Knochen waren etwas eigenwillig zusammengewachsen. Seitdem machte das Bürschchen auf dicke Hose. Marie schaltete die Taschenlampe ein, die sie von Frauke geliehen hatte, und legte die wenigen Meter zum Bulli unrund laufend zurück. Dort angekommen, war gleich klar, dass es jetzt kompliziert werden würde. Die Seitentür stand auf. Das Innenlicht brannte. Alle Schranktüren waren geöffnet. Vorräte lagen im Fußraum. Walter Beisenstahl war verschwunden.

Maries erster Gedanke galt Regina und Frauke. Laut rufend

lief sie, so schnell sie konnte, zurück zum Bungalow. Frauke kam ihr entgegen. Lichtkegel zuckten durch die Nacht.

»Beisenstahl ist weg!« Marie war außer Atem.

Frauke machte eine beruhigende Geste. »Das ist eine Insel. Wo soll er hin?«

»Hier war er nicht?«

»Nein, alles in Ordnung. Regina wollte allein sein. Öffentliches Heulen liegt ihr nicht, hat sie gesagt.«

Marie kratzte sich an der Nase. Der Grund dafür, dass Andreas ihr den Spitznamen Wickie verpasst hatte. »Beisenstahl war bei der Marine, er hatte mal eine florierende Tauchschule. Ich weiß, wohin er ist. Du hast ein Auge auf Regina. Ich folge meinem Impuls.«

»Das ist ja mal ganz was Neues. Darf ich erfahren, wohin dich die Eingebung führt?«, fragte Frauke.

Aber da war Marie schon unterwegs. Gedanklich und physisch.

Zwei Minuten später stand sie mit schmerzendem Fuß am Strand. Die Kombination aus dem Nachglühen des Sonnenuntergangs und dem prächtigen Sternenhimmel sorgte für ein Zwielicht, das Marie aus Schweden kannte. Gern hätte sie sich jetzt mit Andreas an den Strand gelegt und das Universum bewundert. Stattdessen suchte sie mit zusammengekniffenen Augen das Watt ab.

Wirklich weit konnte Beisenstahl noch nicht gekommen sein, mehr als fünfzehn Minuten Vorsprung hatte er sicher nicht. Das Laufen im Watt konnte auch bei Ebbe beschwerlich sein. Priele mussten überwunden werden. Marie tippte, dass er weniger als einen Kilometer geschafft haben könnte. Bis rüber nach Föhr waren es ungefähr vier Kilometer. Eigentlich müsste man drüben in Utersum nur ganz lässig seine Ankunft abwarten. Aber es war auch nicht auszuschließen, dass er in Gefahr war.

Marie schaute auf den Gezeitenkalender im Handy. Noch gut fünf Stunden bis Hochwasser. Ein Fernglas wäre gut. Eines mit Restlichtverstärker. Sie wählte die 112, erklärte die Situation, und keine fünf Minuten später stand Ole Hinrichs neben ihr.

»Ich wohn ja hier im Dorf«, erklärte er kurz. »Die Kameraden kommen. Sören ist Wattführer, und Licht haben wir auch. DGzRS weiß Bescheid, die kommen im Zweifel von Wittdün aus dem Seezeichenhafen.« Er nahm ein Fernglas an die Augen, schwenkte einen Bereich von ungefähr neunzig Grad systematisch ab und sagte: »Da haben wir dich ja schon, mein Freund.«

Er reichte Marie das Glas. »Auf elf Uhr, einen Fingerbreit über dem Spülsaum.«

Marie entdeckte ihn gleich. Außer der menschlichen Silhouette bewegte sich nichts zwischen Himmel und Erde, und wer anders sollte das sein als Beisenstahl?

Ole zündete sich eine Zigarette an. »Den haben wir schnell. Das ist fester Untergrund da. Wir fahren mit Aurora raus.«

»Mit Aurora?«

»Unser kleiner Panzer.« Ole blies den Rauch aus. »Ein offenes Kettenfahrzeug. Geiles Teil. Das bringen die Jungs gleich auf dem Hänger mit.«

Was Marie erschienen war wie ein Rettungseinsatz, bei dem alsbald Hubschrauber und Küstenwache eingesetzt werden würden, war für Ole offenbar keine große Nummer. »Und das macht ihr so mit links?«, fragte sie.

»Nö, wir brauchen schon beide Arme. Aber DLRG und die DGzRS haben an der Nordsee pro Jahr locker zweihundertfünfzig Einsätze, um Menschen aus dem Watt zu holen. Da kriegst du dann irgendwann schon eine gewisse Routine, auch wenn natürlich immer Lebensgefahr besteht. Das ist eben kein erweiterter Strand da draußen.«

Oles Funkgerät knackte. Die Kameradinnen kündigten sich an.

Jeder Handgriff saß, als das Amphibienfahrzeug abgeladen wurde und binnen kürzester Zeit erstaunlich schnell über den Strand ins Watt fuhr. Beleuchtet wurde die Szenerie von einem Lichtmast, den die Retter aufgestellt hatten.

»Geht ja ab wie Schmitz' Katze«, bemerkte Marie.

»Das Ding schafft vierzig Kilometer pro Stunde«, erklärte Ole, als Maries Handy klingelte.

»Marie, hier ist Frauke. Der Rettungswagen ist da. Sie bringen Regina ins Klinikum rüber nach Föhr. Hier waren auch zwei Polizisten, die alles aufgenommen haben. Sie kommen jetzt zu dir an den Strand.«

Nur Minuten später hielt ein Streifenwagen neben den beiden Autos der Feuerwehr. Ole begrüßte die Beamten. Man kannte einander.

»Frau Geisler, sind Sie das?«

»Ja, bin ich.«

»Wir möchten Sie zum Auffinden der Regina Beisenstahl befragen.«

Marie händigte ihren Personalausweis aus und berichtete kurz und bündig.

»Sie sagten, dass Sie die Tür geöffnet haben. War die nicht verschlossen?«

Marie zeigte das Pickingbesteck und verwies auf ihre Vergangenheit beim LKA. Die beiden Beamten tauschten Blicke, bedankten sich und sagten, sie würden sich gegebenenfalls noch mal bei ihr melden, die Befragung sei nun unterbrochen. Eine naheliegende Entscheidung, denn das Amphibienfahrzeug näherte sich inklusive Besatzung und Passagier.

Marie drehte sich zu den Polizisten um. »Was dagegen, wenn ich zwei Sätze mit ihm wechsele? Könnte auch für Sie aufschlussreich sein, weil ich ja schon Zeit mit dem Mann verbracht habe.«

Die Beamten hatten keine Einwände. Pragmatismus des Alltags hatte Maries alter Chef Dr. Holm das mal genannt.

Der Mond ließ Beisenstahls Gesichtsfarbe noch fahler wirken, als sie ohnehin schon war. Er hockte auf dem Frontbügel des Amphibienfahrzeugs. Marie ging auf ihn zu. Er erkannte sie sofort.

»Die Pilze waren geil. Dass du mir auf die Schliche gekommen bist, kotzt mich an. Aber ich werde abhauen. Bei der nächsten sich bietenden Gelegenheit bin ich weg.«

»Wir haben Regina gefunden.«

»Kunststück. Bist du stolz drauf, oder was?«

Walter Beisenstahl stieß sich mit beiden Armen vom Fahrzeug ab. Die beiden Polizisten kamen näher.

»Sie ist deine Frau. Du hast sie doch bestimmt geliebt. Vielleicht liebst du sie noch immer. Warum hast du sie gefangen gehalten?«

»Was hätte ich denn ohne sie tun sollen?« Beisenstahl jaulte auf wie ein kleines Kind. »Ich bin Soldat, aber ich bin auch nur ein Mensch. Was glaubt ihr, warum ich Soldat geworden bin? Weil ich Angst hatte. Als ich sieben Jahre alt war, hat uns meine Mutter verlassen. Von einem Tag auf den anderen. Als mich mein älterer Bruder weckte, weil wir zur Schule mussten, da war sie weg. Einfach so. Ich weiß bis heute nicht, warum sie uns verlassen hat. Und jetzt wollte Regina auch weg. Ich würde sie einengen, hat sie gesagt.« Walter Beisenstahl wirkte vollkommen klar. Der Drogennebel hatte sich gelichtet. Dann senkte er den Kopf und setzte sich in den Sand. Er kicherte, wie er auf der Fahrt gekichert hatte. »Warum fragen Sie mich eigentlich? Kennen wir uns?«

Unvermittelt wechselte Marie das Thema. »Warum haben Sie Manfred Meier-Masch erschossen?«

»Hab ich nicht. Manni ist erst morgen fällig.«

Die Ziffern auf Maries Handy ergaben die Quersumme neun. Es war kurz nach fünf Uhr. Über Wyk auf Föhr ging gerade die Sonne auf. Marie stand am Fähranleger Wittdün und las schwarz auf weiß: »Nach Dagebüll direkt«. Das war gut. Noch lieber wäre es ihr gewesen, könnte jemand für eine Direktverbindung in ihr Bett in Schleswig sorgen. In der Nacht hatte sie wenig geschlafen und geträumt, sie sei mit Frauke im Watt zum Pilzsuchen unterwegs. Ein hoffnungsloses Unterfangen, wie sie Frauke immer wieder mitgeteilt hatte. Aber Frauke hatte darauf bestanden, dass man nirgendwo bessere Pilze finden könnte.

Möwen starteten und landeten. Marie fragte sich, ob es ein Tier gäbe, das sie in ihrem Leben häufiger gesehen hatte. Hunde vielleicht oder Fliegen. Mochte sie beide nicht. Möwen waren schon okay.

»Geht das hier aufs Festland?«, fragte ein Mann, der sich hinter einer verspiegelten Sonnenbrille versteckte. Marie mochte es auch nicht, grußlos angesprochen zu werden. Sie deutete auf den Hinweis.

»Was weiß denn ich, wo Dagebüll ist?«

Marie drehte Mann und Sonne den Rücken zu und ging in Richtung Parkplatz. Dort schlummerte Frauke wie ein Baby im Bulli der Schwiegereltern.

»Scheiß-Landeier«, rief er ihr hinterher.

Als Marie den Bulli erreichte, öffnete sich die Schiebetür, und Fraukes strahlendes Lächeln erschien. »Ist es nicht herrlich hier? Dieser Sonnenaufgang. Diese Luft, die Ruhe. Hier muss ich mal wieder mit Fröbe hin. Gut geschlafen?«

»Die Fähre geht um sechs Uhr, wir können gegen Viertel vor elf am Südstrand sein. Ich habe eine Mitteilung von der Festival-leitung erhalten, in der allen Teilnehmerinnen mitgeteilt wird, dass die Katenschinkenstraße gesperrt ist. Da kriegen wir noch mal viel zu tun heute. Kontrollierst du gleich mal den Waren-bestand, bitte?«

»Guten Morgen, liebe Marie, ich freue mich auch, dich nach unserem kleinen Abenteuer und einer gemeinsamen Nacht ge-sund und munter begrüßen zu können.«

Marie trat ein Luftloch.

»Sehr gut. Lass es raus. Du kannst vielleicht auch mal die Gorillaatmung versuchen.«

»Still jetzt. Ich habe so beschissen geschlafen.« Noch ein Luftloch. »Und ich kann nicht verstehen, wie es dazu kom-men konnte, dass aus niedlichen und unschuldigen Babys …« Marie drehte sich im Kreis und zeigte auf die Welt, »so viele Arschgeigen werden können. Was hat diese Frau, was hat Regina Beisenstahl wohl mitgemacht? Nicht nur in den letzten Tagen!« Luftloch, Luftloch, Luftloch.

Frauke war ausgestiegen und breitete die Arme aus. Marie nahm das Angebot an. »Widerwillig«, wie sie behauptete.

Vorhersehbar war, dass Frauke und Marie keine Antwort auf Maries Frage fanden, aber als Erste vorn am Fähranleger standen, als sich die Schranke öffnete. An Bord gab es Croissants, Butter, Honig und Kaffee, viel Kaffee. Dann begann der Büroalltag auf dem Achterdeck. Einigermaßen windgeschützt organisierten die beiden Frauen mit Laptops auf den Knien die Abrechnung sowie den Nachschub und bereiteten den Abbau vor, weil der nächste Cateringjob bereits am kommenden Freitag zu erledigen war. Eine halbe Stunde vor Ankunft klappten sie die digitalen Beinahe-Alleskönner zu und gingen hinüber zur Reling.

Dort stand der Mann mit der verspiegelten Sonnenbrille und kotzte unvermittelt im hohen Bogen über Bord.

»Scheiß-Weicheier«, kommentierte Marie und nahm sich vor, den Rest des Tages weniger schlecht drauf zu sein. »Frauke, ich habe eine Idee.«

Im Hintergrund würgte das Weichei.

»Ich mache einen Polizistenaufnahmetest mit dir. Du hast gestern ja einen interessierten Eindruck gemacht, und bei diesem furchtbaren Personalmangel hättest selbst du eine Chance.«

»Es muss Polizist:innenaufnahmetest heißen.«

»Ja, aber wir sind ja unter uns. Achtung, geht los: Wo warst du am 23. Juni gegen achtzehn Uhr?«, fragte Marie.

»Das muss ein Freitag gewesen sein. Ich war, wo ich am Ende der Woche meistens bin. Am Ende. Stellt sich die Frage, wo du am vorletzten Sonntagvormittag warst?«

Marie kicherte. »Im Bett.«

»Allein?«

»Bin ich verrückt? Und du, Schnucki, als ich unlängst an der Kiellinie auf dich gewartet habe, eine geschlagene halbe Stunde?«

»Lass mich nachdenken. Moment, ich glaube, ich erinnere mich. Ja, jetzt weiß ich es wieder. Ich war ganz in Gedanken.«

»Da hast du Glück gehabt, denn ich war wie immer obenauf.«

Gekicher und die Durchsage, dass Dagebüll in wenigen Minuten erreicht würde. Marie und Frauke gingen zum Bulli.

Der Berufsverkehr war durch. Freie Fahrt für Frauke Frisch, die das Steuer übernommen hatte, nachdem Marie Sekundenschlaf signalisiert hatte.

In schwindelerregender Höhe führte die noch junge Raader Hochbrücke II über den Nord-Ostsee-Kanal. Hoch oben der mit Schönwetterwolken getupfte Sommerhimmel, einen Tag voller Licht verheißend. Unten das dunkle Wasser, geheimnisvoll und bedrohlich. Die Brücke, menschengemachte Überwindung der Unsicherheit.

Tatsächlich? War sie »von guten Mächten wunderbar geborgen«, wie es im Lieblingskirchenlied ihrer Mutter hieß? War ihr Fundament stabil? Ele hatte angerufen. Zwei Wochen war das her, und Marie hatte versucht, es zu vergessen. Es war ihr nicht gelungen.

Dann sang Adele: »Our love ain't water under the bridge …« Das Wasser unter der Brücke, dachte Marie und sagte: »Schnee von gestern.«

Der Bedenkenträger auf dem Armaturenbrett wackelte, als Frauke eine Querfuge im Asphalt überfuhr. »Wenn wir schon mal in der Nähe sind, könnten wir auf einen Sprung bei Mehmet in Kiel vorbei, was meinst du?«

Marie meinte nichts. Sie war müde und machte ein Geräusch, das Frauke als Zustimmung interpretierte.

Mehmet hatte, was ein Großhändler haben musste. Aber er hatte es regional und gut und bio, und er hatte, was nur Mehmet hatte, Freundinnen und Freunde in Paris, Istanbul, Oslo, aber auch in Klein Ahrenshöft, Thumby und Tremsbüttel. Wie er das machte, wann er all die Bauern, Händlerinnen, Gärtnerinnen und Fischer kennengelernt hatte und wie er die Kontakte pflegte, war Marie und Frauke ein Rätsel. Fakt war, Mehmet kannte sie alle, und so schlenderten die Geschmacksverstärker:innen durch die Gänge auf der Suche nach der Kirsche auf der Torte für das kommende Wochenende. Am Tag der offenen Tür würden sie die Mitarbeiterinnen und Besucher des GEO-MAR in Kiel mit Ess- und Trinkbarem versorgen. Internationale Kundschaft.

»Neu im Sortiment.«

»Was?« Marie schaute ratlos umher.

»Mocher von DİTİB.« Frauke prustete, dass zwei Erdnusshälften nur knapp an Maries Schulter vorbei der Schwerkraft folgend auf dem abgewetzten Boden landeten.

»Frauke, hast du getrunken?«

»Aus Rocher wird jetzt Mocher, wie damals bei Raider, verstehst du?« Frauke kriegte sich gar nicht mehr ein.

Marie fasste Frauke bei den Schultern. »Frauke, was ist in dich gefahren?«

»Der Heilige Geist war's nicht.«

Marie schaute sich um, Mehmet bog aus dem Hartweizengrieß-Gang ums Eck. Ausgerechnet. »Mehmet, moin.« Sie winkte, Mehmet näherte sich.

»Marie, so früh am Morgen schon so gut gelaunt? Hast du getrunken?«

»Ja, eben zwei Espressi vorn an der Theke. Wirken schon.«

Frauke kullerten inzwischen die Tränen über die Wangen. Sie packte Mehmet an dessen linkem Hemdsärmel, zog ihn vor das Regal mit den einzeln verpackten, goldglänzenden Süßigkeiten, die aussahen wie Kuppeldächer, drückte den Rücken durch und wiederholte, was ihr als krauser Gedanke ins Hirn geschossen war. »Mocher von DİTİB, jetzt neu auch ohne Gelatine.« Sie kicherte, schlug Mehmet wuchtig auf die Schulter. »Ohne Gelatine, verstehst du?«

Mehmet lachte, wie er immer lachte, dröhnend. »Böse Frauke, lass das nicht den Imam hören, der verpetzt dich bei deinem Priester, und dann musst du wieder Rosenkränze flechten.«

Beide standen vornübergebeugt mitten im Gang und konnten sich nicht mehr einkriegen, als sich die dicke Larissa mit der Aufsitzkehrmaschine näherte. Sie hupte und schaute grimmig.

»Siehst du, Larissa hat dich auch schon auf dem Kieker«, sagte Mehmet. »Meine Mutter hätte dir ihr Lieblingsbuch in die Hand gedrückt. Das ›Einmaleins des guten Tons‹. Es war das erste Buch, das sie 1961 in der Bücherei ausgeliehen hat, um Deutsch zu lernen. Sie war so begeistert, dass sie wenig später zwei Exemplare gekauft hat. Eines für den täglichen Gebrauch, es lag immer auf dem Sideboard in der Küche. Und eines für die Vitrine im Wohnzimmer, das durfte niemand anfassen. Mocher von DİTİB, ich halt's nicht aus. Vermutlich würde sich das verkaufen wie blöd, und zwar an sehr unterschiedliche Käufergruppen.«

Mehmets Telefon klingelte. Es klingelte immer. Marie hatte inzwischen die Kirsche gefunden, die ein Apfel war. Mehmet hatte alte Apfelsorten aus dem Alten Land besorgt, woher auch sonst.

»Frauke, die schmecken so anders.« Marie kaute. »Die nehmen wir. Bombe.«

Sie kauften und gingen.

Auf dem Weg über den Parkplatz hob Marie den Finger: »Das ›Einmaleins des guten Tons‹, da hast du es wieder einmal gehört. Die Wasserpumpenzange unter den Ratgebern.«

Dann ging alles ganz schnell, jedenfalls kam es ihnen so vor. Die Kriminalpolizeidienststelle Niebüll meldete sich wegen Regina Beisenstahl als zuständige Behörde. Marie machte nach Rücksprache mit Frauke einen Termin zwecks Befragung.

Auf Fehmarn angekommen, signalisierte Karim, dass das Team alles im Griff habe. Wörtlich sagte er: »Ihr könnt euch wieder hinlegen.«

Marie schluckte die Erwiderung runter. Hatte sie sich ja vorgenommen.

Als sie wieder vor dem Bulli stand, wartete dort Fröbe, um Frauke einzusacken, wie er es formulierte. Kurze Umarmung, dann war Frauke weg.

Fröbe startete den Motor und die Befragung. »Mich rief vorhin ein Kollege aus Niebüll an. Er wollte wissen, ob Frauke Frisch die Frauke ist, von der ich ihm erzählt habe.«

»Du erzählst fremden Leuten von mir?«

»Also, was war da auf Amrum?«

Frauke ging in sich, um den Anfang zu finden. Sie fand ihn in ihrer ehemaligen Patientin, und dann ging sie los, die wilde Fahrt, die mit der Übergabe von Walter Beisenstahl an die Ortspolizei endete.

»Frauke, bevor du und Marie nach Niebüll fahrt, sprechen wir noch mal, ja? Wegen der Pilze und so.«

Fröbe und Frauke hatten die Sonneninsel kaum hinter sich gelassen, da unterbrach das Telefon Fraukes Feierabendgefühl. Ein Kunde, dessen Detailverliebtheit sie schon wieder verdrängt hatte. Als der Redeschwall des Mannes abebbte, bedankte sie sich bei ihrem Gesprächspartner, legte das Handy weg, verzog das Gesicht und sagte: »Vorbesprechung in Heiligenhafen. Das muss doch nicht. Die A 1 ist so was von dicht. Sommerferien in NRW und Hessen. Erbarmen!«

Fröbe lachte kurz auf.

»Was ist so lustig? Staus, Unfälle, keine Parkplätze, das findet nicht jeder lustig.« Frauke machte: »Pff.«

»Ach, Liebelein, du bist so jung. Und schön natürlich. Ich kichere, weil ich alter Mann mich erinnere. ›Die Hesse komme‹ war ein Lied der Rodgau Monotones Anfang oder Mitte der Achtziger.« Fröbe simulierte mit der linken Hand ein Mikrofon und sang: »›Die Hesse komme! Erbarmen – zu spät. Die Hesse komme! Hamburgs heller Stern versinkt, wenn der Fischmarkt erst nach Handkäs stinkt. Erbarmen …‹ So ungefähr. Junge, Junge, das war eine geile Zeit. Die Band nennt ihre Musik übrigens Qualitätslärm.«

»Erbarmen, zu spät, die Hesse komme, Erbarmen, zu spät, die Hesse komme«, röhrte es plötzlich aus den Boxen in Fröbes Auto. Frauke hatte Alexa beauftragt, das Lied zu spielen. Beide wippten, dass das Fahrzeug leicht schlingerte. So durfte der Tag weitergehen.

»Kleiner« Schlenker

Marie hatte erledigt, was noch zu erledigen war. Sie hatte mit Krüger telefoniert und mit Mattes Friesen gesprochen, der ihr in einem der E-Mils entgegengekommen war. Den Fernmeldeturm, von dem aus mutmaßlich auf Meier-Masch geschossen worden war, hatte die KTU in Beschlag genommen. Auf den Täter verweisende Spuren waren bisher nicht gefunden worden.

Mit höchster Wahrscheinlichkeit geklärt war, dass Meier-Masch vom Turm aus erschossen worden war. Da die Kriminaltechnikerinnen keine Einbruchsspuren entdeckt hatten, kam ein Täter mit Zugriff auf den Schlüssel in Frage. Einer intensiven Befragung hatte sich der Haus- und Hofmaler Johannes stellen müssen. Im Zuge der zähen Gespräche hatten die Beamten herausgefunden, dass er seinem Arbeitgeber eine Fehlsichtigkeit verschwiegen hatte, die durch kein Zielfernrohr der Welt korrigiert werden konnte. Als Täter schied er aus.

Krüger berichtete von Wildkameras in der Nähe des Fernmeldeturms. Er selbst habe diese vor einem Dreivierteljahr als ehrenamtlicher Mitarbeiter des Naturschutzbundes aufgestellt. Nun seien sie aber verschwunden. »Wenn die einer von den Lümmeln hier auf der Insel geklaut hat, dann finde ich die«, war sich Krüger sicher.

Marie verabredete einen Videocall zur Manöverkritik mit den Veranstaltern des Bulli-Festivals, versprach Rita und Uwe, den Bulli frisch gewaschen zurückzubringen, und beschloss, einen »kleinen« Schlenker über Hamburg zu fahren, nachdem Karl seine Anwesenheit zugesichert hatte. Auf dem Weg fragte sie sich, wann sie die Müdigkeit wohl einholen würde. Bestimmt war Hyperaktivität ein gutes Gegenmittel.

Sie streckte sich in den Rückspiegel blickend selbst die Zunge raus und hörte Karls Playlist »Alte-Leute-Mucke«. Nein, auch gegen ABBA war grundsätzlich nichts einzuwenden, solange niemand sah, wie sie bei »Gimme! Gimme! Gimme! (A Man After Midnight)« eskalierte.

Zwei Stunden später stand der Bulli erstmals in dessen Leben im Parkhaus des schwedischen Möbelhauses, dessen Produkte Uwe nicht ins Haus kamen. »Wer Möbel aus Spanplatten kauft, hat die Kontrolle über seinen gesunden Menschenverstand verloren«, hatte er einmal gesagt. Seitdem ließ Marie ihren Schwiegervater nicht mehr in alle Räume.

Rike war an der Uni. Ihren Sohn mal wieder unter vier Augen zu sprechen wärmte Maries Herz. Das fühlte sich gegenüber Rike schäbig an. Wahr war es dennoch. Marie stellte Elternfragen, Karl hielt sich tapfer.

»Du bist ein empathischer Mensch, mein Junge«, sagte Marie.

»›Mein Junge‹! Jetzt geht's aber los. Du bist doch keine Oma. Bitte lass uns das Thema wechseln. Warum bist du wirklich gekommen?«

»Mila und Huub. Was muss ich tun, damit sie deinen Vater und mich mögen?«

Karl freute sich nun wirklich und berichtete von Rikes Eltern und deren Macken. Am Ende waren Mutter und Sohn sicher, dass die Familienzusammenführung funzen würde, wie Marie sich ausdrückte. Bei »funzen« zuckte Karl kurz, dann schob er Marie ins Wohnzimmer.

»Merkst du was?« Karl schaute Marie an, und der Blick war so, dass Maries Mutter ihn verschmitzt genannt hätte.

»Ja.«

Karl verdrehte die Augen. »Hier fehlt was.«

Jetzt war Marie mit Augenverdrehen dran.

»Mama, im Land der Dichter und Denker, was braucht es da?«

Der Groschen fiel. »Im Bücherregal stehen Reis, Nudeln und ein Farbeimer, soweit ich das überblicke in dieser Unordnung.«

»Du bist eine gute Beobachterin, Frau Ex-Bulle. Ja, hier fehlen Bücher. Aber welche? Ich will eine Liste. Welche Bücher muss ich noch lesen?«

»Frag halt Hauke«, empfahl Marie ein Gespräch mit dem Buchhändler und Leseschatz aus Kiel-Friedrichsort.

»Mach ich. Aber vielleicht hast du ob all deiner Lebenserfahrung ja auch einen Tipp. Woran erkenne ich denn, dass ein Buch ein gutes Buch ist?«

»Wenn du dir in den Finger schneidest, erkennst du das ja auch. Es tut weh.«

»Ein gutes Buch tut weh?«

»Im besten Fall.«

»Und die Rezensionen überall. Was ist davon zu halten?«

»Das ist schon wieder so wie mit dem Finger. Manche stechen den Autor ab, andere schneiden sich ins eigene Fleisch. Du entscheidest, ob die Rezensentin bewaffnet sein sollte.«

Karl umarmte Marie. »Gut, dass ich eine so kluge Mutter erwischt habe. Über meinem Schreibtisch in Schleswig haben wir mal an die Wand gemalt, was du mir als Kern der Aufklärung vorgestellt hast.«

»›Habe Mut, dich deines eigenen Verstandes zu bedienen!‹«, zitierte Marie Immanuel Kant. »Hat sich nix dran geändert.«

»Da war ich vierzehn und immer noch in Merle verliebt. Was macht die eigentlich? Wir haben einander aus den Augen verloren. Das ist schade.«

Aus den Augen verlieren. Das passiert, dachte Marie bedauernd.

»So, ich möchte den Berufsverkehr vermeiden, und darum fahre ich jetzt los. Wir sehen uns an der Schlei in großer Runde. Liebe Grüße an Rike. Tschüss.«

Marie ging, und als sie sich im Treppenhaus umdrehte, stand Karl in der Tür und winkte. Warum nicht gleich so?

Auf dem Weg zum Parkhaus passierte Marie geöffnete Türen, durch die die Düfte von Gebackenem, Gebratenem, Gegrilltem in ihre olfaktorische Welt entlassen wurden. Sie fragte sich, wie viel Zeit sie Tag für Tag mit dem Denken an Essen verbrachte. Ein Grundbedürfnis zugegeben. Jedoch schien ihr die Affinität zum Thema ungewöhnlich stark ausgeprägt zu sein. Sicher war Essen mehr als Ernährung. Kulinarisches hatte eine sinnliche

Ebene wie Kunst, wie Erotik. Ob Essen eine Art Substitut war? Und falls ja, was bedeutete das für ihre Beziehung zu Andreas?

Hatte die Beziehung zu Ele eine Lücke gefüllt? Hatte der Abbruch der Beziehung aus der Lücke einen Graben werden lassen?

»Vielleicht habe ich aus Versehen auch von den Pilzen gegessen«, murmelte Marie, stieg in den Bulli und war froh, dass ABBA noch nicht fertig hatte.

Fröbe muss tanken

Der Abend mit Frauke war ein Abend voller Entscheidungen gewesen. Entscheidungen von großer Tragweite. Fröbe hatte entschieden, nicht mehr nach achtzehn Uhr zu essen, und Frauke hatte entschieden, das Haus am Einfelder See zu verkaufen.

»Ich will nach Eckernförde«, hatte sie verkündet. Fröbes Meinung war nicht gefragt. Sie wusste, dass er das gut fand. Frauke würde in der Nähe von Andreas sein, mit dem sie einen mobilen Palliativdienst betrieb, sie könnte zu Fuß einkaufen gehen, auch auf den Markt rund um die St.-Nicolai-Kirche, an Donnerstagen im Spieker abtanzen, und sie schwamm einfach so gern im Meer.

Fröbe war nicht abgeneigt, weil er auf der Hafenmole Arne kennengelernt hatte. Arne hatte dort geangelt. Mit Angeln hatte Fröbe in Wahrheit nichts am Hut, aber danebenzustehen und zu schnacken konnte aus einer miesen Woche ein schönes Wochenende machen. Außerdem stand Fröbe auf Oldtimer. Das war nicht politisch korrekt, änderte aber nichts an seiner Leidenschaft. Andreas besaß einen alten R4, Fröbe träumte von einem Peugeot 404. Sie könnten sich Garage und Werkzeug teilen.

Bis dahin war aber noch ein Stück zu gehen beziehungsweise zu fahren.

Nach dem tödlichen Attentat auf Manfred Meier-Masch hatten die Ermittlerinnen beim LKA in Kiel, aber auch die Kolleginnen der Kriminalpolizeidienststelle in Oldenburg i. H. Friedrich Sauerland endgültig auf die Liste derer genommen, mit denen man zeitnah sprechen wollte. Fröbe war auserkoren worden, weiter nach ihm zu suchen, und zwar nicht vom Schreibtisch aus. Also war er wieder nach Hamburg gefahren. Noch auf der Autobahn hatte es gepiept. Eine gelbe Leuchte blinkte. Fröbe musste tanken.

In Waltershof fuhr er raus, genoss die Fahrt über die Köhlbrandbrücke und hielt an der Tankstelle hinterm Veringkanal. Weil er am Vorabend mehr oder weniger gehungert hatte, gönnte er sich jetzt zwei Snickers, von denen er eins gleich auspackte, als er den Kassenraum verließ.

»Moment mal, junger Freund«, hörte Fröbe sich sagen und wunderte sich. Weder hatte er jemals jemanden so angesprochen, noch war die Ansprache in diesem Fall treffend. Der Mann war nicht sein Freund, und jung war er ganz sicher auch nicht.

Der Mann mit dem Einkaufswagen, wie Fröbe ihn in den letzten zwei Wochen genannt hatte, blieb stehen, drehte den Kopf, lächelte, und Fröbe kam aus dem Staunen gar nicht mehr raus. Zwei Reihen makellos weißer Zähne.

»Da guckst du«, sagte der Mann mit dem Einkaufswagen. Er spreizte die Lippen, bleckte die Zähne. »Habe ich im Preisausschreiben gewonnen. Blendi, die Zahnpasta mit dem Blitz. Kennst du doch sicher auch. Man musste ein Foto von seinen Zähnen einsenden, und dann hat eine Jury entschieden, wer die neue Kauleiste kriegt.«

Dass sich die Jury für den Mann mit dem Einkaufswagen entschieden hatte, schien Fröbe gerecht. »Gratuliere, sieht klasse aus.«

»Ich kenn dich, der Fahrradunfall vor Loddars Puff.«

»Genau. Du hast gesagt, dass du weißt, wer Loddar den Laden angesteckt hat.«

»Klar, Sauerland.«

»Und du sagst mir jetzt, wo ich den finde.«

»Klar, aber für die Info schenkst du mir dein zweites Snickers.«

Fröbe trennte sich vom süßen Traum. Der Mann packte den Riegel aus. Die Männer stießen an, als hätten sie Biergläser in den Händen. Sie kauten.

»Also.«

»Sauerland, der hat 'ne Wohnung am Ernst-August-Deich.«

»Hausnummer?«

»Weiß ich nicht. Aber heute Morgen stand ein grüner Container vor der Haustür. Kannst du gar nicht verfehlen. Hau rein.«

»Stopp.« Fröbe erklärte, warum er die Personalien des Tippgebers brauchte, nahm diese auf und wollte sich umdrehen.

»Die Zähne musst du dir auch anschaffen. Wegen der Süßigkeiten. Nie wieder Karies.« Der Mann, der sich auskannte, lachte und schob ab.

An den Häusern entlang des Ernst-August-Deiches war Fröbe in den letzten zwei Wochen einige Male vorbeigefahren. Zuletzt, als er das Sterne-Mettbrötchen in »Odo's Kaffeeklappe« gegessen hatte. Den grünen Container sah er gleich, hielt an und ging auf den Hauseingang zu, der eine Öffnung im Durcheinander von allerlei war. Auf einem der Briefkästen las Fröbe in fein säuberlicher Schrift: »F. Sauerland«.

Er betrat das Treppenhaus, in dem es weniger stickig war als vor dem Haus. Gleich an der ersten Haustür in der gleichen akkuraten Schrift Sauerlands Name. Er klingelte, wartete. Keine Reaktion, keine Geräusche in der Wohnung. Von oben kommend näherten sich Schritte, gemacht von einer Frau, deren Alter er nicht schätzen konnte. Einer Frau mit ausnehmend einnehmendem Lächeln.

»Sie wollen zu Herrn Sauerland?«

»Moin. Genau. Ich heiße Fröbe und bin Polizist.« Er hielt ihr seinen Dienstausweis hin.

»Herr Sauerland ist ein guter Mann. Er hat nichts getan. Er ist nicht hier.«

»Ich bin auch hier, um zu überprüfen, ob es ihm gut geht. Er ist ja nicht mehr ganz jung.«

Treffer. Aus dem Lächeln wurde ein besorgter Blick. Die Frau sagte: »Ich bin Leyla. Ich bin seine Nachbarin. Ich habe einen Schlüssel.« Sie ging die Treppe wieder rauf und kam wenig später mit dem Schlüssel zurück. »Er ist jetzt schon lange weg. Länger als sonst. Darum. Nehmen Sie. Ich muss gehen. Sonst komme ich zu spät zur Schicht. Legen Sie den Schlüssel unter meine Fußmatte. Hier klaut keiner was.« Sie ging. Ihre Freundlichkeit blieb.

Fröbe schloss auf. Die Tür klemmte. Kaum dass er sie einen Spalt geöffnet hatte, wusste er, dass er den Schlüssel nicht mehr zurücklegen musste. Es war der Geruch, vor dem sich viele Polizistinnen, Rechtsmediziner und Bestatter fürchteten. Manche gewöhnten sich daran, Fröbe nicht. Ganz gleich, wie gut wir uns gepflegt, welches Parfum wir benutzt hatten. Am Ende rochen wir alle gleich.

Fröbe durchquerte den kleinen Flur, schaute in die Küche, ins rückwärtige Wohnzimmer, dann ins Schlafzimmer. Da lag er. Auf dem Bauch. Fröbe prüfte Puls und Atmung. Fehlanzeige. Sauerland war kalt und steif. Lange war er noch nicht tot.

Fröbe verständigte Astrid und die Kollegen vom Polizeikommissariat 44. Eine Befragung kam nun nicht mehr in Frage. Aber umsehen konnte er sich.

Auf dem Küchentisch lag ein Briefumschlag. Der Absender war Dominik Sauerland. Einen Brief aber konnte Fröbe nicht entdecken, als er sich in der Küche umsah.

Im Waschbecken Reste verbrannten Papiers. Er fotografierte die beiden Seiten, dann schob er vorsichtig einen Spurenbeutel von oben über den Brief. Fröbe verließ die Küche, hoffte, dass die KTU bald einträfe. Ein Blick noch ins Schlafzimmer.

Neben Sauerlands Bett auf dem Nachttischchen ein handgeschriebener Zettel. »Wir geben vor zu sein, was wir hoffen zu werden«, las Fröbe.

Einen Moment nur hielt er gebeugt inne, seine Hand schwebte über Sauerlands letztem Gedanken. Dann fügte er halblaut hinzu – und es fühlte sich an, als spräche er zu Sauerland: »Im besten Fall sind wir Darsteller unser selbst.«

Keine Reue

Fröbe hatte Glück gehabt. Die Kolleginnen des Polizeikommissariats 44 waren, kaum fünf Minuten nachdem er sie benachrichtigt hatte, in Sauerlands Wohnung eingetroffen und hatten übernommen. Das Thema Loddar wäre für ihn alsbald erledigt, und er würde sich wieder voll und ganz auf seine Ermittlungen rund um die Machenschaften der Fleischindustrie kümmern können. Nun wollte er sich noch kurz verabschieden.

Er ging über den Parkplatz des Polizeikommissariats, als ihn ein Mann aufhielt. »Moin, gehörst du hier zu dem Verein?«

»Verein? Polizeisportverein, oder was?«

»Ah, ein Clown. Bist du Bulle, oder was?«

»Sie betteln um eine Anzeige?«

»Kratzt mich nicht. Ich will ein Geständnis ablegen. Also, was jetzt? Wo muss ich hin?«

»Ein Stichwort wäre vielleicht schon hilfreich.«

»Lutz Mattenhöfer, besser bekannt als Lotter-Lude Loddar.« Er berichtete, was ihn mit dem verstorbenen Zuhälter verband.

»Dann kommen Sie mal mit.«

Fröbe führte den Geständigen schnurstracks zur Leiterin des Kommissariats, die irritiert war, als die beiden Männer plötzlich vor ihrem Schreibtisch standen.

»Wer ist das?«, fragte die Chefin.

»Torsten Weihrauch.«

»Soso.«

»Der Vater von Sabrina Weihrauch.«

Es dauerte einen Moment. Dann machte die Chefin ein wissendes Gesicht und begleitete den Ausdruck des Verstehens mit langsamem, weit ausholendem Kopfnicken. Sabrina Weihrauch war als eine der Frauen identifiziert worden, die auf Loddars T-Shirt in abstoßender Weise abgebildet waren. »König der Löwinnen«, war über dem Foto zu lesen gewesen, auf dem Loddar hinter den vornübergebeugten Frauen gestanden hatte. Mehr Menschenverachtung war selten gewesen.

»Kann ich jetzt meine Aussage machen, oder was?«

Torsten Weihrauch zuckte mit dem linken Auge. Er berichtete, dass er Loddar in den sozialen Medien mit dem T-Shirt gesehen, seine Tochter erkannt und die Gasflaschen aus der Laube ins Auto geladen hatte.

»Ich hätte die Drecksau holen und scheibchenweise auf meinem Grill zur Hölle schicken sollen. Ging alles viel zu schnell. Hat einen Riesenwums gegeben. Ich stand ja noch schräg gegenüber. Das elende Schwein ist wahrscheinlich einfach umgefallen und erstickt. Viel zu gnädig, dieser Tod.«

»Wie sind Sie da überhaupt reingekommen?«

»Ich arbeite für die Gewerbeaufsicht.« Er legte einen Dienstausweis neben seinen Personalausweis auf den Tisch. »Mit Fernzündungen kenne ich mich aus. Bundeswehr. Das war kein Problem.«

Wäre es für Susi Kaminski tröstlich, von der Rache des Torsten Weihrauch zu erfahren? War eine friedliche Zukunft auf den Trümmern der Gewalt möglich? Nicht nur Fröbe wünschte sich, vergessen zu können. Ablenkung wäre gut. Blöd, dass er nicht auf Alkohol stand.

Auf dem Rückweg zum Einfelder See hielt Fröbe im Supermarkt seines Vertrauens. Er war mit Einkaufen dran. Rasch hatte er zusammen, was Frauke und er gestern aufgeschrieben hatten. Im Gang mit Seife und Co. musste er noch Interdentalbürstchen in den Korb legen. Neben diesen hatte er im letzten Herbst eine Entdeckung auf dem Gebiet der Zahnpflege gemacht. Viele Jahre hatte er unter frischem Atem gelitten. Doch damit war es seitdem vorbei. Er hatte eine Zahnpasta entdeckt, deren Hersteller superfrischen Atem versprach. Da hatte er nicht widerstehen können. Auch heute nicht. Frauke wusste das zu schätzen.

Mit einem leicht albernen Kribbeln im Bauch ging Fröbe zur Kasse und dachte an den Mann mit dem Einkaufswagen.

Welkom, lieve Mila en lieve Huub

Im Schlei-Book führte Marie seit einem halben Jahr eine Art Verlaufsprotokoll ihres Lebens. Andreas hatte behauptet, das sei nichts anderes als ein Tagebuch. Das hatte für sie einen pathetischen Beigeschmack. Protokoll entsprach eher dem Zweck ihrer Aufzeichnungen. Sie unterschied inzwischen nicht mehr zwischen privaten und beruflichen Themen. Chronologisch geordnet fand den Weg ins Schlei-Book, was nicht bei drei auf dem Baum des Vergessens saß.

Beinahe eine Woche war vergangen, seitdem Meier-Masch erschossen und Regina Beisenstahl gerettet worden war. Walter Beisenstahl hatte gestanden, seine Frau festgehalten zu haben. Auf Meier-Masch hatte er nicht geschossen. Zum Zeitpunkt des Anschlags war er von einer der Überwachungskameras auf der Katenschinkenstraße erkannt worden.

Dass Fröbe Marie auf dem Laufenden hielt, entsprach nicht direkt den Vorschriften, aber Marie war froh, dass er diesbezüglich entspannt war. Er hatte ihr auch erzählt, dass er Friedrich Sauerland gefunden hatte, dessen Herz einfach aufgehört hatte zu schlagen.

Die Reaktionen der Bulli-Fans auf das Catering waren ausnahmslos positiv gewesen. Der Job war bereits für das nächste Jahr unter Dach und Fach. Allerdings waren sich Marie und Frauke noch nicht darüber im Klaren, ob sie wirklich weiterwachsen wollten. Inzwischen gab es Anfragen aus Süddeutschland. Aber gab es dort nicht auch Caterer, die einen guten Job machten? Fast Fashion aus China für die Welt und Slow Food aus Schleswig-Holstein fürs Allgäu? Sicher gab es sinnvollere Lösungen.

Marie legte den Stift zur Seite. Morgen war es so weit. Das große Treffen mit Rikes Eltern stand an. Sie freute sich, trank den letzten Schluck Tee und schaute aus dem Fenster auf die Möweninsel, auf die Konturen von Schleswig, aus denen der

Turm von St. Petri herausragte. Beschienen vom letzten Licht des Tages. Orange schimmerten die Kupferplatten. Am Strand von Luisenbad die Silhouetten tanzender Frauen und Männer. Livemusik, die über das Wasser der Schlei bis hinauf in die sechsundzwanzigste Etage des Wikingturms an Maries Ohren drang. Die Verheißung der Möglichkeiten machte Gänsehaut, und Marie dachte: Mit mir würde ich sofort durchbrennen.

Marie hatte mit Jule gesprochen, die jetzt das Restaurant im Turm mit ihrem Freund Christian betrieb. Mit einem Glas »Sauerfleisch nach Bines Art« verließ Marie die Räume und fuhr mit dem Fahrstuhl hinunter. Sie hatte sich vorgenommen, immer mal wieder hierherzukommen. Die Dämonen der Vergangenheit gaben auch heute Ruhe. Mit der Frau des damals getöteten Kollegen stand sie im Kontakt. Sich den Dingen zu stellen war sicher nicht ganz blöd.

Noch bevor sie den Ausgang erreichte, klingelte ihr Telefon.

»Moin, hier ist Gregor. Ich glaube, wir kennen uns.«

»Moin, Gregor, wäre es nicht so, ich hätte was verpasst.«

»Ich rufe an, weil ich mich an dich erinnere, und bevor mir das nicht mehr gelingt, möchte ich mich bedanken, dass du deinen Schwiegervater Uwe auf mich angesetzt hast.«

»Ehrensache. Ich freue mich sehr, dass du dich um deine Zukunft kümmerst, und bin jederzeit für dich erreichbar.«

Es entstand eine Pause. Dann hörte Marie, dass Gregor eine Platte aufgelegt hatte »Into the Great Wide Open« von Tom Petty and the Heartbreakers. Sie hörte, wie Tom Petty sang: *»The sky was the limit.«* Schließlich knackte es leise. Gregor hatte aufgelegt. Gregor, der alte Harley-Fahrer. Marie wünschte sich, er würde seinen Traum von einer Motorradtour durch den amerikanischen Westen noch wahr machen können.

Marie ging am Schleiufer entlang und nahm sich vor, dankbarer für scheinbar Selbstverständliches zu sein. Ihr Kuddelmuddel-Gehirn reimte: trivial, banal, scheißegal. »Nein, eben nicht«, sagte sie laut, zwinkerte der Badenden zu, der Bronzefigur, von der Karl mal gesagt hatte, sie sehe aus wie Oma Rita. Eine halbe Stunde später lag sie im Bett. Andreas las ihr Victor

Hugos Gedicht »Die Liebe ist das Leben!« vor, und Marie freute sich auf Kaffee und Kuchen in Maasholm.

Früh am nächsten Tag fuhren Marie und Andreas auf der nördlichen Seite der Schlei Richtung Kappeln. Zeitgleich fuhren Mila und Huub auf der südlichen Seite den Fjord entlang, und dann wollte es der Gott des Reisezufalls, dass sie beinahe gleichzeitig auf die B 199 abbogen.

»Holländer«, rief Andreas und deutete auf das Auto vor dem ihren. »Ob sie das wohl sind?«

»Boah, ist das aufregend. Ist ja wie Paketauspacken an Weihnachten. Überhol doch einfach mal.«

»Nein, das macht man nicht.«

So ging es hin und her. Wie die Kinder rutschten Andreas und Marie auf den Sitzen herum. Als das Auto mit holländischem Kennzeichen dann in Hasselberg rechts abbog, quietschten die beiden, dass ein Radfahrer einigermaßen irritiert schaute, als sie ihn mit geöffneten Fenstern überholten.

»Ein Ohrenzeuge. Hoffentlich kennt der dein Auto nicht«, gluckste Marie.

Tatsächlich waren es Mila und Huub, die gegenüber der Einfahrt zum Haus von Rita und Uwe hielten. Marie stieg aus, ging zu ihnen hinüber. Mila stieg aus. Worte gab es keine, aber Geräusche und Umarmungen. Sie hatten einander erkannt.

Aus dem Haus trat Uwe auf die Straße, ging auf die Paare zu, lächelte freundlich und fragte: »Marie, wo ist der Bulli?«

»Moin, Uwe. Beim besten Autopflegedienst zwischen Flensburg und Kiel. Morgen ist er wieder wie neu, und ich bringe ihn euch. Das sind Mila und Huub.«

»Wehe, ich finde auch nur einen Kratzer.«

Uwe war ein herzensguter Mensch, aber was den Bulli betraf, ließ er nicht mit sich spaßen. Rita und er hatten lange auf ihren Traum gespart und planten für diesen Sommer eine Reise ans Nordkap.

Mittlerweile hatte auch Rita gehört, dass Besuch gekommen war. Die Begrüßung fiel herzlich aus. Rita lud auf Niederländisch zu einer Tasse Kaffee ein, und Marie spürte, dass Mila und Rita gleich einen Draht hatten. Wie nicht anders zu erwarten, waren Rike und Karl noch nicht eingetroffen. Sie wollten Maries Vater abholen und hatten sich verquatscht. Angeregte Gespräche, die Männer gingen zum Hafen, Marie telefonierte Rike und Karl hinterher, und die neuen Freundinnen saßen im Handarbeitszimmer. Rita vor der Nähmaschine, Mila hockte daneben.

Rita schaute nicht auf, als Marie dazukam. »Die Tochter unserer Nachbarin hat mich neulich gefragt, ob ich ihr nicht ein Sportshirt nach Maß nähen könnte. Zu dicke Oberarme, zu schmale Hüften für Konfektionsware – das sind Probleme. Im Juni nimmt sie an einem Bodybuilderwettbewerb teil. So fit wäre ich ja auch gern wieder. Jedenfalls habe ich einen sehr leichten, luftigen Jersey dafür gekauft und losgelegt. Mein erstes Mal mit bi-elastischer Wirkware.« Rita grimassierte dramatisch. »Eine Herausforderung, der ich nicht gewachsen war. Falten am Halssaum und wulstige Nähte überall dort, wo ich die Zwillingsnadel eingesetzt habe. Und ich habe alles versucht: die Oberfadenspannung variiert, den Druck des Nähfüßchens reduziert, mit flexiblem Nahtband herumgespielt. Nichts hat geholfen. Das Internet empfiehlt einen Obertransportfuß, aber der ist ziemlich teuer. Nähen als Hobby überhaupt ganz schön kostspielig, fang gar nicht erst an. Ich bin dann doch noch mal zu Birgit in den Laden gegangen, und da war ihr neuer Mitarbeiter. Ein Schneidermeister, der vorher am Theater Kiel die Kostüme genäht hat. Und der meinte, ein Obertransportfuß, der würde meine Probleme nicht lösen. Ich bräuchte Einlagen. Du kannst dir vorstellen, wie Birgit gekichert hat. Wasserlösliches Stickvlies hat er mir mitgegeben und empfohlen, den Halssaum lieber mit einem Beleg zu verstürzen. Und guck, hier, keine Falten. Das separate Versäubern habe ich mir bei dem Jersey einfach gespart und stattdessen den Overlockstich genommen.«

»Overkill, ich verstehe.« Mila setzte sich auf die alte Eckbank.

Rike, Karl und Opa Geisler trafen ein. Andreas schimpfte. Die jungen Leute hatten einen üblen Sonnenbrand, und er hatte Probleme, sich zu beruhigen.

Nach dem Mittagessen fuhren alle mit den Rädern an den Strand.

Uwe tuschelte mit Marie. »Habe ich extra geliehen, die Fahrräder, weil die Käsköppe doch so gerne Rad fahren.«

»Du bist ein toller Gastgeber, du alter Fischkopp.«

Am Strand angekommen, schaute Mila sich ausgiebig um. »Keine Nordsee hier und da. Aber sonst: Schön«, sagte sie.

»Es heißt ›weit und breit‹, ›keine Nordsee weit und breit‹«, korrigierte Rike ihre Mutter.

»Immerhin viele Vögel. Ich bin überwältigend«, sagte Mila.

Rike lachte: »Überwältigt.«

»›Überwältigend‹ stimmt aber auch«, beeilte sich Karl im Brustton der Überzeugung hinzuzufügen.

»Schleimer«, attestierte Marie.

Mila schaute ratlos. Ein schöner Tag.

Der Spürhund

Weil das Universum auf Ausgleich bedacht ist, begann der nächste Tag weniger erfreulich. Marie war genervt. Der Anrufer war besonders unsympathisch gewesen. Diese wirkmächtige Kombination aus dumm und dreist, die sie schon so viel Lebenszeit gekostet hatte. Sie saß mit Frauke in der Küche von Andreas' Praxis.

»Angeblich hat der Fahrer beim Rangieren mit unserem Küchencontainer ein Wohnmobil gestreift und auf der gesamten Länge Kratzer im Lack verursacht. Ich fahre da jetzt hin und guck mir das an. Krüger kommt auch. Den Spaß will sich der Ex-Kollege wohl nicht entgehen lassen.«

Frauke zuckte mit den Schultern. »Ich würde da ja auch hin. Aber mit der Beweisaufnahme nach Verkehrsunfällen kenne ich mich nicht ganz so gut aus. Außerdem müssen dein Mann und ich gleich zu einem Aufnahmegespräch nach Fleckeby. Eine leider noch ziemlich junge Frau, die nicht mehr lange zu leben hat.«

Marie erkannte, dass sie heute den leichteren Job erwischt hatte, verabschiedete sich und war schon wieder auf der Piste. Gut, dass sie das FRIMO 2 über die Photovoltaikanlage in Schleswig vollgeladen hatte. Die Batterieladung würde sie hin- und zurückbringen.

Das Thema war dann schnell erledigt. Die Kratzer auf dem Wohnmobil passten in der Höhe zu keinem der leicht hervorstehenden Bauteile am Container. Das hätte Karim auch selbst klären können, dachte Marie, hielt sich aber bedeckt. Karim hatte andere Vorzüge. Aber dass Krüger den Quatsch nicht eingedämmt hatte, das war unprofessionell.

»Sag mal, Marie, bist du irgendwie sauer auf mich?«, fragte der Dienststellenleiter von Burg auf Fehmarn.

»Nicht, wenn du mich zum Essen auf der Kate einlädst. Der Betrieb läuft doch wieder, oder?

»Läuft. Die Stellvertreterin von Meier-Masch schmeißt den Laden. Das macht sie wohl gut, aber der Baron fehlt auf der Bühne.«

Krüger chauffierte Marie im Dienstfahrzeug hoch nach Puttgarden. Kurz bevor sie ihr Ziel erreichten, stoppte Sören, der alte Nörgler, sie auf Höhe der Einfahrt zum Campingplatz.

»Sören schwankt«, stellte Marie fest.

»Ich halte trotzdem. Er ist kein böser Kerl. Solange er nicht am Straßenverkehr teilnimmt.«

Sören erzählte krauses Zeug. Ein Durchreisender habe die zulässige Stützlast der Anhängerkupplung durch falsches Laden überschritten, und Krüger müsse einschreiten, bevor es zu Schlimmerem käme. Krüger nickte zustimmend, tat so, als notiere er sich dies und das.

»Gut, dass ich aufgepasst habe«, lobte sich Sören.

Rauhaardackelrüde Rüdiger wirkte unruhig, zog an der Leine, was er doch sonst nie tat. Das Herrchen rief ihn zur Ordnung. Der Ton war militärisch, doch Rüdiger widersetzte sich. Kaum hatte Sören den Griff um die Leine gelockert, desertierte Rüdiger. Er war ein aufgewecktes Kerlchen. Gisèle Vallé hatte ihn in den letzten Monaten Gassi geführt. Gisèle, die einzig wahre Künstlerin von Puttgarden, war allerdings schon seit einigen Tagen nicht mehr aufgetaucht, und Sören war schon lange nicht mehr gut zu Fuß. Rüdiger hatte seine Notdurft neben Sörens Vorzelt verrichten müssen, auf Dauer war das für einen anständigen Rauhaardackelrüden nicht hinnehmbar.

»›Folgt den Instinkten‹, hat Dr. Holm immer gesagt«, murmelte Marie und setzte Rauhaardackelrüde Rüdiger nach. Sören war viel zu betrunken, als dass er seinen Campingstuhl hätte verlassen können. Er brabbelte wirre Drohungen gegen Meier-Masch. Krüger hatte seinen Block gezückt und schrieb in aller Ruhe mit, was weder Hand noch Fuß hatte.

Der schnellste unter den Rauhaardackelrüden war Rüdiger nicht. Marie konnte gut Schritt halten.

Vor dem Wohnwagen von Gisèle Vallé blieb Rüdiger stehen und bellte. Erhört wurde er nicht. Jedenfalls nicht von der Gassi gehenden Opernsängerin. Statt ihrer reagierte ein Wohnwagenfreund von gegenüber, der tief in seinem Campingstuhl saß, so tief, dass die textile Haut des Stuhls auf Tuchfühlung mit einem vorwitzigen Gänseblümchen ging.

»Dat Gisèle is fott.«

Der Wimpel des FC erklärte die »kölsche Sproch«. Fehlt nur noch Hennes, dachte Marie und fragte: »Wo isse denn hin?«

»Fott. Ich han se hück nit gehürt.«

»Sie singt sonst immer?«

»Genau.«

Rüdiger bellte, Marie klopfte. Niemand sang.

Marie drehte den Griff der Wohnwagentür, die sich sogleich öffnete. Rüdiger drängelte sich zwischen ihren Waden hindurch in den Wohnwagen, zweigte, ortskundig, wie er war, nach links ab, sprang schwanzwedelnd auf die Eckbank und erstarrte.

Tiere haben auch Gefühle, hatte der legendäre Kriminaltechniker Elmar immer gesagt, wenn sich Marie über seine Kaninchen lustig gemacht hatte. Der Rauhaardackelrüde Rüdiger bestätigte Elmar, der wohl schon bald auch hierherkäme. Rüdiger heulte wie ein Wolf. Er heulte, weil sich seine Gassigängerin nicht rührte. Die ungesunde Gesichtsfarbe unter dem Exit-Bag legte nahe, dass Marie zu spät kam.

Sie prüfte ordnungsgemäß die Vitalfunktionen, jedoch ohne positives Ergebnis. Der Geruch, die Totenflecken, die Fäulnis. Die berühmteste Opernsängerin des gesamten Campingplatzes hatte die letzte Arie gesungen. Marie streichelte Rüdiger über den Kopf, lobte ihn und band ihn schließlich an einem Pfosten der Markise an. Dann ging sie wieder zurück in den Wohnwagen.

Was ihr neben der Toten ins Auge fiel, waren großformatige Fotos von Opernbühnen. Sie erkannte die Mailänder Skala, die Elbphilharmonie in Hamburg und das Essener Aalto-Theater. Die Fotos waren auf die Türen der Oberschränke geklebt worden. Sie zeigten Szenen unterschiedlicher Inszenierungen. Wiederkehrend war die Solistin. Gisèle Vallé hatte Fotos ihrer selbst in jeweils passenden Kostümen dort aufgeklebt, wo im Original die jeweilige Solistin zu sehen war. Die Sehnsucht nach der großen Bühne musste übermenschlich gewesen sein.

Über dem Bett, und das war zumindest vor dem Hintergrund der dramatischen Ereignisse auf der Katenschinkenstraße die wesentliche Erkenntnis des traurigen Augenblicks, hing ein Präzisionsgewehr, auf dessen Kolben mit roter Farbe geschrieben der Name der Waffe zu lesen war. Wohl in Anlehnung an die schwere Büchse von Old Shatterhand, die auf den Namen Bärentöter gehört hatte, stand dort »Baronentöter«.

»Das ist also dein Geständnis, Gisèle?«, flüsterte Marie.

Krüger betrat den Wohnwagen. »Stickig hier drin. Mach doch mal ein Fenster auf. Ist ja nicht zum Aushalten. Wie soll man denn hier Luft kriegen?«

»Gutes Stichwort«, sagte Marie und zeigte auf die Tote. »Exit-Bag. Suizid durch Asphyxie, würde ich meinen. Exit-Bag, kennst du? Na ja, siehst du ja auch. Man könnte auch ›Plastiktüte‹ sagen, so als Laie. Was die Theorie vom Suizid angeht, sicher sein kann man sich da nicht. Könnte auch ein Tötungsdelikt sein. Da müssen die Rechtsmediziner sehr genau schauen, ob es zum Beispiel Abwehrspuren gibt.«

Krüger bedankte sich für die Hilfe. »Immer gut, wenn einem die Welt erklärt wird. Wir Dorfbullen nennen das ja LKA-plaining.«

Marie zuckte kurz zusammen, sah aber dann das ironische Grinsen des ehemaligen Kollegen. »Ich sollte den Leichenfundort jetzt verlassen, nicht wahr?«

»Ich kam ja erst später dazu. Wer weiß, was Frau Geisler schon alles entdeckt hat.«

Gemeinsam verschafften sie sich im beziehungsweise gegen den Uhrzeigersinn systematisch einen Überblick. Das ging schnell, denn groß war der Wohnwagen nicht. Als sie hörten, dass sich der Notarzt näherte, verließen sie den gut gepflegten »Knaus Südwind«. Ein neuer Besitzer würde sich alsbald finden. Um den Stellplatz entbrannte vielleicht schon jetzt ein heißes Rennen. Der Fußballfan von gegenüber jedenfalls telefonierte eifrig.

Marie und Krüger setzten sich auf eine Bank hinter den Wohnwagen, und Krüger notierte, was er an die Mordermittler würde berichten können. Wenig war das nicht. Der tödliche Anschlag auf Meier-Masch war praktisch aufgeklärt. Die mutmaßliche Tatwaffe, höchstwahrscheinlich mit Fingerabdrücken, hatten sie. Sicher gab es Schmauchspuren.

Auf dem Tisch standen zwei benutzte Gläser und eine Flasche Jägermeister. Man würde herausfinden, wer Gisèle besucht hatte. Vielleicht Maler Johannes, dessen Handynummer Krüger an der Pinnwand in der Sitzecke entdeckt hatte.

Weitreichend, also über Fehmarn hinausreichend, waren andere Aufzeichnungen. Auf einem Notizblock hatte Gisela Walewsky aka Gisèle Vallé aka Sniper die Trainingseinheiten mit dem Präzisionsgewehr fein säuberlich dokumentiert. Der Angler am Müggelsee, das Zufallsopfer auf dem Flensburger Flughafen und nicht zu vergessen Jewgeni Sokolow, der sein Ende in einem Frankfurter Hinterhof gefunden hatte.

Weder war die jeweilige Schützin Opernsängerin, noch war sie Profikiller. Im bürgerlichen Leben hatte Gisela Walewsky ihr Geld als Disponentin einer Spedition in Darmstadt verdient. Daher auch die guten, grenzüberschreitenden Beziehungen, denen sie den Kauf des Gewehrs zu verdanken gehabt hatte.

»Und dann ist da noch der Abschiedsbrief.« Marie deutete auf ein eng in gut leserlicher Handschrift beschriebenes Blatt Papier, das sie neben der Spüle gefunden und in einen von Krüger gereichten Spurenbeutel geschoben hatte. Sie las: »RUHE! Ich wollte doch nichts als meine Ruhe. Insbesondere vor dieser Ramba-Zamba-Musik von gegenüber. Ich hatte gedacht, dass es aufhört, wenn der Baron tot ist. Aber heute ging es schon weiter. Die Geldmaschine läuft und läuft. In dieser Welt kann und will ich nicht leben. Au revoir, Gisèle Vallé«.

Rüdiger quengelte, Marie erbarmte sich.

Strand mit Schuss

»Prost. Strand mit Schuss«, sagte Frauke und hielt Marie das Cocktailglas zum Anstoßen hin. Ein U-Boot verließ den Kranzfelder-Hafen und fuhr hinaus in die Eckernförder Bucht.

»Früher war auch nicht alles besser.« Marie ließ Sand von der rechten in die linke Hand rieseln. »Monatelang haben wir da oft auf einem Fall rumgekaut. Und jetzt: In zwei Wochen ein ertrinkendes Kind gerettet, einen Bankräuber vor Dummheiten bewahrt, eine Gefangene befreit und dank Rüdiger einen Mord aufgeklärt. Das nenne ich mal Wirksamkeit.«

»Wirksamkeit. Genau. Wir haben uns auf Effizienz getrimmt. Früher haben wir Staub aufgewirbelt, jetzt lesen wir Staubsaugertests. Etwas ist schiefgelaufen.«

»So gesehen.« Marie blubberte mit dem Strohhalm.

»Das macht man nicht.«

»Eben. Sollen wir mal was machen, was man nicht macht?«

»Unbedingt. Heute ist eine Patientin gestorben, die morgen vierzig geworden wäre. Sie war noch lange klar. Das Letzte, was sie sagte, war: ›Labskaus. Ich muss unbedingt mal Labskaus essen.‹«

Die Frauen schauten in den Abendhimmel.

»Was sie wohl denken, wenn sie sehen, was wir anrichten?«, fragte Marie.

»Wer?«

»Die grünen Männchen. Und Frauchen«, fügte sie hinzu.

»Die denken: Lass sie doch. Die Nummer ist sowieso bald durch. Es gibt ja die Theorie, dass es in der Natur technischer Zivilisationen liegt, sich zu zerstören. Stephen Hawking hat gedacht, dass intelligentes Leben im Universum wahrscheinlich ist, aber instabil. Atomkrieg, genmanipulierte Viren, der unkontrollierbare Treibhauseffekt und tschüss.«

Marie schlürfte den Rest des Cocktails. »Doof war der sicher nicht, der Hawking. Wir machen das einfach.«

»Was?«

»Das Unerwartete.«

»Meinetwegen.«

Friedlich lagen sie da im Abendlicht, die Boote, die Erkenntnisse und Marie und Frauke. Sie wussten, was sie aneinander
hatten. Was sie nicht wussten – schon bald würden sie aufein-
ander angewiesen sein.

Epilog

Marie öffnete die Tür und schaute in die hellblauen Augen von Ele. Raum ohne Zeit.

»Ich bin durstig.«

Marie drehte sich zur Seite. Ele ging langsam an ihr vorüber. Ihr Duft. Vertraut.

Nachwort

Gut gemeint, aber ...

»Wenn ich ›Lehrer‹ sage, meine ich doch das ganze Kollegium«, hörte ich vor ein paar Jahren den Schulleiter eines Gymnasiums sagen. Ein Satz, der mitten in meine Verunsicherung rund um das Thema Gendern platzte. Ich sah Mimik und Gestik der mitgemeinten Lehrerinnen und wusste, dass ich Menschen, die nicht männlich gelesen werden wollen, ab sofort auch grammatikalisch auf Augenhöhe behandeln würde. Mein sprachästhetisches Empfinden wird seitdem beim Sprechen und Schreiben gekränkt. Dennoch bin ich überzeugt, dass umständlichere Formulierungen wie »Polizistinnen und Polizisten beugten sich über den toten Menschen« ertragen werden sollten. Von »Ärztinnen und Pflegern« schreibe ich, wenn mir die ausführliche Variante »Ärztinnen, Ärzte, Pflegerinnen und Pfleger« als Zumutung jenseits des Zumutbaren erscheint.

Sprache ist ein mächtiges Instrument der Kommunikation, und Kommunikation bedeutet Verständigung. Verständigen können wir uns aber nur dann, wenn wir alle Personen einbeziehen. Das gilt für private Gespräche, politische Reden, und es gilt, soweit es mich betrifft, auch für fiktive Texte, liebe Leserinnen und Leser.

Herzliche Grüße von einem, der männlich sozialisiert wurde und dankbar ist, lernen zu können. Oft von Frauen.

Arnd Rüskamp

PS: Marie spielt Fußball. Marie weiß, was gut ist.

Was ich Sie noch wissen lassen möchte

Auf Seite 193 heißt es:

Frauke schmiegte sich an Fröbe. »Ein süßes Geheimnis, vielleicht habe ich ein süßes Geheimnis. Lass uns zur Geilstelle gehen.« Frauke machte eine Kopfbewegung und ging in Richtung Wiese hinter dem Haus.
Fröbe stand auf und folgte ihr. Dass die Weingummi-Bullis das süße Geheimnis waren, nahm er mit großer Erleichterung zur Kenntnis.

Nun ist es denkbar, dass Sie auf der falschen Fährte waren. Darum hier die nüchterne Wahrheit:
»Als Geilhaufen oder Geilstelle bezeichnet man einen Bereich auf einer Weide, in dem das Gras üppiger wächst. Er entsteht durch Kuhfladen oder Pferdeäpfel, wodurch der Bereich zunächst weniger abgeweidet wird. Geregelte Beweidung verringert Geilstellen auf den Weiden, da das Mehrgras durch Mähen entfernt wird.« (Quelle: Wikipedia)

Auf Seite 256 f. fragt Karl Marie nach Büchern, die in seiner ersten Wohnung nicht fehlen dürfen. Marie verweist ihn an den Buchhändler Hauke Harder. Hier dessen Leseliste:

»Die Buddenbrooks« von Mann, Thomas
»Das Geisterhaus« von Allende, Isabel
»Das grüne Akkordeon« von Proulx, Annie
»Das perfekte Grau« von Jamal, Salih
»Das russische Testament« von Sinha, Shumona
»Demian« von Hesse, Hermann
»Der ewige Brunnen«, herausgegeben von Petersdorff, Dirk von
»Die besten deutschen Geschichten und Gedichte«, herausgegeben von Reich-Ranicki, Marcel

Die Bibel
»Die dunkle Seite des Mondes« von Suter, Martin
Die großen Romane von Austen, Jane
»Die Hyperion-Gesänge« von Simmons, Dan
»Die letzte Generation« von Clarke, Arthur C.
»Die philosophische Hintertreppe« von Weischedel, Wilhelm
»Doktor Ain« von Tiptree Jr., James (Pseudonym von Alice B. Sheldon)
Dr. Oetker Schulkochbuch
»Ein Mann der Tat« von Russo, Richard
»Eine kurze Weltgeschichte für junge Leser« von Gombrich, Ernst H.
»Es« von King, Stephen
»Faust« von Goethe, Johann Wolfgang von
»Flann O'Brien für Boshafte« von O'Brien, Flann
»Fliehkräfte« von Thome, Stephan
Gesammelte Werke von Shakespeare, William
»Die Geschichte der Kunst« von Gombrich, Ernst H.
»Hard Land« von Wells, Benedict
»Ist das ein Mensch?« von Levi, Primo
»Kafka am Strand« von Murakami, Haruki
»Lola Bensky« von Brett, Lily
»Momo« von Ende, Michael
»Mord im Orient-Express« von Christie, Agatha
»Nacht über dem Bayou« von Burke, James Lee
»Oliver Twist« von Dickens, Charles
»Owen Meany« von Irving, John
»Skabelon« von Rønning, Malin C. M.
»Sturmhöhe« von Brontë, Emily
»Tao te king« von Laotse
»Von der Notwendigkeit, den Weltraum zu ordnen« von Goldschmidt, Pippa

Danke an Jessi (Intensivstation),
Katja (Obertransportfuß)
und Christiane (Altona)

Arnd Rüskamp
KIELHOLEN
Broschur, 272 Seiten
ISBN 978-3-7408-0207-3

Marie hört Streichquartette, und Marie malt. Die Hauptkommissarin des LKA hat einen Sinn für das Schöne. Einerseits. Andererseits schreckt sie auch vor einer Blutgrätsche nicht zurück. Nicht auf dem Fußballplatz und nicht im Job. Aus dem Ruhrgebiet in ihre Heimat zwischen Schlei und Ostsee zurückgekehrt, bekommt sie es mit einem pikanten Fall zu tun: Bauer und Bordellbetreiber Helge Meermann wird tot auf seinem Acker gefunden. Und Marie stößt auf ein Motiv so alt wie die Menschheit …

www.emons-verlag.de

Arnd Rüskamp
AM HAKEN
Broschur, 256 Seiten
ISBN 978-3-7408-0388-9

Schwere Zeiten für LKA-Ermittlerin Marie Geisler: Eine Einbruch-
serie in leer stehende Villen am Ufer der Kieler Förde hält sie und
ihr Team auf Trab. Die Einbrecher sind unkenntlich als Wikinger
kostümiert und kommen per Boot. Marie steckt in ihren Ermittlungen fest, zumal sie noch an einem alten Fall knabbert. Doch dann
wird bei einem weiteren Einbruch ein Wachmann getötet, und ein
Amulett in Form von Thors Hammer liefert ihr endlich eine heiße
Spur ...

www.emons-verlag.de

Arnd Rüskamp
WINDSTÄRKE 10
Broschur, 304 Seiten
ISBN 978-3-7408-0540-1

Der Bundeswirtschaftsminister wird ermordet aufgefunden – auf einhundert Metern Höhe, in der Gondel eines Windrades. So spektakulär der Tatort, so brisant ist der Fall, schließlich zieht der Tod des Politikers die Aufmerksamkeit des ganzen Landes auf sich. War der Mord ein Rachefeldzug im politischen Umfeld, liegt das Motiv im Privatleben des Ministers, oder geht hier jemand aus purer Liebe zur Heimat über Leichen? Hauptkommissarin Marie Geisler und ihr Team wagen sich in gefährliche Gewässer.

www.emons-verlag.de

Arnd Rüskamp
DER LETZTE KÄPT'N
Broschur, 336 Seiten
ISBN 978-3-7408-0816-7

Marie Geisler vom LKA Kiel freut sich auf den Sommerurlaub, da wird bei einer Routinekontrolle am Hafen ein toter Biker entdeckt. Der Schwede wurde regelrecht hingerichtet. Ist eine Auseinandersetzung zwischen rivalisierenden Banden eskaliert? Maries neuer Kollege Gregor Sachse, der alte Kontakte in die Rockerszene Norddeutschlands hat, soll als V-Mann eingeschleust werden. Doch als es einen weiteren Toten gibt, droht die Sache aus dem Ruder zu laufen ...

www.emons-verlag.de

Arnd Rüskamp

DIE SPROTTENKÖNIGIN
Broschur, 320 Seiten
ISBN 978-3-7408-1147-1

Bei einem Brandanschlag in einem Eckernförder Fitnessstudio
kommt ein Mensch ums Leben, eine Frau wird vermisst. Kurze Zeit
später wird in einem Ofen der Alten Fischräucherei eine Tote gefunden – geräuchert wie eine Sprotte. Hängen die beiden Verbrechen
zusammen? Auf der Suche nach Antworten stößt Kommissarin
Marie Geisler auf bedrückende Details und erfährt, wie ein Plan, der
eine Reise ins Glück werden sollte, in Eckernförde tödlich endete.

www.emons-verlag.de

Arnd Rüskamp
TOD AN DER SCHLEI
Broschur, 320 Seiten
ISBN 978-3-7408-1581-3

Malte von Rönneby wollte Minister werden. Jetzt liegt er tot auf
dem Misthaufen seines Hofes. Der populäre Ökobauer soll kon-
ventionelle Produkte als Bioware verkauft haben. Hatten es über-
motivierte Umweltschützer auf ihn abgesehen? Kommissarin Marie
Geisler stellt Nachforschungen an und gerät in ein gefährliches
Geflecht aus Rache und Gier.

www.emons-verlag.de

Arnd Rüskamp

DIE TOTEN VON LABOE
Broschur, 288 Seiten
ISBN 978-3-7408-1755-8

Marie und Frauke sind gerade mit einem Cateringauftrag beschäftigt, als sie auf der NordArt eine erschreckend lebensecht wirkende Statue entdecken. Kann das Modell, der Schlagersänger Frankie Flügge, diesen Abguss überlebt haben? Tatsächlich gilt Frankie bald als vermisst. Als der Ausstellungskurator Marie und Frauke bekniet, der Sache auf den Grund zu gehen, beginnen sie zwischen Küche und Auslieferung mit den Ermittlungen. Und was sie entdecken, macht sie absolut sprachlos …

www.emons-verlag.de